LEVEL 9

David Morrell

LEVEL 9

Thriller

Aus dem Amerikanischen
von Susanne Stopfel

Weltbild

Die amerikanische Originalausgabe erschien unter dem Titel *Scavenger*.

Besuchen Sie uns im Internet:
www.weltbild.de

Genehmigte Lizenzausgabe für Verlagsgruppe Weltbild GmbH,
Steinerne Furt, 86167 Augsburg

Ein Unternehmen der Droemerschen Verlagsanstalt
Th. Knaur Nachf. GmbH & Co. KG, München
Übersetzung: Susanne Stopfel
Umschlaggestaltung: Jarzina Kommunikations-Design, Köln
Umschlagmotiv: Corbis, Düsseldorf (© Richard Cummins)
Gesamtherstellung: Bagel Roto-Offset GmbH & Co.KG, Schleinitz
Printed in the EU

ISBN 978-3-8289-9079-1

2010 2009 2008 2007
Die letzte Jahreszahl gibt die aktuelle Lizenzausgabe an.

Ich ließ Monumente aus Bronze anfertigen, aus Lapislazuli, Alabaster und weißem Kalkstein, sowie Inschriften aus gebranntem Ton …, und ich schloss sie in den Fundamenten ein und ließ sie dort für künftige Zeiten.

Asarhaddon, König von Assyrien,
siebtes Jahrhundert v. Chr.

Neulich hatte ich eine ungewöhnliche Aufgabe. Jemand hatte mich gebeten, einen Brief für eine Zeitkapsel zu schreiben, die in hundert Jahren in Los Angeles geöffnet werden sollte … Das klang zunächst nicht schwierig. Man schlug mir vor, etwas über die Probleme und Anliegen unserer Tage zu schreiben, und ich machte mich ans Werk, während ich im Auto die Küste entlangfuhr. Ich sah auf einer Seite auf den blauen Pazifik hinaus und auf der anderen auf die Santa Ynez Mountains und kam nicht umhin, mich zu fragen, ob sie in hundert Jahren noch genauso schön sein würden wie an jenem Sommertag. Und als ich dann zu schreiben versuchte … Stellen Sie sich diese Aufgabe einmal vor. Sie schreiben für Menschen, die in hundert Jahren leben werden und die alles über uns wissen. Wir wissen nichts über sie. Wir wissen nicht, in was für einer Welt sie leben werden.

Ronald Reagan, Ausschnitt aus einer 1976
auf dem Nationalkongress der Republikanischen Partei
gehaltenen Rede, nachdem seine Partei ihm die Nominierung
zum Präsidentschaftskandidaten verweigert hatte.

Level 1

Die Krypta der Zivilisation

1

Er sprach sie nicht mehr mit dem Namen seiner toten Frau an, obwohl die Ähnlichkeit auffallend genug war, dass ihm das Herz weh tat. Manchmal, wenn er aufwachte und sie neben seinem Krankenhausbett sitzen sah, glaubte er an eine Halluzination.

»Wie heiße ich?«, fragte sie.

»Amanda«, antwortete er sorgsam.

»Sehr gut«, sagte ein Arzt. Der wachsame Mann hatte nie erwähnt, was sein Fachgebiet war, aber Balenger vermutete, dass er Psychiater war. »Ich glaube, Sie sind so weit, dass wir Sie entlassen können.«

2

Das Taxi erreichte Park Slope in Brooklyn. Balenger versuchte, nicht zu Amandas langem blondem Haar und den sanften blauen Augen hinüberzustarren, die ihn so sehr an Diane erinnerten, sondern zwang sich dazu, zum Fenster hinauszusehen. Er sah einen riesigen steinernen Torbogen mit einer Statue darauf – eine geflügelte Frauengestalt in einem flutenden Gewand.

»Grand Army Plaza«, erklärte Amanda. »Du interessierst dich doch für Geschichte, der Bogen erinnert an das Ende des Bürgerkriegs.«

Sogar ihre Stimme erinnerte ihn an Diane.

»Und die Bäume da drüben, das ist der Prospect Park«, fuhr sie fort.

In einer schmalen Straße hielt das Taxi vor einer Reihe vierstöckiger Backsteinhäuser. Während Amanda bezahlte, brachte Balenger die Energie auf, auszusteigen. Er spürte die scharfe Kälte des Windes – es war Ende Oktober. Seine Beine und Rippen pochten ebenso wie die Abschürfungen an seinen Händen.

»Meine Wohnung ist im dritten Stock.« Amanda zeigte nach oben. »Die mit der steinernen Brüstung.«

»Hast du nicht erzählt, dass du in einer Buchhandlung in Manhattan arbeitest? Das hier ist doch eine teure Wohngegend. Wie schaffst du es ...« In diesem Moment fiel ihm selbst die Antwort ein. »Dein Vater.«

»Er hat die Hoffnung nie aufgegeben. Er hat nie aufgehört, die Miete zu zahlen – all die Monate, die ich verschwunden war.«

Während Balenger die acht Stufen hinaufstieg, die ihm vorkamen wie achtzig, wurden ihm die Knie weich. Obwohl die hölzerne Haustür frisch mit brauner Farbe gestrichen war, wirkte sie alt.

Amanda schob den Schlüssel ins Schloss.

»Warte«, sagte Balenger.

»Musst du erst wieder zu Atem kommen?«

Er brauchte tatsächlich eine Pause, aber das war nicht der Grund dafür, dass er sie zurückgehalten hatte. »Bist du sicher, dass das eine gute Idee ist?«

»Hast du sonst einen Ort, wo du hingehen könntest, oder jemanden, der sich um dich kümmert?«

Die Antwort auf beide Fragen lautete nein. Im vergangenen Jahr, das Balenger mit der Suche nach seiner verschollenen Frau zugebracht hatte, hatte er in billigen Motels gewohnt

und sich nur eine Mahlzeit pro Tag leisten können, meist Sandwiches in irgendeinem Schnellrestaurant. Seine Ersparnisse waren aufgebraucht. Er hatte nichts und niemanden.
»Du kennst mich doch kaum«, sagte er.
»Du hast dein Leben für mich aufs Spiel gesetzt«, sagte Amanda. »Ohne dich wäre ich jetzt tot. Was brauche ich sonst noch zu wissen?«
Keiner von ihnen erwähnte die Tatsache, dass Balenger damals geglaubt hatte, die Frau, deren Leben er rettete, sei seine Ehefrau.
»Wir versuchen es einfach ein paar Tage lang.« Amanda schloss auf.

3

Die Wohnung bestand aus einem Schlafzimmer, einem Wohnzimmer und einer Küche. Die Decke war hoch und von einem Sims umgeben; die Böden bestanden aus Holzdielen. Alles wirkte sauber und gepflegt, aber auch hier hatte Balenger wieder den Eindruck von Alter.
»Als wir im Krankenhaus waren, hat mein Vater den Kühlschrank und die Vorratsschränke aufgefüllt«, sagte Amanda. »Willst du etwas essen?«
Balenger sank auf das Ledersofa. Die Erschöpfung überwältigte ihn, bevor er antworten konnte.
Als er aufwachte, war es draußen dunkel. Er lag unter einer Decke. Amanda half ihm ins Bad und dann zurück zum Sofa.
»Ich mache etwas Suppe heiß«, sagte sie.
»Während du geschlafen hast, habe ich ein paar Schlafan-

züge für dich gekauft.« Sie half ihm in das Oberteil und runzelte die Stirn, als sie seine Verletzungen sah.

4

Ein Alptraum riss ihn aus dem Schlaf, eine Erinnerung an Schüsse und Schreie.

Mit schreckgeweiteten Augen sah er Amanda aus dem Schlafzimmer stürzen. »Ich bin hier«, versicherte sie ihm. Im matten Licht der Lampe in der Ecke sah sie noch mehr aus wie Diane; er fragte sich, ob Dianes Geist sich auf irgendeine unvorstellbare Art mit Amandas verbunden hatte. Sie hielt seine Hand, bis sein Herz aufgehört hatte zu rasen. »Ich bin hier«, wiederholte sie. Er fiel wieder in einen unruhigen Schlaf.

Ein Aufschrei aus dem Schlafzimmer ließ ihn hochfahren. Er zuckte zusammen vor Schmerz, als er seine Kräfte zusammennahm, um vom Sofa aufzustehen und sich zur Tür zu schleppen. Von dort aus sah er, wie Amanda unter der Decke um sich schlug, gegen ihre eigenen Alpträume ankämpfte. Er strich ihr übers Haar, versuchte, ihr begreiflich zu machen, dass sie sicher war vor der Dunkelheit und Gewalt und Gefahr, sicher vor dem Paragon Hotel. *Deng*. Im Hintergrund seiner gehetzten Erinnerungen schlug eine Metallplatte gegen die Mauer einer aufgelassenen Bauruine. *Deng* – der kummervolle, rhythmische Glockenschlag des Schicksals.

Er schlief neben ihr ein, während sie sich noch aneinander festhielten. In der nächsten Nacht war es das Gleiche. In der übernächsten ebenfalls. Sie ließen immer das Licht an. Sie ließen die Schlafzimmertür offen. Geschlossene Räume verursachten Schweißausbrüche. Zwei Wochen später liebten sie sich das erste Mal.

5

Er brachte es auf zunehmend längere Spaziergänge. An einem grauen Dezembernachmittag kehrte er gerade von den schneebedeckten Denkmalen der Grand Army Plaza zurück, als zwei Männer vor dem Backsteinhaus aus einem Auto stiegen. Sie trugen trübfarbene Mäntel. Ihre Gesichter wirkten verkniffen. Die kalte Luft ließ ihren Atem weiß in der Luft stehen.

»Frank Balenger?«, fragte der Größere der beiden.

»Wer will das wissen?«

Sie holten ihre Karten heraus. UNITED STATES DEPARTMENT OF THE TREASURY.

»Unterschreiben Sie das hier.« Als sie die Wohnung erreichten, reichte der untersetzte Agent Balenger einen Kugelschreiber und ein Schriftstück.

»Es wäre nett, wenn ich es vorher durchlesen dürfte.«

»Es besagt, dass Sie jeglichen Anspruch auf Grundlage der Aussage aufgeben, die Sie der Polizei von Asbury Park gegenüber gemacht haben.«

»Der Double Eagle«, sagte der größere Agent.

Jetzt verstand Balenger. Er mochte die beiden immer weniger.

»Der Gold Reserve Act von 1934 erklärt es für illegal, Goldmünzen als Währung zu verwenden«, sagte der untersetzte Agent. »Er gestattet es den Bürgern, sie als Sammlerstücke zu besitzen. Aber Sie können nicht Besitzer von etwas sein, das Sie gestohlen haben.«

»Ich habe ihn nicht gestohlen.« Balenger spürte, wie ihm das Blut ins Gesicht schoss. »Der ursprüngliche Besitzer ist 1939 ums Leben gekommen. Die Münzen waren im Paragon Hotel versteckt. All die Jahre war *niemand* der Besitzer, bis ich die eine Münze in die Tasche gesteckt habe.«

»Die einzige Münze, die den Brand überstanden hat. Haben Sie sie sich näher angesehen?«

Balenger hatte Mühe, seine Stimme ruhig zu halten. »Ich hatte anderes zu tun. Ich habe versucht, am Leben zu bleiben.«

»Das eingeprägte Datum ist 1933. Die Münzanstalt hatte die Double Eagles schon geprägt, als die Regierung es für illegal erklärt hat, Gold als Währung zu verwenden. Alle Münzen mussten vernichtet werden.« Der Agent machte eine Pause. »Aber ein paar davon sind gestohlen worden.«

»Darunter auch die, die Sie eingesteckt haben«, sagte der zweite Agent. »Was bedeutet, sie ist Eigentum der Vereinigten Staaten. Die Dinger sind so selten – als wir das letzte Mal eine in die Finger bekommen haben, haben wir sie bei Sotheby's versteigern lassen.«

Der erste Agent fügte hinzu: »Für fast acht Millionen Dollar.«

Das schiere Gewicht der Zahl verschlug Balenger die Sprache.

»Aufgrund der juristischen Sachlage haben wir der Person, von der wir sie bekommen hatten, einen Anteil an dem Erlös ausgezahlt«, fuhr der Agent fort. »Wir sind bereit, Ihnen einen ähnlichen Deal anzubieten. Wir würden es einen Finderlohn nennen. Einen hinreichend großzügigen Betrag, um für Publicity zu sorgen und Sammlern einen Anreiz zu

bieten, ähnlich illegal erworbene Münzen abzugeben, ohne unnötige Fragen befürchten zu müssen.«
Balenger versuchte, gleichmütig zu klingen. »Was wäre das denn für ein Finderlohn?«
»Vorausgesetzt, die Münze wird für einen ähnlichen Preis verkauft wie beim letzten Mal? Dann behalten Sie zwei Millionen Dollar.«
Balenger musste sich daran erinnern, weiterzuatmen.

6

Ein prachtvoller Samstag im Mai. Balenger und Amanda kamen verschwitzt von ihrem langen Lauf um den Prospect Park zurück, schlossen die Haustür ihres Backsteinhauses auf und sahen die Post durch, die der Briefträger durch den Schlitz geschoben hatte.
»Irgendwas Interessantes?«, fragte Amanda, als sie die Treppe hinaufstiegen.
»Noch mehr Finanzberater, die mir unbedingt sagen wollen, was wir mit dem Geld machen sollen, das wir für die Münze gekriegt haben. Bettelbriefe von gemeinnützigen Organisationen. Rechnungen.«
»Na, wenigstens können wir die jetzt bezahlen.«
»Komisch«, sagte Balenger.
»Was?«
»Sieh dir das mal an.«
Vor der Wohnungstür reichte Balenger ihr einen Umschlag. Angesichts des alten, brüchigen Papiers runzelte Amanda die Stirn. Sie hob es an die Nase. »Riecht muffig.«
»Kein Wunder. Sieh dir die Marke an.«

»Zwei Cent? Das ist unmöglich.«
»Und jetzt den Stempel.«
Er war mit der Zeit verblasst, aber noch leserlich.
»31. Dezember?«
»Lies weiter.«
»*1899?* Was zum ...« Amanda schüttelte den Kopf. »Soll das ein Witz sein?«
»Vielleicht ein Werbegag«, sagte Balenger.
In der Wohnung riss Amanda den Umschlag auf und nahm ein Blatt Papier heraus. »Fühlt sich genauso brüchig an wie der Umschlag. Und riecht genauso muffig.«
Die Mitteilung war in dicken Strichen von Hand geschrieben. Die Tinte war ebenso verblasst wie der Poststempel.

Mr. Frank Balenger

Sehr geehrter Herr,
bitte verzeihen Sie meine Aufdringlichkeit. Da mir bekannt ist, wie sehr die Vergangenheit Sie fasziniert, habe ich mir die Freiheit erlaubt, mit Hilfe einer alten Briefmarke Ihre Aufmerksamkeit zu erregen. Ich möchte Sie und Ms. Evert einladen, sich mir und weiteren Gästen am ersten Samstag im Juni um ein Uhr mittags im Manhattan History Club (Adresse unten) anzuschließen. Nach einer kleinen Erfrischung werde ich einen Vortrag über Botschaften an die Zukunft halten, die wir in der Gegenwart öffnen, um die Vergangenheit zu verstehen. Ich beziehe mich hier natürlich auf das faszinierende Zukunfts-Vergangenheits-Phänomen, das wir als Zeitkapsel bezeichnen.
Mit freundlichen Grüßen

Adrian Murdock

»Zeitkapsel?«, fragte Amanda verwirrt. »Was um alles in der Welt …«
»Der erste Samstag im Juni?« Balenger beugte sich vor, um in die Küche und zum Kalender hinübersehen zu können. »Das ist kommendes Wochenende. Und der Manhattan History Club?«
»Du hast recht. Das muss eine Art Werbegag sein.« Amanda untersuchte das Papier. »Wirkt wirklich alt. Nur angebracht, wenn es von einem Geschichtsverein kommt. Wahrscheinlich suchen sie neue Mitglieder. Aber wie sind sie an unsere Namen und die Adresse gekommen?«
»Letzten Herbst, als das alles passiert ist, haben die Zeitungen geschrieben, dass du in Park Slope wohnst«, sagte Balenger.
»Dann hätte dieser Verein sich aber eine Menge Zeit gelassen, bevor er Kontakt aufgenommen hat.«
Balenger überlegte. »Als sie im letzten Monat die Münze versteigert haben – das hat mehr Publicity gegeben. Die Medien haben die Geschichte mit dem Paragon Hotel wieder ausgegraben. Dass Geschichte mich fasziniert, haben sie auch erwähnt. Vielleicht glaubt der Typ, er könnte mich dazu kriegen, dass ich seinem Klub Geld stifte.«
»Genau wie diese Finanzberater, die gern einen Auftrag von dir hätten«, stimmte Amanda zu.
»Zeitkapseln.« Balenger klang eine Spur wehmütig.
»Du klingst ja so, als wärest du allen Ernstes in Versuchung.«
»Als ich klein war …« Er hielt inne, als die Erinnerung zurückkam. »Mein Vater war Geschichtslehrer an einer Highschool in Buffalo. Für einen Neubau wurde ein Schulgebäude abgerissen. Es hatte Gerüchte über eine Zeitkapsel gegeben – eine frühere Abschlussklasse habe eine in die Fundamente eingebaut, als das Gebäude neu errichtet wor-

den war. Ich und ein paar andere Kids haben jeden Tag in den Trümmern nach der Kapsel gesucht, wenn die Abbrucharbeiter nach Hause gegangen waren. Natürlich hatten wir keine Ahnung, wie so ein Ding aussah. Ich habe eine Woche gebraucht, aber, bei Gott, irgendwann habe ich einen großen Block in einer freigelegten Ecke entdeckt. Auf einer Metallplatte stand ABSCHLUSSKLASSE 1942. IMMER UNVERGESSEN. AUF DER SCHWELLE UNSERER ZUKUNFT. Im Lauf der Jahre war die Platte unter Dreck und Erde verschwunden. Davor waren Sträucher gewachsen, und die Leute vergaßen es.«

Amanda bedeutete ihm mit einer Handbewegung, er sollte weitersprechen.

»Jedenfalls hatte der Block ein Loch«, fuhr Balenger fort. »Ich konnte im Inneren einen Metallkasten sehen. Nachdem ich nach Hause gerannt war und meinem Vater davon erzählt hatte, wurde er zuerst wütend, weil ich auf einem Abbruchgrundstück gespielt hatte und mich hätte verletzen können. Aber als ihm aufging, was ich entdeckt hatte, ließ er sich von mir hinführen. Am nächsten Morgen bat er die Arbeiter, den Block aufzuschlagen. ›Aber beschädigen Sie um Gottes willen den Inhalt nicht‹, hat er gesagt, das weiß ich noch. Die Arbeiter waren genauso fasziniert wie wir. Eine ganze Menge Lehrer und Schüler erfuhren, was wir da machten, und kamen dazu. Einer der Arbeiter konnte schließlich mit einer Brechstange einen Metallkasten heraushebeln, ungefähr so groß wie ein großes Telefonbuch. Der Deckel war festgerostet. Die Schüler wollten, dass der Arbeiter ihn aufbricht, aber mein Vater war der Meinung, wir sollten einen Festakt daraus machen und bei der Gelegenheit gleich etwas Geld einnehmen. Die Leute sollten sich eine Karte kaufen, um bei der Öffnung der Kapsel dabei zu sein, und mit dem Geld könnten Bücher für die Schulbibliothek angeschafft werden. ›Tolle Idee‹, da waren sich alle einig. Also informierte der Schulleiter die Zeitung und die lokalen Radio- und Fernsehsender, um die Sache bekannt zu machen, und die große Eröffnungszeremonie wurde für den Sonntagnachmittag in der Schulaula angesetzt. Das Fernsehen war da. Tausend Leute zahlten einen Dollar pro Nase, um zusehen zu dürfen.«

»Und was war drin?«, fragte Amanda.

»Das hat niemand jemals herausgefunden.«

»Warum?« Amanda sah überrascht aus.

»Der Schulleiter hatte die Kapsel in einem Schrank in seinem Büro eingeschlossen. In der Nacht vor der Feier ist jemand in das Büro eingebrochen, hat den Schrank aufgestemmt und den Kasten gestohlen. Du kannst dir vorstellen, wie enttäuscht die Leute waren. Ich habe mich immer gefragt, was diesen Schülern aus dem Jahr 1942 wichtig genug erschienen ist, um es der Zukunft zu zeigen.«

7

Das Gebäude lag einen Straßenblock südlich vom Gramercy Park an der East 19th Street im denkmalgeschützten Teil des Viertels. Weil es Samstag war, war wenig Verkehr. Es war bedeckt und etwas kühler, so dass sie leichte Jacken angezogen hatten. Balenger und Amanda standen vor dem Ziegelbau in der geschlossenen Häuserfront und sahen auf eine verwitterte Messingtafel mit der Jahreszahl 1854. Über der Haustür stand auf einer weiteren Tafel: MANHATTAN HISTORY CLUB.

Sie stiegen die Stufen hinauf und betraten ein schattiges Vestibül, das sich in eineinhalb Jahrhunderten nicht verändert zu haben schien. Auf einer Staffelei stand ein Plakat; es zeigte einen distinguiert aussehenden grauhaarigen Mann mit ebenso grauem Schnurrbart. Er war dünn, hatte kleine Runzeln in den Augenwinkeln, trug einen konservativen Anzug und hielt einen Metallzylinder in den Händen.

DER MANHATTAN HISTORY CLUB
BEGRÜSST
ADRIAN MURDOCK
PROFESSOR DER GESCHICHTE,
OGLETHORPE UNIVERSITY, ATLANTA.
»ZEIT UND WELT GENUG:
DIE PSYCHOLOGIE DER ZEITKAPSEL.«
2. JUNI, 13.00 UHR

Balenger hörte Stimmen aus einem Raum weiter hinten. Eine matronenhafte Frau Anfang vierzig in einem schmucklosen, dunklen Kleid betrat den Flur durch eine Tür auf der rechten Seite. Als sie Balenger und Amanda bemerkte, lächelte sie. »Ich freue mich, dass Sie sich uns anschließen.«

»Na ja, die Einladung war so intelligent, wir konnten einfach nicht widerstehen«, sagte Balenger.

Das völlige Fehlen von Make-up machte es unverkennbar, dass ihr das Blut in die Wangen stieg. Ihr dunkles Haar war zu einem festen Knoten zusammengefasst. »Ich fürchte, das war meine Idee. Unsere Vorträge sind nicht immer gut besucht, also dachte ich, ein bisschen Dramatik könnte nicht schaden. Ich hatte ja keine Ahnung, wie viel Arbeit es dem Komitee machen würde, die Einladungen auszutragen. Übrigens, ich bin Karen Bailey.« Sie streckte die Hand aus.

»Frank Balenger.«
»Amanda Evert.«
»Natürlich. Sie sind die beiden, die diese Münze hatten. In dem Zeitungsartikel über die Auktion hieß es, dass Sie sich für Geschichte interessieren. Ich dachte, dieser Vortrag müsste eigentlich etwas für Sie sein.«
»Dies ist nicht zufällig auch eine Geldbeschaffungsaktion?«, fragte Amanda.
»Na ja ...« Karen wirkte schon wieder etwas verlegen. »Natürlich freuen wir uns über Spenden. Aber Sie brauchen sich nicht verpflichtet zu fühlen.«
Balenger ignorierte Amandas vielsagenden Blick. »Hey, wir helfen gern«, sagte er.
»In der Einladung war von Erfrischungen die Rede. Was kann ich Ihnen anbieten? Tee? Kaffee? Ein kaltes Getränk?«
»Kaffee«, sagte Balenger.
»Für mich auch, bitte«, schloss sich Amanda an.
Sie folgten Karen einen Gang entlang, der mit sepiafarbenen Fotos des Gramercy Park geschmückt war; danebenhängende Kärtchen datierten die Bilder in die neunziger Jahre des neunzehnten Jahrhunderts. Die verblassten Bilder zeigten Pferdekutschen, Männer in Hut, Anzug, Weste und Krawatte und Frauen, deren Kleider bis zu den Knöcheln ihrer geknöpften Schuhe reichten.
Der alte Teppichbelag dämpfte das Geräusch von Balengers Schritten. In der Luft hing der abgestandene Geruch der Vergangenheit. Karen wandte sich nach rechts und führte sie in einen langgestreckten Raum, in dem Reihen von Klappstühlen aufgestellt waren. Auch hier waren die Wände mit sepiafarbenen Fotografien geschmückt.
Balenger sah eine Projektionsleinwand. Auf einem Redner-

pult stand ein mit einem Beamer verbundener Laptop. Ein halbes Dutzend Menschen standen herum, tranken aus Styroporbechern und bissen in geviertelte Sandwiches.
Karen deutete hinüber. »Lassen Sie sich Professor Murdock vorstellen.«
Sie führte sie zu einem grauhaarigen Mann mit Schnurrbart, der ein Sandwich in der Hand hielt und mit einem Mann und einer Frau Mitte dreißig sprach. Er sah noch dünner aus als auf dem Foto. Er trug einen Anzug, während das Paar, mit dem er sich unterhielt, ebenso wie Balenger und Amanda in Jeans steckte.
»... Begriff nicht vor 1939 gebraucht. Davor sprach man von Kästen oder Safes oder sogar von Schatullen. Und dann gibt es natürlich noch den berühmten ...« Er unterbrach sich, um Balenger und Amanda zuzunicken.
»Professor, ich möchte Ihnen gern ...« Das Blut stieg Karen wieder ins Gesicht. Sie konnte sich offenbar nicht mehr an ihre Namen erinnern.
»Frank Balenger.«
»Amanda Evert.«
Sie gaben sich die Hand.
»Ich habe gerade von der Krypta der Zivilisation erzählt«, sagte der Professor.
»Der *was?*« Balenger war sich nicht sicher, ob er es richtig verstanden hatte.
»Das ist der Name der wohl berühmtesten aller Zeitkapseln. Natürlich bin ich nicht ganz unparteiisch, denn sie befindet sich im Besitz der Oglethorpe University, an der ich unterrichte.«
»Haben Sie wirklich ›Krypta der Zivilisation‹ gesagt?«, fragte Balenger.
»Interessanter Name, finden Sie nicht? Die Krypta ist der

Grund dafür, dass die International Time Capsule Society ihren Sitz an der Oglethorpe hat.«

»Es gibt eine Zeitkapselgesellschaft?«, fragte Amanda verblüfft.

Weitere Menschen betraten den Raum.

»Entschuldigen Sie mich«, sagte der Professor. »Ich muss nachsehen, ob alles für den Vortrag vorbereitet ist.«

Als er zum Pult hinüberging, brachte Karen Bailey ihnen den Kaffee. »Kaffeesahne und Zucker stehen dort auf dem Tisch. Die Sandwiches haben wir anliefern lassen. Bitte bedienen Sie sich.« Sie ging zum vorderen Ende des Raums hinüber und zog die Vorhänge zu.

Balenger musterte die Sandwiches. Die Rinde war abgeschnitten. Er nahm eins und biss hinein. »Ich mag eigentlich keinen Thunfisch, aber das hier schmeckt nicht schlecht.«

»Das liegt am grünen Salat«, sagte Amanda.

»Grüner Salat?«

»Er ist frisch. Die Mayonnaise schmeckt wie hausgemacht. Und das Brot ist noch warm.« Amanda nahm den nächsten Bissen.

Balenger folgte ihrem Beispiel. »Ich hoffe, er redet über diese Krypta der Zivilisation.«

8

Der Professor stand im Schatten hinter seinem Pult und drückte auf die Tastatur des Laptops. Auf der Leinwand erschien das Foto eines langen, glänzenden Metallrohrs, das Balenger an einen Torpedo erinnerte. Eine Gruppe ernster Männer in weißen Kitteln stand daneben.

»Obwohl die Praxis selbst bis in die Antike zurückgeht, sehen wir hier den ersten Gegenstand, der jemals als Zeitkapsel bezeichnet wurde«, sagte Professor Murdock. »Sie wurde für die New Yorker Weltausstellung von 1939 angefertigt. Der Sponsor war Westinghouse, eine Haushaltsgerätefirma, die für die hohe Qualität ihrer Produkte bekannt war. Die Zeitkapsel war dazu bestimmt, erst in fünftausend Jahren geöffnet zu werden; die implizierte Botschaft war also, dass Westinghouse-Produkte für die Ewigkeit geschaffen waren. Und warum fünftausend Jahre? Weil man davon ausging, dass die dokumentierte Geschichte vor fünftausend Jahren begonnen hatte. Die Weltausstellung markierte damit einen Zeitpunkt auf halber Strecke zwischen Vergangenheit und Zukunft. Die Schöpfer der Kapsel verkündeten: ›Wir glauben daran, dass der Mensch die Probleme der Welt lösen wird, dass die menschliche Rasse über ihre Grenzen triumphieren wird, dass die Zukunft glorreich sein wird.‹ Natürlich hat der Schrecken des Zweiten Weltkriegs sie bald eines Besseren belehrt.«
Der Professor berührte eine Taste, und das nächste Bild erschien. Es zeigte ein futuristisch aussehendes Gebäude, vermutlich einen Teil der Weltausstellung von 1939. Ein Transparent im Hintergrund verkündete THE WORLD OF TOMORROW. Menschen standen vor dem Eingang Schlange. Balenger fiel auf, dass die meisten Männer Jackett, Krawatte und Hut trugen, obwohl ein Besuch der Weltausstellung doch eine Freizeitaktivität gewesen sein musste.
»Die Kapsel war aus einer extrem harten, feuchtigkeitsresistenten Kupferlegierung gefertigt«, sagte der Professor. »Nachdem sie bestückt worden war, wurde sie in einen Schacht hinuntergelassen; der gewählte Zeitpunkt war die Herbst-Tagundnachtgleiche, und es war eine fast religiös

anmutende Zeremonie, bei der sogar chinesische Gongs zum Einsatz kamen. Aus dem oberen Ende des Schachts ragte ein Periskop; die Besucher konnten die Zeitkapsel also sehen – in der Erde sechzehn Meter unter ihnen. Nach dem Ende der Weltausstellung wurde der Schacht aufgefüllt und versiegelt und mit einer Betonmarkierung versehen. ›Möge die Zeitkapsel gut schlafen‹, sagte der Geschäftsführer von Westinghouse dazu. Weil man wusste, dass insgesamt weit mehr Zeitkapseln verlorengegangen waren als wiedergefunden wurden, brachte Westinghouse ein Buch heraus – *The Book of the Record of the Time Capsule*. Tausende von Exemplaren wurden in Spezialfarben auf säurefreies Papier gedruckt und an Bibliotheken und Klöster der ganzen Welt verteilt, bis nach Tibet. Neben anderen Informationen enthielt das Buch Angaben zum Längen- und Breitengrad des Kapselstandorts – in weiser Voraussicht, denn die Betonmarkierung in Flushing Meadows, wo die Ausstellung stattfand, ist im Lauf der Zeit immer kleiner geworden.«
Das nächste Bild zeigte eine Ansammlung unterschiedlichster Gegenstände.
»Und was hat die Kapsel nun enthalten?«, fragte Professor Murdock. »Was waren es für kostbare Gegenstände, von denen ihre Schöpfer glaubten, dass sie einer Gesellschaft fünftausend Jahre in der Zukunft zeigen würden, was das Jahr 1939 bedeutsam gemacht hatte? Ein Wecker. Ein Büchsenöffner. Ein Füllfederhalter. Eine Nagelfeile. Eine Zahnbürste. Eine Micky-Maus-Tasse.«
Im Publikum lachte jemand.
»Es waren noch viele andere Gegenstände dabei, aber diese Beispiele zeigen bereits, wie schwierig es ist, zu entscheiden, was für eine Gesellschaft wichtig ist. Wird es in der Zukunft Büchsenöffner geben? Wecker und Nagelfeilen? Vielleicht

sind die Dinge, die uns am selbstverständlichsten erscheinen, gerade die Dinge, die eine zukünftige Gesellschaft vollkommen unbegreiflich finden wird. Um den Titel eines Romans zu zitieren, der ebenfalls mit in die Kapsel gelegt wurde, alle Zivilisationen werden irgendwann verschwunden sein – *Vom Winde verweht*. Die Weltausstellung des Jahres 1939 hat der Zukunft voller Stolz mitgeteilt, wie die Welt zu diesem Zeitpunkt ausgesehen hat. Aber es ist auch etwas Verzweifeltes an der Sorgfalt, mit der diese Kapsel zusammengestellt wurde – als hätten ihre Schöpfer gefürchtet, vergessen zu werden.«

Das Gebäude auf dem nächsten Bild sah aus wie eine weitläufige Schlossanlage.

»Das ist der Campus der Oglethorpe University in Atlanta, wo ich unterrichte«, sagte Professor Murdock. »Hier wurde 1936 die Idee für die Westinghouse-Zeitkapsel geboren. Der damalige Präsident, Thornwell Jacobs, ließ ein Schwimmbecken trocken legen und mit Tausenden von Gegenständen füllen, darunter Mikrofilmaufnahmen von Seiten aus Enzyklopädien, aber auch Alltagsgegenstände wie eine Toilettenbürste, einen Lippenstift, einen Grapefruitentkerner, eine Fliegenklatsche, Bausteine für Kinder und eine Ampulle mit Budweiser-Bier. Das Projekt war so ambitioniert, dass Jacobs es erst 1940 abschloss, also ein Jahr nach der Weltausstellung. Mit dem Ergebnis, dass Westinghouse den Ruhm erntete, die erste Zeitkapsel geschaffen zu haben, obwohl es nicht seine Idee gewesen war. Jacobs hat eine Bestattungsmetapher verwendet – er nannte sein Projekt die Krypta der Zivilisation.«

Hinter sich hörte Balenger ein Geräusch.

Er drehte sich um und stellte fest, dass ein Mann und eine Frau gingen. Am Ausgang flüsterten sie Karen Bailey etwas zu; der Mann zeigte auf seine Armbanduhr. Karen nickte verständnisvoll.

Das Aufblitzen eines neuen Bildes veranlasste Balenger, wieder nach vorn zu sehen. Er sah im Stechschritt erstarrte Nazis. Es folgte eine Serie von Fotos, die die Trümmer zerbombter Gebäude, mit Hakenkreuzen versehene Panzer, Leichenhaufen in Todeslagern und die pilzförmige Wolke einer Atomexplosion zeigten.

»Als Jacobs die Idee von der Krypta der Zivilisation kam, hatten ihn die Folgen der Weltwirtschaftskrise möglicherweise der Zukunft dieser Zivilisation gegenüber skeptisch werden lassen. Vielleicht war seine Absicht weniger die, der Zukunft gegenüber zu prahlen, wie es die Westinghouse-Zeitkapsel tat, als vielmehr die, etwas zu erhalten, von dem er fürchtete, dass es in Gefahr war. Im Jahr 1940, als die Krypta versiegelt wurde, war der Pessimismus allgegenwärtig, und die deutsche Armee stürmte durch Europa. In einem Dokument, das Jacobs mit in die Krypta einschloss, hatte er geschrieben: ›Die Welt ist dabei, unsere Zivilisation für immer zu begraben, und hier in dieser Krypta hinterlassen wir sie euch.‹«

Balenger hörte wieder eine Bewegung in seinem Rücken. Er drehte sich um und sah, wie ein weiteres Paar den halbdunklen Raum verließ. Er runzelte die Stirn.

»Die Krypta blieb erhalten, aber den meisten Kapseln ergeht es weniger gut«, fuhr Professor Murdock fort. »Die Behälter sind nicht wasserfest, oder sie enthalten organische Substanzen, die verrotten können. Durch menschliches Versagen verursachte Unfälle können die besten Absichten zunichte machen. Eine ehrgeizige Stadt in Kalifornien hat nicht weniger als siebzehn Zeitkapseln geschaffen und keine einzige davon wiedergefunden. An einer Highschool in Virginia haben sechs Schüler einer Abschlussklasse bei der Zusammenstellung einer Zeitkapsel geholfen und sie irgendwo auf dem Gelände vergraben. Das war im Jahr 1965. Die Schule wurde vor kurzer Zeit abgerissen, aber die sechs ehemaligen Schüler haben eine kollektive Gedächtnislücke bei der Frage, was sie in die Kapsel gelegt und wo sie sie vergraben haben. Es ist, als hätten sie diese Erfahrung niemals gemacht. Beide Gemeinden sind inzwischen mit einer Art kollektiver Schatzsuche beschäftigt.«

Balenger verspannte sich, als die nächsten beiden Zuhörer den Raum verließen. Was geht hier vor?, dachte er.

»Unter den Tausenden verschollenen Zeitkapseln«, sagte Professor Murdock, »gelten fünf als die begehrtesten. Die Erste davon ist die sogenannte Bicentennial Wagon Train Capsule.«

Die Stimme des Professors schien leiser zu werden. Balenger beugte sich vor, um ihn besser zu verstehen.

»Am Unabhängigkeitstag des Jahres 1976 ...«

Die Schatten schienen dichter zu werden.

»... wurde eine Kapsel, die zweiundzwanzig Millionen Unterschriften enthielt, nach Valley Forge in Pennsylvania gebracht – von einer Fahrzeugkarawane, die man den Zweihundert-Jahre-Treck nannte. Sie sollte im Beisein von Präsident Gerald Ford bei der Feier zum Unabhängigkeitstag versenkt werden.«

Die Stimme des Professors wurde leiser.

»Doch kurz vor der Zeremonie stahl jemand die Kapsel aus einem unbewachten Wagen.«

Balengers Lider wurden schwer.

»Die zweitwichtigste Zeitkapsel befindet sich am Massachusetts Institute of Technology. 1939 deponierten Wissenschaftler des Instituts eine Anzahl von Gegenständen in einem versiegelten Behälter unter einem riesigen Zyklotron, das gerade im Bau war. Das Zyklotron wurde …«

9

Deng.

Balenger trieb langsam näher an das Bewusstsein heran. Das scharfe, anhaltende Scheppern klang wie eine gesprungene Glocke.

Deng.

Es passte zu dem schmerzhaften Hämmern in seinem Kopf.

Deng.

Er brachte es fertig, die Augen zu öffnen, aber ringsum war Dunkelheit. Eine kalte Brise ließ ihn schaudern. Er hörte Wellen ans Ufer branden. Der leichte Wind brachte den Geruch von verbranntem Holz und Asche mit.

Plötzlich flammte ein Licht auf. Er stöhnte und hob die Hand, um seine Augen zu schützen. Sein Arm schmerzte.

»Kumpel, du hast hier nichts verloren«, sagte eine barsche Stimme. »Los, aufstehen!«

Balenger konnte nur stöhnen.

»Du hast mich verstanden. Beweg dich!«

»Wo …« Balengers Kehle brannte. Er brachte das Wort kaum heraus.

»Noch mal sag ich's nicht. Aufstehen!«

»Wo bin ich?« Balenger blinzelte ins Licht. Er merkte, dass er auf Sand lag.

»Herrgott noch mal, du weißt nicht mal, wo du bist?«, fragte eine zweite barsche Stimme. »Asbury Park, Kumpel. Da, wo du auch den Blackout hattest.«

Deng.

Balenger kämpfte sich auf die Füße. Der grelle Strahl des Handscheinwerfers beleuchtete die Trümmer eines Gebäudes. Der Geruch nach verbranntem Holz war jetzt stärker.

»Asbury Park?«

Deng.

Balengers Hirn war jetzt klar genug, um ihn das Geräusch aus seinen Alpträumen erkennen zu lassen. Eine Metallplatte, die gegen die Mauer einer verlassenen Bauruine schlägt. Eine Welle kalter Furcht überkam ihn.

Deng.

»Die Stadt versucht das Viertel zu sanieren. Typen wie du sind hier nicht erwünscht.«

»Nein«, sagte Balenger. »Ist das da …« Er zeigte erregt zu dem chaotischen Trümmerfeld hinüber. »Erzähl mir nicht, dass das …«

Deng.

»Das Paragon Hotel«, erklärte die Stimme. »Oder vielmehr das, was davon noch übrig ist. Nach diesen ganzen Morden und nachdem das Ding abgebrannt war, haben wir hier endgültig genug gehabt. Wir wollen diesen Strand hier wieder zum Leben erwecken. Also verschwinde, bevor wir dich einlochen.«

Seine Empfindungen ließen ihn zittern. Das Paragon Hotel?, dachte er panisch. Wie komme ich hierher?

»Moment mal. Eddie, der Typ kommt mir bekannt vor. Hey, bist du nicht …«

»Balenger«, sagte der andere Mann. »Frank Balenger. Yeah, das ist er. Herrgott, Mann, was treibst du hier? Ich hätte gedacht, das hier ist so ziemlich der letzte Fleck Erde, den du jemals wiedersehen willst!«

»Amanda«, flüsterte Balenger.

»Ich kann dich kaum verstehen.«
»Amanda.« Balengers Stimme klang heiser.
»Wer ist Amanda? War noch jemand bei dir?«
»Moment, Eddie. Ich glaube, ich ... Amanda ... Letzten Herbst, als das Hotel abgebrannt ist. Wie hieß sie noch? Evert. Amanda Evert. Redest du von der, Frank? Die Frau, die du gerettet hast?«
Deng.
»Amanda!«, brüllte Balenger. »Wo bist du?« Seine Stimmbänder drohten zu reißen. Er stolperte durch die verkohlten Trümmer, um sie zu suchen.
»Frank, erklär's uns. Um Gottes willen, was *machst* du hier?«

10

Der Manhattan History Club?« Jeff Cochran runzelte die Stirn. Er war ein wuchtiger Mann mit rotem Haar und Sommersprossen, und er war Polizeichef von Asbury Park. Zwei Jahre zuvor hatte Balenger für ihn gearbeitet – bevor er gekündigt hatte, um nach seiner verschollenen Frau zu suchen. »Zeitkapseln?«
»Das ist das Letzte, woran ich mich erinnere.« Balenger rieb sich den Nacken in einem Versuch, seinen Kopfschmerzen beizukommen. »Sehen Sie, Sie müssen weiter die Gegend beim Strand absuchen. Vielleicht ist Amanda noch ...«
»Sie machen gerade ihre zweite Runde. Ich verspreche Ihnen, ich werde alles tun, was ich kann. Wann sind Sie zu diesem Geschichtsklub gegangen?«
»Ist heute Samstag?« Die Lampe an der Decke war so grell, dass es weh tat.

»Jetzt nicht mehr. Es ist nach Mitternacht.«
»Samstag war ...« Balenger bemühte sich um Konzentration, versuchte, sich an das korrekte Datum zu erinnern. Sein linker Unterarm schmerzte immer noch. »Der zweite Juni?«
»Stimmt. Mann, was es auch war, das die Ihnen gegeben haben, es hat Ihnen total das Gedächtnis verkorkst. So eine Art Vergewaltigungsdroge vielleicht.«
»In dem Kaffee und den Sandwiches.« Balenger schüttelte den Kopf, wovon seine Kopfschmerzen nur schlimmer wurden. »Aber alle anderen haben doch auch gegessen und getrunken ... Diese Frau ... Wie hieß sie doch gleich? Komm schon, komm schon ... Karen! So hat sie sich vorgestellt. Karen Bailey. Sie hat uns den Kaffee gebracht. Das muss es gewesen sein.«
»Sie haben gesagt, sie hat die Vorhänge zugezogen und das Licht ausgeschaltet.«
»Ja.« Balenger war sterbensübel. »Damit dieser Professor ... Murdock. *Das* war der Name. Damit Professor Murdock seinen Vortrag halten und seine Bilder projizieren konnte. Nach einer Weile sind die ersten Leute gegangen. Und der Raum schien immer dunkler zu werden.«
»Wieso reiben Sie sich eigentlich dauernd den Unterarm?«, fragte Cochran.
»Tut weh.« Balenger zog die Jacke aus und krempelte den Hemdsärmel hoch. Am Unterarm war eine rote und geschwollene Stelle. Etwas hatte die Haut durchbohrt.
»Sieht so aus, als hätte Ihnen jemand eine Injektion verpasst«, bemerkte Cochran. »Noch mehr Drogen, wahrscheinlich damit Sie weiterschlafen, während sie Sie hierhergebracht haben.«
Mit zitternden Händen suchte Balenger seine Taschen ab.

»Die Brieftasche habe ich noch. Die Uhr haben sie auch nicht genommen. Ein Raub war das nicht.«

»Handy?«

»Ich hab's nicht mitgenommen. Amanda ist so ziemlich der einzige Mensch, den ich je damit anrufe. Und weil sie mitgekommen ist, habe ich gedacht, ich brauche es nicht.«

Cochran schob sein Diensttelefon über den Tisch. »Hat *sie* ein Handy?«

Balenger tippte auf die Tasten. Seine Handfläche wurde feucht von Schweiß, als er das Telefon ans Ohr drückte.

Eine elektronische Stimme teilte ihm mit: »Die von Ihnen gewählte Nummer ist nicht erreichbar.«

Die Ansage musste laut genug gewesen sein, dass auch Cochran sie verstanden hatte. »Versuchen Sie's zu Hause«, sagte der Polizeichef. »Vielleicht wartet sie da und macht sich Sorgen, wo Sie stecken.«

»Aber das ergibt doch keinen Sinn – uns beide zu betäuben, bloß um mich nach Asbury Park und Amanda in unsere Wohnung zu bringen.«

»Bisher ergibt nichts von alldem einen Sinn. Versuchen Sie's bei sich zu Hause«, sagte Cochran.

Balenger wählte die nächste Nummer. Seine Hand war jetzt so verschwitzt, dass die Finger Spuren auf den Tasten hinterließen.

»Hallo«, sagte Amandas Stimme.

Gott sei Dank, dachte Balenger. Die Erleichterung verflog, als die Stimme weitersprach.

»Bitte hinterlassen Sie eine Nachricht nach dem Signalton«, beendete Amanda die Aufnahme.

Balenger zwang sich zum Sprechen. »Ich weiß nicht, was passiert ist«, sagte er ins Telefon, entsetzt über das Schwanken in seiner Stimme. »Wenn du diese Nachricht bekommst,

ruf die Polizei von Asbury Park an.« Er sprach die Nummer aufs Band. »Und frag nach Chief Cochran.«
»In diesem Fall …«, Cochran bedeutete Balenger, er solle ihm das Telefon zurückgeben, »… wollen wir doch mal sehen, was die Polizei von Manhattan rauskriegt.«

11

In Balengers Schädel pochte es, als Cochran die East 19th Street ansteuerte. Das Licht des Sonntagmorgens, frei von den Autoabgasen der Arbeitswoche, war so klar, dass es in seinen übermüdeten Augen schmerzte. Die Uhr am Armaturenbrett zeigte 08.11 Uhr.
»Nächster Block«, teilte er Cochran mit. »Da. Das Haus in der Mitte.«
Vor dem Gebäude sah Balenger einen großen Mann südamerikanischer Abstammung; er war Mitte dreißig und trug Krawatte und Blazer. Neben ihm stand eine magere Frau in einem Designerhosenanzug. Ihr Haar war platinblond; der zu dick aufgetragene Lidstrich und Lippenstift machten es schwierig, ihr Alter zu schätzen.
Cochran fand einen Parkplatz am Ende des Blocks. Balenger ging schnell auf das Haus in der Mitte der Zeile zu.
»Chief Cochran?«, fragte der Südamerikaner.
»Das bin ich«, sagte Cochran, der Balenger gerade eingeholt hatte.
»Detective Ortega.« Die Männer schüttelten sich die Hand. »Dies ist Joan Dandridge.«
»Frank Balenger. Das Schild war gestern nicht da.« Mit wachsender Unruhe wies Balenger die Vortreppe hinauf,

wo ein Schild mit der Aufschrift ZU VERKAUFEN an der Haustür befestigt war. Darunter standen der Name der Firma – KNICKERBOCKER REALTY – und eine Telefonnummer.

»Das ist meine Firma«, sagte Joan. Sie ließ ihre Zigarette auf den Gehweg fallen und trat sie aus.

Balenger starrte zu dem leeren Fleck über der Tür hinauf. »Da oben war eine Bronzetafel.«

»Was?« Ihr Tonfall wurde scharf.

»Über der Tür. Mit der Aufschrift MANHATTAN HISTORY CLUB.«

Joan stieg die Stufen hinauf, nahm eine Brille aus der Handtasche und starrte zu den Ziegeln über der Haustür hinauf. »Mein Gott, ich kann die Löcher sehen, mit denen die Tafel befestigt war. Er hat versprochen, er würde das Gebäude nicht beschädigen.«

»Er?«, fragte Cochran.

»Der Eigentümer hat dieses Gebäude als Spekulationsobjekt gekauft und will jetzt zu viel dafür haben«, beschwerte sich die Maklerin. »Ich habe es ihm schon zigmal gesagt, der Boom ist vorbei, der Preis ist zu hoch. Als ich einen Anruf von jemandem gekriegt habe, der das Haus einen Tag lang mieten wollte, habe ich dem Eigentümer geraten, das Angebot anzunehmen. Ich habe eine sehr ordentliche Miete herausgeholt.«

»Das Gebäude zu mieten?« Balenger hatte das Gefühl, mit seinem Gleichgewicht stimme etwas nicht. Amanda, dachte er. Er brannte darauf, ins Innere zu kommen.

»Für einen Empfang. Der Mann hat erzählt, er hätte hier gelebt, bis seine Eltern das Haus verkauft haben – in den achtziger Jahren, als er ein Teenager war. Er wäre zufällig vorbeigefahren, hätte gesehen, dass es wieder zum Verkauf

steht, und beschlossen, eine Überraschungsparty zum Geburtstag seines Vaters zu organisieren, weil der es immer bereut hätte, das Haus verkauft zu haben. Ich hab ihn noch aufgezogen damit. ›Machen Sie sich doch nicht die Mühe, es für einen Tag zu mieten. Überreden Sie Ihren Vater, es zurückzukaufen.‹ Er hat gelacht und etwas davon gesagt, dass Nostalgie keine vier Millionen Dollar kosten dürfe.«
Balenger fragte rasch: »Wie hat er ausgesehen?«
»Ich bin ihm nie begegnet.«
»Sie sind ihm nie ...?«
»Wir haben alles am Telefon geklärt. Den Vertrag habe ich mit der Post geschickt. Der Scheck war gedeckt. Ich habe die Kaution und meine Vermittlungsgebühr bekommen, das war alles, was mich interessiert hat. Allerdings habe ich mich vergewissert, wem das Haus damals in den Achtzigern gehört hat. Einem Mann namens Victor Evans. Der Mann, der den Mietvertrag unterschrieben hat, hieß Philip Evans. In meinen Augen schien das alles stimmig und legal.« Sie holte einen Schlüssel aus der Handtasche und sah mit gerunzelter Stirn zu den Löchern über der Tür hinauf. »Dies ist ein denkmalgeschütztes Viertel. Möglicherweise reicht die Kaution nicht aus, um die Reparatur zu bezahlen.«
Sie schloss die Tür auf.
»Warten Sie hier«, sagte Ortega.
»Aber ich muss nachsehen, ob sonst noch etwas beschädigt wurde!«
»Wenn wir sichergestellt haben, dass niemand mehr im Haus ist.«
Ortega, Balenger und Cochran betraten das Gebäude. Das Vestibül war leer.
»Hier hat eine Staffelei gestanden«, erzählte Balenger. »Mit einem Plakat, auf dem der Professor abgebildet war.«

Sie gingen den Gang entlang. Die alten Fotografien von Gramercy Park waren verschwunden.
Balenger deutete nach rechts. »Der Vortrag hat hier stattgefunden.«
Sie betraten den langgestreckten Raum. Die Klappstühle waren verschwunden. Ebenso die Fotografien, die Vorhänge, das Rednerpult, die Leinwand und die Tische für Kaffee, Tee und Sandwiches.
Ortega öffnete vorsichtig eine Tür in der hinteren Wand und spähte in den Nebenraum. »Leer.«
Balenger horchte auf das Schweigen des Hauses. »Amanda!«, brüllte er.
Das Echo erstarb. Niemand antwortete.
Er massierte sich den Unterarm, als er in den Gang zurückkehrte und die Treppe hinaufspähte. Der dunkle Teppich verschwand in den Schatten.
»Amanda!«
Immer noch keine Antwort.
Die Stufen knarrten, als Balenger die Treppe hinaufrannte.
»Ich komme mit«, sagte Cochran.
»Lassen Sie mich vorangehen.« Ortega holte sie ein.
»Ich weiß, wie man so etwas macht«, sagte Balenger. »Ich war mal Polizist.«
»Aber haben Sie eine Waffe?«
»Nein.«
»Chief Cochran?«
»Das hier ist nicht mein Amtsbezirk. Ich hab meine nicht dabei.«
»Dann gehe ich voran«, sagte Ortega nachdrücklich. Oben angekommen warf er einen Blick in einen dunklen Raum und ging dann einen Gang entlang.
Balenger betrat den Raum. Der Teppich zeigte die Abdrü-

cke, wo ein Bett, eine Kommode und ein Stuhl gestanden hatten. Die Schranktür war offen und ließ ein paar Kleiderbügel an einer Stange erkennen.

Im zweiten Zimmer fanden sich zwei leere Umzugskisten.

Im zweiten Stock entdeckten sie nichts außer weiteren Kleiderbügeln und einen Streifen Klebeband.

Ortega öffnete die letzte Tür. »Der Dachboden.«

Eine Sekunde lang rührte sich niemand. Dann wappneten sie sich und stiegen eine schmale Treppe hinauf, deren Stufen lauter knarrten als die der unteren Treppen. Balenger war hinter Ortega; der aufgewirbelte Staub kitzelte ihn in der Nase. Hinter sich hörte er Cochrans Schritte.

Sonnenlicht kämpfte sich durch ein schmutziges Fenster ins Innere. Die schräge Decke war so niedrig, dass Balenger sich bücken musste. Er untersuchte den unebenen Bretterboden und eine Trainingsmatte mit einer abgerissenen Ecke.

»Irgendwann müssen hier die Schlafräume des Personals gewesen sein.«

»Hat was von einer Höhle«, sagte Ortega. »Ich wette, Kinder würden gern hier oben spielen.«

Cochran streckte den Arm aus. »Was ist das da in der Ecke?«

»Sieht aus wie ein paar CD-Hüllen«, sagte Balenger.

Ortega zog Gummihandschuhe aus der Tasche seines Blazers, bückte sich und hob die Hüllen auf. »Keine CDs. Computerspiele. Von dem einen hier hab ich noch nie gehört, aber das andere ist *Grand Theft Auto*. Meine Kinder spielen das. Ich hab ihnen gesagt, sie sollen die Finger davon lassen – also wirklich, die Kinder eines Bullen spielen ein Spiel, in dem sie Autos klauen und Prostituierte verprügeln –, aber ich bin mir sicher, heimlich spielen sie's immer noch.«

Ortega öffnete die Hüllen. »Kein Wunder, dass sie die nicht mitgenommen haben. Die Hüllen sind leer.«
Balengers Unterarm schmerzte immer noch. Ortegas harmlose Bemerkungen hatten seine Anspannung nicht gemildert. »Wir haben noch nicht alles durchsucht.«
»Ich weiß«, sagte Ortega. »Es gibt immer noch den Keller.«

12

Während er die Treppe hinunterstieg, wurde Balenger die Brust so eng, dass er kaum noch atmen konnte. Dunkle Feuchte umgab ihn. Der Keller bestand aus einem einzigen langen, schlecht beleuchteten Raum mit alten Ziegelwänden und von Spinnweben überzogenen Rohren. Der Zementboden hatte Risse. Der Ofen war völlig verkrustet. Unter dem Heißwasserkessel lag Rost.
»Vier Millionen Dollar für den Laden hier?«, murmelte Cochran. »Das sollte bestraft werden.«
Auch dieser Versuch, Konversation zu machen, entspannte Balenger nicht. Weit und breit keine Spur von Amanda.
»Wann haben Sie zuletzt zu Hause nachgesehen?«, fragte Ortega.
»Der Chief hat mich gleich als Erstes hingefahren. Ich hab ein Foto eingesteckt.« Balenger zog es aus der Jackentasche. Auf dem Bild, das er aus einem Schuhkarton in Amandas Schrank genommen hatte, sah man, wie sie im Garten ihres Elternhauses in Connecticut mit dem Irish Setter der Familie spielte.
Ortega sah sich das Foto genau an. »Wie groß ist sie?«

»Eins siebenundsechzig. Sechzig Kilo.« Balenger spürte, wie sich seine Kehle zusammenzog. Als er sie aus dem Paragon Hotel gerettet hatte, war sie ausgezehrt gewesen. Er hatte viel Überzeugungsarbeit leisten müssen, bis sie genug gegessen hatte, um wieder ein gesundes Gewicht zu erreichen.

»Augenfarbe? Auf dem Foto kann man's nicht richtig erkennen.«

»Blau. Hell. Irgendwie durchscheinend.«

»Haare – würden Sie sie als strohblond bezeichnen?«

Balenger nickte, während die Gefühle ihn zu überwältigen drohten. Er sah sehnsüchtig auf das fröhliche Lächeln auf dem Foto hinunter. Schulterlanges Haar. Ein wunderschönes Kinn und elegante Wangenknochen.

Er erinnerte sich schmerzlich an eine ähnliche Unterhaltung mit einem Ermittler, damals, als seine Frau verschwunden war.

»Ich muss Ihnen was erzählen«, sagte Balenger.

»Ja?«

»Das Ganze ist mir schon mal passiert.«

»Das verstehe ich nicht ganz.«

»Meine Frau ist auch verschwunden.«

Die trübe Beleuchtung des Kellers konnte Ortegas Überraschung nicht verbergen.

»Sie sah aus wie Amanda.« Die feuchte Kälte durchdrang Balenger bis ins Innerste und ließ ihn schaudern. »Chief Cochran hat Ihnen von dem Paragon Hotel erzählt, als er Sie angerufen hat.«

Ortega nickte.

»Ich habe meine Frau in dem Hotel gefunden. Sie war tot.« Die Anstrengung, sich seinen Erinnerungen zu stellen, ließ Balengers Hände und Füße taub werden. Sein schneller

Atem verursachte ihm Schwindelgefühle. »Amanda habe ich auch dort gefunden.«
Ortegas Blick wurde aufmerksamer.
»Die äußere Ähnlichkeit ist kein Zufall.« Balengers Worte überstürzten sich; er konnte das Tempo nicht mehr kontrollieren. »Wir wissen, wer meine Frau entführt hat. Derselbe Mann, der vor einem Jahr auch Amanda entführt hat. Er war auf junge Frauen mit blondem Haar, blauen Augen und ähnlichen Gesichtszügen fixiert. Wenn ich's nicht besser wüsste, würde ich sagen, *er* steckt hier dahinter. Aber ich habe selbst gesehen, wie Amanda ihn mit einer Holzlatte erschlagen hat. Nachdem diese zerbrochen war, hat sie sie dem Dreckskerl ins Herz gerammt. Ich habe immer noch Alpträume von ihm. Aber das hier kann er nicht getan haben.« Balenger war verzweifelt, als er sich hilfesuchend zu Cochran umdrehte.
»Okay. Das ist alles, was noch von ihm da ist – irgendwas in einem Alptraum«, sagte Cochran. »Ich hab die Leiche damals am Strand liegen sehen. Ich hab sie bei der Autopsie gesehen. Später habe ich mit Zeugen geredet, die bei der Verbrennung anwesend waren.«
Balengers gequälte Stimme hallte durch den Kellerraum. »Welcher andere Dreckskerl versucht also, das alles noch mal geschehen zu lassen?«

Level 2

»Willkommen bei Scavenger«

I

Doch kurz vor der Zeremonie stahl jemand die Kapsel aus einem unbewachten Wagen«, dozierte eine monotone Stimme.
Amanda hatte das Gefühl, in einem tiefen Teich aufwärtszutreiben.
»Die zweitwichtigste Zeitkapsel befindet sich am Massachusetts Institute of Technology.«
Amanda trieb an die Wasseroberfläche.
»1939 deponierten Wissenschaftler des Instituts eine Anzahl von Gegenständen in einem versiegelten Behälter unter einem riesigen Zyklotron, das gerade im Bau war. Das Zyklotron wurde irgendwann abgeschaltet, aber die Zeitkapsel fiel über fünfzig Jahre lang der Vergessenheit anheim.«
Ihre Augen öffneten sich.
»Letztlich hätte sie ebenso gut vergessen bleiben können. Wenn man nicht gerade das ganze Bauwerk auseinandernehmen will ...«
Amanda stellte fest, dass sie auf einem Bett lag.
»... kennt niemand eine Möglichkeit, wie man sie unter einem achtzehn Tonnen schweren Betonpanzer herausholen könnte.«
Sie fühlte sich benommen, und ihr war übel. In ihrem Kopf pochte es. Aber das Pochen passte nicht zu dem plötzlichen hektischen Hämmern ihres Herzens.
»Die Dritte ist die sogenannte *M*A*S*H*-Zeitkapsel.«
Amanda setzte sich mit einem Ruck auf. Wo ist Frank?, dachte sie. Sie unterdrückte ein Aufstöhnen und sah sich im

Zimmer um. Balkendecke, steinerner Kamin, Wände aus Baumstämmen, Dielenboden. Sonnenlicht strömte durch ein Fenster herein und schmerzte in ihren Augen. In der Ferne konnte sie zerklüftete, schneebedeckte Berggipfel erkennen. Sie fürchtete, den Verstand verloren zu haben.

»Im Jahr 1983 haben einige Schauspieler der beliebten Fernsehserie *M*A*S*H* Kostüme, Requisiten und andere Gegenstände, die einen Bezug zu der Serie hatten, in einer Kapsel eingeschlossen und sie auf dem Studiogelände der Filmfirma 20th Century Fox vergraben.«

Die Stimme war eine Männerstimme und schien von überall ringsum zu kommen.

»Aber in den seither vergangenen Jahren hat sich das Studiogelände so stark verändert, dass niemand mehr den ursprünglichen Ort der Kapsel identifizieren kann. Möglicherweise liegt sie heute unter einem Hotel, das auf einem damaligen Studiogrundstück errichtet wurde.«

Amanda wälzte sich vom Bett. Ihr war klar geworden, dass die Stimme aus in der Decke und den Wänden verborgenen Lautsprechern kommen musste.

»Die Vierte ist als George Washington Cornerstone bekannt. 1793 soll George Washington während einer Freimaurerzeremonie den Einbau einer Zeitkapsel in einen Eckstein des Kapitols beaufsichtigt haben.«

Amanda sah an sich hinunter. Sie trug Jeans, die weiße Bluse und den grauen Blazer, die Kleidung, die sie morgens angezogen hatte. Sie mühte sich darum, ihre wirren Gedanken zu ordnen, und kam zu dem Schluss, dass sie eine ganze Weile bewusstlos gewesen sein musste. Aber ihre Blase schmerzte nicht, was wohl bedeutete, dass das Mittel, mit dem man sie betäubt hatte, ihr das Befolgen von Anweisungen gestattete – wie eine Vergewaltigungsdroge. Jemand musste sie ins Bad gebracht, ihr die Hosen ausgezogen und sie zum Urinieren überredet haben.

»Das Kapitol ist seither so stark erweitert worden, dass der ursprüngliche Eckstein und sein unbekannter Inhalt niemals wiedergefunden wurden.«

Ihre Arme und Beine zitterten. Ihr Magen fühlte sich schwer an. Sie kam sich vollkommen überwältigt vor, so wie sie sich ein Jahr zuvor gefühlt hatte, als sie zu sich gekommen war und sich im Paragon Hotel wiedergefunden hatte. Schon wieder, dachte sie. Mein Gott, es passiert schon wieder.

»Die fünfte ist die Kapsel der Gramophone Company. Im Jahr 1907 deponierte die Gramophone Company Tonaufnahmen in einer Kapsel, die in den Grundstein des neuen Firmengebäudes in Middlessex, England, eingebaut wurde.«

Die Stimme klang sonor. Trotz ihrer Benommenheit nahm Amanda an, dass sie die Fortsetzung von Professor Murdocks Vortrag im Manhattan History Club hörte. Aber die Stimme war nicht mehr die des Professors.

»Zu den Aufnahmen gehörten Musikstücke von mehreren berühmten Opernsängern jener Zeit. Bei Abbrucharbeiten sechzig Jahre später wurde die Kapsel gefunden. Aber bevor die Aufnahmen einem Publikum vorgespielt werden konnten, wurden sie gestohlen. Die unersetzlichen Stimmen auf den Tonträgern wurden niemals wiedergefunden.«

Amanda versuchte ihren Atem unter Kontrolle zu bringen. Frank?, dachte sie. Wo bist du? Sie wandte sich zur Tür und begann zu wimmern, als die Stimme ihren Vortrag an einem früheren Punkt wieder aufnahm.

»Unter den Tausenden verschollenen Zeitkapseln …«

Amanda hätte am liebsten geschrien.

»… gelten fünf als die begehrtesten.«

Die Brust zog sich ihr zusammen. Die Aufnahme war eine

Endlosschleife. Sie musste mehrfach abgespielt worden sein, während sie bewusstlos war. Damit war auch erklärt, weshalb die Worte ihr bekannt vorkamen, obwohl sie sich nicht erinnern konnte, sie schon einmal gehört zu haben.

»Die Erste davon ist die sogenannte Bicentennial Wagon Train Capsule.«

Ich bin in der Hölle, dachte Amanda. Sie rannte zur Tür und packte die Klinke in der panischen Furcht, dass sie sich nicht bewegen würde.

»Am Unabhängigkeitstag des Jahres 1976 ...«

Die Klinke ließ sich ohne weiteres niederdrücken. Ihr Herz schlug noch schneller, als sie an der Tür zerrte.

»... wurde eine Kapsel, die zweiundzwanzig Millionen Unterschriften enthielt, nach Valley Forge in Pennsylvania gebracht.«

Als sie die Tür öffnete, sah sie einen Gang mit Wänden aus rohen Baumstämmen vor sich. Sie spähte nach links und nach rechts und entdeckte weitere Türen und Gemälde mit Cowboyszenen an den Wänden.

»Sie sollte im Beisein von Präsident Gerald Ford bei der Feier zum Unabhängigkeitstag ...«

Sie schob sich hinaus und schloss die Tür; jetzt war das einzige Geräusch die gedämpfte Fortsetzung des Vortrags.

Ein langer Läufer lag in der Mitte des Gangs. Zu ihrer Rechten sah Amanda eine Wand. Sie glitt lautlos nach links und hörte die Stimme undeutlich durch die Türen dringen, an denen sie vorbeikam.

»Doch kurz vor der Zeremonie stahl jemand die Kapsel aus einem unbewachten Wagen.«

2

Sie kam an eine Treppe. Der Geruch nach Holz und frischer Farbe legte nahe, dass das Gebäude neu war. Unten sah sie einen großen, offenen Raum mit einer von zwei Fenstern flankierten Tür.

Sie rannte die Treppe hinunter, erreichte die Tür und packte die Klinke.

Ein elektrischer Schlag durchfuhr sie und schleuderte sie nach hinten. In ihren Gedanken wurde es leer.

Das Nächste, was sie wahrnahm, war ein harter Aufschlag; ihr Kopf traf auf dem Fußboden auf. Schmerz schoss durch sie hindurch. Sie stöhnte und versuchte, wieder klar zu sehen.

»Herrgott«, sagte jemand.

Sie drehte den Kopf und sah einen Mann die Treppe herunterstürmen. Mitte zwanzig. Kurzes, dunkles Haar. Hagere, kantige Züge. Bartstoppeln.

Sie hob die Hände, um sich zu verteidigen; dann begriff sie, dass er sie nicht angreifen wollte.

»Bist du verletzt?« Er half ihr auf die Füße.

»Nur etwas mitgenommen.« Sie taumelte vor Benommenheit; sie war dankbar, nicht allein zu sein.

»Wo *sind* wir eigentlich?«, fragte er.

»Ich habe keine Ahnung.« Amanda starrte auf ihre prickelnde Hand hinunter. »Aber ich würde niemandem raten, diese Klinke anzufassen.«

»Die Stimme in meinem Zimmer ... Das Letzte, woran ich mich erinnere ...« Die gehetzten Augen des Mannes musterten die Umgebung. Er mühte sich um Konzentration. »Ich war in einer Bar in St. Louis.«

»Ich habe in Manhattan in einem Vortrag gesessen«, sagte Amanda verblüfft. »Über Zeitkapseln.«

»Zeitkapseln? Genau wie diese Aufnahme in meinem Zimmer. Was zum Teufel ist hier los?«

»Ich will es lieber gar nicht wissen.«

»Es muss ja wohl einen Weg ins Freie geben.«

Zu ihrer Rechten sahen sie eine bogenförmige Türöffnung. Sie gingen hindurch und standen vor einem langen, von Stühlen flankierten Esstisch, alles im gleichen ländlichen Stil gehalten. Fenster öffneten sich auf eine Berglandschaft. Durch einen weiteren Bogen sah Amanda einen altmodischen Holzofen, einen Kühlschrank, weitere Fenster und eine Tür.

Ihr Gefährte ging auf den Riegel zu.

»Fass den lieber nicht an«, sagte Amanda. »Wir müssen wohl davon ausgehen, dass alle Türen unter Strom stehen.«

»Dann schlagen wir eben ein Fenster ein.«

Ein Schatten erschien in der Tür zum Esszimmer. Amanda fuhr herum.

3

Unter dem Bogen stand eine Frau und starrte sie an. Sie trug kamelfarbene Hosen und eine dunklere Bluse; teuer aussehender Schmuck – ein Kollier, Armbanduhr, Armband und mehrere Ringe – belebte ihre Kleidung. Sie war Mitte dreißig, größer als Amanda und dünn auf eine Art, die nach fanatischen Hungerkuren aussah. Ihr rotbraunes Haar war hinter die Ohren gestrichen, die gebräunten Züge waren eher auf herbe Art attraktiv als schön. Ihr Gesichtsausdruck war grimmig.

»Wo sind wir hier?«
Amanda machte eine frustrierte Handbewegung. »Wir wissen's auch nicht.«
»Wie bin ich hierhergekommen? Sagt mir, wer ihr seid.«
»Ray Morgan.«
»Amanda Evert.«
»Wer hat uns betäubt? Ich war bei einer Cocktailparty. Eine Bootsmesse in Newport Beach. Und plötzlich lag ich in diesem Bett da oben.« Die Frau schüttelte den Kopf. »Ich habe die Aufnahme angehört. Zeitkapseln? Das ist doch … Wer um alles in der Welt lässt sich so was einfallen?«
»Ich mache, dass ich hier rauskomme, bevor ich's erfahre«, sagte Ray. Er griff sich einen Stuhl und schwang ihn in Richtung Fenster.
Amanda riss die Arme hoch, um ihr Gesicht vor den fliegenden Scherben zu schützen, aber alles, was sie hörte, war das Splittern von Holz. Zweimal. Dreimal. Lauter. Ray grunzte vor Anstrengung.
Als das Gehämmer aufhörte, ließ Amanda die Arme sinken und sah, dass ein Stuhlbein abgebrochen war, das Fenster aber unversehrt geblieben war.
»Sicherheitsglas.« Ray untersuchte es. »Fast so dick wie die Kanzel in einem Düsenjäger.«
»In einem Düsenjäger?« Der Vergleich kam ihr seltsam vor.
»Ich war bei den Marines. Kampfpilot im Irak.«
Er klang so, als sollte sie jetzt beeindruckt sein, aber die Erwähnung des Irak bewirkte lediglich, dass ein Schauer der Angst durch sie hindurchschoss. Angst um Frank. Es erinnerte sie an die Schrecken, die er dort erlebt hatte. *Frank*. Sie war sicher, dass er ebenfalls betäubt worden war. Wäre er bei Bewusstsein gewesen, hätte er niemals zugelassen, dass ihr etwas zustieß. Wo war er?

»Du hast uns noch gar nicht gesagt, wie du heißt«, sagte Ray zu der Frau.
»Bethany Lane.« Sie sah stirnrunzelnd auf ihr Armband und die Uhr hinunter. »Was das auch immer soll, ein Raubüberfall ist es nicht.«
»Das finde ich nicht besonders beruhigend«, sagte Amanda.
Zwei weitere Gestalten erschienen hinter der Frau in dem Bogen.
Ray hob das abgebrochene Stuhlbein auf, um es als Waffe zu verwenden.
»Schon in Ordnung«, sagte der Mann. Er hob die Hände, um zu zeigen, dass er unbewaffnet war. »Ich hab mitgekriegt, was ihr gesagt habt. Ich weiß auch nicht mehr darüber, was hier los ist, als ihr.«
Die Frau neben ihm sagte: »Und wir haben genauso viel Angst.«
Der Mann war ein hagerer Schwarzer Mitte zwanzig mit dickem schwarzem Haar. Die Frau war hellhäutig und im gleichen Alter; sie hatte kurzgeschnittenes braunes Haar. Auch sie war dünn. Beide steckten in Khakihosen mit vielen zusätzlichen Taschen an den Hosenbeinen – Campingkleidung.
»Derrick Montgomery«, sagte der Mann.
»Viv Montgomery«, fügte die Frau hinzu. Sie hatte einen Trauring am Finger. »Das Letzte, woran ich mich erinnere, ist, dass wir vor unserem Zelt Tee getrunken und uns aufs Schlafengehen vorbereitet haben.«
»In Oregon«, sagte Derrick. »Aber das da draußen ist nicht Oregon. Das sieht nach Colorado oder Wyoming aus.«
»Bleibt auf Abstand.« Ray packte einen weiteren Stuhl und stelzte an ihnen vorbei in den Vorraum, wo er den Stuhl in die Richtung des Fensters links von der Tür schwang. Er

schlug mehrmals zu. Der Aufprall ließ das Fenster erzittern, hatte sonst aber keine Wirkung.

»Dreckskerl«, sagte Ray.

Derrick streckte die Hand nach dem Riegel aus.

»Nein«, warnte Amanda. »Der steht unter Strom.«

Derrick zog die Hand schleunigst zurück.

»Den Sicherungskasten finden«, sagte Bethany. »Und den Saft abstellen.«

»Mir gefällt die Art, wie du denkst.« Ray ging durch das Esszimmer zurück zur Küche.

»Wir sollten zusammenbleiben«, sagte Amanda zu den anderen.

Sie folgten Ray und fanden ihn in der Küche, wo er auf den Griff einer Falltür hinunterstarrte.

»Vielleicht steht der auch unter Strom«, sagte er.

»Ich habe eine Idee.« Amanda riss sich ein Haar aus, befeuchtete es mit Speichel und schob es vorsichtig auf den Griff zu. Als es das Metall berührte, spürte sie ein Prickeln und zog die Hand zurück. »Ja, er steht unter Strom.«

»Probier's mal bei dem Schrankgriff unter dem Spülbecken«, sagte Viv zu Amanda.

Amanda fragte sich, was an dem Schrank interessant sein konnte, gehorchte aber. »Ich spüre hier keinen Strom.«

Viv riss die Tür auf und tastete unter dem Spülbecken herum. Sie schob eine langstielige Bürste, eine Flasche Geschirrspülmittel und eine Schachtel mit Scheuerschwämmen zur Seite. »Ja!« Als sie sich aufrichtete, hielt sie ein Paar lange gelbe Handschuhe in der Hand, die Sorte, die man zum Geschirrspülen verwendet.

Gummihandschuhe, dachte Amanda.

Viv zog sie an und ging geradewegs zur Hintertür. Sie zögerte und tippte dann mit dem Gummihandschuh auf die

Klinke. Nichts geschah. »Wir sind draußen.« Aber als sie die Klinke bediente, rührte sich die Tür nicht.

»Es gibt kein Schlüsselloch«, sagte Bethany. »Sie muss ein elektronisches Schloss haben.«

»Dann wären wir also wieder bei der Falltür und der Suche nach dem Sicherungskasten«, sagte Ray.

Viv hob mit der behandschuhten Hand die Falltür hoch. Sie starrten in die Dunkelheit hinunter.

»Ich sehe keinen Lichtschalter.« Amanda drehte sich zu der Anrichte neben dem Spülbecken um und berührte die Schubladengriffe mit dem nassen Haar. Als sie kein Prickeln spürte, riss sie die Schubladen auf.

Eine davon enthielt einen Hammer, einen Schraubenzieher, Schraubenschlüssel und eine Taschenlampe.

Derrick leuchtete durch die offene Falltür nach unten und zeigte ihnen eine kurze Holzleiter, die auf einem Erdboden endete. »Nicht tief genug für einen Keller.«

»Da unten kann man sich nur auf allen vieren bewegen«, fügte Bethany hinzu.

»Freiwillige vor.«

Niemand antwortete.

»Zum Teufel, dann mache ich's eben.« Ray ging in die Hocke. »Wenn wir nur hier rauskommen. Gib mir die Taschenlampe.«

»Warte«, sagte Amanda.

»Was ist?«

Amanda untersuchte die Leiter. »Leuchte mal hierher.«

Der Lichtstrahl zeigte ihnen einen Elektrodraht, der an einer der Sprossen befestigt war.

»Plan B«, sagte Viv. »Zurück zur Tür. Mit den Gummihandschuhen kann ich den Hammer und den Schraubenzieher dazu verwenden, die Angeln rauszuschlagen.«

»Fabelhaft.«
Aber keiner von ihnen hatte das Wort ausgesprochen.
»Wer …« Derrick sah auf.
Von der Decke herab fuhr die Stimme fort: »Im Ernst, ich bin beeindruckt.«

4

Amandas Herz setzte einen Schlag aus.
»Herrgott«, sagte Ray.
Sie waren alle herumgefahren und starrten zur Küchendecke hinauf.
»Ich hätte nicht damit gerechnet, dass ihr eure Problemlösungsfähigkeiten so schnell unter Beweis stellen würdet.«
Die Stimme gehörte einem Mann. Sie war tief und sonor wie die eines Fernsehansagers. Amanda erkannte sie von der Aufnahme wieder, die sie geweckt hatte.
»In der Decke ist ein Lautsprecher versteckt«, sagte Bethany.
»Aber woher weiß er, dass wir …« Ray musterte die oberen Ecken des Zimmers. Seine Augen wurden schmal. »Kameras. Sie sind klein, aber wenn man einmal weiß, wonach man sucht …«
Amanda konzentrierte sich und entdeckte die winzigen Öffnungen in allen Ecken unterhalb der Decke. Sie ging durch den Bogen ins Esszimmer und sah stirnrunzelnd nach oben. »Hier sind auch welche.« Sie hatte das Gefühl, dass sich ihr der Magen umdrehte. »Das ganze Haus muss voll sein mit denen.«
»Willkommen bei *Scavenger*«, verkündete die Stimme.

»*Scavenger?*«, wiederholte Derrick. »Was zum Teufel soll *das* heißen?«
»Geht bitte ins Esszimmer und macht es euch bequem. Ich werde es euch erklären.«
»Den Teufel werde ich.« Viv nahm den Hammer und den Schraubenzieher aus der Schublade. Mit den von den Handschuhen geschützten Händen rammte sie den Schraubenzieher unter eine Angel der Küchentür und schlug mit dem Hammer dagegen. Metall schepperte, und die Angel sprang heraus.
»Bitte geht ins Esszimmer«, sagte die Stimme.
Viv schlug eine weitere Angel heraus und machte sich an die dritte.
»Dies ist nicht produktiv. Ihr habt nur vierzig Stunden Zeit«, sagte die Stimme. »Verschwende keine Zeit, Vivian.«
»Ich bin Viv! Niemand nennt mich Vivian. Ich kann das nicht leiden!«
»Geh von der Tür fort.«
Plötzlich war Amanda kalt. »Ich glaube, wir sollten besser tun, was er sagt.«
»Hör auf sie, Vivian«, empfahl die Stimme.
»Hör auf, mich Vivian zu nennen!«
»Lass die Tür in Frieden«, sagte Amanda. »Ich habe ein übles Gefühl dabei.«
»Wenn du die dritte Angel losbrichst und versuchst, die Tür zu öffnen ...«, sagte die Stimme.
»Ja? Wenn ich das mache, dann passiert was?«, wollte Viv wissen.
»Das Gebäude wird explodieren.«
»Das glaube ich dir nicht.«
Die Stimme verstummte.
»Du lügst!«, schrie Viv.

Die Stille wurde tiefer.
»Yeah, gehen wir doch alle rüber ins Esszimmer«, schlug Ray vor.
Viv starrte wütend zur Decke hinauf.
Derrick ging zu ihr hinüber und legte ihr die Hand auf die Schulter. Ihr Blick wurde nur eine Spur milder. »Es kann ja nichts schaden, wenn wir uns erzählen lassen, was das eigentlich soll«, sagte er. »Wenn wir das Gefühl haben, es gibt keine Alternative, können wir die Tür nachher immer noch aufbrechen.«
Die Stimme brach ihr Schweigen. »Oh, ich garantiere euch, ihr werdet eine Alternative haben.«

5

Sie betraten wachsam das Esszimmer und setzten sich an den Tisch, wobei sie erst einander und dann die Decke nervös musterten.
Ray holte ein Zippo aus der Tasche und ließ den Chromdeckel ein paarmal auf- und zuschnappen. »Hat jemand eine Zigarette?«
Amanda und die anderen schüttelten den Kopf.
»War wohl zu viel erwartet.«
»Lasst euch etwas über Ray Morgan erzählen«, sagte die Stimme.
Ray hörte auf, das Feuerzeug auf- und zuschnappen zu lassen.
»Ehemals Lieutenant. Pilot beim United States Marine Corps. Ray ist ein Held.«
»Nein«, sagte Ray.

»Seine Geschichte ist durch sämtliche Medien gegangen«, fuhr die Stimme fort. »Er war auf einem Erkundungsflug, als eine Flugabwehrrakete seine Maschine getroffen hat. Der Schauplatz war eine Gebirgsgegend im Irak, die von Aufständischen kontrolliert wurde.«
Bei der Erwähnung des Irak musste Amanda wieder an Frank denken. Wo war er? Was war mit ihm passiert? Sie betete darum, dass er nicht tot war.
»Der Beschuss erfolgte gegen Abend. Im letzten Tageslicht ging Ray mit dem Fallschirm zu Boden. Das war sowohl gut als auch schlecht. Das Zwielicht sorgte dafür, dass die Aufständischen kein klares Ziel fanden. Aber zugleich machte die mangelnde Beleuchtung es Raymond schwer, rechtzeitig zu sehen, wo er landete. Er kam auf einem felsigen Abhang auf und rollte ab, wobei er sich erhebliche Schrammen zuzog und sich den linken Knöchel verstauchte. Trotz seiner Schmerzen humpelte er die ganze Nacht weiter, um den Aufständischen zu entgehen. Kurz vor der Morgendämmerung bedeckte er sich mit Steinen. Den ganzen Tag blieb er bewegungslos unter der Last liegen, während die Sonne auf ihn herunterbrannte. Aus den Geräuschen konnte er schließen, dass die Aufständischen bis auf fünfzehn Meter an ihn herankamen. Solange sie noch auf der Suche nach ihm waren, wagte er nicht, sein Ortungsgerät zu aktivieren und einen Rettungshubschrauber zu rufen. Schließlich hätte das Signal die Retter direkt zu den Aufständischen gelockt. Und so begann ein entsetzliches Versteckspiel, bei dem Raymond sich jede Nacht von Bergkamm zu Bergkamm schleppte und sich tagsüber selbst begrub. Er teilte die Rationen seiner Notverpflegung so ein, dass sie möglichst lang reichten. Danach aß er Insekten. Als seine Feldflasche leer war, trank er aus stehenden Tümpeln. Von dem Wasser bekam er

Fieber, aber er gab niemals auf. Mit Entschlossenheit und Einfallsreichtum, Disziplin und Eigenständigkeit hielt er zehn Tage lang durch, bis er seine Verfolger schließlich ausmanövriert hatte. Die amerikanischen Geheimdienste sind später zu dem Schluss gekommen, dass die Aufständischen ihn für tot gehalten haben müssen, weil in ihren Augen niemand so lang hätte durchhalten können. Erst als er ein Gebiet erreicht hatte, das für die Rettungshubschrauber ungefährlich war, aktivierte er seinen Notfalltransmitter. Er hatte dreißig Pfund Gewicht verloren und wurde mit einem Silver Star ausgezeichnet. Das ist jetzt drei Jahre her. Heute arbeitet Raymond als Pilot für eine regionale Fluggesellschaft in Missouri.«

Ray starrte auf sein Feuerzeug hinunter und ließ es zuschnappen. »Kein Held«, sagte er bitter. »Freunde von mir sind abgeschossen worden und dabei umgekommen. *Das* waren Helden.«

6

Bethany Lane«, sagte die Stimme.

Bethany zuckte zusammen.

»Auch deine Geschichte ging durch die Medien. Bethany verkauft Segelboote der Luxusklasse. Ihre Firma hat ihren Sitz in Newport Beach, und einige von Bethanys Kunden dort sind zugleich ihre Freunde. Vor einem Jahr wurde sie eingeladen, mit nach Bali zu segeln. Ihr Exmann ermutigte sie dazu, sich endlich den längst überfälligen Urlaub zu gönnen. Am vierten Tag dieses Segelurlaubs kenterte das Boot in einem Sturm. Bethany und ein zwölfjähriges Mädchen waren die einzigen Überlebenden. Ihre Rettungswesten hielten sie über Wasser, und sie klammerten sich so lange an einem Schlauchboot fest, bis das Wasser sich hinreichend beruhigt hatte, dass sie hineinklettern konnten. In dem Rettungsboot befanden sich ein Kompass und Notrationen. Neben den Rettungswesten hatten sie ihre Schlechtwetterkleidung. Bethany zog Trümmer aus dem Wasser und baute einen primitiven Unterstand, der sie vor der Sonne schützte. Sie hatte keine Ahnung, wo sie sich befanden, aber sie wusste, dass im Westen nur offenes Meer lag; wenn sie dagegen nach Osten steuerte, mussten sie irgendwann auf die Küste der Vereinigten Staaten oder Mexikos stoßen. Das Problem war, es bis dorthin zu schaffen. Also bastelte sie aus ihrer Regenjacke ein Segel und verfertigte ein Steuerruder aus ein paar weiteren Trümmern, und wenn der Wind nicht mitspielte, dann ruderte sie. Erzähl deinen neuen Freunden davon, wie du das mit den Notrationen gehandhabt hast, Bethany.«

Bethanys Wangen wurden rot.

»Sei nicht so bescheiden«, sagte die Stimme. »Jetzt habt ihr Zeit, einander kennenzulernen. Erzähl ihnen von den Rationen.«

»Also, ich …«

»Tu's«, beharrte die Stimme. »Erzähl's ihnen.«

»Ich habe es noch nie so sehr mit Essen gehabt.«

»Das ist untertrieben. Du bist magersüchtig, Bethany.«

»Geh zur Hölle!«

»Keine Geheimnisse«, sagte die Stimme.

»In Ordnung!«, schrie sie. »Dann bin ich also magersüchtig. *Na und?* Als Teenager war ich fett. Die Leute haben sich über mich lustig gemacht, und meine Mutter hat ununterbrochen an meinem Gewicht herumgenörgelt. Mir wird schon schlecht, wenn ich Essen nur sehe. In dem gottverdammten Gummiboot habe ich mir gesagt: ›Hey, das ist doch kein Problem mit den Rationen. Ich esse sowieso kaum was.‹ Also habe ich die Vorräte in Tagesrationen aufgeteilt und das kleine Mädchen den größten Teil davon essen lassen. Mir musste schon wirklich schwummrig sein, bevor ich mir erlaubt habe, etwas zu essen.«

»Und jetzt erzähl ihnen von dem Wasser.«

Bethany starrte auf ihre Hände hinunter.

»Sei nicht so bescheiden.«

Bethany schwieg.

»In Ordnung«, sagte die Stimme. »Dann übernehme ich den Rest. Als der kleine Wasservorrat verbraucht war, hatten die beiden ein größeres Problem als ihre schwindenden Nahrungsreserven. Ein Mensch kann drei Wochen lang ohne Nahrung auskommen, aber nur drei Tage ohne Wasser. Bethany und das kleine Mädchen waren natürlich von reichlich Wasser umgeben, aber der Salzgehalt hätte sie irgendwann umgebracht. Ihre einzige Hoffnung war, dass es regnen würde, aber die Sonne brannte erbarmungslos. Bethany ließ die Luft aus ihrer Rettungsweste und band sich die Weste als Sonnenschutz um den Kopf, während das kleine Mädchen in dem Unterstand lag, den sie gebaut hatte. Irgendwann hatte sie nicht mehr die Kraft, um zu rudern. Das winzige Segel war ihre einzige Fortbewegungsmöglichkeit. Sie trieben zwei Wochen lang auf dem Meer, bevor ein Containerschiff auf dem Weg nach Los Angeles sie bemerkte. Aber wie habt ihr so lang überleben können, Bethany? Wie hast du das Problem mit dem Wasser gelöst?«

»Du weißt doch schon so viel über all das. Warum erzählst du's ihnen nicht?«

»Ich bin mir sicher, sie würden es lieber von dir selbst hören.«

Bethany musterte die Gruppe; sie klang erschöpft, als mache sie all das noch einmal durch. »Ich habe aus der Regenjacke des Mädchens eine Art Eimer gemacht und ihn mit Meerwasser gefüllt. Dann habe ich die Luft aus ihrer Rettungsweste gelassen und den Eimer mit der Weste bedeckt. Ich habe die Weste mit den Händen straff gespannt gehalten. Herrgott, das hat weh getan. Wenn ich das den ganzen Tag lang gemacht hatte, haben meine Hände so geschmerzt, dass ich Angst hatte, ich würde den Behälter nicht mehr fest geschlossen halten können.«

»Und warum war es so wichtig, ihn fest geschlossen zu halten?«

»Ich will nicht drüber reden.«

»Weil du Alpträume davon bekommst, Bethany? Aber vielleicht hilft es dir, darüber zu reden. Betrachte es doch als Therapie.«

»Wer zum Teufel bist du?«

»Derjenige, der die Möglichkeit hat, euch die Türen dieses Gebäudes zu öffnen. Warum war ein dichter Verschluss so wichtig?«

Bethany murmelte etwas.

»Sag es so laut, dass die anderen dich auch hören können, Bethany. Du kannst ihnen doch ansehen, dass es sie interessiert.«

»Verdunstung.«

»Ja.«

Bethany stieß hörbar den Atem aus. »Die Sonnenhitze auf dem Eimer und der Rettungsweste hat dazu geführt, dass Dampf von dem Seewasser aufgestiegen ist. Die Feuchtigkeit hat sich an der Unterseite der Rettungsweste gesammelt

wie an einem Deckel. Ich habe lang gewartet. Dann habe ich die Weste vorsichtig abgehoben. In der Regel hingen ungefähr zehn Tropfen an der Unterseite. Ich musste die Weste ganz vorsichtig umdrehen, sonst wären die Tropfen hinuntergefallen. Der abgefangene Wasserdampf enthielt dann kein Salz mehr. Das Mädchen und ich leckten die Tropfen abwechselnd ab. Ich kann die rauhe Beschichtung von dieser Weste immer noch an der Zunge spüren. Ich habe den bitteren Geschmack heute noch im Mund.«
»Wer hat dir beigebracht, auf diese Weise an Wasser zu kommen?«
»Niemand.«
»Du bist von allein auf den Gedanken gekommen?«
Bethany antwortete nicht.
»Und du hast das viele Tage lang durchgehalten«, sagte die Stimme staunend.

7

Derrick und Vivian Montgomery. Ich bitte um Verzeihung, ich meine *Viv*. Auch sie sind im großen Stil durch die Medien gegangen. Die Tatsache, dass sie ein gemischtrassiges Paar sind, hat ihrer Geschichte noch eine zusätzliche Dimension gegeben.«
Derricks Gesicht wurde hart. Er mühte sich sichtlich darum, den Ärger unter Kontrolle zu halten.
»Sie sind zwei der besten Kletterer der Welt. Tatsächlich haben sie sich vor drei Jahren auf diese Art kennengelernt – bei einer Expedition im Himalaja. Es ist seltsam, dass sie sich nicht schon früher begegnet sind – sie sind nämlich beide im

Staat Washington aufgewachsen. Seit sie Kinder waren, haben sie dieselben Berge bestiegen. Bekannte Kletterer können ein ganz ordentliches Einkommen erzielen, indem sie Werbung für Ausrüstungsgegenstände machen, Unterricht im Bergsteigen geben und Touren für wohlhabende Abenteurer organisieren. Derrick und Viv waren in der Kletterszene sogar schon recht bekannt, bevor ein Zwischenfall im letzten Jahr sie ins globale Scheinwerferlicht gebracht hat, fraglos mit erfreulichen Folgen für ihr Einkommen.«

»Warum gehst du nicht zur Hölle?«, sagte Derrick.

»Wieder ein Beispiel für die Unabhängigkeit, die diese Gruppe auszeichnet. Gut. Ihr würdet mich enttäuschen, wenn ihr nicht etwas Temperament erkennen ließet. Um deine Frage zu beantworten, ich kann nicht zur Hölle gehen. Ich bin schon dort.«

Im Esszimmer wurde es still.

»Derrick und Viv wurden angeheuert, eine Expedition auf den Gipfel des Mount Everest zu führen«, sprach die Stimme weiter. »Die Firma, die das Ganze organisierte, verlangte sechzigtausend Dollar von jedem Teilnehmer. Acht Personen meldeten sich. Bei dieser Tour bekamen sie für ihr Geld tatsächlich etwas geboten. Man braucht fast zwei Wochen, bis man auch nur im Basislager ist. Der weitere Aufstieg von Lager zu Lager geht immer langsamer. Die Höhe, der Wind, die Kälte. Der Everest ist über achttausendachthundert Meter hoch. Als die Expedition die Höhe von siebeneinhalbtausend Meter erreicht hatte, waren von den ursprünglichen Abenteurern nur noch zwei dabei. Die anderen hatten angesichts der Elemente und ihrer Erschöpfung aufgegeben und waren ins Basislager zurückgekehrt. Derrick und Viv blieben bei den beiden letzten Bergsteigern.

Kurz vor der Achttausendermarke gerieten sie in einen Sturm – und dann in eine Lawine. Die beiden Amateurbergsteiger wurden unter ihr begraben. Derrick und Viv gelang es, sie auszugraben, aber die beiden waren zu schwer verletzt, um sich aus eigener Kraft zu bewegen. Die Funkgeräte waren in der Lawine verlorengegangen. Es gab keine Möglichkeit, Hilfe zu rufen. Die verletzten Bergsteiger mussten medizinisch versorgt werden. In einem Kampf, der zwölf Stunden dauerte, übernahmen Derrick und Viv jeweils einen der beiden Verunglückten – seilten sie ab, kletterten hinterher, zerrten sie über eisige Grate, seilten sie wieder ab. Einmal brachte Derrick es in dieser Höhe sogar fertig, einen der beiden Verletzten sechs Meter weit zu tragen – eine unglaubliche Strecke, die ihm vorgekommen sein muss wie mehrere Kilometer. Als sie ein Zelt in einem Lager erreichten, das sie zuvor bereits hinter sich gelassen hatten, blieb Derrick bei den beiden Verunglückten, während Viv abstieg, um Hilfe zu holen. Ein zweiter Sturm kam auf, aber Viv gelang es, die Retter zurück zu dem Zelt zu führen, wo Derrick mittlerweile alles getan hatte, um die Verletzten am Leben zu halten. Es ist eine erstaunliche Leistung, und trotzdem wirken Derrick und Vivian verlegen, während ich davon berichte.«

Viv starrte finster zu den Kameras hin, die Lippen verzogen beim Klang des Namens, den sie verabscheute.

»Weder sie noch Bethany noch Ray sind stolz auf das, was sie geleistet haben. Ist es nicht interessant, dass etwas, was anderen bemerkenswert erscheint, von denjenigen, die es tatsächlich durchgemacht haben, heruntergespielt wird? Sie haben sich nicht als Helden gefühlt. Sie haben nur verzweifelt versucht, am Leben zu bleiben. Angst ist eine hässliche Empfindung. Niemand erinnert sich gern an sie.«

8

Amanda Evert.«

Amandas Herz hatte immer schneller geschlagen. Jedes Mal, wenn es nicht ihr Name gewesen war, der genannt wurde, war sie erleichtert gewesen; dann hatte ihre Furcht wieder zugenommen, wenn die Stimme mit einer Erzählung fertig war und eine Pause machte, bevor sie zur nächsten überging.

»Nein«, sagte Amanda.

»Aber deine Geschichte ist die einzige, die ich noch nicht erzählt habe.«

»Bitte, rede nicht darüber.«

»Wie kann ich sonst darlegen, worauf ich hinauswill?«

»Rede nicht über das Paragon Hotel.«

Aber die Stimme sprach weiter. »Gegen zehn Uhr abends stieg Amanda auf dem Heimweg von der Arbeit in Brooklyn aus der U-Bahn. Sie arbeitete in einer Buchhandlung in Manhattan, und es war spät geworden.«

»Nein.« Amanda legte die Hände über die Ohren. Aber selbst jetzt noch hörte sie die Stimme gedämpft weitersprechen.

»Amandas Entführer versteckte sich in einer Einfahrt und verwendete ein mit einem Betäubungsmittel getränktes Tuch, um sie zu überwältigen. Auf einem Bett im Paragon Hotel kam sie wieder zu sich.«

Die Erinnerung an ihre Angst trieb Amanda die Tränen in die Augen. Sie strömten ihr die Wangen hinunter.

»Dieses Wahrzeichen von Asbury Park war im Jahr 1901 errichtet worden, aber nachdem eine Reihe von Personen vermisst worden waren, wurde es 1971 geschlossen. Amanda wurde dort fünf Monate lang gefangen gehalten, bis eine Gruppe von Abenteurern in das Hotel einbrach, um seine historischen Gänge zu erkunden. Sie stellten bald fest, dass es bei manchen Gebäuden einen Grund gibt, weshalb sie verlassen sind. Nur wenige von ihnen überlebten die Rachsucht von Amandas Entführer.«

Amanda schmeckte das Salz ihrer Tränen, als die Stimme von ihrem Retter sprach, Frank Balenger, und von dem, was er durchgemacht hatte, um sie zu retten.

Frank, dachte sie. Wo bist du?

Eine Flamme der Wut wuchs in ihrem Inneren.

»Balengers Heldenmut war erstaunlich«, begeisterte sich die Stimme. »Es ist kaum vorstellbar, dass es einem Mann möglich ist, sich so lange zu solchen Anstrengungen zu zwingen, so viele Hindernisse zu überwinden und trotz allem zu überleben – nicht nur zu überleben, sondern auch noch Amanda und einen Gefährten zu retten. Erkennt ihr das Grundthema? Entschlossenheit und Einfallsreichtum, Disziplin und Eigenständigkeit. Dies sind die Tugenden, die ihr gemeinsam habt. Das ist der Grund, weshalb ich euch hierhergebracht habe.«

»Frank«, flüsterte Amanda. Ihre Augen schmerzten; ihre Sicht war vom Weinen getrübt. »Frank«, sagte sie nachdrücklicher.

Sie stand so heftig auf, dass ihr Stuhl umkippte. Mit geballten Fäusten schrie sie zur Decke hinauf: »Was hast du mit ihm gemacht, du Dreckskerl? Frank war der Held! Ich habe nichts getan – außer mich retten zu lassen!«

»Bescheidenheit wird überschätzt. Du hast in dieser Nacht sehr viel mehr getan, als du dir selbst zurechnest.«

»Verdammt noch mal, wo ist Frank? Warum ist er nicht hier?«

»Würdest du mit ihm tauschen wollen?«, fragte die Stimme. »Würdest du wollen, dass er an deiner Stelle hier ist?«

»Er hat mir das Leben gerettet! Ich bin stolz darauf, seinen Platz einzunehmen! Aber Frank ist der Held! Ich kann mir nur einen Grund vorstellen, weshalb du nicht ihn hierhergebracht hast! Du hast ihn umgebracht, du Schwein!«

Die einzige Antwort war ein Atemgeräusch.

»Gib's zu!«, schrie Amanda.

»Ich habe diese Unterhaltung nicht in eure vierzig Stunden einbezogen. Aber die Frist wird bald beginnen. Ich schlage vor, du beherrschst dich, sonst wirst du für diese Gruppe wertlos sein.«

Ray ließ sein Feuerzeug zuschnappen. »Vierzig Stunden? Das hat er schon mal erwähnt.«

»Ihr alle greift jetzt unter den Tisch.«

»Warum?«, wollte Bethany wissen.

Sie sahen einander misstrauisch an. Langsam gehorchten sie.

Amanda war die Letzte. Ihre Gefühle hatten sie so mitgenommen, dass alles weit entfernt zu sein schien. Sie ertastete ein drahtartiges, mit einer Klammer befestigtes Gebilde und zog es aus seiner Halterung.

»Kopfhörer?«, fragte Viv.

Die stromlinienförmigen Geräte waren identisch. Ein dünner, gebogener Metallstreifen mit einem kleinen Knopf an jedem Ende. Über dem linken Knopf ragte ein Metallbügel nach vorn.

»Ein Mikrofon«, erklärte die Stimme. »Ich muss ja weiter mit euch kommunizieren können, wenn ihr ins Freie hinausgeht.«

»Du lässt uns gehen?« Vivs Stimme klang hoffnungsvoll.

Die Stimme ignorierte die Frage. »Die Akkus dieser Geräte

sind sehr gut. Sie werden die erforderlichen vierzig Stunden lang halten.«

»Vierzig Stunden? Wieso redest du eigentlich dauernd von …«

»Unter dem Tisch ist noch etwas anderes.«

Derrick ging auf die Knie und sah unter die Tischplatte. Metall kratzte, als er etwas entfernte. Er zeigte den anderen einen kleinen Gegenstand.

Amanda hielt es zunächst für ein Handy. Sie war von ihren Gefühlen so erschöpft, dass sie nicht merkte, dass sie es laut gesagt hatte, bevor Derrick zu ihr herübersah.

»Nein.« Er runzelte die Stirn. »Es ist ein Empfänger für ein satellitengestütztes Navigationssystem. Wir verwenden die Dinger bei Bergtouren.«

»Und beim Segeln«, fügte Bethany hinzu.

»Und beim Fliegen«, sagte Ray. »Aber die GPS-Navigationsgeräte in Jets sind viel anspruchsvoller.«

»Manche neuen Autos haben die auch«, sagte Viv. »Aber wozu brauchen wir …«

»Es ist für jeden von euch eins da«, teilte die Stimme ihnen mit.

Amanda sah, wie die anderen unter den Tisch griffen. Sie fürchtete sich, tat es ihnen aber nach. Der Gegenstand, den ihre Finger aus der Halterung lösten, war silbergrau. Er hatte einen Bildschirm, der an ein Handy erinnerte, aber das Tastenfeld fehlte. Stattdessen gab es auf jeder Seite einige Knöpfe. Ganz oben war eine Darstellung des Erdballs, und darunter stand das Wort ETREX. Der Name des Modells?, fragte sie sich. Unten stand ein weiteres Wort, von dem sie annahm, dass es der Name des Herstellers war: GARMIN.

Viv bemerkte ihre Verwirrung. »Hast du noch nie ein GPS-Gerät verwendet?«

»Nein.«
»Es hat Karten, einen Höhenmesser und einen Kompass. Wenn man es einschaltet, orientiert es sich anhand der Signale von bestimmten Satelliten. Dann gibt man Koordinaten ein, um seine Route festzulegen oder einen bestimmten Punkt zu finden. Hey!«, schrie Viv zur Decke hinauf. »Was sollen wir mit den Dingern?«
Die Stimme ignorierte die Frage. »Geht in eure Zimmer. In jedem Schrank hängt ein Satz Kleidung. Seid in zehn Minuten wieder an der Haustür.«
»Und was dann?«
»Dann beginnen die vierzig Stunden.«

9

Das haben wir bisher herausgefunden«, sagte Detective Ortega.
Balenger saß steif an einem Schreibtisch im Büro für Vermisstenfälle im One Police Plaza von Manhattan, gepeinigt von Emotionen. Das Echo von klingelnden Telefonen und Unterhaltungen drang aus dem Gang herein.
»Als Erstes habe ich bei der Oglethorpe University in Atlanta angerufen«, fuhr Ortega fort. »Die haben dort noch nie etwas von einem Professor namens Adrian Murdock gehört. Weder bei der historischen Fakultät noch bei irgendeiner anderen. Ich habe ihnen den Mann beschrieben, mit dem Sie geredet haben – graues Haar, grauer Schnurrbart, dünn. So sehen viele Professoren aus. Bei Oglethorpe haben sie versprochen, mir Fotos ihrer Leute zu mailen, die Sie sich ansehen können.«

»Der Mann, den ich gesehen habe, wird nicht dabei sein«, sagte Balenger.

»Sie wissen ja, wie man in solchen Fällen vorgeht – weiterfragen, Informationen sammeln, auch wenn es nichts weiter bewirkt, als Möglichkeiten zu eliminieren. Ich habe außerdem bei der Stadt angerufen. Bis zum Jahr 1983 hat dieses Gebäude tatsächlich einem gewissen Victor Evans gehört. Ich habe bei der Telefongesellschaft nachgefragt und mir die Nummern aller Bewohner von New York City besorgt, die so heißen. Einer davon hat sich als der damalige Besitzer des Gebäudes herausgestellt. Aber er kennt keinen Philip Evans und hatte nie einen Sohn.«

Balenger starrte entmutigt auf den Pappbecher mit lauwarmem Kaffee in seiner Hand.

Ortega warf einen Blick auf seinen Notizblock. »Gestern Nachmittag haben mein Partner und ich mit den Bewohnern des Häuserblocks in der 19th Street geredet. Sie sagen, am Samstagmorgen wäre ein Möbelwagen gekommen und hätte die Stühle und Tische ausgeladen. Am Spätnachmittag ist der Möbelwagen zurückgekommen und hat die Möbel wieder abgeholt.«

»Das muss der Zeitpunkt gewesen sein, zu dem sie Amanda und mich aus dem Gebäude gebracht haben«, sagte Balenger.

»Wahrscheinlich. Wenn eine Vergewaltigungsdroge im Spiel war, hat niemand Sie beide tragen müssen. Sie waren noch ein Stück weit bei Bewusstsein und konnten gehen. Ja, Sie dürften unsicher auf den Beinen gewesen sein. Aber der Möbelwagen hat den Blick von der anderen Straßenseite her versperrt, und das Heraustragen der Tische und Stühle hat jeden abgelenkt, der von den Nachbarhäusern aus zugesehen hat. Sie und Ihre Freundin waren einfach zwei Menschen, denen man in ein Auto geholfen hat.«

»Wohl eher in einen Lieferwagen. Irgendwas ohne Fenster.« Balengers Hände fühlten sich kalt an. »Eine Menge Leute müssen an der Sache beteiligt gewesen sein. Die Frau, die sich Karen Bailey nannte.«

Ortega las die Beschreibung aus seinem Notizbuch vor. »Matronenhaft. Etwa Anfang vierzig. Kein Make-up. Braunes Haar, zu einem Knoten zusammengesteckt. Schlichtes marineblaues Kleid.«

Balenger nickte. »Außerdem die Leute, die zu dem Vortrag gekommen sind.«

»Sie haben gesagt, dass mehrere von ihnen während des Vortrags gegangen sind?«

»Ja.« Balenger konzentrierte sich, um sich die Szene ins Gedächtnis zu rufen. »Eine Menge Leute«, sagte er mit Nachdruck, »zu viele, um ein Geheimnis zu bewahren. Vielleicht haben die Zuhörer gar nicht gewusst, was da wirklich los war. Vielleicht sind sie dafür bezahlt worden, nur eine bestimmte Zeit zu bleiben. Und die Lieferanten … Die Leute brauchten nichts weiter zu wissen, als dass ein Mann und eine Frau sich nicht gut gefühlt haben und dass man ihnen in ein Auto geholfen hat. Es ist möglich, dass nur der Professor und Karen Bailey gewusst haben, was da vor sich ging.«

»Die Lieferanten.« Ortega zeigte auf eine Liste auf seinem Schreibtisch. »Mein Partner und ich grasen jetzt alle Firmen in der Stadt ab, die Stühle und Tische für Veranstaltungen vermieten. Irgendwann finden wir die Firma, die an diese Adresse geliefert hat. Vielleicht können sie uns dort eine Beschreibung der Person liefern, die sie beauftragt hat.«

»Was wetten Sie dagegen, dass sie telefonisch beauftragt und über einen Barscheck bezahlt wurden?«, fragte Balenger.

Ortega musterte ihn mit einem gewissen Unbehagen.

»Und würden Sie dagegen wetten, dass das Bankkonto zu dem einzigen Zweck eingerichtet wurde, die Immobilienfirma und die Möbel zu bezahlen und vielleicht noch ein paar der Besucher anzuheuern, die zu dem Vortrag aufgetaucht sind?«, fuhr Balenger fort. »Dieses Konto wird kein zweites Mal benutzt werden, und wer auch immer es eingerichtet hat, hat mit Sicherheit einen falschen Namen, eine falsche Adresse und eine falsche Sozialversicherungsnummer angegeben.«

»Wissen Sie«, sagte Ortega, »das hier ist etwas ganz Neues für mich.«

»Was meinen Sie damit?«

»Ich habe noch nie einen Fall bearbeitet, in dem jemand, der selbst Erfahrung mit der Polizeiarbeit hat, eine Person als vermisst gemeldet hat. Ich komme mir vor wie ein Zauberer, der mit einem anderen Zauberer zusammenzuarbeiten versucht. Sie sind mit der Vorgehensweise vertraut. Sie sind sich darüber klar, was hinter dem Vorhang abläuft. Als ich meine Erkundigungen bei der Oglethorpe University, den städtischen Behörden und den Bewohnern dieses Blocks an der 19th Street eingezogen habe, wurde mir von jemandem erzählt, der schon die gleichen Fragen gestellt hatte. Das waren nicht zufällig Sie?«

»Ich hab's einfach nicht ausgehalten, herumzusitzen und zu warten.«

»Ich hoffe, Sie haben diesen Leuten gegenüber nicht den Eindruck erweckt, Sie wären noch bei der Polizei.«

»Ich habe nichts Illegales getan.«

»Dann ist das Beste, was Sie jetzt tun können, sich zum Hinsetzen zu zwingen und noch ein bisschen zu warten. Sie sind emotional viel zu nah dran, um loszugehen und Leute zu befragen. Versuchen Sie nicht, meinen Job zu machen.«

»Es ist einfach so …«, sagte Balenger. »Mir ist schon klar, wie schwierig dies für Sie ist. Sie und Ihr Partner haben eine Menge Fälle zu bearbeiten, und der Tag hat nur soundso viele Stunden, und da Sie es gerade von Zauberern hatten, wir wissen beide, dass es keine Zauberei gibt.«

»Okay, dann zeigen Sie mir, wie man meinen Job macht. Wenn Sie an meiner Stelle wären, wo würden Sie nach den Leuten suchen, die zu diesem Vortrag gekommen sind?«

»Ich wollte gerade etwas zu bedenken geben. Sie haben ihre Rolle so vollkommen natürlich gespielt – vielleicht ist es ja ihr Beruf, genau das zu tun. Vielleicht waren sie Schauspieler«, sagte Balenger.

10

Das ist der Dreckskerl.« Balenger zeigte zu einem Foto in einem Glaskasten hinüber. »Ohne Schnurrbart und mit dunklerem Haar.«

Er und Ortega standen vor dem Bleecker Street Playhouse in Greenwich Village. Die vergangene Stunde hatten sie damit zugebracht, Agenturen und Schauspielgruppen anzurufen und sich zu erkundigen, ob irgendjemand für eine Vorführung am Samstagabend in der East 19th Street angeheuert worden war.

Sie ließen den Verkehrslärm hinter sich und betraten ein kleines, schäbiges Foyer, wo sie stehen blieben, um die Umgebung in Augenschein zu nehmen. Der Kartenschalter war hinter ihnen. Links sah Balenger eine Garderobe, rechts eine Verkaufstheke für Erfrischungen. Der Teppich war fleckig und abgetreten; allerdings war nicht viel von ihm zu sehen –

der Boden war bedeckt mit zusammengefalteten Planen, gestapelten Gerüstteilen, Farbeimern, anderen Behältern und Pinseln. Der Geruch von Terpentin hing in der Luft.
»Der Laden sollte wirklich renoviert werden«, murmelte Ortega, während er zu einem Wasserfleck an der Decke hinaufsah.
»Ich hasse alte Gebäude«, sagte Balenger.
Ihnen gegenüber drangen gedämpfte Stimmen durch eine Doppeltür.
Ortega öffnete eine der Türen und ging hinein. Einen Moment später erschien er wieder und winkte Balenger, er solle ihm folgen. Die Tür fiel hinter ihnen zu. Sie standen in einem Mittelgang, der zwischen mehreren Sitzreihen zu einem von Deckenscheinwerfern erleuchteten Bereich hin abfiel. Auf der Bühne unten waren die Vorhänge zurückgezogen. Zwei Paare, eins in mittleren Jahren, das andere jung, hielten Papiere in den Händen und rezitierten Dialogzeilen. Ein großer, dünner Mann stand vor der Bühne und zeigte ihnen mit einem Pointer an, wo sie stehen sollten.
Die junge Frau sah auf und zum Eingang hinauf. Aus der Entfernung wirkte sie klein. »Sie sind da«, sagte sie mit hallender Stimme.
Der große, dünne Mann drehte sich zu Balenger und Ortega um. »Bitte kommen Sie doch zu uns herunter.«
Balenger verbarg seine Nervosität. Er hörte den Hall seiner Schritte in dem leeren Mittelgang. Das Theater verströmte eine Atmosphäre von Düsternis; die alten Sitze waren unnatürlich leer, als sehnten sie sich danach, mit applaudierenden Zuschauern besetzt zu werden.
Ortega stellte sich vor und zeigte ihnen seinen Ausweis. »Ich glaube, Mr. Balenger kennen Sie bereits.«
Balenger erkannte sie. Der große, dünne Mann war Profes-

sor Murdock. Die vier Personen auf der Bühne waren alle bei dem Vortrag gewesen.
»An *Sie* erinnere ich mich auf jeden Fall«, sagte der Mann mit dem Pointer, »und an die junge Frau, die bei Ihnen war. Sie hieß …« Er sah auf und versuchte sich zu erinnern.
»Amanda Evert.«
»Und Ihr Name war Adrian Murdock – allerdings bin ich mir sicher, dass Sie anders heißen.«
»Roland Perry. Der Name des Professors gehörte zu meiner Rolle.«
»Stimmt irgendwas nicht?«, fragte der junge Mann auf der Bühne.
Ortega wandte sich an Perry. »Am Telefon haben Sie gesagt, Ihr Team wäre zu einer Aufführung in diesem Haus in der East 19th Street verpflichtet worden.«
»Das stimmt. Es wurde uns als eine Performance beschrieben.« Perrys Stimme hatte etwas entfernt Britisches. »Ich hatte einen Vortrag zu halten. Unsere Mitglieder bekamen Anweisungen, wie sie sich zu verhalten hatten, und eine Beschreibung von Mister Balenger und seiner Begleiterin. Uns wurde erklärt, dass das Ganze eine Art Streich sei. Während meines Vortrags sollten die Zuhörer einer nach dem anderen aufbrechen. Dann sollte ich aufhören zu reden. Während die Bilder weiterliefen, sollte ich mich in die Schatten zurückziehen und das Gebäude verlassen. Danach würde auch die Präsentation enden, und Mr. Balenger und seine Freundin sollten allein im Raum zurückbleiben.«
»Hört sich nicht sonderlich spaßig an«, bemerkte Ortega.
»Es sollte der Auftakt zu einer Überraschungsparty sein. Während Mister Balenger und seine Freundin sich noch fragten, was da eigentlich los sei, sollten Freunde, die im ersten Stock gewartet hatten, ›Herzlichen Glückwunsch‹

rufen; Essen und Getränke sollten ins Erdgeschoss geschafft werden, und die Feier sollte beginnen.«

Ortega sah zu Balenger hinüber; dann fragte er Perry: »Was hat man Ihnen gezahlt?«

»Für die ganze Truppe und für etwa eine Stunde Arbeit haben wir zweitausend Dollar bekommen. Ein sehr willkommener Beitrag angesichts der Renovierungsarbeiten hier.«

»Und auf welchem Weg hat man Sie kontaktiert?«, fragte Balenger.

»Eine Frau hat angerufen und ein Treffen hier im Theater vereinbart.«

»Hat sie einen Namen genannt?«

»Karen Bailey. Es war die Frau, die Sie bei der Vortragsveranstaltung kennengelernt haben.«

»Ich hatte den Eindruck, dass sie zu Ihrer Truppe gehört hat«, sagte Balenger.

»Mit Sicherheit nicht.«

»Haben Sie einen Vertrag?«, fragte Ortega. »Eine Adresse oder eine Unterschrift, die ich mir ansehen könnte?«

»Nein. Wir hatten nicht den Eindruck, dass das nötig war. Es war ein ungewöhnliches Engagement, ja, aber diese zweitausend Dollar hätten zu keinem besseren Zeitpunkt kommen können. Wir waren froh über den plötzlichen Geldsegen.«

»Aber warum sind Sie hier?«, fragte die ältere Frau. »Was ist los?«

»Machen Sie sich deshalb keine Gedanken.« Ortega gab Perry seine Karte. »Wenn sie noch einmal mit Ihnen Kontakt aufnehmen sollte, lassen Sie es mich wissen.«

»Karen Bailey hat eine Fotokopie bei mir hinterlegt«, sagte Perry. »Sie hat mich gebeten, sie Mr. Balenger zu geben, wenn er zu uns ins Theater kommen sollte.«

»Eine Fotokopie?« Balenger runzelte die Stirn. »Von *was?*«
»Ich habe sie in der Tasche mit den Texten.« Perry klemmte sich den Pointer unter den Arm, ging zu einer abgewetzten Segeltuchtasche hinüber, die an einem der Sitze lehnte, und begann darin zu wühlen. »Hier.« Er reichte Balenger ein zusammengefaltetes Blatt Papier.
Noch bevor Balenger es berühren konnte, sagte Ortega: »Moment!« Er zog ein Paar Gummihandschuhe aus der Tasche seines Blazers, zog sie an und faltete das Blatt auseinander.
Balenger trat neben ihn und sah auf das Papier hinunter. Es zeigte Streifen von einem Fotokopierer und gab eine Buchseite wieder, auf der alles geschwärzt war mit Ausnahme eines einzelnen Absatzes und eines Stempels: NYPL HUMANITIES & SOCIAL SCIENCES LIBRARY. Der Stempel war blass.
Ortega las den Abschnitt laut vor.

> *»›Das Moor ist ein wunderbarer Ort‹, sagte er und ließ seinen Blick über das um uns wogende grüne Hügelland schweifen, das von zerklüfteten Granitfelsen gekrönt wurde, die die phantastischsten Formen bildeten. ›Das Moor ist nie langweilig. Sie haben keine Vorstellung von den wunderbaren Geheimnissen, die sich darin verbergen. Es ist so weitläufig, so öde und so geheimnisvoll.‹«*

Balenger hatte das Gefühl, dass ihm der Kopf schwamm. »Karen Bailey hat Sie gebeten, mir dies zu geben, wenn ich im Theater auftauchen sollte?«, fragte er Perry.
»Ja.«
»Hat sie gesagt, warum?«

»Nein. Ich bin davon ausgegangen, dass es ein Teil der ganzen Veranstaltung war.« Perry klopfte mit seinem Pointer auf den Fußboden. »Was stimmt bei all dem nicht? Warum erzählen Sie uns nicht, was Sie eigentlich …«
»Es riecht nach Rauch«, sagte Balenger.

11

Balenger fuhr herum zum Eingang des Zuschauerraums und sah graue Rauchschwaden durch die Ritzen der Doppeltür hereintreiben.
»Nein«, stöhnte Perry.
Balenger hörte, wie die vier Schauspieler die Stufen von der Bühne heruntergestürzt kamen, aber er achtete nur auf die dicker werdenden grauen Schwaden. Er und Ortega rannten den Mittelgang hinauf und blieben stehen, als sie durch den Ritz in der Mitte der Tür Licht flackern sahen. Auf der anderen Seite prasselte es.
Perry und die anderen Schauspieler kamen angestürzt.
»Die Farbvorräte.« Perry holte tief Luft, atmete Rauch ein und verschluckte ein Husten. »Irgendwie müssen sie Feuer gefangen haben. Lappen in einem Eimer. So eine Art spontane …«
»Vielleicht hat auch jemand nachgeholfen«, sagte Balenger.
»Nachgeholfen? Was um alles in der Welt …«
Hinter ihnen ging die Bühnenbeleuchtung aus. Eine Schauspielerin schrie, als plötzliche Dunkelheit sie umgab. Einen Augenblick später flammten batteriebetriebene Notlampen in den Ecken auf.
»Geben Sie mir den Pointer.« Ortega nahm ihn Perry aus

der Hand und verwendete das dicke Ende, um die Tür einen Spaltweit aufzustoßen.
Rauch quoll durch die Öffnung. Dahinter flackerte Orange zwischen grauen Schwaden; Flammen streckten ihre Zungen nach dem Pointer aus.
Ortega riss ihn zurück und ließ die Tür zufallen. Perry stolperte nach hinten und stieß mit einer der Schauspielerinnen zusammen, die sich hustend nach vorn gebeugt hatte.
»Wo ist der Notausgang?«, wollte Balenger wissen.
»Einer ist da drüben.« Perry zeigte auf eine Tür in der Mitte des rechten Seitengangs. Neben ihr hing ein kleiner roter Alarmkasten.
Im dicker werdenden Rauch half Balenger der hustenden Schauspielerin, sich aufzurichten, und führte sie durch die Sitzreihen. In ihrer Hast, den rechten Seitengang zu erreichen, wo Ortega bereits die Griffstange des Notausgangs nach hinten drückte, stießen die Schauspieler gegen die Armlehnen.
Die Tür rührte sich nicht. Ortega warf sich mit der Schulter dagegen, aber die Tür blieb geschlossen. »Wer zum Teufel hat die abgeschlossen?«
»Niemand! Die ist immer offen!«, versicherte Perry. »Sie muss von der anderen Seite her blockiert sein!« Er öffnete die Klappe des Alarmkastens und legte einen Hebel um; dann stöhnte er, als kein Alarm folgte. »Da müsste eine direkte Verbindung zur Feuerwehr sein, aber wenn wir keine Sirene hören, wird das Signal nicht übertragen!«
An der Rückwand des Zuschauerraums war der Qualm mittlerweile so dick, dass er die Türen verbarg. Das Prasseln der Flammen wurde zum Donnern. Balenger wurde klar, dass die Farbe und das Terpentin als Brandbeschleuniger wirkten. »Die Sprinkleranlage? Hat das Theater …«

»Ja! Ich verstehe nicht, warum sie sich nicht eingeschaltet hat!«

Einer der Schauspieler sah nach hinten. »Das Feuer ist durch die Türen gekommen!«

Balenger fuhr herum; seine Haut schien zu prickeln, als er sah, wie Flammen und Rauch zu einer Empore hinaufkletterten. Einen entsetzlichen Augenblick lang taumelte er unter dem Eindruck des Déjà-vu – als sei er wieder im Inferno des Paragon Hotel gefangen. Es passiert schon wieder!, dachte er. »Wo ist der andere Notausgang?«

»Hinter der Bühne!«, schrie Perry.

Der Rauch hatte einen scharfen, schmierigen Geruch, der Balenger husten ließ. Einige der Schauspieler schienen vor Angst wie gelähmt. Einen Augenblick lang fühlte sich auch Balenger selbst von Entsetzen überwältigt, als die früheren Alpträume ihn wieder einzuholen drohten. Er fand die Kraft, den anderen zuzubrüllen: »Lauft!«

Ihre Schritte polterten auf den Brettern, als sie die Stufen zur Bühne hinaufrannten. Hinter einem seitlichen Vorhang brannte ein Notlicht über einer weiteren Tür. Ortega drückte gegen die Stange und warf sich gegen die Tür, aber sie öffnete sich nicht. Balenger schloss sich ihm an und warf sich ebenfalls mit der Schulter dagegen.

Jemand zeigte nach hinten. »Das Feuer ist schon in der Decke!«

In dem Rauch, der sich in ihre Richtung hin ausbreitete, bemerkte Ortega eine eiserne Treppe. »Was ist im ersten Stock?«

»Eine Feuerleiter vor einer der Garderoben!« Perry stürmte auf die Wendeltreppe zu. Die Stufen zitterten, als er hinaufrannte. Aber plötzlich blieb er stehen und klammerte sich an das vibrierende Geländer. Als Balenger die Treppe erreichte, sah auch er, was Perry anstarrte. Rauch verbarg das obere Ende der Treppe.

»Wir könnten nicht atmen da oben«, sagte jemand. »Wir würden nicht mal sehen, wo wir hintreten.«

Die Treppe setzte sich nach unten fort.

»Was ist mit den Kellerräumen?«, fragte Balenger.

»Drei Fenster!«

»Los!«

Während ihre Tritte auf den Eisenstufen hallten, starrte Balenger in die Dunkelheit hinunter und zögerte. Ein Keller, dachte er. Es gibt immer einen Keller. Schweiß rann ihm von der Stirn, und es lag nur teilweise an der zunehmenden Hitze. Er sah eine Taschenlampe, die in einer Halterung neben einer Schalttafel hing. Er packte sie und zwang sich dazu, die Treppe hinunterzusteigen.

Die Luft wurde kühler. Etwas unsicher auf den Beinen von den vielen Windungen, erreichte er den Steinboden am Fuß der Treppe. Licht kämpfte sich durch eine Reihe von drei schmalen Fenstern in der Wand zur Rechten. Die staubigen Scheiben saßen dicht unter der Decke des Kellerraums und ließen die schmutzige Backsteinmauer eines schmalen Durchgangs erkennen.

Die Beine eines Tisches kreischten, als Ortega ihn unter eins der Fenster zerrte. Balenger schaltete die Taschenlampe ein und leuchtete den Raum entlang; das Licht zeigte ihm gemalte Kulissen mit einem Baum, Hügeln und Himmel, die an einer der Wände lehnten.

»Es geht nicht auf!« Ortega zerrte an dem Fenstergriff. »Mit Farbe zugeschmiert!«

»Schlagen Sie die Scheibe ein!«, brüllte Perry.

»Die Öffnung ist zu klein!«, stöhnte der ältere, untersetzte Schauspieler. »Da passe ich nicht durch.«

Balenger suchte weiter mit der Taschenlampe nach Ausgängen. Er sah Tische, Stühle und andere Bühnenrequisiten. Kostüme hingen an Stangen. Perücken saßen auf Plastikköpfen. Alles war mit durchsichtigen Plastikplanen geschützt.
Aber nicht mehr lang, dachte er.
Er hörte Glas splittern. Ortega hatte das Fenster mit einem Spazierstock eingeschlagen, den Perry ihm hinaufgereicht hatte.
»Ich sage Ihnen, ich passe nicht durch das kleine Loch!«, wiederholte der übergewichtige Schauspieler.
»Ich auch nicht!«, sagte der Zweite.
Der Strahl der Taschenlampe erreichte die Wand unter der Bühne. Hinter aufgestapelten Kartons war ein Teil einer alten Tür zu erkennen.
Balenger griff nach Perry. »Wohin führt diese Tür? In ein anderes Gebäude?«
»Nein! Einen Tiefkeller!«
»Tiefkeller? Wozu braucht dieses Gebäude einen ...«
»Tut es nicht! Heute nicht mehr!« Perry zitterte in der Hitze und dem Donnern der näher kommenden Flammen.
»Was soll das heißen, ›heute nicht mehr‹? Sehen Sie nicht in Richtung Feuer! Erzählen Sie mir einfach was über diesen Tiefkeller!«
»Er war Teil eines früheren Gebäudes. Früher gab es hier mal einen Kanal.«
»Was?«
»Vor langer Zeit hat es in Greenwich Village eine Menge Kanäle gegeben«, fuhr Perry überstürzt fort. »Entwässerungskanäle, die die Gebäude vor dem Volllaufen bewahrt haben. Heute liegen sie trocken, aber früher konnte man da mal an Wasser kommen.«

Balenger rannte zu der Tür, zerrte die Kartons zur Seite und drückte eine verrostete Klinke nach unten.
»Nein!«, warnte Ortega. »Wir würden ersticken da unten!«
Trotz der Luft, die durch das eingeschlagene Fenster hereinkam, beugte der Ermittler sich vor und hustete in dem dichter werdenden Rauch.
Holz kratzte auf Stein, als Balenger nachdrücklicher an der Tür zerrte. Verrostete Angeln kreischten. Es gelang ihm, die Tür weit genug zu öffnen, um mit der Taschenlampe ins Innere zu zielen. Er sah Spinnweben, die sich über staubige Steinmauern zogen, und Stufen.
»Das Feuer wird den gesamten Sauerstoff da unten verbrauchen!«, brüllte Ortega.
Balenger warf einen Blick über die Schulter und sah, wie Ortega die letzten Scheibenreste aus dem Fenster schlug. Der Ermittler half der älteren Schauspielerin auf den Tisch und hob sie zu der Öffnung hinauf. Sie schob sich zur Hälfte hindurch, bevor sie steckenblieb.
»Ziehen Sie den Bauch ein!«, schrie Ortega.
»Ich hab mich geschnitten!«
Ortega gab ihren Hüften einen Stoß vorwärts, und plötzlich kam die Schauspielerin wieder voran und kämpfte sich ganz durch das Fenster.
Als Ortega der zweiten Frau auf den Tisch half, schob die wirbelnde Flammenwand sich näher heran.
»Ich passe da nie durch!«, wiederholte der ältere Schauspieler.
Alptraumhafte Erinnerungen an das Paragon Hotel drohten Balenger zu überwältigen. Er zwängte sich durch die Lücke, die er geschaffen hatte. Die Lampe nach unten gerichtet, schob er die Spinnweben zur Seite und rannte mit hallenden Schritten die unebenen Stufen hinunter.

Er erreichte einen steinernen Raum. Eine Ratte quiekte und verschwand. Balenger stolperte rückwärts. Er horchte auf seinen heiseren Atem, mühte sich darum, die Beherrschung zu wahren, und suchte mit Hilfe der Taschenlampe die Umgebung ab. Die rohgemauerte, gewölbte Kammer war etwa einen Meter achtzig lang, breit und hoch; er konnte nicht aufrecht stehen. Eine Rinne im Steinboden zeigte, wo der Wasserlauf gewesen war. Rechts und links rahmten Bögen aus bröckelnden Ziegeln die Öffnungen, durch die das Wasser herein- und wieder hinausgeflossen war. Selbst nach eineinhalb Jahrhunderten noch hing ein schwacher Geruch nach modriger Feuchtigkeit in der Luft.

Über sich hörte Balenger Gebrüll. Er horchte auf das Donnern der Flammen und spürte, wie die Luft vorbeipfiff, als das Feuer sie nach oben saugte. Er legte eine Hand an die Steinmauer; plötzlich wurde ihm klar, wie wackelig er sich fühlte.

»Da komme ich nicht durch!« Die Stimme oben klang jetzt panisch.

Balenger ging auf die Knie und zielte mit der zitternden Lampe in die Bogenöffnung zur Rechten. Anderthalb Meter weiter war ein Teil der Decke eingebrochen; ein Haufen Erde und Ziegeltrümmer versperrte den Weg. Mehrere rote Augen warfen das Licht zurück.

Furcht krampfte Balenger die Brust zusammen. Er richtete den Lichtstrahl in die Öffnung zur Linken. So weit das Licht reichte, schien hier nichts den Durchgang zu versperren. Ihm war schwindlig, als er wieder auf die Füße kam und spürte, wie die Luft in den Kellerraum hinaufströmte.

Oben schrie ein Mann.

Balenger nahm seine Kräfte zusammen und rannte die Stufen wieder hinauf; er konnte den wabernden Widerschein des Feuers sehen. Die Taschenlampe brauchte er nicht mehr. Die näher kommenden Flammen zeigten ihm Ortega, der sich hektisch abmühte, einen großen dünnen Mann, Perry, durch das zerschlagene Fenster zu schieben. Damit waren außer Ortega und Balenger selbst jetzt noch die beiden anderen Männer da.

»Kommen wir durch?«, schrie Balenger.

»Glaube ich nicht!« Funken wirbelten über Ortega hinweg.

»Hier lang!«, rief Balenger. »Wir haben eine Chance!«

Die Hitze des Feuers war jetzt so nahe, dass sie nicht mehr zögerten. Die drei anderen drückten sich an Balenger vorbei. Er zog die Tür zu und versuchte so zu verhindern, dass die Luft abfloss, bevor er die Treppe hinunterrannte zu den anderen.

»Links!«

Der junge Schauspieler zögerte. »Das soll wohl ein Witz sein!«

»Kriechen Sie!«

»Ich hab gerade eine Ratte gesehen!«

»Das bedeutet, es gibt einen Weg raus hier! Kriechen Sie! Ich bilde den Abschluss und leuchte mit der Taschenlampe vor Ihnen her!«

Rauch trieb die Stufen hinauf.

»Es gibt keine Alternative!«, brüllte Balenger.

»Ich gehe voran!« Ortega zog die Pistole.

Der dickere Schauspieler starrte. »Wofür brauchen Sie die Pistole? *Wie groß werden diese Ratten sein?*«

Ortega ging auf die Knie und legte sich dann auf den Bauch. Während der Detective sich unter den niedrigen Bogen zu schieben begann, sagte Balenger zu den anderen: »Los, los, los, los, los! Gehen Sie!« Er stieß die Männer auf den Fuß-

boden hinunter und schob sie auf die Öffnung zu. »Vorwärts!«
In dem rauschenden Luftzug legte Balenger sich ebenfalls auf den Bauch und schob sich über den Steinboden. Er zielte mit der Lampe nach vorn und kroch unter den Bogen. Die Schatten schienen schwerer zu werden. Der Steinboden unter ihm wurde zu Erde. Er hörte das Echo scheuernder Kleidung und mühsamer Atemzüge und das Murmeln des Mannes vor ihm; es mochte ein Gebet sein.
Spinnweben hingen in Balengers Haar. Die gemauerte Decke kam tiefer herab. Er spürte sie im Rücken und drückte sich mit der Brust an den Fußboden.
»Hier komme ich auch nicht durch, glaube ich«, stöhnte der Mann vor ihm.
»Schieben Sie den Dreck zur Seite«, ordnete Ortega weiter vorn an. »Machen Sie die Rinne tiefer.«
Die Reihe kam zum Stillstand. Luft rauschte über sie hinweg zu dem Feuer hin.
»Was ist los?«, rief Balenger. Staub füllte seine Nasenlöcher. Seine Klaustrophobie drückte ihm die Brust zusammen, bis er glaubte, ohnmächtig zu werden.
»Ich hab gedacht, da wäre …«
»Gedacht, da wäre *was*?« Balenger schob sich zur Seite und zielte mit der Lampe so weit nach vorn, wie er konnte.
»Ein Schatten, der sich bewegt.«
»Wenn's eine Ratte ist, schießen Sie!«, sagte der ältere Schauspieler.
»Nein!«, warnte der andere. »Der Krach könnte die Ziegelmauer zum Einsturz bringen!«
»Warum hörst du dann nicht auf mit dem Gebrüll?«
»Backsteine«, meldete Ortega. »Ich bin auf ein paar heruntergefallene Backsteine gestoßen.«

Erde rieselte Balenger in den Nacken. Er hatte Mühe zu atmen. Nach einer Pause hörte er, wie Ziegel seitlich aufgeschichtet wurden.
»Okay, es geht weiter«, sagte Ortega.
Noch mehr Erde fiel auf Balenger hinunter. Schneller, dachte er.
Der Mann vor Balenger begann wieder zu kriechen. Mit jagendem Puls folgte ihm Balenger.
»Moment!«, stieß der Mann vor ihm hervor.
»Was ist?«
»Hab mich mit dem Gürtel hinten an einem Stein in der Decke verfangen.«
Balenger verspannte sich. Im Halbdunkel hörte er mühsame Bewegungen.
»Hab's«, sagte der Mann. »Hab mich losgemacht.«
Balenger hörte scharrende Geräusche, als der Mann weiterkroch.
»Ich bin an ein paar alten Stufen angekommen!«, rief Ortega nach hinten.
Gott sei Dank, dachte Balenger, ohne zu Atem kommen zu können. Er schmeckte Staub, als er sich eng an den Boden gedrückt vorwärtsschob.
Sein Herz setzte einen Schlag aus, als etwas ihn zurückhielt. Seine Jacke hatte sich an einem Ziegel über ihm verfangen.
»Halten Sie die Taschenlampe ruhig!«, rief Ortega zu ihm nach hinten.
»Yeah, Stufen!«, jubelte der Mann hinter Ortega. »Ich sehe sie!«
Balenger spürte, wie der Stein in seinem Rücken sich verschob.
»Wir sind bald draußen.« Der Schauspieler vor Balenger kroch weiter.

Der Stein löste sich und lag jetzt auf Balenger. Mehr Erde folgte ihm.

»Frank!«, rief Ortega. »Was ist los?«

Balenger wagte nicht zu sprechen aus Angst, durch die Erschütterung könnten sich weitere Ziegel aus ihrer Verankerung lösen.

»Warum kommen Sie nicht?« Ortegas Stimme hallte.

Jetzt lastete ein weiterer Backstein auf ihm.

»Mein Gott, ist das ein Gefühl, wenn man den Kopf heben kann«, sagte der Mann vor Balenger. »Ich kann eine Tür sehen!«

»Frank?«, rief Ortega.

Als die Panik ihn überwältigte, hätte Balenger beinahe geschrien. Ein dritter Backstein bewegte sich. Staub füllte seine Nasenlöcher. Er schob sich einen Zoll weiter. Erde drückte gegen seine Schulterblätter.

»Frank?«

Die Decke schien sich auf ihn herunterzusenken. Er brauchte mehr Kraft, um sich vorwärtszuschieben. Backsteine sanken auf ihn herab.

Mit einem Mal konnte er das Gewicht nicht mehr ertragen. Die Luft war so schlecht, dass er zu ersticken fürchtete. Innerlich heulte er, als er schneller zu kriechen versuchte, und plötzlich kam noch mehr Erde herunter. Er kroch wie besessen; Backsteine schlugen auf seinen Beinen auf, Erde prasselte herunter, und jetzt brüllte er wirklich – schob mit den Knien, zerrte und grub mit den Ellenbogen; seine Beine fühlten sich an, als seien sie bereits zerschmettert, der Lärm des einbrechenden Gewölbes übertönte seine Stimme. Hände packten ihn und zerrten ihn aufwärts. Die Taschenlampe schwankte in seiner zitternden Hand. Staub wirbelte. Er fühlte sich halb erstickt.

Stöhnend erreichte er die Steinstufen, rannte hinauf und krachte gegen eine hölzerne Tür. Sie erzitterte. Er warf sich wieder gegen sie. Die Tür war so alt, dass sie aus den Angeln brach. Aber selbst jetzt wollte sie sich nicht öffnen. Etwas hielt sie auf der anderen Seite fest. Ortega schloss sich an; gemeinsam warfen sie sich gegen die Tür, und plötzlich kippte sie; auf der anderen Seite polterten Gegenstände.

Im erstickenden Staub sah Balenger Licht jenseits der Tür. Als er und Ortega ihr einen letzten verzweifelten Stoß versetzten, fiel sie nach innen und riss dabei weitere Gegenstände mit. Balenger mühte sich, seine Lungen freizubekommen, kroch über die umgestürzte Tür hinweg und fand sich in einem Kellerraum wieder, der voll alter Möbel stand. Von einer hölzernen Treppe her starrte ein bebrillter Mann im Anzug verblüfft zu ihnen herüber.

12

Balenger torkelte an ihm vorbei. Am oberen Ende der Treppe stieß er auf weitere alte Möbel, einen ganzen Raum voll davon, und fühlte sich immer noch wie eingezwängt. Das Sonnenlicht, das durch ein Schaufenster hereinfiel, veranlasste ihn, auf die Tür zuzustürzen. Draußen wäre er fast mit einem Passanten zusammengeprallt. Er beugte sich vor und hustete. Erst nachdem der Anfall vorbei war und er den Kopf wieder heben konnte, bemerkte er das Schild über der Tür: GREENWICH ANTIQUE FURNITURE.

Ortega kam aus dem Laden, ein Taschentuch vor den Mund gedrückt. Er nahm es fort und zeigte zurück durch die Ladentür. »Der Eigentümer sagt, er nimmt seine Kunden gern

mit in den Tiefkeller. Anscheinend lässt das historische Ambiente seine Möbel älter und wertvoller wirken.«
Balenger sackte gegen einen Laternenpfahl. »Dem Himmel sei Dank für den Antiquitätenhandel.«
»Yeah, aber er behauptet auch, wir hätten Antiquitäten im Wert von ungefähr dreißigtausend Dollar ruiniert, als wir die Tür eingetreten haben.«
»Jetzt wissen wir also, wie viel unsere Leben wert sind.« Balenger sah zur Ladentür hin, wo der bebrillte Mann stand und stirnrunzelnd zu ihnen herübersah. »Nehmen Sie einen Scheck?«
»Über dreißigtausend Dollar? Ich habe nicht das Gefühl, dass er ein Typ ist, der den Witz zu schätzen wüsste«, murmelte Ortega.
»Ich mein's ernst. Irgendwann muss ich Ihnen mal die Geschichte von dieser Münze erzählen, die ich da gefunden habe.« Balenger wandte sich an den Ladenbesitzer. »Was Ihre Versicherung nicht abdeckt, zahle ich.«
Balenger hörte Sirenen. Rauch trieb über die Dächer. Menschen rannten die Straße entlang, auf den Brand zu.
»Wir müssen denen dort erzählen, was wir wissen«, sagte Ortega.
»Aber es wird Stunden dauern, bis die mit uns fertig sind! Sie wissen genauso viel wie ich. Sagen Sie ihnen, ich konnte nicht bleiben.«
»Konnten nicht bleiben? Wovon reden Sie eigentlich?«
»Es gibt zu viel zu tun. Machen Sie eine Aussage für uns beide. Wenn sie danach noch Fragen haben, rede ich später mit ihnen.«
»Als Sie noch bei der Polizei waren, haben Sie's da auch so gemacht? Sich von Ihren Zeugen sagen lassen, Sie sollten an ihrer Stelle aussagen?«

»In Ordnung, okay, ich bin ja schon still.« Balenger rang immer noch nach Atem. »Haben Sie dieses Stück Papier mitbringen können?«

»In der Hosentasche.«

»Dürfen wir Ihren Fotokopierer verwenden?«, fragte Balenger den Ladenbesitzer.

Der Mann schien dies für die vernünftigste Frage der Welt zu halten. Er nickte.

Balenger klopfte sich Erde von Jeans und Blazer. Die Kleider rochen nach Rauch. »Wir haben ein Blatt Papier, das wir fotokopieren müssen, damit wir es lesen können, ohne Fingerabdrücke zu hinterlassen.«

Ortega musterte ihn. »Sie sehen ziemlich fertig aus. Wenn Sie mit den Ermittlern von der Feuerwehr reden, können Sie sich immerhin ein bisschen ausruhen.«

»Wenn ich Amanda gefunden habe – *dann* ruhe ich mich aus.«

Es dauerte kaum eine Minute, bis sie die Kopien gemacht hatten und auf die Straße zurückgekehrt waren, aber in der kurzen Zeit hatte sich die Menschenmenge dramatisch vergrößert. Balenger faltete eine der Kopien zusammen und schob sie sich in die Jackentasche. Er und Ortega kämpften sich durch die lärmende Zuschauermenge. Weiter vorn heulten Sirenen.

»Polizei«, sagte Ortega. »Lassen Sie uns durch.«

Ein paar der Schaulustigen machten Platz, aber drei Schritte weiter versperrten andere ihnen den Weg. Balenger fühlte sich wie eingezwängt. Wir haben keine Zeit für das hier, dachte er.

»Polizei!«, brüllte Ortega, als weitere Zuschauer ihn anrempelten.

Keine Zeit, entschied Balenger. Ein Mann schob sich entschlossen vor ihn und gab ihm damit Gelegenheit, zurückzufallen. Als drei andere sich mit den Ellenbogen vorbeidrängten, nutzte Balenger sie als Deckung, duckte sich und schob sich durch die Menge davon.

»Frank, wo stecken Sie?«, hörte er Ortega brüllen.

Level 3

Jäger und Sammler

I

Auf wackligen Beinen befolgte Amanda die Anweisungen der Stimme und stieg die Treppe hinauf. Ebenso wie Ray, Bethany, Derrick und Viv ging auch sie in ihr Zimmer. Man hatte ihr gesagt, sie sollte zum Schrank gehen und die Kleider anziehen, die sie dort finden würde, aber als Erstes ging sie ins Badezimmer und erleichterte sich. Es kümmerte sie nicht, ob Kameras installiert waren oder nicht. Das Bedürfnis war stärker als jedes Schamgefühl. In dem Verdacht, dass es eine Weile dauern würde, bevor sie wieder ein Badezimmer zu sehen bekam, riss sie Toilettenpapier von der Rolle und stopfte es sich in die Tasche.

Jetzt, als die Benommenheit durch die Betäubungsmittel, die man ihr gegeben hatte, zusammen mit der Übelkeit allmählich verflog, wurde Amanda klar, wie leer ihr Magen war. Ihr Mund war trocken. Nachdem sie die Toilettenspülung bedient hatte, ging sie zum Waschbecken; dann hielt sie inne und sah stirnrunzelnd zur Toilette zurück. Das Wasser rauschte herab, aber vom Tank kam kein Geräusch nachfließenden Wassers. Sie hatte eine beängstigende Vorstellung davon, was passieren würde, wenn sie den Wasserhahn aufdrehte – oder vielmehr was nicht passieren würde. Sie versuchte es trotzdem. Aus den Hähnen kam kein Wasser.

Ihr Mund fühlte sich noch trockener an, als sie zu dem begehbaren Schrank hinüberging und ihn öffnete. Ein blauer Overall hing an einem Bügel, ein Kleidungsstück mit vielen Taschen, wie sie es an Militärfliegern in Filmen gesehen hatte. Derbe Stiefel mit Stollensohlen standen auf dem Boden.

Auch sie waren blau, ebenso wie die Wollsocken und die Baseballkappe, die daneben lagen. Jetzt meldete sich ihr Schamgefühl zurück. Sie versuchte sich vor den Kameras zu verbergen, als sie in den Schrank trat und sich hastig die Jeans auszog. In aller Eile zog sie den Overall über und schloss den Reißverschluss über ihrer weißen Bluse. Der Overall bestand außen aus solidem Nylon und innen aus einem isolierenden Textilmaterial. Ein paar Sekunden lang fühlte sich der Stoff an ihren Beinen kalt an. Sie steckte das Toilettenpapier in eine Tasche des Overalls, trug die Strümpfe und Stiefel zum Bett und zog sie an. Die Sachen passten ihr.

Sie sah sich im Raum um auf der Suche nach etwas, das ihr vielleicht bei der Flucht helfen konnte.

»Nichts hier drin wird dir helfen«, sagte die Stimme von der Decke.

Der Klang ließ sie zusammenzucken. Sie hörte Schritte im Gang und verließ das Zimmer.

Draußen sah sie Ray, Bethany, Derrick und Viv aus ihren Zimmern kommen. Alle trugen Kappen, Overalls, Wollstrümpfe und Wanderstiefel. Rays Ausrüstung war grün, Bethanys grau, Derricks rot und Vivs braun. Es musste wohl an Rays Vergangenheit als Kampfpilot liegen, dass er der Einzige war, der aussah, als fühlte er sich wohl in seinem Overall.

»Na ja, wenigstens kann ich den Rest von euch jetzt unterscheiden.« Derrick, der einzige Schwarze in der Gruppe, versuchte es mit einem Scherz.

»Ich habe das Gefühl, genauso ist das auch gemeint«, sagte Ray, während er zur Decke hinaufzeigte. »Dass *er* uns unterscheiden kann, vor allem von weitem.«

Sie sahen sich nervös um, während sie die Treppe bis in den

großen offenen Raum bei der Tür hinunterstiegen. Ray zog sein Feuerzeug aus der Tasche, öffnete es und ließ es wieder zuschnappen. Amanda versuchte, das Geräusch auszublenden, zu vermeiden, dass es ihr auf die Nerven ging.
»Und jetzt?«, fragte Viv die Stimme.
»Geht ins Esszimmer«, ordnete diese an. »Setzt eure Funkkopfhörer auf. Schaltet sie ein.«
»Einen Moment.« Bethanys Blick war wütend. »Der Wasserhahn in meinem Zimmer funktioniert nicht. Ich habe Durst!«
»Und ich habe Hunger«, sagte Ray. »Weiß der Himmel, wie lang es her ist, seit ich …«
»Heute ist Montag«, sagte die Stimme.
»Montag?« Bethanys Stimme stürzte ab.
»Aber das Letzte, woran ich mich erinnere …« Derrick schüttelte den Kopf. »Mein Gott, ich habe …«
»Zwei Tage.« Viv sah fassungslos aus.
»Also ist es nicht weiter überraschend, dass ihr Hunger und Durst habt. Die Tatsache, dass ihr in der Zwischenzeit nicht aktiv wart, hat euch daran gehindert, Energie zu verbrauchen. Ihr habt also noch Kraft. Wie ich bereits angemerkt habe, als ich euch von Bethanys Erfahrungen auf dem offenen Meer erzählte, man kann bis zu drei Wochen ohne Nahrung auskommen.«
Amanda spürte, wie das Schwindelgefühl zurückkehrte.
»Im Gegensatz zu einer weitverbreiteten Ansicht ist es also nicht gerade lebensgefährlich, zwei bis drei Tage auf Nahrung zu verzichten«, versicherte die Stimme. »Man hat von Leuten gehört, die in diesem Zeitraum große Entfernungen zurückgelegt haben.«
Viv ging ins Esszimmer, wie die Stimme angeordnet hatte, aber von dort aus ging sie weiter in die Küche.

Amanda und die anderen merkten, was sie vorhatte, und folgten ihr, um zuzusehen, wie Viv die Gummihandschuhe wieder anzog. Sie öffnete den Kühlschrank, aber er war leer. Sie öffnete alle Schränke, aber auch sie waren leer. Sie versuchte es mit dem Wasserhahn über dem Spülbecken. Er funktionierte nicht.

Sie stöhnte.

»Fasten reinigt«, sagte die Stimme. »Geht jetzt ins Esszimmer und setzt die Kopfhörer auf. Sonst werde ich euch nicht ins Freie lassen.«

Sie hatten keine andere Wahl, also taten sie, was er sagte. Amanda stellte den Bügel ihres Kopfhörers richtig ein und setzte dann die Kappe wieder auf. Als sie ihr blondes Haar durch die hintere Schlaufe zog, wirkte die sonore Stimme, die aus dem Kopfhörer drang, verstörend intim. »Steckt eure GPS-Geräte in die Tasche. Achtet gut auf sie, ihr werdet sie brauchen.«

Wieder gehorchte die Gruppe.

»Jetzt werde ich euch etwas über *Scavenger* erzählen«, sagte die Stimme. »Im Jahr 2000 hat Präsident Clinton ein Gesetz unterzeichnet, dem zufolge GPS-Empfänger, die auch von Privatpersonen verwendet werden, Signale empfangen dürfen, die bis auf drei Meter genau waren – fast so genau wie militärische Geräte. Davor hatte der Normalbürger nur Signale mit einer Genauigkeit von etwa acht Metern empfangen können; alles Präzisere war dem Militär vorbehalten gewesen. Bald danach veröffentlichte jemand in Oregon einen Koordinatensatz im Internet und erklärte dazu, dass jeder, der einen GPS-Empfänger verwendete, um diese Gegend abzusuchen, die Chance hatte, einen verborgenen Schatz zu finden. Der Schatz selbst war nur ein Metallkasten mit etwas billigem Krimskrams darin. Darum ging es auch gar nicht. Der entscheidende Aspekt war nicht, was in dem Kasten war, sondern der Reiz der Schatzsuche. Selbst mit Koordinaten, die bis auf drei Meter genau waren, war der Kasten noch nicht leicht zu finden.«

Amanda war inzwischen so sehr daran gewöhnt, die Stimme von der Decke herab zu hören, dass sie sich desorientiert fühlte, als sie sie jetzt im eigenen Kopf hörte.

»Von Oregon aus verbreitete sich diese Art Schatzsuche, Scavenger genannt, mit rasender Geschwindigkeit über die ganze Welt. Sie ist vergleichbar mit dem schon länger bekannten Letterboxing, diese neue, GPS-gestützte Version nennt man Geocaching. Über eine Internetseite verschaffen sich die Spieler die Koordinaten eines Verstecks in der Gegend, die sie erkunden wollen. Diese geben sie in ihren GPS-Empfänger ein und lassen sich dann von dem Gerät zu dem Ort führen, wo sie suchen müssen. Oft ist der Gegenstand innerhalb eines Quadrats von gut drei Meter Seitenlänge, das mit Felsen oder Bäumen bedeckt sein kann, so klein oder so gut getarnt, dass er fast unmöglich zu finden ist. Der Behälter kann zum Beispiel aussehen wie ein Insekt, ein Grashüpfer oder dergleichen. Man muss sehr genau hinsehen, um festzustellen, dass der Grashüpfer aus Gummi ist. Oder vielleicht sieht der Behälter auch aus wie ein Stein, aber bei näherer Untersuchung stellt sich heraus, dass er aus Plastik besteht und einen billigen Ring oder einen anderen symbolischen Schatz enthält. Der Spieler, der den Gegenstand findet, hinterlässt dafür etwas Vergleichbares oder manchmal auch nur eine Nachricht und meldet seine Entdeckung einer Website wie zum Beispiel geocaching.com. So erwirbt sich der Spieler mit der Zeit einen gewissen Status aufgrund der Anzahl von Schätzen, die er gefunden hat. Wenige Jahre, nachdem Präsident Clinton dieses GPS-Ge-

setz unterzeichnet hatte, gab es eine Viertelmillion Verstecke, verteilt auf zweihundertneunzehn Länder.«
Ray unterbrach ihn ärgerlich. »Grashüpfer und billige Ringe? Was zum Teufel willst du eigentlich von uns?«
»Kein Grund, laut zu werden, Ray. Das Mikrofon an deiner Wange sorgt für die angemessene Lautstärke. Was ich von euch will? Geht zur Haustür.«
Amanda verspannte sich, als sie von der Tür her ein elektronisches Piepen hörte. Das Schloss gab ein dumpfes Klacken von sich, als der Riegel zurückglitt.
»Ihr könnt sie jetzt öffnen«, sagte die Stimme.
»Nicht, bevor ich mir sicher sein kann, dass ich keinen Schlag kriege.« Viv tippte mit dem Gummihandschuh auf die Klinke. Als keine Reaktion kam, drückte sie sie herunter und zog.
Sonnenlicht strömte ins Innere, begleitet von einer angenehmen Brise.
»Verdammt, das ist ein gutes Gefühl«, sagte Derrick. Er ging hinaus, gefolgt von Viv und Ray.
Amanda und Bethany folgten zögernd.

2

In der Sonne war es warm. Die freie, mit Wüstenbeifuß bewachsene Prärielandschaft war die größte offene Fläche, die Amanda jemals gesehen hatte. Sie hatte ihr ganzes Leben in Großstädten verbracht, in denen die Gebäude immer nur einen Teil des Himmels erkennen ließen. Die Bäume in den Parks bildeten eine ähnliche Begrenzung. Aber hier war die Weite unglaublich. Schneebedeckte Berge erhoben sich in der Ferne, hinterließen jedoch keine Spuren im Himmel. Der blaue Baldachin war gigantisch.

»Wie ihr seht, befindet ihr euch in einem von Bergen umgebenen Tal«, erklärte die Stimme in Amandas Ohren. Sie bemerkte, wie alle anderen sich konzentrierten, um genau hinzuhören. »Zu eurer Rechten ist in einiger Entfernung eine Lücke zwischen den Bergen. Das ist der einzige Ausgang. Ich rate euch nicht, in diese Richtung zu gehen.«

Amanda starrte sehnsüchtig hinüber.

Die Gruppe entfernte sich weiter von dem Gebäude; es erinnerte Amanda an ein als Jagdhütte gebautes Blockhaus, das sie einmal in einer Zeitschrift gesehen hatte. Sie bemerkte, dass Viv die Gummihandschuhe in eine Tasche ihres Overalls schob. Gut, dachte Amanda. Wir sollten alles an Material aufheben, das wir in die Finger bekommen. Je weiter sie sich von dem Gebäude entfernte, desto unbedeutender fühlte sie sich angesichts der umliegenden Weite.

»Bitte nehmt jetzt eure GPS-Empfänger heraus und schaltet sie ein«, sagte die Stimme.

Sie gehorchten.

Mit Ausnahme von Amanda, die mit dem ungewohnten Gegenstand, den sie aus der Tasche zog, vollkommen überfordert war. »Wo …«

»Auf der rechten Seite«, sagte Derrick. »Zwei Tasten. Die untere. Die mit der Glühbirne drauf.«

Amanda drückte auf die Taste und hörte ein Piepgeräusch. Das Display leuchtete auf; es zeigte eine stilisierte Darstellung des Erdballs mit kleinen Satellitensymbolen darüber.

»Vor allem dank den Vereinigten Staaten und ihren militärischen Bedürfnissen gibt es eine große Anzahl von Positionssatelliten – sechsundzwanzig, deren Existenz die Regierung zugegeben hat«, fuhr die Stimme fort. »Aber eure

Empfänger brauchen nur mit dreien davon Verbindung aufzunehmen. Mehr wären im Interesse der Genauigkeit wünschenswert, aber drei reichen aus. In diesem Tal ist die übliche Anzahl möglicher Verbindungen fünf. Die Satelliten befinden sich fast fünfzig Kilometer über uns und senden ihre Signale mit einer Leistung von nur fünfzig Watt, trotzdem sind sie von erstaunlicher Präzision.«

Amanda sah zu, wie senkrechte Balken am unteren Rand ihres Displays auftauchten. Fünf davon wurden dunkel.

»Diese Empfänger funktionieren im Freien am besten«, sagte die Stimme. »Gebäude und dichter Wald behindern die Signale. Jetzt, hier im Freien, haben eure Geräte eure aktuelle Position ermittelt. Merkt euch die folgenden Koordinaten. Sie geben euer Ziel an. Nord ...« Die Stimme nannte eine Reihe von Zahlen. »West ...« Die Stimme diktierte weitere Zahlen.

Amanda war verwirrt, als Ray, Bethany, Derrick und Viv auf Tasten an ihren Geräten drückten.

»Nicht so schnell!«, protestierte Bethany, während sie ihr Mikrofon anders einstellte. »Sag mir den zweiten Zahlensatz noch mal.«

Die Stimme wiederholte ihn.

»Okay«, sagte Bethany.

Amanda verstand immer noch nichts.

»Es ist ganz einfach.« Viv klang gereizt, als sie ihr den Empfänger aus der Hand nahm. »Die Tasten an den Seiten rufen der Reihe nach die Hauptfunktionen und ihre Menüs auf: ein Kompass, ein Höhenmesser, eine Karte.«

»Meins hat keine Karte«, sagte Ray.

»Meins auch nicht«, sagte Bethany.

»Na phantastisch. Wir wissen also immer noch nicht, wo wir eigentlich sind.« Viv zeigte Amanda, wie die einzelnen Tasten funktionierten. »Du brauchst nur ein bisschen Übung, dann weißt du, wofür jede davon gut ist. Da, ich gebe die Koordinaten ein.«

Viv zeigte Amanda, wie es ging, und gab ihr den Empfänger zurück.

»Fabelhaft«, sagte die Stimme. »Teamgeist.«

»Solange es uns hilft, hier rauszukommen«, sagte Viv.

»Das wird davon abhängen, wie jeder von euch sich bewährt. Die vierzig Stunden beginnen …« Die Stimme hielt inne, als überprüfe sie etwas. »… jetzt.«

Sie runzelten die Stirn.

»Ich würde euch raten, keine Zeit zu verschwenden«, warnte die Stimme.

Sie blieben stehen, wo sie waren.

»Ihr werdet bei den Koordinaten, die ich euch gegeben habe, etwas finden, das ihr braucht.«

»Wasser?«, fragte Bethany. »Nahrung?«

Die Stimme antwortete nicht.

»Zum Teufel, wenn's dort Wasser und etwas Essbares gibt, nichts wie hin.« Derrick warf einen Blick auf sein Empfangsgerät.

Amanda tat das Gleiche. Auf dem Display zeigte ein roter Pfeil von ihr fort. Darüber stand in einem Kasten DIST TO DEST und die Entfernung – 1600 Meter.

»In diesem Modus zeigt der Kompass nicht nach Norden, sondern auf die Koordinaten, die wir eingegeben haben«, erklärte Viv. »Sieht so aus, als sollten wir zu der Baumgruppe da hinten rübergehen.«

Die Bäume befanden sich in der entgegengesetzten Richtung vom Ausgang des Tales, wie Amanda feststellte. Sie nahm an, dass ihre Gedankengänge die gleichen waren wie bei den anderen. Sobald sie weit genug von dem Blockhaus

entfernt war, um es nicht mehr sehen zu können, würde sie sich nach einer Gelegenheit zur Flucht umsehen.
Der wachsame Ausdruck in den Augen der anderen ließ sie vermuten, dass der Rest der Gruppe die gleichen Absichten hegte.
Sie setzten sich in Bewegung. Dürres Gras knirschte unter Amandas Stiefeln. Das grelle Sonnenlicht schmerzte in den Augen. Trotz der Wärme schauderte sie. Sie hielt sich hinter den anderen und konnte nicht anders, als zu bemerken, wie unnatürlich die Kombination von blauem, grünem, grauem, rotem und braunem Overall wirkte. Als sie sich umsah, wirkte die Spanne des Himmels überwältigend.
Eine plötzliche Bewegung erregte ihre Aufmerksamkeit. Vor ihnen schoss etwas aus einem Busch hervor. Ein Kaninchen. Es raste im Zickzack von ihnen fort auf die Berge zu. Gleich darauf erschien noch etwas anderes – ein größeres Tier, das aus einer Bodensenke hervorschoss und die Verfolgung aufnahm. Eine Sekunde lang glaubte Amanda, es sei ein Wolf; dann wurde ihr klar, dass die Zeichnung seines Fells nicht zu den Bildern von Wölfen passte, die sie gesehen hatte. Es ist ein Deutscher Schäferhund, dachte sie. Der Hund und das panische Kaninchen verschwanden einen Abhang hinunter.
Niemand sagte etwas. Es war seltsam, dachte sie – als sie noch in dem Haus gewesen waren, hatten sie sich unbefangen unterhalten, aber jetzt im Freien waren sie alle in Schweigen verfallen; nur das Geräusch ihrer Schritte durchbrach die Stille.
»Habt ihr jemals Hitchcocks *Der unsichtbare Dritte* gesehen?«, fragte Bethany plötzlich.
Ihre Stimme kam von zwei verschiedenen Punkten – Bethany selbst und Amandas Kopfhörer. Die Wirkung war ver-

störend. Amanda wusste nicht, wie lang sie dies durchhalten würde. Frank, wo bist du? Gott, lass ihn nicht tot sein. Ich werde verrückt werden, wenn er tot ist.

Und jetzt bist du nicht verrückt? Ihr war entsetzlich klar, dass sie sich selbst in der zweiten Person anredete – auch das war schizophren.

Auch die anderen wirkten verblüfft über Bethanys Frage. Sie kam ihnen so merkwürdig vor wie der Kontrast zwischen Bethanys teurem Schmuck – Kollier, Ringe, Armband und Uhr – und ihrem Overall.

Ray antwortete, etwas verlegen in dem Wissen, dass jemand zuhörte: »Ist das der, wo Cary Grant am Mount Rushmore rumklettert?«

»Yeah, die vier Präsidentenköpfe, die in den Berg gehauen sind.« Derrick klang niedergeschlagen. »Ich hab *Der unsichtbare Dritte* mal in einem Seminar am College gesehen. Irgendwelche Schurken jagen Cary Grant und, wie heißt sie noch, – Eva Marie Saint – quer über diese Gesichter.«

»In einer früheren Szene steigt er bei einem Maisfeld aus dem Bus«, sagte Viv.

Amanda spürte eine Veränderung in ihrem Tonfall; die Stimmen klangen weniger zögernd, als hofften sie, eine Unterhaltung über etwas Vertrautes würde die Situation normaler wirken lassen.

»Dieses Maisfeld«, sagte Bethany. »Richtig. Grant steigt mitten in diesem Farmland aus dem Bus. Sie haben ihm gesagt, er soll sich mit jemandem treffen, der ihm Informationen darüber geben kann, wer ihn umbringen will.«

Zwei große Vögel kreisten über ihnen.

»Geier«, sagte Derrick.

Als die Schatten über sie hinwegglitten, kehrte Bethany zu dem unverfänglicheren Thema des Films zurück. »Nach einer ganzen Weile fährt ein Auto vorbei, und Grant wartet immer noch. Und die ganze Situation wirkt noch seltsamer, weil er auf einer verlassenen Landstraße steht, aber einen Anzug trägt.«

Als sie durch das dürre Gras ging, sah Amanda weiter vorn eine Rinne im Boden.

»Dann taucht von der Seite her ein Truck auf«, sagte Bethany. »Das passiert, nachdem Grant schon mindestens eine Minute lang da rumgestanden hat. Eine Frau setzt einen Farmer ab. Das Auto fährt weg. Der Farmer und Grant nicken sich zu. Man hört ein Brummen im Hintergrund, ein Schädlingsbekämpfungsflugzeug fliegt über das Feld. Dann kommt der nächste Bus, und der Farmer steigt ein, aber vorher sagt er noch zu Grant, wie komisch es ist, dass das Flugzeug Schädlingsbekämpfungsmittel spritzt, wenn es keine Ernte zu schützen gibt. Grant denkt darüber nach. Der Bus fährt weg. Grant denkt immer noch nach, sieht zu dem Flugzeug hin, das jetzt auf ihn zufliegt, und plötzlich stürzt er durch das Maisfeld davon, und aus dem Flugzeug schießen sie mit Maschinengewehren auf ihn.«

»Stimmt!«, sagte Derrick. »Grant wirft sich zwischen den Maisstauden auf den Boden. Der Pilot wirft das Düngemittel oder Insektengift oder was auch immer das Flugzeug transportiert hat ab und erstickt ihn beinahe.«

Sie näherten sich der Rinne.

»Ich habe irgendwo gelesen«, sagte Bethany, »dass Hitchcock mehrere Filme mit beängstigenden, klaustrophobischen Räumen gemacht hatte, dieses unheimliche alte Herrenhaus in *Rebecca* zum Beispiel, und dass er in *Der unsichtbare Dritte* das Gegenteil erreichen wollte – die offene Landschaft bedrohlich wirken lassen.«

Sie blieben am Rand der Rinne stehen.

»So still.« Ray drehte sich einmal im Kreis und musterte das weite Tal und die Berge, die es umgaben. »Ich bin an die Geräusche von Flugzeugen und Autos und Städten gewöhnt. Aktivität. Dass überall etwas los ist.«

»Es ist wie in diesem fürchterlichen Gummiboot.« Bethany hörte sich an, als sei ihre ausgetrocknete Zunge in ihrem Mund angeschwollen. »Nichts als Himmel und Meer ringsum. Und so verdammt still.«

»Nicht für Derrick und mich«, sagte Viv. »Wir verbringen den größten Teil unserer Zeit in dieser Sorte von Gegend. Unter anderen Umständen würde ich es paradiesisch finden.«

»Yeah, okay, paradiesisch.« Bethany streckte die Hand aus. »Was meint ihr, wie weit diese Berge dort hinten entfernt sind?«

»Schwer zu sagen«, antwortete Derrick. »Fünfundzwanzig Kilometer vielleicht. Vielleicht auch mehr. Wenn alles so offen ist wie hier, kann man es nicht richtig einschätzen.«

Ray drückte auf einen Knopf an seinem GPS-Empfänger. »Der Höhenmesser sagt, wir sind auf fünfzehnhundert Meter Höhe.« Er sah zu Bethany hin. »Anderthalb Kilometer über dem Meeresspiegel. Wenn man nicht dran gewöhnt ist, wäre das schon genug Grund dafür, dass du Durst hast.«

»Nein, ich habe Durst, weil das Arschloch uns kein Wasser gegeben hat.«

»Nicht«, warnte Viv. »Er hört alles, was wir sagen.«

Bethany schob den Sonnenschutz ihrer Kappe zurecht, um die Augen zu schützen. »Die Sonne ist so grell, meine Kontaktlinsen fühlen sich an, als wären sie kurz vor dem Siedepunkt. Hey, du da draußen! *Hörst du mich?*«

Keine Antwort.

»Du hättest uns wenigstens Sonnenbrillen mitgeben können!«
Immer noch keine Antwort.
»Vielleicht hört das Arschloch ja doch nicht zu.« Bethany sah sich um. »Glaubt ihr, es gibt Kameras hier draußen?«
Amanda ging davon aus, dass es sie gab. Aber bevor sie es aussprechen konnte, fragte Bethany: »Wo? In diesen Bäumen, auf die wir zuhalten? Teleobjektive, die uns vom Haus aus beobachten? Oder Kameras, die hier irgendwo auf Stativen stehen und die Landschaft beobachten?«
Sie ließen sich vorsichtig in die Rinne hinuntergleiten. Staub stieg unter ihren Sohlen auf. Die Rinne war etwa eineinhalb Meter breit, und die Wände überragten sie. Der Schatten wirkte kühlend.
»Ich habe das Segeln immer geliebt. Ich konnte es nicht abwarten, wieder auf dem Wasser zu sein mit nichts ringsum als dem Horizont.« Bethany schauderte. »Ich hatte dabei das Gefühl, als strecke sich etwas in mir Gott entgegen oder etwas in dieser Art. Aber nach zwei Wochen in diesem Gummiboot hat diese ganze Leere die Seele richtiggehend aus mir rausgesaugt. Seither bin ich nicht mal mehr in die Nähe von Wasser gegangen. Es ist schwierig, Segelboote zu verkaufen, wenn man eine panische Angst davor hat, an Bord von einem zu gehen.«
Amanda grub ihre Stiefel in den steilen Hang auf der anderen Seite. Staub stieg auf, als sie zu klettern begann. Er legte sich auf ihre Lippen und hinterließ einen bitteren Geschmack. Als sie wieder in der Sonnenhitze oben angelangt war, drehte sie sich um und sah, wie Bethany aus dem Schatten der Rinne zu ihr hinaufsah.
»Es ist angenehm kühl hier unten«, sagte Bethany.
»Dies hier ist nicht das Meer«, sagte Derrick mit Nach-

druck. »Wenigstens hält es unter den Füßen still. Es schlägt keine Wellen.«
»Für euch tut es das vielleicht nicht. Aber seit ich aufgewacht bin, habe ich mich nicht sicher auf den Beinen gefühlt. In diesem Haus hatte ich wenigstens Wände um mich herum.«
»Versuch die Berge zu sehen, als wären es Wände.«
Bethanys Gesichtsausdruck war untröstlich. »Hier draußen ist mein Mund trockener.«
»Die Stimme hat gesagt, bei den Koordinaten, die er uns gegeben hat, wäre Wasser.«
»Nein!«, widersprach Bethany. »Die Stimme hat gesagt, wir werden dort etwas finden, das wir brauchen. Was auch immer das heißen soll. Von Wasser hat er nichts gesagt. Wir haben das hineininterpretiert, was wir hören wollten.« Sie zog den Kopfhörer unter ihrer Kappe hervor.
»Komm raus da«, sagte Viv.
»Kräftiger, als wir jetzt sind, werden wir nicht.« Bethany starrte auf den Kopfhörer in ihrer Hand hinunter. Dann ließ sie ihn angewidert fallen.
»Nein«, sagte Derrick.
»Was kann das Arschloch mir schon tun?« Bethany breitete die Arme aus, als wollte sie sich als Zielscheibe anbieten. »Mich erschießen? Wie denn? Er kann mich hier unten nicht mal sehen!«
Amanda sah sich um und hatte das Gefühl, einen nackten Fleck zwischen den Schulterblättern zu haben. Außerhalb der Rinne bot sich alles und jedes als Versteck für einen Scharfschützen an: Büschel von Wüstenbeifuß, die Baumreihe, auf die sie zuhielten, die Felsblöcke in ihrer Nähe. Im Freien geben wir alle ein leichtes Ziel ab, dachte sie plötzlich.

»Nutzt jetzt diese Gelegenheit«, drängte Bethany. »Wenn jeder von uns in eine andere Richtung losrennt, wie will er uns dann alle im Auge behalten? Wie soll er es schaffen, überall gleichzeitig zu sein, um uns aufzuhalten? Das kann er nicht.«

Die Logik ist so einleuchtend, dachte Amanda. Solange wir zusammenbleiben, haben wir keine Chance. Sie hätte Bethany beinahe gesagt, dass sie sie überzeugt hatte, wäre fast den staubigen Steilhang wieder hinuntergeglitten, um sich ihr anzuschließen, aber etwas ließ sie zögern. Ein instinktiver Verdacht, dass die Dinge nicht so simpel waren, wie Bethany glaubte, dass ein Entkommen nicht einfach dadurch möglich war, dass fünf Leute in unterschiedliche Richtungen flüchteten.

Dann glitt Amanda tatsächlich in die Rinne hinunter, aber nicht, um sich Bethany anzuschließen, sondern um sie aufzuhalten.

Sie legte ihr eine Hand auf die Schulter. »Ich habe ein übles Gefühl dabei. Tu's nicht.«

»Hey, die Stimme hat doch gesagt, er möchte, dass wir uns auf uns selbst verlassen, oder etwa nicht?« Bethany schob Amandas Finger von ihrer Schulter, holte tief Luft und setzte sich die Rinne entlang in Bewegung. Ihre Schritte wurden schneller. Wenn die Rinne diese Richtung beibehielt, dachte Amanda plötzlich, dann würde sie zum Ausgang des Tales führen.

Bethany hatte jetzt zu rennen begonnen; Staub stieg auf, als sie um eine Biegung verschwand. Amanda hörte das Geräusch ihrer Stiefel im Staub verklingen; dann sah sie unsicher zu Ray, Derrick und Viv hinauf.

»Wollt ihr anderen euch ihr anschließen?«, fragte die Stimme plötzlich.

Die Intimität der Frage unmittelbar an ihrem Ohr ließ Amanda zusammenzucken.
»Es besteht immerhin die Möglichkeit, dass sie Erfolg hat«, sagte die Stimme. »Wollt ihr es auch drauf ankommen lassen?«
Niemand antwortete.
»Was ist mit dir, Amanda?«
»Woher zum Teufel weiß er eigentlich, was Bethany gerade tut?«, murmelte Ray.
»Wenn das so ist, dann bleibt in Bewegung«, ordnete die Stimme an. »Verschwendet das bisschen Zeit nicht, das ihr habt.«
Amanda sah sich nach der Biegung um, hinter der Bethany verschwunden war.
»Es war eine sehr unglückselige Entscheidung, den Kopfhörer abzunehmen«, sagte die Stimme. »Das macht es mir unmöglich, ihr Vernunft beizubringen.«
»Woher weiß er, dass sie den Kopfhörer abgenommen hat?«, wollte Ray wissen.
Mit einem Gefühl plötzlicher Kälte hob Amanda den Kopfhörer auf und blies den Staub von ihm fort. Sie hob ihn ans Auge, musterte den Metallstreifen, die kleinen Ohrhörer und den Mikrofonbügel. »Das Mikrofon.« Verzweiflung erfüllte ihre Stimme.
»Brava«, sagte die Stimme.
»Das Mikrofon?«, fragte Derrick vom Rand der Rinne her. »Was ist mit ihm?«
Amanda brachte die Worte kaum heraus. »Es ist nicht einfach nur ein …«
Viv riss sich den Kopfhörer herunter und starrte den Mikrofonbügel an. »Mein Gott, es ist eine Kamera.« Sie ließ den Hörer fallen und stolperte ein paar Schritte rückwärts.

»Derrick, sag deiner Frau, sie soll ihn aufheben«, sagte die Stimme.

Derrick wirkte wie erstarrt.

»Sag deiner Frau, sie soll ihn aufheben«, wiederholte die Stimme nachdrücklich.

»Viv, er will, dass du den Kopfhörer aufhebst.«

»Nein.«

»Alle anderen, bringt Abstand zwischen sie und euch selbst.«

Derricks dunkles Gesicht verspannte sich. »Was hast du vor?«

»Euch beizubringen, dass ich mich nicht gern wiederhole. Tretet zurück.«

Derrick hob in aller Eile den Hörer aus dem Staub auf und schob ihn Viv in die Hände. »Setz ihn auf.«

Viv sah die Angst in seinen Augen; sie schauderte und tat, was er sagte.

»Amanda, steig aus der Rinne heraus«, befahl die Stimme. »Stell dich zu den anderen. Sieh nach Osten.«

»Osten?«

»Zum Talausgang hin«, sagte Ray.

Amanda hatte das Gefühl, dass etwas Kaltes ihr das Herz zusammendrückte. »Das ist die Richtung, in die Bethany gegangen ist.« Sie arbeitete sich aus der Rinne heraus – Staub bröckelte unter ihren dicken Stiefeln, aber sie klammerte sich mit Knien und Fingernägeln fest und erreichte die Kante. Sie richtete sich auf und sah am Verlauf der Rinne entlang, die sich zwischen Gras und Wüstenbeifuß auf den fernen Pass zuschlängelte. Gelegentlich konnte Amanda kurz eine graue Kappe und die Schultern eines grauen Overalls erkennen; Bethany ging rasch.

Die Stimme hatte allzu resigniert geklungen, dachte Amanda. »Warte! Du hast gesagt, es war eine unglückliche Ent-

scheidung, dass sie ihren Kopfhörer abgenommen hat. Du hast gesagt, du würdest ihr gern Vernunft beibringen. Wenn ich sie noch einhole ...« Ein fürchterlicher Verdacht ließ sie schneller atmen. »Wenn ich sie aufhalten kann ...«
»Ja?«
»Erlaubst du mir dann, sie zurückzuholen?«
Die Stimme antwortete nicht.
Bevor Amanda auch nur wusste, was sie tat, hatte sie sich in Bewegung gesetzt. »Bethany!«, brüllte sie. »Bleib stehen!« Die offene Weite verschluckte ihre Stimme.
Amanda stürzte durch das trockene Gras. Sie kam an Wüstenbeifuß, einem kniehohen Felsblock und einer verkrüppelten Kiefer vorbei.
»Bethany!«
Aber Bethany rannte weiter die Rinne entlang. Ihre graue Kappe und die Schultern ihres grauen Overalls waren jetzt besser sichtbar. Sie sah sich nicht um.
»Bleib stehen!«
Amanda rannte schneller, machte längere Schritte. »Hör mich an!«, brachte sie heraus, zwischen heiseren Atemstößen, die ihr die Kehle zu verbrennen schienen.
Weiter vorn wurde die Rinne jetzt flacher. Bethany war bis zur Taille sichtbar, als sie auf die ferne Lücke zwischen den Bergen zustürmte.
»Bleib stehen!«, schrie Amanda. Schweiß überzog ihre Haut und ließ den Overall an ihr kleben. »Er weiß Bescheid!«
Jetzt war die Rinne so flach geworden, dass Bethany bis zu den Hüften sichtbar war. Die fehlende Deckung schien sie noch hektischer werden zu lassen. Sie rannte auf eine sandige Mulde zu, wo sich während der Regenzeit wahrscheinlich Wasser sammelte. Auf der anderen Seite begann eine weitere Rinne.

»Du kannst sie nicht aufhalten«, sagte die Stimme in Amandas Ohren.
»Ich versuch's.« Amanda versuchte noch mehr Kraft aufzubringen, noch schneller zu rennen. Ein Stein löste sich unter ihren Füßen und brachte sie zum Stolpern. »Bethany! Halt! Bitte!«
Endlich schien die Verzweiflung in ihrer Stimme Wirkung zu zeigen. Unten in der Mulde schien Bethany auf halber Strecke die Entschlossenheit zu verlieren. Sie zögerte und drehte sich um. Ihre Brust hob und senkte sich sichtbar, als sie zu Amanda zurückblickte.
»Er kann dich kriegen!«, schrie Amanda. »Ich weiß nicht wie, aber er kann!«
Bethanys Gesicht glänzte vor Schweiß. Sie sah nach vorn, zur anderen Seite der Mulde und der Fortsetzung der Rinne hin. Unvermittelt rannte sie darauf zu.
»Nicht!« Amandas flehentlicher Ruf galt der Stimme ebenso wie Bethany.
»Sie hasst offene Flächen«, sagte die Stimme. »Es war nur eine Frage der Zeit.«
Amanda versuchte, schneller zu werden, aber es war ihr unmöglich. Wie die Lücke zwischen den Bergen weiter vorn schien Bethany vor ihren Augen zurückzuweichen.
»Besser, es passiert früh«, sagte die Stimme zu Amanda. »Auf diese Weise lernt ihr anderen, eure Zeit und Kraft nicht auf sinnlose Unternehmungen zu verschwenden.«
»Nein!«
»Aber ich bin enttäuscht darüber, dass sie mich nicht überrascht hat.«
In dem Augenblick, in dem Bethany die Mündung der Rinne erreicht hatte, spürte Amanda eine Schockwelle. Mit einem donnernden Geräusch explodierte Bethanys grau-

bekleideter Oberkörper in einer roten Wolke. Eine Hand flog in eine Richtung, während ihr Schädel in eine andere geschleudert wurde. Das Blut hing wie Nebel in der Luft, als die Körperteile auf dem Boden auftrafen.

Amanda kam schlingernd zum Stehen; ihre Ohren schmerzten von der Explosion. Sie taumelte vor Schreck, als sie sah, wie der Blutnebel sich in einem plötzlichen Windstoß ausbreitete. Dann sank er herunter und sprenkelte den Sand.

Amanda hatte das Gefühl, als hätte jemand die Beine unter ihr weggetreten. Sie fiel auf die Knie. Tränen strömten ihr übers Gesicht und brannten auf ihren Wangen.

3

Das Moor ist ein wunderbarer Ort.«

Balenger saß vornübergebeugt auf der Rückbank des Taxis, musterte die Fotokopie, die er in der Hand hielt, und fragte sich, was zum Teufel der Abschnitt darauf ihm eigentlich sagen sollte. Die Kopie eines blassen Stempels lieferte die Worte NYPL HUMANITIES & SOCIAL SCIENCES LIBRARY. Er vermutete, dass NYPL die Abkürzung für New York Public Libraries war, rief mit dem Handy die Auskunft an und erfuhr, dass die Humanities & Social Sciences Library sich an der Ecke 42nd Street und Fifth Avenue befand.

Die Avenue of the Americas war die nächste große Straße, die von Greenwich Village ins Stadtzentrum führte. Der stockende Mittagsverkehr hielt das Taxi auf. Frustriert vom Geheul der Hupen und dem ruckartigen Anfahren und Bremsen des Wagens bat Balenger den Fahrer, ihn an der

40th Street abzusetzen. Er zahlte und begann zu rennen; es war eine Erleichterung, sich zu bewegen, die Anspannung abbauen zu können.

Aber seine Ungeduld war nicht der einzige Grund, das Taxi zu verlassen. Er war immer noch fassungslos über das Feuer. Jemand versuchte zu verhindern, dass er Amanda fand, und dieser Jemand würde es höchstwahrscheinlich weiter versuchen.

Er rannte schneller. Er kam sich schutzlos vor auf dem mit Menschen überfüllten Gehweg; er sah über die Schulter zurück, um zu sehen, ob jemand aus einem zweiten Taxi stieg und ihm folgte. Niemand. Er sah eben noch rechtzeitig wieder geradeaus, um einen Zusammenstoß mit einem Mann mit Aktentasche zu vermeiden. Er bog ab und rannte über die Kreuzung an der 41st Street. Ein Lastwagen hupte und brauste dicht genug an ihm vorbei, dass Balenger den Luftzug spürte.

Weiter vorn sah er eine Menschenmenge auf Bänken unter den Bäumen des Bryant Park sitzen. Er blickte wieder über die Schulter zurück und bemerkte immer noch niemanden, der ihn verfolgte. Der Verkehr kam nach wie vor nicht vom Fleck.

Er bog nach rechts ab, rannte bis zur Fifth Avenue und erreichte die Bibliothek, einen soliden Steinbau, dessen breite Treppenstufen und säulengerahmter Eingang von zwei Marmorlöwen bewacht wurden.

Er rannte durch die Drehtür ins Innere und betrat eine weitläufige Halle, wo eine Schlange Besucher darauf wartete, dass ein Wachmann ihre Handtaschen, Rucksäcke und Aktenmappen untersuchte. Balenger wischte sich den Schweiß von der Stirn, was ihm neugierige Blicke von einigen Wartenden einbrachte. Er schob sich in der Schlange vorwärts und sah wieder über die Schulter. Die Sekunden tröpfelten; er konzentrierte sich darauf, wieder zu Atem zu kommen. Die hohe Decke und der Steinboden ließen den Raum hallen wie eine Kirche, aber er achtete kaum darauf. Seine ganze Aufmerksamkeit galt den Menschen, die durch die Tür hereinkamen.

Der Wachmann winkte ihn durch. Balenger erkundigte sich nach dem Weg und stieg zwei breite Treppen hinauf. Über eine weitere riesige Halle erreichte er eine Auskunftstheke.

»Kann ich Ihnen helfen?«, fragte eine Frau mit Brille.

»Ich hoffe es.« Balenger gab ihr die Fotokopie. »Haben Sie eine Ahnung, woher dies stammt?«

Die Bibliothekarin spähte über ihre Brille hinweg auf den Textabschnitt.

> *»›Das Moor ist ein wunderbarer Ort‹, sagte er und ließ seinen Blick über das um uns wogende grüne Hügelland schweifen, das von zerklüfteten Granitfelsen gekrönt wurde, die die phantastischsten Formen bildeten. ›Das Moor ist nie langweilig. Sie haben keine Vorstellung von den wunderbaren Geheimnissen, die sich darin verbergen. Es ist so weitläufig, so öde und so geheimnisvoll.‹«*

Sie wirkte verwirrt. »Und alles andere ist ausgestrichen.«

Balenger versuchte es mit einer einfachen Erklärung. »Es ist eine Art Spiel.«

Die Bibliothekarin nickte. »Ja, so was werden wir gelegentlich gefragt. Letzte Woche ist eine Frau mit einer Liste von Fragen für eine Art Schatzsuche hier aufgetaucht. Sie musste einen bestimmten Roman finden, und der einzige Hinweis, den sie hatte, war ›Die Sonne sinkt‹. Wir sind irgendwann zu dem Schluss gekommen, dass es Hemingways *Fiesta* sein musste.«

Balenger kam der Gedanke, dass der Abschnitt tatsächlich Teil eines Spiels sein mochte – eines der grausamsten Spiele, die sich jemals ein Mensch hatte einfallen lassen.

»Das Problem dabei ist, auch wenn wir oft als Hauptstelle des New Yorker Bibliotheksystems bezeichnet werden, sind wir im Grunde nur eine Forschungs- und Recherchebibliothek«, erklärte die Angestellte. »Wir sind eine reine Präsenzbibliothek. Die Besucher können die Bücher nur hier an Ort und Stelle lesen. Ich habe die Frau mit dem Spiel in unsere Zweigstelle in der 40th Street geschickt.« Die Bibliothekarin sah wieder auf das Blatt hinunter. *»›Das Moor ist ein wunderbarer Ort.‹* Interessant.« Sie überlegte einen Augenblick; dann winkte sie einem Mann zu, der an einem Computer in der Nähe saß.

Er stand auf und kam herüber.

»Brontë oder Conan Doyle?«, fragte die Frau.

Der Mann las den Abschnitt und nickte. »Das sind die beiden, die einem dabei einfallen.«

»Ich glaube nicht, dass es Brontë ist«, sagte die Frau.

»Das sehe ich auch so. Ihr Stil ist emotionaler.«

Balenger warf der Frau einen fragenden Blick zu.

»Wenn Sie erwähnen, dass etwas im Moor spielt, dann gibt es zwei Romane, die einem dazu einfallen. Emily Brontës *Sturmhöhe* spielt in den Yorkshire Moors in Nordengland. Es ist sehr atmosphärisch – Heathcliff streift durchs Moor und redet mit Cathys Geist und ähnliche Szenen. Dagegen ist die Beschreibung hier in einem einzigen Satz zusammengefasst – ›das um uns wogende grüne Hügelland, das von zerklüfteten Granitfelsen gekrönt wurde, die die phantastischsten Formen bildeten.‹ Es erfüllt seinen Zweck, aber das eigentliche Interesse des Autors scheint eher den ›wunderbaren Geheimnissen‹ zu gelten, die das Moor verbirgt, ›so geheimnisvoll‹. *Darauf* will der Autor hinaus. Es würde mich wundern, wenn dieser Mensch keine Kriminalromane schriebe. Ich glaube, dies stammt aus *Der Hund von Baskerville* von Arthur Conan Doyle.«

»Der Hund von Baskerville?«

»Dartmoor im englischen Devonshire. Dort spielt der größte Teil des Romans. Genau genommen ist es einer der berühmtesten Schauplätze der gesamten Romanliteratur. Wie gesagt, wir lassen es nicht zu, dass Bücher mitgenommen werden, aber wenn Sie in den Lesesaal gehen«, sie zeigte hinter sich, »wird Ihnen jemand ein Exemplar bringen.«

Zeit, dachte Balenger. Er zwang sich dazu, ruhig zu bleiben, als er sich bei ihr bedankte. Seine Erfahrungen mit Conan Doyles Detektivgeschichten beschränkten sich auf einen alten Schwarzweißfilm mit Basil Rathbone. In seiner Erinnerung war der Film düster und atmosphärisch gewesen – jede Menge Nebel über zerklüftetem und manchmal auch sumpfigem Gelände.

Der weitläufige Lesesaal hatte die warme Farbe von Holz, das über Jahrzehnte hinweg immer wieder poliert worden war. Am Eingang stand ein Wachmann. Ein Schild daneben forderte Balenger auf, sein Handy auszuschalten.

Er tat es und ging zu einer Theke, wo er um eine Ausgabe des Buches bat. Seine Nerven beruhigten sich eine Spur, als er die Computertische des Lesesaals sah. Nachdem man ihm seine Benutzerkarte ausgehändigt hatte, suchte er sich einen freien Computerarbeitsplatz. Er konzentrierte sich darauf, seinen Atem unter Kontrolle zu behalten, und verspürte das Bedürfnis, seinen schmerzenden Unterarm zu massieren. Als er die Ärmel von Jacke und Hemd zurückschob, sah er, dass die Einstichstelle rot und geschwollen war. Sie schien entzündet.

Aber das war die geringste seiner Sorgen. Als er auf die Tastatur hinunterstarrte, zitterten seine Finger. Amanda, dachte er. Wohin haben sie dich gebracht?

Er wusste nicht, warum Karen Bailey das Zitat für ihn hinterlegt hatte oder inwiefern es ihm helfen würde, Amanda zu finden, wenn er den Roman las, aus dem es stammte (immer vorausgesetzt, der Abschnitt stammte tatsächlich aus *Der Hund von Baskerville*). Er mühte sich darum, nachzudenken, sich auf das zu konzentrieren, was das Zitat ihm vielleicht sagen sollte.

Vielleicht geht es um Sir Arthur Conan Doyle, dachte er verzweifelt.

Aber warum war dann alles andere auf der Seite, bis hin zu dem Namen des Autors und dem Titel des Romans, unleserlich gemacht? Warum dieses einzelne Zitat? Was war so besonders daran?

Das Moor.

Balenger streckte die Hände nach der Tastatur aus. Mit zitternden Fingern rief er Google auf und tippte DARTMOOR. Mehrere Treffer erschienen auf dem Bildschirm.

DARTMOOR NATIONAL PARK
DISCOVERING DARTMOOR
WALKING DARTMOOR
DARTMOOR RESCUE GROUP

Balenger erfuhr, dass zum Dartmoor National Park neunhundertfünfzig Quadratkilometer niedriger, felsiger Hügel gehörten, die als kahl, abweisend und urtümlich beschrieben wurden. Oft lag Nebel über dem größtenteils unbesie-

delten Gebiet. Der häufige Regen sammelte sich in sumpfigen Mulden – woraus sich auch die Notwendigkeit der Dartmoor Rescue Group erklärte.
Soll ich daraus schließen, dass jemand Amanda nach Dartmoor in England verschleppt hat?, dachte er. Warum? Was sollte das für einen Sinn haben? Das hier führt doch zu nichts.
Warum hat Karen Bailey dafür gesorgt, dass ich dieses Stück Papier in die Hand bekomme?
Beim nächsten Gedanken setzte Balenger sich unwillkürlich auf. Sie hätte es mir mit der Post zuschicken können, aber sie hat es zusätzlich kompliziert gemacht. Ich hätte dieses Zitat nie zu Gesicht bekommen, wenn ich nicht in das Theater gegangen wäre. Sie hat dem Mann, der den Professor gespielt hat, gesagt, er sollte mir das Papier nur dann geben, wenn ich auftauche.
Mit pochenden Schläfen starrte Balenger andere Google-Einträge zum Thema Dartmoor an. Jetzt wurde ihm klar, dass er genauer hinsehen musste. Er musste davon ausgehen, dass alles von Bedeutung war.

DARTMOOR FALCONRY
DARTMOOR FOLK FESTIVAL
DARTMOOR LETTERBOXING

Er war mit den Gedanken anderswo und hätte den letzten Eintrag fast übersprungen, aber der Text unterhalb der Eintragszeile erregte seine Aufmerksamkeit.

Die Geschichte der organisierten Schatzsuche begann in Dartmoor im Jahr 1854, als ein …

Etwas an dem Text löste bei Balenger eine Erinnerung aus. Plötzlich fiel ihm der Zeitkapselvortrag wieder ein – der falsche Professor hatte etwas davon gesagt, dass in Gemeinden, die ihre Zeitkapseln verloren hatten, eine Art kollektive Schatzsuche vonstatten ging.
Balenger klickte den Eintrag hastig an. Der Text, der daraufhin erschien, war mit Fotos von niedrigen Hügeln und Granitklippen illustriert und ließ seine Gedanken rasen.

Das sogenannte Letterboxing als eine besondere Form von Schatzsuche wurde 1854 erfunden. Ein Fremdenführer in Dartmoor, James Perrott, kam auf den Gedanken, Wanderer zur Erforschung eines schwer zugänglichen Teils des Moors herauszufordern, des sogenannten Cranmere Pool. Damit die Wanderer beweisen konnten, dass sie tatsächlich den Weg zu dem abgelegenen Ort gefunden hatten, deponierte Perrott einen Glasbehälter unter einem Steinhaufen am Teichufer. Jeder Wanderer, dem es gelang, den Behälter zu finden, erhielt die Anweisung, eine Nachricht in ihm zu hinterlassen. Manche Wanderer legten auch eine an sie selbst adressierte Postkarte hinein. Der Nächste ersetzte sie durch eine eigene Postkarte und schickte die ursprüngliche Karte an ihren Besitzer.
Im Lauf der Jahre wurde dieses Spiel so beliebt, dass auch an anderen Orten im Moor entsprechende Behälter aufgestellt wurden. Später wurden die Gläser durch Eisen- und schließlich durch Plastikkästen ersetzt, die man wegen der in ihnen hinterlegten Nachrichten als Briefkästen bezeichnete. Heute, mehr als eineinhalb Jahrhunderte, nachdem James Perrott sein Glas unter einem Steinhaufen deponiert hat, vermutet man in der

eindrucksvollen Landschaft von Dartmoor etwa zehntausend dieser Briefkästen.
Die Behälter sind sorgfältig versteckt. Hinweise führen die Mitspieler in ihre Nähe. Manchmal handelt es sich bei den Hinweisen um Zahlen, die als Koordinaten auf einer Karte zu verstehen sind. In anderen Fällen bestehen sie aus Rätseln und verschlüsselten Hinweisen, deren Auflösung den Spieler leitet.
Aufgrund eines 1998 im Smithsonian Magazine veröffentlichten Artikels erlangte diese Sonderform des Schatzsucherspiels schlagartig weltweite Popularität. Allein in Amerika gibt es in jedem Bundesstaat versteckte Briefkästen. Natürlich wird nicht jeder davon gefunden. In Dartmoor werden die Spieler gelegentlich mit einem unheimlichen Fund belohnt – einem längst vergessenen Behälter mit einer Nachricht, die vor vielen Jahren darin hinterlegt wurde.

Balenger starrte eine ganze Weile auf den Bildschirm. Der Satz über den »längst vergessenen Behälter mit einer Nachricht, die vor vielen Jahren darin hinterlegt wurde« hatte ihm den Zeitkapselvortrag wieder ins Gedächtnis gerufen. Das Letzte, an das er sich erinnerte, bevor er das Bewusstsein verloren hatte, war die Aussage des falschen Professors, dass mehr Zeitkapseln verlorengegangen als wiedergefunden worden waren.
Balengers Herz schien auszusetzen; dann begann es wieder zu schlagen. Lauter Zufälle?, fragte er sich. Oder hat Karen Bailey eingeplant, dass ich diesen Artikel finde? Warum hätte sie sonst gewollt, dass ich den Buchabschnitt über Dartmoor lese?
Seine Hände zitterten immer noch, aber jetzt lag es an etwas

anderem – einem eisigen Verdacht, was der Grund dafür sein mochte, dass man ihm Amanda genommen hatte. Er dachte an das, was die Bibliothekarin über Hinweise zu einer Schatzsuche gesagt hatte. Ein Spiel?, dachte er. Ist das hier wirklich ein gottverdammtes Spiel?

Er atmete schnell, als er zur Theke zurückkehrte.

»Ja, Sir?«, fragte eine Frau mit Strähnchen.

»Mein Name ist Frank Balenger. Ich hatte *Der Hund von Baskerville* bestellt.«

»Natürlich, Sir. Lassen Sie mich nachsehen ...« Sie lächelte. »Da ist es.«

Das Buch war ein alter, muffiger Pappband mit angeschlagenen Ecken. Balenger suchte sich einen leeren Stuhl an einem der vielen Tische. Er öffnete das Buch und überflog die Seiten, wobei er sich auf den ersten Satz jedes Abschnitts konzentrierte auf der Suche nach »Das Moor ist ein wunderbarer Ort«.

Er stieß scharf den Atem aus, als er die Stelle fand. Seite sechsundvierzig. Am Anfang des letzten Drittels der Seite. Aber das war nicht alles. Jemand hatte mit einem Stempel Worte auf dem Seitenrand hinterlassen: DIE GRABKAMMER WELTLICHEN BEGEHRENS.

Der Raum schien vor seinen Augen zu kippen. Der Ausdruck erinnerte Balenger an die ungewöhnliche Bezeichnung für eine der Zeitkapseln, über die der »Professor« gesprochen hatte: die Krypta der Zivilisation. Die Grabkammer. Die Krypta. Wieder ein Zufall?, fragte er sich. Er musste sich vergewissern, dass er sich nicht in imaginären Verbindungen verlor. Eine Möglichkeit, dies zu tun, wäre es, alle Exemplare von *Der Hund von Baskerville* zu überprüfen, die die Bibliothek besaß. Diese Zweigstelle verlieh keine Bücher. Karen Bailey hatte also keinerlei Möglichkeit

zu kontrollieren, welches Exemplar ihm ausgehändigt wurde; damit hatte sie nur eine einzige Methode, sicherzustellen, dass Balenger ihre Nachricht erhielt: die Worte DIE GRABKAMMER WELTLICHEN BEGEHRENS in jedes einzelne Exemplar der Bibliothek zu stempeln.
Balenger stand so hastig auf, dass die anderen an seinem Tisch sich beim Kreischen der Stuhlbeine wütend nach ihm umsahen. Aber als er schnell zur Theke ging, hatte er das unbehagliche Gefühl, dass jemand ihn anstarrte. Er drehte sich zum Eingang des Lesesaals um.
Es starrte ihn tatsächlich jemand an.
Eine matronenhafte Frau Anfang vierzig in einem schlichten dunklen Kleid. Ihr dunkelbraunes Haar war hinten zu einem Knoten zusammengefasst.
Karen Bailey.

4

In dem Augenblick, in dem Balenger sie bemerkte, rannte sie auf den Ausgang des Lesesaals und den dahinterliegenden Gang zu. Balengers schnelle Schritte ließen die Leute an den anderen Tischen aufschrecken. Er stürmte an dem Wachmann vorbei, der bei der Störung die Stirn runzelte.
Im Gang sah Balenger in eine Richtung und dann in die andere. Keine Spur von Karen Bailey. Noch mehr Leute, die die Stirn runzelten, als er zur Treppe rannte. Auch hier keine Spur von ihr.
»Hey«, sagte er zu einem Mann, der eine Büchertasche aus Nylon bei sich trug, »haben Sie eine Frau in einem dunkelblauen Kleid gesehen? Sehr züchtig? Um die vierzig? Mit einem Haarknoten?«

Der Mann warf einen Blick auf Balengers zerraufte Erscheinung und tat einen Schritt rückwärts, als hielte er ihn für gefährlich.
»Sie alle!«, rief Balenger dem halben Dutzend Leute im Gang zu. »Hat einer von Ihnen eine Frau in einem marineblauen Kleid gesehen?«
Der Wachmann kam aus dem Lesesaal. »Machen Sie nicht so einen Lärm.«
Balenger stürmte den Gang entlang und überprüfte eine Reihe von Ausstellungsräumen. Er entdeckte eine Damentoilette und hatte keinerlei Skrupel, die Tür aufzustoßen und einzutreten.
Eine Frau, die am Waschbecken stand, drehte sich um und starrte ihn an. Balenger sah unter den Türen der einzelnen Kabinen hindurch. Jeans. Hosen. Niemand in einem blauen Kleid.
Er rannte aus dem Waschraum und an einem Wachmann vorbei, der ihn zu greifen versuchte.
»Karen Bailey!«, brüllte er. »Halt!«
Von dem Wachmann verfolgt, erreichte Balenger die Treppe und rannte sie immer zwei Stufen auf einmal hinunter. Im nächsten Stockwerk sah er lauter geschlossene Türen; es sah aus, als lägen Büros dahinter. Balenger hörte die Schritte des Wachmanns hinter sich näher kommen und rannte weiter abwärts – nur um innezuhalten, als er Ortega sah, der ihm entgegenkam.
»Ich hab sie gesehen!«, rief Balenger. »Karen Bailey! Sie ist hier im Haus!«
Der Wachmann holte Balenger ein. »Sir, ich muss Sie bitten, jetzt zu gehen.«
Ortega holte seine Marke heraus. »Er arbeitet mit mir zusammen.«

»Ich habe sie in der Tür zum Lesesaal gesehen«, sagte Balenger. »Dasselbe blaue Kleid. Haarknoten. Dann ist sie weggerannt.«

»Ich habe niemanden, auf den diese Beschreibung passt, gesehen, als ich hereingekommen bin.« Ortega wandte sich an den Wachmann. »Sagen Sie Ihren Kollegen, sie sollen alle Ausgänge dichtmachen. Seien Sie vorsichtig. Möglicherweise ist sie gefährlich.« Er holte sein Handy heraus. »Ich hole Verstärkung.«

Während Balenger und Ortega die Treppe hinunterrannten, bellte Ortega Anweisungen ins Telefon. Dann warf er Balenger einen wütenden Blick zu. »Sie haben sich einfach davongestohlen. Haben es mir überlassen, dem Ermittler von der Feuerwehr Bericht zu erstatten. Möchten Sie unbedingt wegen Behinderung der Ermittlungen verhaftet werden?«

»Ich hatte keine Wahl. Ich habe Ihnen doch gesagt, wir haben keine Zeit. Ich konnte nicht warten.«

»Ich musste für Sie lügen, habe gesagt, Sie hätten zu einem Arzt gemusst.«

»Danke. Wenn ich es Ihnen mal zurückzahlen kann …«

»Ihretwegen bin ich mir vorgekommen wie ein verdammter Idiot. Treiben Sie keine Spielchen mit jemandem, der Ihnen zu helfen versucht.«

»Ich habe das Gefühl, das könnte es sein, was hier vorgeht. Ein Spiel.«

»Wovon reden Sie eigentlich?«

»Karen Bailey hinterlegt in dem Theater ein Blatt Papier für mich, aber ich muss das Theater erst mal finden, bevor ich lesen kann, was darauf steht. Ein Stempel auf dem Papier führt mich in diese Bibliotheksfiliale, wo ich die nächste Prüfung bestehen muss, indem ich herausfinde, woher der Textabschnitt auf dem Papier stammt. Es stellt sich heraus, dass es *Der Hund von Baskerville* ist. Ich lasse mir eine Ausgabe des Romans geben und finde neben dem entsprechenden Abschnitt einen Stempel mit Worten darauf.«

»Worten?«

»›Die Grabkammer weltlichen Begehrens.‹«

»Die was?«

»Ich glaube, als Nächstes muss ich herausfinden, was das ist. Diese Zweigstelle der Bibliothek verleiht keine Bücher; sie konnte sich also sicher sein, dass ich die Nachricht auf der Buchseite finden würde. Irgendjemand führt mich Schritt für Schritt durch eine Art Spiel. Das Moor, auf das sich der Textabschnitt bezieht, ist Dartmoor in England. Als ich bei Google nach Dartmoor gesucht habe, habe ich etwas über ein Schatzsucherspiel erfahren, das vor langer Zeit dort erfunden wurde – es heißt Letterboxing und hört sich an wie das Spiel, in dem ich gerade mitspiele. Versteckte Nachrichten, die zu anderen versteckten Nachrichten führen. Manche Aspekte dieses Letterboxing-Spiels erinnern an die Zeitkapseln. Es hängt alles zusammen.«

»Aber warum sollte irgendwer das mit Ihnen machen wollen? Haben Sie Feinde? Jemanden, der Sie hinreichend hasst, um Ihnen das anzutun?«

»Ich hab's Ihnen ja gesagt, der einzige Mensch, der mir da einfällt und der krank genug gewesen wäre, das zu machen, ist tot.« Balenger zögerte. »Zeitkapseln.«

»Kommt Ihnen dazu eine Idee?«

»Als ich noch ein Junge war, habe ich mal eine Zeitkapsel in einem Schulgebäude gefunden, das gerade abgerissen wurde. Die Lokalzeitung hat die Sache groß rausgebracht. Mit einem Foto von mir auf der Titelseite. Auf dem Bild hatte ich einen verrosteten Metallkasten in den Händen.«

Die Haut rings um Ortegas Augen schien sich zu spannen.

»Wollen Sie damit sagen, irgendjemand hat sich die Mühe gemacht, Ihre gesamte Vergangenheit bis in Ihre Kindheit zu recherchieren? Nur um einen Köder zu finden, der Sie veranlassen würde, zu dem Vortrag in diesem Haus zu gehen?«

»Auf dem Dachboden haben wir die Hüllen von zwei Computerspielen gefunden«, sagte Balenger. »Das eine war *Grand Theft Auto*. Sie haben gesagt, von dem anderen hätten Sie noch nie gehört. Wissen Sie noch, wie es hieß?«

Ortega überlegte einen Augenblick. »*Scavenger.*«

Level 4

Avalon

I

Als das Donnern der Explosion von den umliegenden Bergen zurückgeworfen wurde, blieb Amanda auf den Knien liegen. Schluchzer zerrissen ihr die Brust. Vor ihr trieb immer noch blutiger Nebel in der Brise. Die sandige Mulde war rot von den Körperteilen. Sie roch etwas Scharfes, von dem ihr schlecht wurde. »Bethany«, murmelte sie. Der Schock hatte sie so überwältigt, dass sie die scharfkantigen Steine unter ihren Knien kaum wahrnahm.

»Geh zu den anderen zurück«, sagte die sonore Stimme in Amandas Kopfhörer.

Die Worte klangen verzerrt durch das hartnäckige, schmerzhafte Klingelgeräusch, das die Explosion in Amandas Ohren hinterlassen hatte.

»Bethany«, sagte Amanda lauter. Sie trauerte nicht nur um die verlorene Gefährtin, sondern ebenso um sich selbst und die anderen Mitglieder der Gruppe. Wir werden alle sterben, dachte sie.

Nein, sagte sie sich. Ich habe das Paragon Hotel überlebt, und bei Gott, ich werde auch dies hier überleben.

Aber im Paragon Hotel hattest du Frank, der dir geholfen hat. Ihr wurde klar, dass sie schon wieder disassoziierte und sich selbst mit »du« anredete.

Sie hätte am liebsten geschrien.

»Deine Freunde warten auf dich«, sagte die Stimme. »Du möchtest sie doch nicht um das Vergnügen deiner Gesellschaft bringen.« Die Stimme machte eine Pause. »Wie Bethany es getan hat.«

Amanda nickte. Auf die Drohung hin stand sie mühsam auf. *Frank*, dachte sie. Wieder kämpfte sie mit der Vorahnung, dass er tot war. Sie war sich zunehmend sicher, dass sie, wenn sie auf irgendeine unvorstellbare Art diesen Alptraum überleben sollte, es allein würde bewerkstelligen müssen. Tränen trübten ihr die Sicht. Sie wischte sich über die Augen, warf einen letzten Blick auf das, was von Bethany übrig war, und wandte sich ab.

Hundert Meter von ihr entfernt, jenseits der Felsblöcke, des Beifußgestrüpps und der verkrüppelten Kiefer, standen Ray, Derrick und Viv und starrten zu ihr hin. Trotz der Entfernung sah Amanda, dass ihre Gesichter bleich und angespannt waren. Die Kombination aus dem grünen, dem roten und dem braunen Overall wirkte jetzt noch unnatürlicher.

Amanda schleppte sich zu ihnen. Ihre Kehle schmerzte vom Schreien. Der Hunger zog ihr den Magen zusammen. Aber was sie vor allem verspürte, war Durst, der ihre Zunge anschwellen und ihre Lippen austrocknen ließ.

Während sie näher kam, war die Aufmerksamkeit ihrer drei Gefährten einzig und allein auf den scharlachroten Fleck hinter ihr gerichtet. Erst als sie sie endlich erreicht hatte, sprach jemand.

»Alles okay mit dir?«, brachte Derrick heraus.

Amanda konnte nur nicken.

»Wie hat ...« Viv klang fassungslos. Sie wandte sich an Ray. »Du bist doch der Militärexperte. War das eine Rakete? Wie war das möglich?«

»Nein«, sagte Ray. »Keine Rakete. Die hätten wir gehört und gesehen.«

»Ist sie vielleicht auf irgendeine Art von Mine getreten?«

»Nein. Der Boden ist nicht explodiert.«

»Also was ...?«

Ray sah an seinem Overall hinunter. »Plastiksprengstoff. Ich vermute, er steckt in unseren Kleidern.«
Der Augenblick zog sich in die Länge, als ihnen klar wurde, was das bedeutete.
»In unseren Kleidern?« Auch Derrick sah jetzt an sich herunter.
»Herrgott«, sagte Viv.
»Oder in unseren Schuhen«, fügte Ray hinzu. »Oder den Kopfhörern.«
»Oder vielleicht sind es auch die hier.« Mit zitternden Händen zog Amanda das GPS-Gerät aus der Tasche.
Viv taumelte zurück, als hätte man sie geschlagen. »Wir sind Bomben? Er kann uns hochgehen lassen, wann immer es ihm passt?«
»Wann immer ihr nicht gehorcht«, sagte die Stimme.
Das plötzliche Geräusch in Amandas Ohren ließ sie zusammenfahren.
»Wann immer ihr aufhört, nach den Regeln zu spielen«, fuhr die Stimme fort.
»Regeln? Von welchen Scheißregeln sprichst du denn?«, brüllte Ray. »Ich habe nichts von irgendwelchen ...«
»Die genaue Natur der Regeln herauszufinden, nach denen man spielt, ist der Kern jedes wirklich großen Spiels.«
»Du hältst das hier für ein gottverdammtes Spiel?«
»Ray, es ist nicht nötig, zu fluchen.«
»Ein Spiel?« Ray sah sich um, als fürchte er um seinen Verstand. »Das Arschloch glaubt, wir spielen hier ein *Spiel.*«
»In dem bereits eine Stunde verstrichen ist. Ihr habt noch neununddreißig Stunden. Verschwendet sie nicht.«
»Was macht es schon für einen Unterschied?« Viv sprach mit so viel Nachdruck, dass die Sehnen an ihrem Hals hervortraten wie Seile. »Du wirst uns so oder so umbringen!«

»Ich weiß nur von einem einzigen Spiel, bei dem die Gewinner umgebracht wurden. Es handelte sich um ein Ballspiel, das bei den alten Maya gespielt wurde. Dies ist nicht meine Absicht. Gewinner sollten belohnt werden. Was mit den Verlierern geschieht, ist eine andere Frage.«
»Wie gewinnen wir also?«, wollte Ray wissen.
»Das ist etwas, das ihr selbst herausfinden müsst.«
»Die Koordinaten, die er uns gegeben hat.« Amanda wischte sich wieder Tränen vom Gesicht. Ihre Wangen brannten. »Wir müssen diesen Punkt erreichen.«
Derrick nickte. »Es bringt uns überhaupt nichts, wenn wir hier herumstehen. Wir müssen in Bewegung bleiben.«
»Und die Regeln herausfinden«, erinnerte die Stimme.
Ray musterte das Display auf seinem GPS-Empfänger. Seine Bartstoppeln ließen sein schmales Gesicht ausgezehrt wirken. Er schien sich nur allzu bewusst zu sein, dass das Gerät jeden Augenblick explodieren konnte. »Hier entlang. Auf diese Bäume zu.«
Amanda zwang sich dazu, einen Fuß vor den anderen zu setzen. Ihre Beine schmerzten, und ihre Lungen schrien immer noch nach Sauerstoff, als sie sich den Bäumen näherte.
»Pappeln«, sagte Derrick. »Die brauchen eine Menge Wasser.«
Viv sah sich um. »Hier muss es einen unterirdischen Wasserlauf geben.«
»Und wir brauchen nichts weiter als eine Hacke, um dranzukommen«, sagte Ray.
Der Schatten der Bäume bot eine Zuflucht vor der Hitze. Dann trat Amanda wieder hinaus in die Sonne. Das Gelände begann anzusteigen. Sie schwitzte und stieg bergan.
Ray sah auf seinen GPS-Empfänger. »Der Hang ist steiler,

als er aussieht. Wir sind jetzt auf einer Höhe von tausendachthundert Metern.« Seine Stimme klang atemlos.
»Geht diagonal zum Hang weiter«, sagte Derrick.
»Genau. Nehmt eine Zickzackroute«, erklärte Viv. »Man verbraucht mehr Energie, wenn man einen Hang in gerader Linie hinaufsteigt, als wenn man im Zickzack geht.«
»Sehr gut«, sagte die Stimme. »Schont eure Kräfte.«
Amanda spürte den Druck in den Knien, als sie höher stieg. Langsam wurde die Ausdehnung des Tals vor ihnen deutlich.
»Himmel ...« Amanda richtete sich fassungslos auf.

2

Ein See. Er lag schimmernd unter ihnen, vielleicht hundert Meter lang. Der Anblick erinnerte Amanda an Licht, das sich in einem Edelstein bricht. Als sie in das Tal hinunterstarrten, hörte sie das hingerissene Atmen der anderen.
»Die Stimme hat gesagt, wir würden finden, was wir brauchen«, sagte Derrick.
»Ich habe die Welt vom Gipfel des Everest aus gesehen«, murmelte Viv. »Aber was ich jetzt sehe, ist der schönste Anblick ...«
»Also, worauf warten wir noch?« Ray machte sich an den Abstieg. »Nach den zehn Tagen, die sie mich im Irak gejagt haben, hab ich mir geschworen, ich würde nie wieder Durst haben.«
Derrick und Viv folgten Ray den Hang hinunter; alle drei begannen zu rennen. Amanda sah sich um; sie empfand die Weite ringsum als bedrohlich. Die Berge kamen ihr nah und

fern zugleich vor; sie entzogen sich ihrem Gespür für Entfernungen. Es erinnerte sie an ein Psychologie-Seminar im College. Darin war es um ein Experiment gegangen, bei dem man Eingeborene des Dschungels in eine weite, offene Landschaft gebracht hatte. Diese Menschen waren so an einen von Bäumen begrenzten Ausblick gewöhnt gewesen, dass die Weite ringsum sie vollkommen überwältigt hatte. Viele von ihnen entwickelten eine Agoraphobie.

Auch sie selbst war noch nie an einem Ort gewesen, an dem der Horizont nicht hinter Gebäuden oder Bäumen verborgen gewesen war. Amanda konnte die Furcht der Eingeborenen nachvollziehen. Aber in ihrem Fall beruhte die Furcht auf dem Wissen, dass alles und jedes in der umliegenden Weite eine Bedrohung darstellen konnte. Anders als im Paragon Hotel, wo die Gefahr auf die Räume des Hotels beschränkt gewesen war, hatte der Tod hier scheinbar unendlich viel Platz, um sich zu verstecken.

»Möchtest du dich ihnen nicht anschließen?«, fragte die Stimme.

Amanda unterdrückte ihre Überraschung. »Ich habe einfach die Aussicht bewundert.«

»Tatsächlich? Einen Moment lang hat es eher so ausgesehen, als hätte die Aussicht dich gelähmt. Wirf einen Blick auf das Display deines GPS-Empfängers. Entsprechen die Koordinaten, die ich euch gegeben habe, dem See dort?«

Amanda hatte den Umgang mit dem Gerät noch nicht ganz im Griff, aber selbst für sie war unverkennbar, dass die rote Nadel, die ihre Richtung vorgab, nicht auf den See zeigte, sondern auf einen Punkt auf dem Hügel. Sie sah nach rechts und bemerkte ein Plateau, auf dem die Reste eines Gebäudes zu erkennen waren. »*Das* ist die Stelle, wo wir hinmüssen?«

»Um das Spiel zu spielen, müsst ihr die Regeln lernen.«

»Ray«, sagte Amanda in ihr Mikrofon, »ihr verfehlt die Koordinaten.«

Die Gruppe rannte weiter auf den See zu.

»Derrick. Viv. Wir sollen nicht zu dem See gehen. Da oben liegt eine Ruine. Das ist unser Zielpunkt.«

Die Gruppe sah sich nicht um.

»Könnt ihr mich nicht hören?«, fragte Amanda lauter. »Dieser See ist nicht der Ort, zu dem wir hinsollen!«

»Sie können dich wirklich nicht hören«, sagte die Stimme. »Ich habe unsere Unterhaltung isoliert.«

»Warum? Das verstehe ich nicht. Was willst du damit erreichen?«

Als die Stimme nicht antwortete, verspürte Amanda eine weitere Vorahnung. »Bleibt stehen!«, schrie sie der Gruppe hinterher.

Entweder ihre Stimme reichte nicht weit genug, oder sie waren zu sehr auf das Wasser fixiert, um auf irgendetwas anderes zu achten.

»Nein! Bleibt von dem See weg!« Amanda stürzte den Hang hinunter, vorbei an Felsen und Beifußbüscheln. »Wartet!«

Viv drehte sich um und sah stirnrunzelnd in Amandas Richtung.

»Halt!«

Viv rief Derrick und Ray etwas zu, und sie hielten inne und sahen sich um. Gott sei Dank, dachte Amanda. Die anderen warteten, bis sie sie eingeholt hatte.

»Was ist los?«, fragte Derrick.

Jetzt hörte Amanda seine Stimme wieder in ihrem Kopfhörer. Die Funkanlage funktionierte wieder normal. »Er kann unsere Unterhaltungen isolieren. Er hat mir gesagt, dass die

Koordinaten, die er uns gegeben hat, nicht mit diesem See übereinstimmen.«
Ray warf einen Blick auf die Nadel seines GPS-Empfängers. »Stimmt. Sie gehören zu irgendwas an dem Hang da.«
»Ein zerfallenes Gebäude«, erklärte Amanda.
»Aber warum hat er das uns anderen nicht auch gesagt?«
»Er spielt Psychospielchen mit uns«, sagte Derrick angewidert.
»Schön.« Ray leckte sich über die trockenen Lippen. »Wir sehen uns das Gebäude an. Aber das Wasser ist näher. Ich gehe hier nicht weg, bevor ich getrunken habe.«

3

Eine Brise kräuselte das Wasser des Sees und warf kleine weiße Schaumkronen auf.
»Ist das ungefährlich?«, fragte Ray.
Amanda sah am Ufer entlang. »Ich sehe keine Skelette oder toten Tiere.«
»Seht mal, wie klar das Wasser ist.« Viv deutete hinaus. »Fische.«
»Wenn das Wasser vergiftet wäre, würde es sie umbringen«, sagte Ray.
»Nicht unbedingt«, widersprach Derrick. »Denkt an das Quecksilber und andere Giftstoffe, die sich in manchen Seen angesammelt haben. Irgendwie bringen es die Fische fertig, trotzdem darin zu leben, aber das heißt nicht, dass das Wasser ungefährlich ist. Auf dem Everest sind die Giftstoffe sogar im geschmolzenen Schnee. Wir behandeln alles, was wir trinken, mit Jodtabletten.«

»Yeah, aber falls du's noch nicht gemerkt hast, wir haben nichts, mit dem wir das Wasser reinigen könnten.« Ray holte sein Feuerzeug heraus und ließ es auf- und zuschnappen, während er mit sich kämpfte. »Als ich im Irak war und vor den Aufständischen geflohen bin, habe ich ein paarmal reichlich dreckiges Wasser getrunken. Ich habe Fieber gekriegt davon. Aber ich hab's überlebt.« Er steckte das Feuerzeug ein und ging auf die Knie; sein Spiegelbild schwankte im Wasser. »Mein Mund ist so trocken, ich hab das Gefühl, meine Zunge ist angeschwollen.«

Er legte die Hände zu einer Schale zusammen und tauchte sie ins Wasser.

»Nein«, sagte Amanda.

Ray spritzte sich Wasser ins Gesicht. »Mann, das ist ein gutes Gefühl.« Er schöpfte mehr Wasser, rieb sich mit den nassen Händen über die Wangen und den Nacken. »Da will man doch glatt die Füße reinhängen.« Er begann einen seiner Stiefel aufzuschnüren.

»Zieht die Stiefel nicht aus«, sagte die Stimme.

»Ah«, sagte Ray. »Willkommen zurück. Ich dachte schon, du wärst vielleicht eingeschlafen.«

»Während der vierzig Stunden schlafe ich nicht.«

»Aha. Du willst mit uns leiden. Die Stiefel also. Steckt da der Sprengstoff drin?«

Die Stimme antwortete nicht.

»Wenn nicht, dann stört's dich vielleicht auch nicht, wenn ich die Füße ins Wasser stelle, obwohl ich die Stiefel noch anhabe.«

»Ich würde davon abraten.«

»Dann mache ich mir einfach noch mal das Gesicht nass.« Ray senkte die Hände zum Wasser hinunter. Die Giftzähne einer Schlange schossen aus der Wasserfläche hervor und

auf Rays Finger zu. Er schrie, fuhr zurück und verlor das Gleichgewicht. »Meingottmeingott«, stammelte er, während er hastig vom Rand des Wassers zurückwich.
Amanda spürte, wie ein Gefühl der Lähmung sich in ihr ausbreitete. Einige der kleinen Wellen wurden nicht von der Brise verursacht, wie sie jetzt sah. Schlangen. Das Wasser war mit Schlangen verseucht. Auf einmal schien es zu kochen.
Rays Augen waren panisch. Er riss beide Hände hoch und starrte sie an. »Hat sie mich gebissen? Hat sie mich gebissen?«
»Schlangen. Ich kann die nicht …« Viv beugte sich vor. Sie würgte.
»Du verdammtes Schwein!«, brüllte Derrick in den Himmel hinauf. »Die sehen aus wie Wassermokassinottern! Die gehören nicht in die Gegend hier! Du hast sie hier ausgesetzt!«
»Das Hindernisrennen und die Schatzsuche«, sagte die Stimme.
»Die Schatzsuche?«
»Im Winter, wenn der See zugefroren war, haben die Leute aus der Siedlung Eisblöcke herausgeschnitten und sie in der Mine aufbewahrt. Im Sommer hat das Eis das Fleisch für die Bewohner frisch gehalten.«
»Mine? Siedlung? Eis? Wovon redest du überhaupt?«, brüllte Ray. »Ich bin fast von einer Schlange gebissen worden, Herrgott noch mal, und du faselst irgendwas von Eis?«
»Halt, einen Moment mal«, sagte Amanda. »Was für eine Siedlung?«
»Avalon. Aber das werdet ihr noch früh genug herausfinden.«

Viv wischte sich Erbrochenes von den Lippen. »Das verfallene Gebäude, von dem Amanda gesprochen hat. Du willst, dass wir dahin gehen.«
»So schnell wie möglich. Ihr habt Zeit verschwendet und eine Stufe zu überspringen versucht.«
»In dem Hindernisrennen und der Schatzsuche.« Amanda starrte zu den Schlangen im gekräuselten Wasser hinüber.

4

Sie ließen den See hinter sich. Als sie an Wüstenbeifuß und Felsblöcken vorbei den Hang hinaufstiegen, schonten sie ihre Kräfte und verwendeten eine Zickzackroute, wie sie es zuvor schon getan hatten.
»Ihr werdet einen Namen für mich brauchen«, sagte die Stimme. »Nennt mich von jetzt an den Gamemaster.«
In Amandas Ohren hatte der Name einen unheilvollen Klang.
Sie erreichten ein Plateau etwa auf halber Höhe des Hangs und standen vor den Ruinen eines Gebäudes. Die Wände waren aus Stein. Die linke Wand war eingestürzt. Das Dach hatte aus Holz bestanden, aber die Dachbalken waren eingebrochen. Das Holz war grau vom Alter.
»Ganz allein hier oben. Lang und schmal. Könnte eine Kirche gewesen sein«, sagte Amanda.
»War es mit Sicherheit.« Viv zeigte nach links, wo inmitten eines wirren Steinhaufens ein großes Holzkreuz lag.
Die Gruppe näherte sich vorsichtig der Stelle, an der einmal der Eingang gewesen sein musste.
»Seht mal. Der Altar ist noch intakt«, staunte Derrick.

Amanda spähte in den halbverfallenen Raum und sah eine horizontale Steinplatte, die auf zwei aufrecht stehenden Platten lag.

»Wo kommen die Platten her?«, fragte Viv. »Diese Steinmauern …«

»Das Bergwerk«, sagte Ray. »Die Stimme hat von …« Ray unterbrach sich und begann von vorn: »Der Gamemaster hat von einer Mine geredet.«

»Und von einer Stadt namens Avalon.« Derrick drehte sich zum Tal hin um. »Da. Seht mal. Unter uns. Am schmalen Ende des Sees.«

Trotz der Krempe an Amandas Kappe schmerzte die grelle Sonne ihr in den Augen. Sie sah mit zusammengekniffenen Augen nach unten und entdeckte die Reste von Gebäuden, halb von Wüstenbeifuß überwuchert. Die Ruinen waren in rechteckigen Blöcken angeordnet. Sie nahm an, dass die langen freien Flächen zwischen ihnen einmal die Straßen gewesen waren.

»Avalon. Klingt irgendwie vertraut«, sagte Derrick.

»Ich bin mal in einem Ferienort in New Jersey aufgewacht, der auch Avalon hieß«, erzählte Ray. »Ich hatte einen grauenhaften Kater und nichts mehr von den fünftausend Dollar, die ich beim Blackjack in Atlantic City gewonnen hatte.«

»König Artus«, sagte Amanda.

Die anderen starrten sie an.

»Die Ritter der Tafelrunde?«, fragte Viv verblüfft nach. »Wie heißt dieser Disney-Film doch gleich? *Die Hexe und der Zauberer? Camelot?*«

»Nachdem Artus in seiner letzten Schlacht gefallen war, hat eine Gruppe von Frauen seine Leiche an einen Ort namens Avalon gebracht. Der Legende nach ist er dort noch am Leben, in einer Art Trance wartet er darauf, zurückzukehren, wenn die Welt ihn braucht.«

»Von den Toten aufzuerstehen also.« Viv betrat die Kirche und begann, über Steinhaufen zu klettern.

»Vorsicht.« Derrick folgte ihr. »Nach dem, was an dem See passiert ist, habe ich den Eindruck, dass Fallen Teil des Spiels sind.«

Amanda musterte die Trümmer, sah nichts, das ihr verdächtig erschien, und folgte ihnen.

Weiter vorn knarrte ein Brett, als Viv es behutsam zur Seite zog. »Und wenn es hier Schlangen gibt?«

»Es könnten keine Wassermokassinottern sein. Hier wären es Klapperschlangen«, sagte Derrick. »Und sie würden Warngeräusche machen, um uns abzuschrecken.«

»Theoretisch weiß ich das. Das Problem ist, ich muss mich selbst davon überzeugen, es zu glauben.« Viv kletterte hinter die Steinplatte, die den Altar bildete, und spähte von dort aus zu ihren Gefährten hinunter. »Ich wette, ich bin die erste Frau, die je hier gestanden hat.«

»Siehst du da hinten etwas, das uns weiterhelfen könnte?«, fragte Derrick.

»Auf dem Altar ist etwas eingemeißelt.« Viv blies Staub von der Platte. »Es ist schwer zu lesen.« Sie sah genauer hin. »Die Grabkammer weltlichen Begehrens.«

»Was soll denn *das* jetzt wieder heißen?«, fragte Ray.

Die Grabkammer weltlichen Begehrens. Amanda spürte, dass sich in ihrem Gedächtnis etwas regte, ein Satz, der sie an die auf dem Altar eingemeißelten Worte erinnerte. Aber bevor sie es klarer fassen konnte, begann Viv das Display ihres GPS-Empfängers zu mustern und lenkte sie damit ab.

»Nach dem Gerät hier sind wir bei den Koordinaten, die die Stimme …«, Viv verbesserte sich, » … die der Gamemaster

uns gegeben hat. Der Empfänger ist bis auf drei Meter genau. Also – was müsste uns hier auffallen?«
Derrick sah sich um. »Weißt du noch, was er über das Geocaching gesagt hat? Dinge können getarnt sein, bis sie fast unmöglich zu finden sind. Er hat etwas erwähnt, das aussieht wie ein Grashüpfer, aber keiner ist.«
»Er hat auch etwas von einem Stein gesagt, in dem etwas dringesteckt hat.« Rays Stimme hob sich vor Aufregung. Er musterte die zahllosen Steine ringsum; dann zögerte er und fragte Derrick. »Keine Schlangen?«
»Wir machen so viel Krach, sie würden bestimmt klappern.«
»Das hast du schon mal gesagt. Aber wie viele Klapperschlangen hast du eigentlich getroffen auf dem Mount Everest?« Bevor Derrick auf den Sarkasmus eingehen konnte, hatte Ray vorsichtig einen Stein aufgehoben und geschüttelt. »Scheint nicht hohl zu sein.« Er griff nach einem weiteren. »Der hier auch nicht.«
Amanda bückte sich, nahm ihren ganzen Mut zusammen und griff sich auch einen Stein. Er verbarg keinerlei Bedrohung. »Dieser ist echt.«
»Und die hier auch.« Derrick nahm vorsichtig einen Stein nach dem anderen in die Hand. »Die sind alle echt.«
»Weitersuchen!«, sagte Ray.
Ihr Durst war größer als ihre Angst. Überall rings um Amanda flogen klappernd Steine zur Seite.
»Zu viele. Das kann den ganzen Tag dauern.« Amanda versuchte die Verzweiflung aus ihrer Stimme zu bannen. »Wir haben nicht genug Zeit. Wenn er etwas in einem Stein versteckt hätte, warum sollte er dann genau dieses Beispiel verwendet haben, als er uns das Spiel beschrieben hat? Das ist zu offensichtlich. Er wollte uns irreführen.«

»Ich kann nicht mehr klar denken, ich bin viel zu durstig.« Ray sah sich verzweifelt um. »Wenn es kein ausgehöhlter Stein ist – was gibt es hier noch, das normal aussieht und trotzdem ein Behälter sein könnte?«

»Die Holzbalken der Decke«, sagte Viv rasch.

»Ja!« Ray packte ein abgebrochenes Balkenende. »Zu schwer.« Er griff nach einem anderen. »Nicht hohl.« Er packte ein Drittes. »Der gleiche Scheißdreck wie bei den Steinen. So finden wir ... Moment.« Er hob ein viertes Trümmerstück von einem herabgestürzten Balken an. »Das hier fühlt sich an wie Plastik.«

Amanda sah, wie Ray die beiden Enden des falschen Balkens auseinanderzog. Sie trennten sich und gaben eine Plastikflasche mit Wasser frei. Ray stieß ein Triumphgeheul aus und schraubte den Verschluss ab. Er hob die Flasche an die Lippen.

Amanda wollte »Halt!« sagen. Aber ihre Zunge war ausgetrocknet und wie gelähmt. Sie sah, wie ein Wasserstrahl aus dem Flaschenhals in Rays Mund strömte. Seine Kehle bewegte sich ruckartig; sein Adamsapfel zuckte, als er gierig trank.

Viv brachte ein gebrülltes »Nein!« heraus. Aber aus der gekippten Flasche sprudelte weiter Wasser in Rays Mund; ein Teil davon tröpfelte von seinen Lippen und rann ihm übers Kinn. Er machte laute Schluckgeräusche. Sein Gesicht war rot von dem angehaltenen Atem, als er endlich ausatmete und die leere Flasche sinken ließ. Seine Brust arbeitete. Er wirkte wie verzückt vor Befriedigung, bis er den schockierten Ausdruck bemerkte, mit dem Amanda, Derrick und Viv ihn beobachteten.

Es dauerte einen Moment, bis er den Grund begriffen hatte. »Sorry.«

Hoffnungslosigkeit überwältigte Amanda.
»Ich hab nicht nachgedacht. Wirklich, es tut mir leid.«
Viv stöhnte.
»Ich war einfach nicht ganz da.«
Derrick ließ sich auf einen Steinhaufen sinken, den Kopf auf den Knien.
»Hey, es müssen noch mehr da sein. Ich helfe euch suchen.«
Ray hob das nächste Trümmerstück auf. Er versuchte es mit einem weiteren und noch einem Dritten. »Es ist doch sinnlos, bloß eine Flasche zu verstecken für uns vier.«
»Außer er wollte sehen, wie wir darauf reagieren würden«, sagte Amanda.
Ray schleuderte die leere Flasche gegen die Wand. Sie machte ein hohles Geräusch. »Und, was hast du erwartet? Ich hab doch gesagt, ich bin kein Held.«
»Okay, okay.« Viv hob die Hände. »Vom Streiten kommen wir nicht weiter. Wir können nicht mehr ändern, was passiert ist.«
Derrick stand auf und sagte zu Ray: »Aber wenn wir noch eine Flasche finden, lässt du die Finger davon.«
»Ganz wie du willst, Boss.« Ray holte sein Feuerzeug heraus und ließ es auf- und zuschnappen.
»Hör auf mit diesem Geräusch!«
»Okay, Boss.«
Amanda unterbrach mit einem Versuch, die Atmosphäre zu entspannen. »Sehen wir mal, ob wir noch mehr Wasser finden.«

5

Die Flasche befand sich in einem weiteren falschen Holzstück; dieses Mal lag es halb unter Steinen verborgen in der Nähe des Altars. Amandas Herz begann zu hämmern, als sie sie entdeckte. Ihr Mund war so trocken, dass sie sich verzweifelt wünschte, in großen Schlucken aus ihr trinken zu können, wie Ray es getan hatte. Aber sie sagte lediglich zum Rest der Gruppe: »Hier.«

Sie, Derrick und Viv wechselten sich beim Trinken ab. Jeder achtete darauf, dass niemand einen längeren Zug nahm als die anderen. Im Hintergrund runzelte Ray die Stirn.

Amanda bekam den letzten Schluck. Sie schmeckte der Feuchtigkeit auf der Zunge nach und betrachtete die leere Flasche. »Wohin mit dem Wertmüll?«

Niemand lächelte.

»Auf Bergen sammeln wir den Müll immer und nehmen ihn mit runter«, sagte Derrick.

»Hat irgendwer dir schon mal gesagt, was für ein umwerfender Typ du bist?«, fragte Ray.

»Ich wollte gerade sagen, dass die Müllentsorgung im Moment nicht mein dringlichstes Anliegen ist.«

»Es ist ein Ausrüstungsstück, das wir noch nicht haben. Ich hebe sie auf.« Amanda wollte die Flasche gerade in eine Tasche ihres Overalls schieben, als etwas ihre Aufmerksamkeit erregte. »Zahlen.«

»Wo?« Viv trat näher.

»Auf dem Etikett. Ganz unten. Jemand hat drei Zahlengruppen draufgeschrieben.«

»Lass mich mal sehen.« Derrick nahm die Flasche. »Davor steht LG.«

Ray schloss sich ihnen an. »Geographische Länge?«
»Sieht jedenfalls nach Koordinaten aus. Stunden, Minuten und Sekunden.«
»Wo ist die Flasche, die Ray weggeworfen hat?« Amanda kletterte über die Steinhaufen zur Wand hinüber. Sie fand die Flasche neben den Resten einer Bank. »Drei Zahlen. Und dieses Mal steht LT davor.«
»Geographische Breite«, sagte Ray. »Damit kriegen wir raus, wo wir als Nächstes hinmüssen.«
»Moment. Irgendwas stimmt hier nicht.« Amanda verspannte sich.
»Natürlich nicht. Mit diesem ganzen verdammten Spiel stimmt was nicht, aber …«
»Nein. Spürt ihr es nicht auch?« Die Steine, auf denen Amanda stand, begannen zu zittern. Die Balkenreste schwankten. Viv stolperte rückwärts. »Mein Gott, was ist hier los?«
»Ich weiß nicht, aber ich glaube, wir sollten besser …« Das Beben wurde stärker. Derrick rief alarmiert: »Macht, dass ihr da rauskommt!«
Die Mauer schwankte.
»Los! Los!«, schrie Viv.
Als sie hastig über die Steinhaufen kletterten, verlor Amanda das Gleichgewicht. Die Wand kippte. Ihr blieb keine Zeit zum Flüchten, also warf sie sich auf die vibrierenden Steinhaufen. Der Aufschlag schüttelte sie durch. Verzweifelt drückte sie sich an den Fuß der Mauer und schützte den Kopf mit den Armen. Mit einem Donnern brach die Mauer zusammen; Steine prasselten auf sie herab. Sie stöhnte.
Das Rumpeln wurde leiser. Die Vibrationen wurden schwächer. Bald war alles wieder still bis auf das Hämmern von Amandas Herz. Der Staub drohte sie zu ersticken. Kann nicht atmen, dachte sie, während sie darum kämpfte, die

Nasenlöcher freizubekommen und Luft in die Lungen zu ziehen. Der größte Teil der Steine war zur Mitte der Kirche hin gefallen. Nur diejenigen, die unmittelbar über ihr gewesen waren, waren auf ihr gelandet; die Steine weiter oben waren der Fallkurve der Mauer gefolgt und weiter entfernt aufgekommen. Trotzdem fühlte sie sich wie zerschlagen.

Sie hörte Rufe und rennende Schritte; Steine wurden zur Seite geschoben.

»Bist du verletzt?«, brüllte Derrick.

»Angeschlagen.«

»Das kann ich mir denken.«

»Aber den Kopf habe ich schützen können.«

Viv und Derrick halfen ihr auf die Beine.

»Und ich habe *das* hier festgehalten.« Amanda zuckte schmerzlich zusammen, als sie Viv die leere Flasche mit den daraufgeschriebenen Koordinaten gab.

Sie konnte nicht anders, als zu bemerken, dass Ray in einiger Entfernung von ihnen stand. Er hatte keine Hand gerührt, um sie ausgraben zu helfen. Einen Zwist in der Gruppe überstehen wir nicht, dachte sie. Aber dann sah sie, wie Ray nach unten zeigte.

»Noch mehr Wasserflaschen!«, sagte er.

Derrick und Viv fuhren herum.

»Beim Aufschlag der Steine sind ein paar von diesen falschen Balken zerbrochen.«

Wie von einem Magneten angezogen bewegte sich die Gruppe in seine Richtung. Die Flaschen blinkten in der Sonne; der Inhalt lockte.

»Genug für uns alle«, sagte Ray. »Hey, Derrick, ist es okay, wenn ich mir eine nehme?«

Derrick musterte ihn lange. »Nur zu.«

»Danke, Boss. Solange ich bloß deine Erlaubnis habe.«

Yeah, ein Zwist in der Gruppe, dachte Amanda. Sie griff nach einer Flasche, schraubte den Verschluss ab und trank; die wunderbare Flüssigkeit spülte ihr den Staub aus dem Mund.

Sie war so durstig, dass sie sich das Wasser am liebsten in den Mund geschüttet hätte, wie Ray es getan hatte, in einem einzigen Schwall die Kehle hinunter, aber sie fürchtete, ihr würde übel werden, wenn sie es tat.

Inzwischen trank Ray aus seiner Flasche, sah aber immer noch wütend aus.

Vivs Magen knurrte. »Wenn wir nicht bald etwas zu essen finden …«

»Immer nur am Meckern«, sagte Ray. »Im Irak hab ich von Insekten gelebt.«

»Mach sie nicht fertig, Mann«, sagte Derrick. »Wir haben alle Hunger.«

»Wenn du das sagst.«

»Das ist unterhaltsamer, als ich erwartet habe«, sagte die Stimme.

Das Geräusch in ihren Ohren ließ Amanda zusammenzucken. Derrick sah finster zum Himmel hinauf. »Gehört das auch zu dem Spiel? Du hoffst, wir kriegen Streit?«

»Hier wurde 1885 Gold gefunden.«

»Gold?«

»Tausende von Goldgräbern sind damals in dieses Tal geströmt. Eine Siedlung entstand fast über Nacht. Ein englischer Grundstücksspekulant kaufte das Land von einem Rancher, der annahm, das Tal würde so oder so überrannt werden – warum also nicht das großzügige Angebot des Spekulanten annehmen und es jemand anderem überlassen, das Chaos zu bewältigen, das er kommen sah? Der Rancher sollte recht behalten.«

»Gold?«, fragte Ray hämisch. »Vor einer Weile hast du noch von Eis geredet!«

»Der Engländer, der das Gelände gekauft und die Stadt gegründet hat, hatte eine Vorliebe für die Geschichten von König Artus. Wie ihr schon erraten habt, hat er die Siedlung nach dem Ort benannt, wo Artus in einem todesähnlichen Schlaf liegt und darauf wartet, dass das Schicksal ihn zurückruft. Aber nach acht Jahren war das letzte Gold in dem Tal geschürft worden. Die meisten Goldgräber zogen weiter. Das war 1893, in dem Jahr der großen Wirtschaftskrise, die sich über ganz Amerika ausbreitete und als die ›große Panik‹ bezeichnet wurde. Die Bewohner der Stadt selbst kamen zu dem Schluss, dass die Aussichten für sie anderswo in den Vereinigten Staaten auch nicht besser waren, also blieben sie. Der Engländer war gezwungen, dem Rancher das Land wieder zu verkaufen – es war die Lohnliste des Ranchers, die dafür sorgte, dass die Siedlung überhaupt überleben konnte. Den Engländer selbst hat das nicht mehr gerettet. Er hatte darauf spekuliert, dass der Boom länger anhalten würde, und sich finanziell so verausgabt, dass er jetzt vor dem Ruin stand. Er ist in den ersten Blizzard des Winters hinausgegangen. Monate später hat ein Trupp, der Eisblöcke aus dem gefrorenen See schnitt, seine vereiste Leiche gefunden.«

»Du erzählst uns dauernd, dass wir nur vierzig Stunden Zeit haben, und jetzt verschwendest du unsere Zeit«, sagte Ray. »Komm endlich zur Sache.«

»Ich glaube, das tut er gerade«, sagte Amanda. »Er gibt uns Tipps für den weiteren Spielverlauf. Stimmt's?«, fragte sie die Stimme. »Du hast gesagt, wir sind in einem Hindernisrennen und einer Schatzsuche.«

»Du entwickelst dich gerade zu meiner Lieblingsspielerin.«

»Einfach toll«, sagte Ray. »Jetzt hat sie einen Vorteil.«
»Ich habe aber doch recht, oder nicht?«, fragte Amanda den Gamemaster. »In jedem Abschnitt gibst du uns ein Problem, das wir lösen müssen, und eine Bedrohung, der wir aus dem Weg gehen müssen. Dann belohnst du uns mit der Information, die wir brauchen, um das Spiel zu gewinnen. Hast du das gemeint, als du gesagt hast, wir müssen lernen, das Spiel zu spielen, während wir es schon tun?«
»Ihr müsst das Spiel spielen, um die Regeln zu erfahren.«
»Aber wie gewinnen wir es?«, brüllte Ray.
»Willst du es uns nicht erklären, Amanda?«, fragte die Stimme.
Sie rieb sich einen der zerschürften Arme.
»Amanda, bist du dahintergekommen?«
»Die Worte auf dem Altar.«
»Ja?«
»Die Grabkammer weltlichen Begehrens.«
»Ja?« Der Gamemaster fragte gespannt nach.
»Nichts hier ist zufällig. Das war auch wieder ein Hinweis.«
»Aber was bedeutet er?«
»Grabkammer? Was sollen wir mit einer Grabkammer?«, fragte Derrick.

6

Polizisten kamen die Stufen heraufgerannt.
»Haben Sie eine Vorstellung, wie groß dieses Gebäude ist?«, fragte einer der Verwaltungsbeamten der Bibliothek. »Es wird Stunden dauern, bis es durchsucht ist.«

»So lange kann ich nicht warten«, sagte Balenger.

»Ist diese Frau gefährlich? Sie ist keine Terroristin, oder? Sie gehen nicht davon aus, dass sie Waffen oder Sprengstoff bei sich hat?«

»Ich habe keine Ahnung, ob sie bewaffnet ist.« Balenger dachte nach. »Aber sie ist gefährlich, ja.«

Mehr Polizisten rannten durch das riesige Foyer und die Treppe hinauf.

Ortega kam auf Balenger zugelaufen. »Keine Spur von ihr.«

»Vielleicht hat sie das Gebäude schon verlassen, bevor die Polizei eingetroffen ist«, sagte Balenger. »Oder sie versteckt sich im dritten Stock. Das würde auch erklären, warum niemand gesehen hat, wie sie die Treppe hinuntergelaufen ist.«

Der Wachmann aus dem Lesesaal war wieder neben ihnen aufgetaucht. »Zum Teufel, ich hab sie auch nicht gesehen.«

»Aber sie hat in der Tür zum Lesesaal gestanden«, versicherte Balenger.

»Da muss ich gerade in die andere Richtung gesehen haben. Als Sie aufgesprungen und von Ihrem Tisch weggerannt sind, habe ich nur auf Sie geachtet. Sie haben ziemlich viel Aufmerksamkeit erregt. Sie kann in der Zeit ohne weiteres verschwunden sein.«

»Aber warum hat sie sich überhaupt erst gezeigt und ist dann weggerannt?«

»Gute Frage«, sagte Ortega.

»Vielleicht hat sie gewollt, dass ich ihr folge. Aber in diesem Fall – warum versteckt sie sich jetzt? Warum hat sie sich nicht noch mal gezeigt, damit ich sie weiter verfolgen kann?«

»Noch mehr gute Fragen.«

»Stört Sie irgendwas daran?«, fragte Balenger.

»Kann ich noch nicht sagen. Ich warte noch auf Auskünfte zu einem anderen Aspekt dieses Falls.«

»Noch ein anderer Aspekt?«
»Ich erzähl's Ihnen später.«
Balenger sah verwirrt auf die Uhr. Fast vier. *Zeit*, dachte er. Er holte sein Handy heraus und tippte die Nummer der Auskunft ein.
»Wen rufen Sie an?«, wollte Ortega wissen.
Gleichzeitig fragte eine Computerstimme Balenger, welche Stadt er wolle. Er trat zurück, fort vom Lärm der rennenden Polizisten.
»Atlanta.«

7

Oglethorpe University«, sagte die Frau in der Vermittlung.
»Ich muss mit jemandem in der historischen Fakultät sprechen«, sagte Balenger ins Telefon.
Sein Herz schlug schneller, während er wartete.
»Historische Fakultät.«
Balenger erinnerte sich daran, dass der vermeintliche Professor etwas von einer Zeitkapselgesellschaft an der Oglethorpe University gesagt hatte. Er betete darum, dass sie keine Erfindung gewesen war. »Ich weiß nicht, ob ich bei Ihnen richtig bin. Weiß jemand bei Ihnen etwas über Zeitkapseln?«
Es war ein Zeichen dafür, wie gründlich seine Welt sich verändert hatte, dass er die Frage als vollkommen vernünftig empfand.
»Ich verbinde Sie weiter.«
Balengers Hand war schweißnass, als sie das Telefon umklammerte.

»Internationale Zeitkapselgesellschaft«, sagte eine Männerstimme. »Professor Donovan.«
»Ich brauche Informationen über einen Gegenstand, der möglicherweise bei Ihnen dokumentiert ist.« Um dem Lärm im Foyer der Bibliothek zu entgehen, trat Balenger hinaus auf die Straße. Das Verkehrsrauschen der Fifth Avenue zwang ihn augenblicklich, das Telefon fester ans Ohr zu drücken. »Der Name erinnert an die Krypta der Zivilisation.«
»Die sich natürlich hier an der Oglethorpe University befindet«, ergänzte die Stimme enthusiastisch.
»Einen Moment. Ich rufe aus Manhattan an, und der Verkehrslärm ist fürchterlich.« Balenger kehrte ins Foyer der Bibliothek zurück. »Haben Sie jemals von der Grabkammer weltlichen Begehrens gehört?«
»Natürlich.«
»Wirklich?«
»Es handelt sich dabei möglicherweise um eine Legende. Aber angenommen, die Grabkammer gibt es wirklich – dann gehört sie auf die Liste der meistgesuchten Zeitkapseln überhaupt.«
»Erzählen Sie mir davon.«
»Ich fürchte, das würde eine ganze Weile dauern. Die Grabkammer selbst ist eine mysteriöse Angelegenheit, aber es gibt dazu eine Menge historischer Fakten. Ich werde in den Akten nachsehen. Wenn Sie morgen noch mal anrufen wollen …«
»Ich habe keine Zeit! Ich muss es heute noch herausfinden!«
»Es tut mir leid, ich bin auf dem Sprung zu einem Termin. Es wird einfach warten müssen, bis … Haben Sie gerade gesagt, Sie rufen aus Manhattan an? Vielleicht können Sie es

wirklich heute noch herausfinden. Die Person, die am meisten über die Grabkammer weiß, lehrt nämlich an der New York University.«

8

Washington Square South. Das dunkle Innere des Fakultätsgebäudes bildete einen harten Kontrast zu dem Sonnenlicht, das auf dem Rasen und dem Torbogen des Parks draußen lag. Balenger spürte das Drängen der Zeit, als er im siebten Stock den Aufzug verließ und schnell einen Gang entlangging, bis er eine Tür mit einem Namensschild fand: PROF. GRAHAM, HISTORISCHE FAKULTÄT.

Hinter der Tür erklangen Schüsse. Als er klopfte, bekam er keine Antwort. Er atmete schnell, als er zum zweiten Mal klopfte, und dieses Mal sagte eine zerstreute Frauenstimme: »Herein.«

Als er die Tür öffnete, hörte er das Gewehrfeuer noch deutlicher. Er sah eine Frau Anfang sechzig – klein, mit kurzem weißem Haar und einem schmalen, zerfurchten Gesicht. Sie trug eine hellblaue Bluse, deren oberste zwei Knöpfe offen waren. Sie saß an einem Schreibtisch und starrte wie gebannt auf einen leuchtenden Computerbildschirm, während sie zugleich konzentriert einen Controller bediente. Die Schüsse kamen von ihrem Computer.

»Professor Graham?«

Sie antwortete nicht.

»Ich bin Frank Balenger.«

Sie nickte, aber er hätte nicht sagen können, ob es eine Reaktion auf seinen Namen oder auf etwas auf dem Bildschirm war. In Anbetracht ihres Alters war die Geschwindigkeit, mit der sie den Controller bediente, erstaunlich. Die Schüsse fielen in schneller Folge.

»Ich habe vor einer halben Stunde angerufen«, fuhr Balenger fort.

Sie drückte weiter auf Knöpfe.

»Das, worüber ich mit Ihnen reden muss, ist wichtig.«

Die Schüsse brachen abrupt ab.

»Scheiße«, sagte Professor Graham. Gereizt hob sie beide Hände. »Kaputt. Das ist der zweite Controller, den ich diese Woche ruiniert habe. Warum können sie die Dinger nicht ein bisschen solider machen? Ich meine, wie viel Kraft kann in denen hier schon stecken?« Sie zeigte Balenger ihre Finger. Sie waren knochig, mit schlaffer Haut und arthritischen Knöcheln. »Sie haben gesagt, Sie sind Polizeibeamter?«

»Ich war einer. In New Jersey.«

»Haben Sie jemals Computerspiele gespielt?«

Balenger war verzweifelt daran interessiert, an die Informationen zu kommen, die er brauchte, aber seine Erfahrungen als Ermittler warnten ihn – er musste eine Verbindung zu der Person aufbauen, die er befragen wollte, und durfte sie nicht drängen. Er musste sich dazu zwingen, ruhig zu bleiben. »Haben mich nie gereizt.«

»Weil Sie sie für hirnlos halten?«

Balenger zuckte die Achseln.

»Ich hatte das gleiche Vorurteil«, sagte Professor Graham, »... bis mich vor einigen Jahren einer meiner Studenten bekehrt hat. Manchmal sind die Studenten klüger als ihre Lehrer. Dieser Student hat mein Leben verändert. Vergessen Sie den Inhalt der Computerspiele; viele davon sind tatsächlich hirnlos. Konzentrieren Sie sich stattdessen auf die Fähigkeiten, die man braucht, um zu gewinnen. Diese Spiele trainieren unsere Reflexe. Sie bringen unserem Gehirn bei, schneller zu arbeiten und das parallele Denken zu meistern. Manche Leute behaupten, Multitasking wäre schlecht für uns, aber wenn ich lernen kann, mehrere Dinge gleichzeitig zu tun und sie gut zu tun, was kann das schon schaden?«

»Die beiden Jungen, die an der Columbine Highschool in Colorado diese ganzen Schüler erschossen haben, waren süchtig nach gewalttätigen Computerspielen.«

»Das sind eine Menge andere Kids auch. Aber unter Millionen von Spielern ...«

»Millionen?«

»Die Spielindustrie macht mehr Geld als die Filmindustrie. Die Hälfte der Menschen in diesem Land spielen. Von den Millionen von Teenagern, die gewalttätige Computerspiele mögen, laufen nur sehr wenige Amok. Es sind eindeutig andere Faktoren, die sie zu Killern werden lassen. Sie waren Polizeibeamter in New Jersey? Wo?«

»Asbury Park.«

»Als Teenager habe ich dort an Eislaufmeisterschaften teilgenommen.« Die weißhaarige Frau schien einen Punkt irgendwo über Balengers Kopf anzustarren. »Vor langer Zeit.« Ihr Blick kam zu ihm zurück. »Wie dem auch sei – Sie waren bei der Polizei, insofern bin ich überrascht, dass Sie keine Computerspiele spielen. Das Spiel, das ich gerade gespielt habe, heißt *Doom*. Es ist eins der Spiele, nach denen die Amokläufer von Columbine süchtig waren. Es gehört zu den sogenannten Egoshootern. Der Spieler sieht alles hinter einer Schusswaffe hervor, alles wird aus seiner Perspektive gezeigt. Hier bin ich ein Space Marine auf dem Mars, und meine Basis wird von Dämonen überrannt. Wenn sich mir einer von ihnen bedrohlich in den Weg stellt, schieße ich ihn über den Haufen. Sie tauchen sehr häufig auf, und sie sind sehr schnell. Ich habe das Gefühl, in einem Labyrinth gefangen zu sein. Decken stürzen ein. Ich weiß nie, welcher Schrecken hinter der nächsten verschlossenen Tür auf mich wartet.«

Balenger konnte nicht anders – ihm fiel dabei das Paragon Hotel ein.

Professor Graham musterte ihn. »Ich habe gehört, dass Polizisten Egoshooter-Spiele spielen, um ihre Reflexe zu trainieren, wenn sie nicht im Schießstand sind. Und dass sie sie oft spielen, um sich einzuarbeiten, bevor sie zu einem Einsatz gehen.« Sie musste Balenger seine Ungeduld angemerkt haben. »Tut mir leid. Manchmal geht die Begeisterung mit mir durch. Am Telefon haben Sie gesagt, Professor Donovan hätte Sie an mich verwiesen, weil ich Ihnen helfen kann. Mein Spezialgebiet sind die amerikanischen Pioniere, aber ich bin von Zeitkapseln genauso fasziniert wie er. Was wollen Sie wissen?«

Balenger merkte, wie schnell sein Herz schlug, als er ihr erzählte, was während des Vortrags in dem Haus an der 19th Street passiert war.

»Der Manhattan History Club«, sagte sie, als er fertig war. »Nie davon gehört.«

»Weil er nicht existiert.«

»In dem Kaffee war ein Schlafmittel?«

»Ja. Als ich wieder aufgewacht bin, war meine Freundin verschwunden.«

»Ihr linker Unterarm. Was ist eigentlich los? Sie reiben ihn ständig.«

Balenger sah nach unten. Das Reiben war schon zum Reflex geworden. »Als ich bewusstlos war, hat mir jemand noch ein Betäubungsmittel injiziert. Die Einstichstelle ist rot und geschwollen.«

»Hört sich nach einer Infektion an. Sie sollten zum Arzt gehen.«

»Dazu habe ich keine Zeit.« Balenger beugte sich vor. »Professor Donovan hat gesagt, Sie wissen eine Menge über etwas, das man die Grabkammer weltlichen Begehrens nennt.«

Sie sah überrascht aus. »Wo um alles in der Welt haben Sie denn *das* her?«

»Wer die Leute auch sind, die meine Freundin verschleppt haben, sie haben mir diese Bezeichnung als eine Art Hinweis zukommen lassen. Ich glaube, sie ist ein Bestandteil eines Spiels irgendeiner Art – eines sehr gefährlichen Spiels.« Unwillkürlich warf Balenger einen Blick zu ihrem Computer hinüber.

»Die Grabkammer weltlichen Begehrens.« Professor Graham nickte. »Die Geschichte fasziniert mich seit Jahren. Am dritten Januar des Jahres 1900 kam ein Mann namens Donald Reich in das Städtchen Cottonwood in der Nähe der Wind-River-Bergkette im Herzen Wyomings getaumelt. Er war im Delirium – es herrschten Temperaturen unter dem Gefrierpunkt, und es hatte seit Tagen ununterbrochen geschneit. Der ortsansässige Arzt diagnostizierte Erfrierungen an Nase, Ohren, Fingern und Zehen, die amputiert werden mussten, bevor sich das Gangrän weiter ausbreiten konnte. In den wenigen Momenten, in denen Reich bei klarem Verstand war, erzählte er eine erstaunliche Geschichte davon, wie er zu Fuß aus einer Siedlung namens Avalon nach Cottonwood gelaufen war. Avalon lag in einem Tal in den Wind-River-Bergen und war einmal eine Goldgräberstadt gewesen. Aber nachdem die Vorkommen erschöpft waren, war es mit der Stadt bergab gegangen. Avalon lag über hundertfünfzig Kilometer von Cottonwood entfernt, und Reich behauptete, am letzten Tag des alten Jahres losgegangen zu sein und diese Entfernung in dem übelsten Wetter zurückgelegt zu haben, an das irgendwer sich erinnern konnte.«

Balenger hörte aufmerksam zu.

»Meist redete Reich wirres Zeug«, fuhr Professor Graham fort, »aber der Arzt fand immerhin heraus, dass er der Pastor von Avalon gewesen war und dass der Zweck seiner verzweifelten Wanderung nicht gewesen war, Hilfe für die Stadt zu erbitten. Er wollte keine Medikamente gegen eine Epidemie besorgen oder Lebensmittel für seine hungernde Gemeinde anfordern. Nein, Reichs Beweggrund war es, zu entkommen.«

Balenger setzte sich auf. »Wem zu entkommen?«

»Reich sprach dauernd über das kommende Jahrhundert. Sie erinnern sich an das Datum, das ich genannt habe – es war der dritte Januar 1900. Drei Tage zuvor hatte das neunzehnte Jahrhundert dem zwanzigsten Platz gemacht. Er hatte eine Todesangst vor dieser Jahrhundertwende. Er hat davon gefaselt, was für ein Feigling er sei, dass er hätte bleiben sollen, um zu helfen, dass er seine Seele der Verdammnis anheimgegeben habe, als er seiner Furcht nachgegeben hatte und davongelaufen war.«

Balenger spürte, wie sein Magen sich vor Nervosität zusammenzog. »Aber was um alles in der Welt kann ihm so viel Angst gemacht haben, dass er seine Gemeinde im Stich gelassen hat und mitten im Winter hundertfünfzig Kilometer weit geflohen ist?«

»Die Grabkammer weltlichen Begehrens.«

9

Balengers Finger schlossen sich fester um die Armlehnen seines Stuhls. Amanda, dachte er. Ich muss dich finden.

»Ein Kapitel in meinem Buch *The American West at the End of the 19th Century* beschäftigt sich mit solchen Endzeithysterien, die am Ende des Jahrhunderts auftraten.« Professor Graham ging zu einem Regal hinüber, griff nach einem Buch und blätterte darin, bis sie die Seite gefunden hatte, die sie suchte. »Sehen Sie sich die eingezogenen Abschnitte an. Das ist von Reich. Sie haben in seiner Kleidung handgeschriebene Blätter gefunden.«

Balenger las die Zeilen.

> *31. Dezember 1899*
> *Das Jahr eilt seinem Ende zu. Das Jahrhundert tut desgleichen. Ich befürchte, den Verstand zu verlieren. Damit meine ich nicht »die Wirklichkeit aus den Augen zu verlieren«. Ich weiß sehr gut, was gerade geschieht. Aber es liegt nicht in meiner Macht, das Ende zu verhindern. Mit jedem Tag habe ich weniger Kraft, ihm zu widerstehen. An diesem letzten Tag müsste es gerade hell werden, aber draußen ist nichts als die Dunkelheit eines heulenden Schneesturms. Das Wirbeln und Kreischen des Schnees spiegelt meine Verwirrung. Ich bete darum, dass ich Klarheit finden möge dadurch, dass ich diese Seiten schreibe. Wenn dies nicht geschieht und wenn die Welt auf unvorstellbare Art noch weitere hundert Jahre bestehen sollte, werdet ihr, die ihr dies in der Grabkammer findet, vielleicht verstehen, was ich nicht verstehen kann.*

Balenger ließ das Buch sinken. »Klingt völlig verrückt.«
»Der Arzt hat ein Dutzend vollgekritzelte Seiten in Reichs Kleidung gefunden. Was Sie da gelesen haben, ist ein Ausschnitt vom Anfang des Manuskripts.«
Balenger zeigte auf den letzten Satz. »Er erwähnt eine Grabkammer.«
»Aber nicht die vollständige Bezeichnung. Die taucht erst später in dem Manuskript auf.«
»Was meint er mit diesem ›wenn die Welt auf unvorstellbare Art noch weitere hundert Jahre bestehen sollte‹?«
Professor Graham hob ihre runzligen Hände. »Apokalyptische Ängste sind oft Teil solcher Jahrhundertwende-Hysterien.«
»Dann sind also mit diesem Pfarrer einer heruntergekommenen Stadt in einem Tal irgendwo im Nirgendwo die Phantasien und Ängste durchgegangen. Aber warum ist er weggerannt? Reich kann sich doch nicht eingebildet haben, er könnte dem Ende der Welt entkommen, indem er in eine andere Stadt flieht!«
»Bei meiner Forschungsarbeit bin ich manchmal auf apokalyptische Ängste gestoßen, die in einem Zusammenhang mit bestimmten Orten standen. Eine Flut wird ein bestimmtes Gebiet zerstören; die Wiederkehr Jesu wird auf einem bestimmten Hügel stattfinden«, sagte Professor Graham. »Aber ich glaube nicht, dass Reich befürchtet hat, die Welt würde enden. Im Lauf des Manuskripts bekommt man eher den Eindruck, dass das, was er wirklich fürchtet, die Grabkammer weltlichen Begehrens ist. Und eine Person. Einen zweiten Geistlichen, um genau zu sein. Einen Mann namens Owen Pentecost.«
»Pentecost?«
»Wie Pfingsten. In der Bibel steht, dass der Heilige Geist die

Apostel Christi erfüllte, und sie hatten Visionen. Diese transzendente Erfahrung ist es, was wir als Pfingsten bezeichnen.«

»Phantastischer Name für einen Geistlichen. Zu gut, um wahr zu sein, würde ich sagen. Hört sich an, als hätte er ihn erfunden.«

»Reichs Manuskript beschreibt, wie Reverend Owen Pentecost – er war groß, außergewöhnlich dünn und schwarz gekleidet, er hatte langes Haar und einen Bart, der ihn aussehen ließ wie Abraham Lincoln – neun Monate zuvor, im April, zu Fuß nach Avalon gekommen war. Es herrschte eine furchtbare Dürre. Sandstürme fegten durch die Stadt. Pentecost schien aus einer der Staubwolken hervorzutreten. Ein Mann auf der Suche nach einer Kuh, die aus ihrem Pferch entkommen war, sah ihn als Erster, und die ersten Worte, die Pentecost sagte, lauteten ›Das Ende des Jahrhunderts ist nah‹.«

»Hört sich an, als hätte er Bühnenerfahrung gehabt«, bemerkte Balenger.

»Vielleicht war er auch verrückt. Nach seiner Ankunft in Avalon ging er als Erstes die Hauptstraße entlang und den Hügel hinauf bis zu der Kirche. Pfarrer Reich war nicht dort. Er kümmerte sich um ein krankes Kind. Die Nächsten, die Pentecost zu sehen bekamen, waren ein Mann und seine Frau, die den örtlichen Gemischtwarenladen betrieben und die Kirche in Ordnung hielten. Sie trafen Pentecost beim Gebet vor dem Altar an. Er hatte einen Sack dabei. In dem Sack bewegte sich etwas.«

»Bewegte sich etwas?«

»Wir erfahren weiter hinten in dem Manuskript, warum der Sack sich bewegte. In den folgenden Wochen und Monaten sprach Reich mit jedem, der mit Pentecost zu tun gehabt hatte. Er hat die Unterhaltungen zusammengefasst. Als das Paar in der Kirche Pentecost fragte, ob sie ihm helfen könnten, antwortete der Neuankömmling, er hätte eine lange Reise hinter sich. Er könne etwas zu essen und Wasser brauchen, aber als Erstes müsse er wissen, ob jemand in der Stadt krank sei. Sie erzählten ihm, einem Jungen gehe es sehr schlecht, mit stechenden Schmerzen im rechten Unterbauch. Der Junge hatte Fieber und hat sich erbrochen.«

»Hört sich nach einer Blinddarmentzündung an«, sagte Balenger.

»In der Tat. Zu jener Zeit bedeutete eine Blinddarmentzündung in aller Regel ein Todesurteil. Die wenigsten Ärzte verfügten über das nötige chirurgische Können, um das Organ zu entfernen. Selbst wenn der Arzt wusste, wie man operiert, waren Narkosemittel – in diesem Fall Äther – in diesen Pionierstädten schwer zu finden. Und bei einer Operation ohne Narkose bestand immer das Risiko, dass der Patient an dem durch die Schmerzen verursachten Schock starb. In Avalon gab es keinen Äther.

Als Pentecost bei dem kranken Jungen eintraf, fand er dort Reich vor, der zusammen mit dem Vater des Kindes betete. Der Arzt von Avalon war schon vor einem Jahr fortgegangen, und damit war Reich eine Art Krankenpflegerrolle zugefallen; in den Jahren, in denen er sich um kranke Gemeindemitglieder gekümmert hatte, hatte er sich auch ein gewisses Maß an medizinischen Kenntnissen angeeignet. Aber eine Blinddarmentzündung ging weit über seine Möglichkeiten. Im Grunde hielten Reich und der Vater schon die Totenwache. Pentecost fragte, ob es in der Umgebung einen Wald gäbe. In den Bergen, sagte Reich, aber was sollte das dem Jungen helfen? Ob es denn gar nichts in der Nähe gäbe? Doch, am See gab es einen Espenhain. Reich war neugierig und begleitete den Neuankömmling zu dem Hain. Dort angekommen sagte Pentecost zu ihm, er solle warten, und verschwand allein zwischen den Bäumen. Wenig später kam er mit Kräutern zurück, die er dort gesammelt hatte. In dem Haus der Familie bereitete er daraus einen Tee und brachte den Jungen dazu, ihn zu trinken. Der Junge verfiel in einen Dämmerzustand, und Pentecost hat operiert.«

»*Operiert?*«

»Nicht nur das«, sagte Professor Graham, »der Junge hat überlebt. Danach bat Pentecost Reich um die Erlaubnis, einen Gottesdienst abzuhalten und dem Herrn öffentlich für die Rettung des Jungen zu danken. Während der Predigt öffnete er seinen Sack und schüttete den Inhalt auf dem Fußboden aus. Sie haben vorhin gefragt, was drin war. Schlangen. Die Leute schrien und stürzten zur Tür, aber Pentecost hat den Kopf jeder einzelnen Schlange zertreten, ohne gebissen zu werden, und die Gemeindemitglieder ermahnt, wachsam zu sein und das Böse zu zertreten, so wie er die Schlangen zertreten hatte.«

»Der Mann hatte ganz entschieden Bühnentalent«, sagte Balenger. »Diese Kräuter, die er da gefunden hat. Es ist wirklich sehr praktisch, dass genau die Zutaten, die er brauchte, in diesem Hain gewachsen sind, ohne dass irgendwer sonst davon wusste. Was wetten wir, dass er sein Narkosemittel schon vorher irgendwo in der Tasche hatte und es einfach in den Tee geschüttet hat, als gerade niemand hinsah?«

»Sie waren Polizeibeamter. Sie erkennen die Möglichkeiten der Manipulation auch aus dem Abstand eines Jahrhunderts noch. Aber zu jener Zeit und in einem abgelegenen Bergtal wäre es sehr schwer gewesen, sich dem Bann zu entziehen, den Pentecost da ausübte. Für die gelungene Operation habe ich keine Erklärung. Vielleicht ist er ein Risiko eingegangen und hatte einfach Glück, vielleicht hatte er auch eine ärztliche Ausbildung.«

Balenger spürte, wie die Sekunden vorbeirauschten. *Amanda*, dachte er. »Erzählen Sie mir von der Grabkammer weltlichen Begehrens.«

»Wir wissen nicht mit Sicherheit, was das war, aber es klingt nach einer Zeitkapsel. Dieser Begriff wurde zwar erst bei der New Yorker Weltausstellung von 1939 erfunden, aber der zugrundeliegende Gedanke ist derselbe. Pentecost hat jeden Tag daran erinnert, dass ein neues Jahrhundert bevorstand. Er warnte die Bewohner, dass ihre Seelen bald auf die Probe gestellt werden würden, dass die Apokalypse nahe sei. Als es Herbst wurde, drängte er sie dazu, die Gegenstände auszuwählen, an denen ihnen am meisten lag. Im Dezember befahl er ihnen, diese geliebten Gegenstände in die Grabkammer weltlichen Begehrens zu legen. ›Eitel. Alles ist eitel‹, sagte er zu ihnen. ›Wenn das neue Jahrhundert beginnt, werden weltliche Dinge keine Bedeutung mehr haben.‹«

»Wie hat die Grabkammer ausgesehen?«

»Das weiß niemand.«

Balenger konnte seine Enttäuschung nicht mehr verbergen. *»Was?«*

»Reichs Aufzeichnungen waren sehr hastig gemacht. Er springt von Thema zu Thema – er hat versucht, in der kurzen verbleibenden Zeit vor Mitternacht möglichst viel Information unterzubringen – Mitternacht des möglicherweise letzten Tages der Welt. Der Teil, den Sie gelesen haben, legt nahe, dass er vorhatte, seine Aufzeichnungen in die Grabkammer zu legen. Aber dann verließ ihn der Mut, und er ist geflohen und hat die unvollendeten Aufzeichnungen in seine Kleidung gestopft und mitgenommen.«

»Okay, die Grabkammer wird in den Aufzeichnungen also nicht beschrieben«, sagte Balenger. »Aber Reich könnte diesem Arzt gesagt haben, was es war.«

»Reich ist nie vollständig zu sich gekommen. Die Infektion hat sich rasend schnell weiter ausgebreitet. Er fiel ins Koma und war am nächsten Tag tot.«

»Die Grabkammer dürfte alle geliebten Gegenstände der ganzen Stadt enthalten haben, sie muss also ziemlich groß gewesen sein«, sagte Balenger. »Hat niemand sie je gefunden? Die Leute von Cottonwood müssen doch neugierig gewesen sein. Spätestens im Frühjahr, nachdem der Schnee geschmolzen war, muss irgendwer nach Avalon gegangen sein, um rauszufinden, was dort passiert war.«

»Das hat man auch getan.«

»Und?«

»Man hat niemals etwas gefunden, von dem man hätte annehmen können, dass es die Grabkammer ist.«

»Aber die Leute von Avalon hätten ihnen doch zeigen können, wo sie war. Dem Namen nach war sie wahrscheinlich auf dem Friedhof.«

»Der Suchtrupp aus Cottonwood fand eine verlassene Stadt vor. Die Häuser waren leer. Es gab keinerlei Anzeichen von Gewalt oder davon, dass die Bevölkerung von den Ereignissen überrascht worden wäre. Keine halbleeren Teller auf den Tischen. Keine Gegenstände auf den Fußböden, die in einer plötzlichen Panik dort vergessen worden sein könnten. Im Gegenteil – alles war sauber aufgeräumt. Die Betten waren gemacht. Die Kleider waren aufgehängt. In den Zimmern waren leere Stellen, als ob Möbel entfernt oder Vasen und Bilder weggenommen worden wären. Sogar die Haustiere waren verschwunden. Und was die größeren Tiere angeht – Schweine, Schafe, Rinder und Pferde –, die hat man

tot auf der Weide gefunden; sie waren entweder an der Kälte gestorben oder verhungert.«
»Aber das ergibt doch keinen ... Wie viele Einwohner hatte Avalon?«
»Über zweihundert.«
»So viele Menschen können doch nicht einfach spurlos verschwinden. Sie müssen in eine andere Stadt gegangen sein.«
»Es gibt keinerlei Hinweise darauf, dass das geschehen ist«, sagte Professor Graham. »Die Nachricht von dem Rätsel breitete sich aus; jemand aus Avalon, der mitten im Winter seine Zelte abgebrochen hätte und in eine andere Stadt gezogen wäre, hätte Erklärungen abgeben müssen. Unter zweihundert Leuten hätte es einen gegeben, der redet.«
»Wohin sind sie dann also gegangen? Himmelherrgott, all diese Menschen!«
»Ein paar religiöse Fanatiker in anderen Städten der Gegend glaubten daraufhin, dass die Wiederkehr Christi tatsächlich in Avalon stattgefunden hätte und dass alle Bewohner ins Paradies gekommen wären.«
»Das ist doch vollkommen absurd! Jesus Maria.«
Sie lächelte. »Merken Sie, wie einfach es ist, in ein religiöses Vokabular zu verfallen, wenn ein scheinbar unerklärliches Ereignis vorliegt?«
Balenger starrte entmutigt zu Boden. »Das bringt mich nicht weiter. Ich weiß nicht mehr als vorher.« Seine Stimme wurde spröder. »Ich habe keine Ahnung, wie ich Amanda finden soll.«

10

Hinter sich hörte Balenger, wie eine Aufzugtür sich öffnete. Er drehte sich zu der offenen Bürotür um, hinter der Schritte näher kamen – schwere Schritte, der Gang eines Mannes.

Ortega erschien in der Tür. »Ich dachte schon, ich bin im falschen Gebäude.« Er sah nicht eben glücklich aus.

Balenger stellte ihn Professor Graham vor. »Wir haben über die Grabkammer weltlichen Begehrens gesprochen, aber es gibt nicht viele verwertbare Informationen darüber. Haben Sie Karen Bailey gefunden?«

»Nein.«

Wieder ein Rückschlag. Balengers Schultern wurden schwerer. »Was ist mit der Computerspielhülle? Haben Sie einen Streifenwagen zu dem Haus geschickt, wo wir sie gefunden haben?«

»Darüber können wir später reden.«

»Sehen Sie, ich verstehe schon, dass Sie das nicht gern in Gegenwart eines Außenstehenden besprechen wollen, aber Professor Graham ist eine Expertin auf diesem Gebiet. Sie könnte uns möglicherweise helfen.«

»Sie führen sich wohl immer noch so auf, als leiteten Sie diesen Fall?«

Die Luft im Raum schien sich zu verdichten.

»Ich führe mich auf wie jemand, der Angst hat«, sagte Balenger. »War die Hülle noch auf dem Dachboden?«

Ortega zögerte; dann griff er in die Jackentasche. Er holte eine durchsichtige Plastiktüte heraus, die die Hülle enthielt. »*Scavenger*. Der Name sagt mir immer noch nichts.«

Balenger nahm ihm die Hülle aus der Hand. Unter der Titelzeile war eine Abbildung eines Stundenglases mit rinnendem Sand. Der Sand in der oberen Hälfte war weiß. Während er in die untere Hälfte rann, änderte sich seine Farbe zu einem blutigen Rot.

»Darf ich mal sehen?«, fragte Professor Graham. Müdigkeit zeichnete ihr Gesicht.

Balenger gab die Tüte weiter. Sie betrachtete das Titelbild und drehte die Hülle dann um. »Das Copyright ist von diesem Jahr. Aber ich lese alle einschlägigen Blogs im Internet. Von diesem Spiel habe ich noch nie gehört.«

»Sie lesen *alle* Spieleblogs?«, fragte Ortega verblüfft.

»Viele glauben, Computerspiele wären etwas für Teenager. Aber das Durchschnittsalter der Spieler ist dreißig, und es gibt eine Menge Fans in meinem Alter.« Sie hob ihre knotigen Finger. »Sie würden sich wundern, wie gut es sich dazu eignet, den Geist wach und die Arthritis fernzuhalten.«

»Trotzdem«, sagte Ortega.

»Eine Geschichtsprofessorin, die Computerspiele spielt – von denen viele gewalttätig sind?« Die weißhaarige Frau rang sich ein Lächeln ab. »Ich nehme an, ich könnte auch eine Alternativwelt erforschen wie in *Myst,* das mittlerweile ziemlich überholt ist, oder ein Rollenspiel spielen wie *Anarchy Online,* in dem ich eine Figur in einer anderen Realität verkörpere. Aber um die Wahrheit zu sagen, die sind mir zu langsam. Spiele mit Autos und Waffen – die bringen mich in Fahrt, und in meinem Alter ist das schon eine Leistung. Glauben Sie mir, ich kenne jedes Spiel, das es gibt, und dieses hier ist niemals bekanntgemacht worden – was mich überrascht angesichts des Geldes, das sie in die erstklassige Verpackung investiert haben. Ich weiß, diese Plastiktüte verwenden Sie, weil Sie die Fingerabdrücke da drauf nicht ruinieren wollen, aber wenn es eine Möglichkeit gäbe, würde ich die Scheibe gern rausnehmen und das Spiel ausprobieren.«

»Ich auch«, sagte Balenger. »Aber als wir die Hülle in dem Haus gefunden haben, in dem der falsche Professor seinen Vortrag gehalten hat, war keine CD drin.«
»Sie haben das an dem Ort gefunden, wo der Vortrag stattgefunden hat?« Professor Graham las durch die Plastiktüte hindurch den Text auf der Rückseite.

»Scavenger ist das lebensechteste Actionspiel, das je entwickelt wurde. Es hat eine erstaunlich realistische Optik, die es gestattet, sich mit den in einer geheimnisvollen Wildnis gestrandeten Figuren zu identifizieren, und den Beweis dafür antritt, dass offene Flächen ebenso bedrohlich sein können wie jedes Spukhaus. Die Spieler beteiligen sich an einem Hindernisrennen und einer Schatzsuche auf Leben und Tod, bei der Hi-Tech-Instrumente dazu dienen, Botschaften an die Zukunft zu entdecken, die wir in der Gegenwart öffnen, um die Vergangenheit zu verstehen.«

Balenger fröstelte es. »Etwas Ähnliches stand auch in der Einladung zu dem Vortrag, die Amanda und ich bekommen haben. Das hat mich neugierig gemacht. Deshalb hatte ich beschlossen, hinzugehen.«
Professor Graham las weiter.

Ziel ist es, eine verschollene, hundert Jahre alte Zeitkapsel zu finden. Unterwegs stellen sowohl der Spieler als auch die Figuren fest, dass der wahre Feind die Zeit ist – sie ist es, die das Leben aus uns heraussaugt, während wir und die Figuren unwiederbringliche vierzig Stunden damit zubringen, das Spiel zu spielen.

Professor Graham ließ die CD-Hülle sinken und starrte sie an. Angesichts der dunklen Ringe unter ihren Augen fragte Balenger sich plötzlich, ob sie krank war. Aber bevor er sie danach fragen konnte, hatte Ortega eine andere Frage gestellt. »Ist das eine typische Beschreibung für ein solches Computerspiel?«

»Ganz und gar nicht. Meistens steht auf den Hüllen etwas von ›rasanter Action‹, ›spektakulären Grafiken‹ und Kämpfen mit ›Ausgeburten der Hölle‹. Sie heben auf die Effekte ab, weniger auf das, was der Inhalt bedeuten könnte. Das hier ist so düster, dass es fast etwas Existenzialistisches hat. Die Zeit ist der wahre Feind – ›sie ist es, die das Leben aus uns heraussaugt‹? Man könnte meinen, Kierkegaard hätte das in einer seiner schwärzesten Nächte geschrieben.«

»Worauf bezieht sich das mit den vierzig Stunden?«, fragte Ortega.

»Das ist die Zeit, die man bei den meisten Computerspielen braucht, um sie einmal durchzuspielen«, antwortete Professor Graham.

Balenger rieb sich den Arm. »Ist das die Zeit, die ich habe, um Amanda zu finden?« Er warf einen entsetzten Blick auf die Uhr. »Es ist jetzt nach fünf. Gestern kurz nach Mitternacht bin ich in Asbury Park aufgewacht. Das ist jetzt über vierzig Stunden her. Gott steh mir bei, ich habe sie verloren.«

Level 5

Der Geist des Schöpfers

I

Hat einer von euch Dorothy L. Sayers gelesen?«, fragte der Gamemaster.

Amanda schob ihren Kopfhörer zurecht in der Überzeugung, sich verhört zu haben.

»Wen?«, fragte Viv.

In den Kirchenruinen starrte Derrick in den grellen Himmel hinauf. Die Steine der eingestürzten Mauern warfen die Hitze zurück. »Erst willst du wissen, ob wir erraten können, was diese Grabkammer ist. Jetzt fragst du uns nach ...«

»Amanda«, sagte die Stimme, »du solltest in der Lage sein, uns etwas über Ms. Sayers zu erzählen.«

»Warum sollte *sie* Bescheid wissen?«, fragte Ray. »Du hast uns schon erzählt, dass sie deine Lieblingsspielerin ist. Gibst du ihr jetzt einen Vorteil und stellst nur noch Fragen, die *sie* beantworten kann?«

»Ich arbeite in einer Buchhandlung«, erklärte Amanda. Sie gebrauchte absichtlich die Gegenwartsform – sie musste sich selbst davon überzeugen, dass das Leben wieder normal werden konnte. »Ja, ich weiß, wer Dorothy Sayers war.«

»Beweis es«, sagte die Stimme.

»Eine britische Krimiautorin. Ihre Figur ist der Amateurdetektiv Lord Peter Wimsey. Ihr berühmtester Roman ist wahrscheinlich *Der Glocken Schlag*; darin geht es um die Glocken in einem Kirchturm und eine Leiche, die dort gefunden wird.«

»Alles Scheiße.« Ray wischte sich mit dem Ärmel über die Stirn. »Die Uhr läuft, und wir verschwenden Zeit damit,

über irgendeine Krimischreiberin zu reden.« Sein Magen knurrte; das Geräusch war so laut, dass sie es alle hörten.
»Du meine Güte, Ray«, sagte die Stimme. »Hast du etwa Hunger?«
Rays Gesicht lief rot an, als er die anderen wütend anstarrte. »Redet ihr doch mit dem Typ, wenn ihr wollt. Verschwendet eure Kräfte, nicht nur eure Zeit.«
Er riss Viv und Derrick die leeren Wasserflaschen aus den Händen und gab die darauf geschriebenen Koordinaten in seinen GPS-Empfänger ein. »Während ihr anderen hier rumtrödelt, werde *ich* jetzt mal rausfinden, wie man dieses Spiel gewinnt, und machen, dass ich hier rauskomme.«
Er griff nach zwei vollen Wasserflaschen, die die einstürzende Mauer freigelegt hatte, stopfte sie in seine Taschen und rannte den Hügel hinunter.
»Er hat recht«, sagte Viv. »Wir müssen weiter zum nächsten Punkt.«
Viv bückte sich und nahm zwei Flaschen. Derrick tat das Gleiche.
Als Amanda nach unten griff, stellte sie fest, dass nur noch eine Flasche da war.
Wütend rannte sie hinter den anderen her. Der rote Zeiger auf dem Display ihres GPS-Geräts zeigte zum schmalen Ende des Sees hinunter, wo die Reste der Stadt Avalon lagen. Während sie noch versuchte, auf dem Hang das Gleichgewicht zu behalten, spürte sie links von sich einen Schatten aufkommen und sah nach Westen. Wolken sammelten sich dort über den Bergen.
»Da kommt ein Sturm auf«, sagte Derrick. »In ein paar Stunden.«
»Amanda«, sagte der Gamemaster, »du hast nicht erwähnt, dass Dorothy L. Sayers Dantes *Inferno* übersetzt hat.«

»Hältst du vielleicht mal den Mund?«, brüllte Ray weiter unten.

»Ich versuche die Dinge für euch alle einfacher zu machen«, sagte die Stimme. »Ich versuche euch dabei zu helfen, das Spiel zu verstehen. Sayers hat auch das Buch *Homo Creator: The Mind of the Maker* geschrieben. Hast du das gelesen, Amanda?«

»Nein!« Amanda atmete schwer. Sie hatte den Fuß des Hangs erreicht und rannte hinter Derrick, Viv und Ray her auf die Geisterstadt zu.

»Das enttäuscht mich aber.«

»Es ist keine große Buchhandlung, verdammt noch mal!«

»Aber du hast einen Master-Abschluss in Literatur von der Columbia University.«

Im Rennen sah Viv sich um und warf Amanda einen wütenden Blick zu.

»Wir haben da aber keine Krimiautoren gelesen!«, brüllte Amanda zurück.

Die Stimme stieß einen enttäuschten Seufzer aus. »Sayers war gläubige anglikanische Christin. Aber sie hatte ein Problem mit dem Widerspruch zwischen der Allwissenheit Gottes und dem freien Willen, den der Mensch angeblich besitzt. Wenn Gott alles weiß, dann weiß er auch, wann jeder von uns sündigen wird. Aber das würde bedeuten, dass unsere Zukunft bereits feststeht und wir keinen freien Willen besitzen.«

»Halt den Mund!«, brüllte Ray; er hatte die Geisterstadt fast erreicht.

»Aus diesem Grund hat Sayers *The Mind of the Maker* geschrieben«, erklärte der Gamemaster. »Sie ist zu dem Schluss gekommen, dass Gott wie ein Romanschriftsteller sein muss. Gott legt Schauplatz und Zeitpunkt jeder Geschichte fest. Er erschafft die Figuren und weiß im Großen und Ganzen, wie sie sich verhalten werden. Aber jeder Romanschreiber könnte euch bestätigen, dass die Figuren oft ein Eigenleben entwickeln und sich weigern, sich an die vorgegebene Geschichte zu halten. Sie existieren im Hirn des Autors, sind zugleich aber unabhängig. Es ist beinahe wie beim Method Acting. ›Ich glaube nicht, dass ich das tun sollte‹, sagt einer etwa. ›Meine Figur würde in dieser Situation die Wahrheit sagen.‹ Ein anderer sagt: ›Ich glaube, ich würde die Beförderung eher ausschlagen als mit jemandem zusammenarbeiten, den ich nicht leiden kann.‹ Sayers wusste aus persönlicher Erfahrung, dass die Figuren in Romanen einen freien Willen besitzen. Auf eben diese Art, so dachte sie, haben auch menschliche Wesen einen freien Willen. Die Handlung ist uns vorgegeben, aber manchmal beschließen wir, uns nicht an sie zu halten. Manchmal überraschen wir sogar Gott. Und so erlangen wir die Erlösung, glaubte Sayers. Indem wir demonstrieren, wie einfallsreich wir sind, und Gott überraschen.«

Weiter vorn kam Ray schlingernd zum Stehen und mühte sich darum, zu Atem zu kommen, während er das Display seines GPS-Empfängers betrachtete. »Hier ist es«, sagte er. »Das hier sind die Koordinaten.«

Derrick, Viv und Amanda holten ihn ein. Schweiß hing in Derricks Bartstoppeln, als er eine Wasserflasche aus der Tasche holte und trank.

»Spar es dir auf, solange du kannst«, sagte Viv.

Sie standen auf einer ehemaligen Straße. Wüstenbeifuß wuchs im Staub; zu beiden Seiten lagen, gerade ausgerichtet, die Reste eingestürzter Gebäude. Im Gegensatz zu der Kirche, die größtenteils aus Stein bestanden hatte, waren dies Holzbauten gewesen; Wände und Dächer waren nur noch

Trümmerhaufen, in denen Unkraut wuchs. Die Bretter waren grau vom Alter und zersplittert.
»Seht euch um!«, ordnete Ray an. »Die Empfänger sind bis auf drei Meter genau! Irgendwo ganz in der Nähe gibt es etwas, das wir finden müssen!«
Ray begann die Ruinen auf der linken Seite zu durchsuchen, während Derrick unter dem Wüstenbeifuß herumstöberte und Viv sich in den Trümmern auf der rechten Seite umsah.
Unter dem gigantischen Himmel kam Amanda sich winzig vor. Ihr war schwindlig, als sie nach oben starrte. »Willst du uns damit sagen, dass du dich für Gott hältst?«
Derrick hielt stirnrunzelnd inne.
»Ich bin der Gamemaster«, sagte die Stimme.
»Willst du damit sagen, deiner Meinung nach sind wir Figuren in deiner Phantasie?«
Auch Viv blieb jetzt stehen und runzelte die Stirn.
»Wir existieren nicht in deiner Phantasie!«, schrie Amanda. Sie erinnerte sich daran, dass Frank ihr einmal erzählt hatte, Verbrecher neigten eher dazu, ihre Opfer zu misshandeln, wenn sie sie als Objekte und nicht als Menschen betrachteten. Sie musste den Gamemaster um jeden Preis dazu bewegen, sie als ein Individuum zu sehen, eine Persönlichkeit, ein menschliches Wesen.
Frank. Der Gedanke an ihn sandte einen Schauer durch sie. Kummer überkam sie bei der neuerlichen Befürchtung, dass Frank tot war. Im tiefsten Herzen wusste sie, wenn Frank noch am Leben wäre, dann wäre er hier und würde ihr helfen.
»Ich bin sechsundzwanzig! Am liebsten esse ich Spaghetti mit Fleischklößchen, auch wenn das dick macht! Ich mag Filme mit Brad Pitt! Ich sehe gern den History Channel!

Ich spiele mit dem Irish Setter meines Vaters! Ich jogge im Prospect Park. Ich …«

»Hör auf damit, den Atem kannst du dir sparen!«, brüllte Ray. »Hilf uns lieber, das zu finden, was das Arschloch bei diesen Koordinaten versteckt hat!«

»Ich hatte mir schon gedacht, dass Bethany wegrennen würde«, erklärte der Gamemaster. »Es war in Ordnung so, weil ich jemanden brauchte, an dem ich ein Exempel statuieren konnte. Es ist nur so, es hätte auch anders ausgehen können. Sie könnte jetzt noch bei euch sein. Ganz ehrlich, sie hätte dazu nichts weiter zu tun brauchen, als mich zu überraschen.«

»So wie Gott überrascht werden will?«

»Verdammt noch mal«, sagte Ray, »hilf uns suchen!«

In den Ruinen weiter rechts schrie Viv: »Ich habe was gefunden!«

»Was?« Derrick kletterte auf sie zu.

»Einen Teil eines Schildes.«

»Lass mal sehen.« Ray rannte zu ihr hin und griff nach dem Trümmerstück. Die Buchstaben waren verblasst: RAL STOR. »Das kann alles Mögliche bedeuten.«

»General Store«, platzte Derrick heraus. »Ich wette, das war's. Der örtliche Gemischtwarenladen. In denen hat es damals so ziemlich alles gegeben, einschließlich Lebensmittel.«

»Lebensmittel?« Einen kurzen Moment lang sah Ray hoffnungsvoll aus. »Aber nach all den Jahren dürfte nichts mehr davon da sein.«

»Die Wasserflaschen in der Kirche sind erst vor kurzem dort deponiert worden. Vielleicht hat *hier* jemand etwas Essbares hinterlegt.«

Ray zeigte auf Derrick. »Du bist doch hier der große Fachmann fürs Überleben in der Wildnis. Kannst du uns nicht zeigen, wie man solches Zeug wie Nüsse und Beeren findet? Ich esse *alles*.«

»Nüsse und Beeren zu sammeln verbraucht mehr Energie, als man aus dem Zeug gewinnt, das man so findet. Irgendwann würden wir verhungern.«

»Yeah, dachte ich mir fast, dass du eine Entschuldigung haben würdest.« Ray zerrte eine alte Planke vom Boden hoch und sah darunter. Er griff nach einer weiteren, die in seiner Hand zerbrach. Er schleuderte die Trümmer fort. »Los, kommt! Grabt!«

Amanda schloss sich ihm an. Splitter rissen ihr die Hände auf.

»Ich hab eine Dose!«, schrie Derrick. Er hielt sie hoch; auf dem Etikett stand PFIRSICHE.

»Noch eine!«, rief Viv triumphierend. Auf der Dose, die sie hochhielt, stand BIRNEN.

Amanda und Ray schleuderten weitere Bretter zur Seite.

»Wo sind die anderen?« Ray grub sich bis zu einem verfaulten Holzboden vor. »Sucht weiter! Wo sind die anderen?«

Mit wunden Fingern schleuderte Amanda das nächste Brett auf die Straße.

»Ich nehme einen scharfen Stein und schlage den Deckel ab«, sagte Derrick.

»Du machst gar nichts, bevor wir nicht den Rest gefunden haben!« Ray wühlte in den Trümmern herum.

»Ich fürchte, es sind keine mehr da«, sagte Amanda.

Derrick drehte sich zur Straße um. »Da drüben habe ich einen Stein umgedreht …« Er rannte hin. »Ja! Sehr scharf ist das Ende nicht, aber zum Schlagen reicht's!«

»Du zerschlägst gar nichts«, wiederholte Ray, »bis wir uns

überlegt haben haben, wie wir dafür sorgen, dass jeder seinen Teil kriegt.«

»So wie bei der ersten Flasche Wasser, die wir gefunden haben?«

»Das wird nicht noch mal vorkommen.«

Ach wirklich, dachte Amanda. Aber alle anderen haben zwei Flaschen Wasser genommen, und für mich ist nur eine geblieben.

»Darauf kannst du wetten, dass das nicht noch mal vorkommt«, sagte Derrick. »Wir nehmen jeder einen Schluck von dem Saft. Dann zählen wir, wie viele Fruchtstücke da sind, und teilen sie gleichmäßig auf.«

»Ganz wie du willst. Und jetzt, nachdem du hier den Laden schmeißt, kümmern wir uns um den Stein.«

»Ich schmeiße den Laden nicht«, sagte Derrick. »Ich will einfach nur, dass es fair zugeht.«

»Na klar. Sicher doch. Natürlich.«

»Hier.« Viv hörte sich an, als hoffte sie, das Thema wechseln zu können. Sie hob einen Stein auf, der die Form eines Keils hatte. »Mit dem hier können wir ein Loch in den Deckel schlagen.«

Derrick stellte die Dose auf einen Balken. Er setzte den keilförmigen Stein auf dem Deckel auf und machte Anstalten, mit dem flachen Stein daraufzuschlagen.

»Halt.« Ray wischte sich über den Mund. »So verspritzt du Saft. Wir dürfen keinen Tropfen verschwenden.«

»Es ist unmöglich, das zu verhindern!«, sagte Derrick ärgerlich.

»Nein«, sagte Viv. »Die Gummihandschuhe, die ich mitgebracht habe.« Sie zog einen davon aus der Tasche; das Gelb leuchtete vor dem Hintergrund ihres braunen Overalls. »Wir stecken die Dose in den Handschuh. Wenn wirklich Saft wegspritzt, bleibt er drin.« Viv hielt die Dose in der langen Stulpe des Handschuhs fest, während Derrick den ersten Stein aufsetzte und mit einem zweiten daraufschlug. Der Aufprall machte ein dumpfes Geräusch. Der Deckel beulte sich nach innen, blieb aber intakt.

»Schlag fester zu«, sagte Ray.

»Ich will die Früchte nicht zerdrücken.«

»Schlag zu!«, sagte Ray.

Mit einem angestrengten Grunzen ließ Derrick den Stein hart heruntersausen. Unter dem Geräusch zerreißenden Metalls spritzte Saft aus einem gezackten Loch, blieb aber innerhalb des Handschuhs.

»Wir trinken den Saft«, sagte Ray. »Wenn er weg ist, machen wir die Dose ganz auf und holen die Früchte raus.«

»So, machen wir das so?« Derrick gab die Dose an Viv weiter.

Sie zitterte, als sie die Dose an die Lippen hob und einen Schluck nahm.

Ray trat näher und beobachtete sie. »Wie schmeckt es?«

»Warm.« Viv gab Amanda die Dose.

»Aber nicht verdorben?«

»Süßer, als mir lieb ist, aber okay.«

»Herrgott, ist das der Grund, warum du dich nicht beschwert hast, als ich sie als Erstes Viv gegeben habe?« Derrick schüttelte ungläubig den Kopf. »Du wolltest rausfinden, ob ihr davon schlecht wird?«

Der Gedanke, der Saft könnte verdorben sein, machte Amanda vorsichtig. Sie hob langsam die Dose an den Mund. Die dicke, süße, warme Flüssigkeit war das Köstlichste, das sie jemals geschmeckt hatte.

Jetzt griff Derrick nach der Dose.

»Nein«, sagte Ray. »Ich bin dran.«

»Meinst du?« Derrick sah ihn wütend an.
»Lass ihn trinken«, sagte Viv. »Vielleicht beruhigt er sich dann.«
Als Ray die Dose an den Mund hob, beobachtete Derrick ihn aufmerksam. Rays Adamsapfel bewegte sich in seinem ausgestreckten Hals.
»Das reicht jetzt«, sagte Derrick.
Die Sonne wirkte heißer. Ray setzte die Dose ab. »Ich wollte nicht aus der hier trinken, nachdem *du* sie am Mund gehabt hast, Boss.«
Derrick brüllte. Innerhalb eines Augenblicks war er auf den Beinen und holte mit dem Stein aus.
Ray war auf die Attacke nicht vorbereitet. Er stolperte rückwärts und stöhnte, als der Schlag, der auf seinen Kopf gezielt gewesen war, ihn an der linken Schulter traf. Derrick heulte auf und schlug wieder zu. Ray riss eine Hand hoch, um den Kopf zu schützen, und ächzte, als der Stein seinen Unterarm traf.
»Hört auf!«, schrie Viv.
Derrick holte wieder aus und hätte Ray fast am Kiefer getroffen.
»Nicht!«, brüllte Viv.
Ray verlor das Gleichgewicht und landete im Staub. Derrick beugte sich über ihn und riss seinen Arm zur Seite, um ihm den Stein an den Kopf zu schleudern.
»Nein«, jammerte Viv.
Ray trat Derrick die Beine weg. Als Derrick fiel, stürzte Ray sich auf ihn. Derrick schleuderte den Stein und traf Ray an der Brust, aber einen Moment später war Ray über ihm und schlug ihm den Kopf in den Staub.
Amanda konnte sich nicht rühren. Was ihr wie Minuten vorkam, dauerte nur Sekunden, das wusste sie. Mit einem

Mal war es, als sei eine starke Feder gelöst worden, die sie in Bewegung brachte. Sie rannte hin und packte Ray von hinten, um ihn von Derrick fortzuzerren. Sie roch Schweiß. Rays Atem war wie Essig; er hyperventilierte.
»Hör auf«, sagte sie.
Viv schloss sich Amanda an und versuchte, Rays Finger von Derricks Hals zu lösen. Amanda zerrte verzweifelt an Rays Schultern. Derricks Zunge trat hervor. Sein Gesicht hatte sich bläulich verfärbt.
»Du bringst ihn um!«, brüllte Viv.
Ray öffnete die Hände.
Gott sei Dank, dachte Amanda.
Ray nahm die Finger von Derricks Kehle.
»Ja!«, sagte Amanda. »Lass ihn los!«
Ray wich zurück.
»Ja!«, sagte Viv.
Dann schien Amandas Herz sich in ihrer Brust selbständig zu machen, als sie sah, wie Ray den Stein aufhob, den Derrick ihm gegen die Brust geschleudert hatte.
»Halt!«
Amanda packte ihn wieder, aber Ray hob den Arm und versetzte ihr einen Schlag seitlich gegen den Kopf. Von dem Hieb wurde ihr grau vor den Augen. Sie hatte das Gefühl, schwerelos geworden zu sein, als sie auf dem staubigen Boden aufschlug. Ray schüttelte Viv von sich ab. Seine Hand schoss auf Derricks Kopf zu. Der Stein verursachte ein fürchterliches knirschendes Geräusch. Derrick stöhnte. Der Stein war blutig, als er wieder gehoben wurde. Er fuhr wieder abwärts, und diesmal klang das Knirschen nass.
Amanda warf sich im gleichen Moment auf Ray, als auch Viv es tat. Jede von ihnen packte einen Arm und begann wie rasend zu zerren. Ray wand sich, um sich loszureißen. Sie

zerrten ihn nach hinten, und plötzlich gab er nach, und sie stürzten alle drei. Mit einem Aufbrüllen wälzte er sich über sie hinweg und drehte sich dabei aus ihren Griffen. Er warf sich auf Derrick. Seine Hand umklammerte immer noch den Stein. Er schlug zu. Er schlug wieder zu. Blut tropfte von dem Stein.

»Ich lass mir doch nicht …«, er schlug zu, »… von einem schwarzen Arschloch sagen …«, er schlug noch härter zu, Haar haftete an dem Blut, »… was ich zu tun und zu lassen habe!«

Derricks Gesicht war nicht mehr zu erkennen. Viv schrie und rannte zu ihm, Derrick zitterte noch einmal und lag dann still.

Auch Viv erstarrte zur Bewegungslosigkeit, als sie da neben ihrem Mann kniete. Ihr Gesicht war im Schock erstarrt. Amanda hatte das Gefühl, als werde die metallene Feder wieder angezogen und zerquetschte sie.

Ray sah auf den blutigen Stein in seiner Hand hinunter und ließ ihn dann fallen.

2

Ein leichter Wind wirbelte Staub auf. Eine Weile war dies die einzige Bewegung.

Viv lag neben Derrick auf den Knien und stieß ihn an. Er reagierte nicht. Seine Kappe war blutgetränkt. Seine Augen und die Nase waren eingeschlagen.

»Komm schon, Baby. Wach auf.« Sie schluchzte.

Ray stolperte auf die Dose mit den Pfirsichen zu. Sie war umgefallen und lag im Staub, dort, wo Ray sie hatte fallen lassen, als Derrick ihn angegriffen hatte. Ein Teil des Saftes war ausgelaufen. Ray hob die Dose auf und wischte Sand von der Öffnung. Er hob sie an den Mund, kippte sie und ließ sich die verbliebene Flüssigkeit in die Kehle laufen. Er schob die Dose in den Gummihandschuh, sah sich um, hob einen weiteren Stein auf und schlug auf die Dose ein, bis das Blech zerriss.

»Wach auf«, murmelte Viv neben Derrick.

Ray nahm einen Pfirsich aus der Dose und schob ihn sich in den Mund. Er kaute und starrte dabei Amanda an, als wollte er sie schweigend auffordern, ihn daran zu hindern.

»Es ist alles okay, wenn du nur aufwachst«, murmelte Viv.

Ray zog den nächsten Pfirsich aus der Dose und stopfte ihn sich in den Mund. Er kaute kaum, bevor er schluckte. »Es ist nicht meine Schuld. Er hat mich angegriffen.«

»Du hast ihn provoziert«, sagte Amanda.

»Er hätte mich nicht rumkommandieren sollen.« Ray nahm den letzten Pfirsich aus der Dose und aß ihn auf. Saft tröpfelte ihm vom Kinn.

»Wisst ihr noch, wie Ray immer darauf bestanden hat, dass er kein Held ist?«, fragte die Stimme. Amanda fuhr zusammen. »Er hat die Wahrheit gesagt.«

Langsam drehte Viv sich zu Ray um. In ihren Augen standen Tränen.

»Oh, sein Jet wurde auf die Art abgeschossen, die ich beschrieben habe«, sagte der Gamemaster. »Und er hat wirklich zehn Tage lang von Insekten und Pfützen aus stehendem Wasser gelebt, während die irakischen Aufständischen ihn gejagt haben. Aber der Grund, weshalb er sein Ortungsgerät nicht eingesetzt hat, war nicht, dass er die Rettungshubschrauber nicht in einen Hinterhalt locken wollte. Nein, er hat den Transmitter nicht eingeschaltet, weil der beschä-

digt war. Die Wahrheit ist, dass er alles getan und das Leben jedes Menschen gefährdet hätte, um zu überleben.«
»Und das hab ich auch getan!«, brüllte Ray zum Himmel hinauf. »Ich habe überlebt!«
»Zwei Monate nach seiner Rettung und seiner Rückkehr in die USA war Ray in einer Bar in eine Schlägerei verwickelt. Es war zwar nicht der erste Vorfall dieser Art, aber es war das erste Mal, dass er außerhalb seiner Aufgaben als Kampfpilot einen Menschen umgebracht hat. Ray kann ziemlich reizbar sein. Allerdings gab es genügend Hinweise darauf, dass das Opfer vielleicht auch betrunken gewesen war und sich beim Sturz am Kopf verletzt hatte und das Ganze eher ein Gerangel gewesen war. Der Vorfall ereignete sich auf einem Militärstützpunkt. Die Army hat keine Anklage erhoben. Ray wurde aus gesundheitlichen Gründen entlassen. Sein aufbrausendes Temperament war damit zum Problem der Allgemeinheit geworden.«
Vivs Gesichtsausdruck wurde härter.
»Nicht, dass Amanda und Viv nicht auch getötet hätten«, sagte die Stimme.
»Was?« Ray starrte sie an.
»Amanda war gezwungen zu töten, um das Paragon Hotel zu überleben«, fuhr der Gamemaster fort. »Was Viv und Derrick betrifft, so habe ich euch von ihrem Heldentum am Mount Everest erzählt. Ich habe es versäumt, euch den Grund dafür zu nennen, dass sie so unnachgiebig waren. Bei einer früheren Tour hatten sie Bergsteiger über einen Gletscher geführt. Alle in einer Reihe hintereinander, durch ein Seil miteinander verbunden. Eine Spalte öffnete sich. Die hintersten Bergsteiger stürzten hinein und zogen die anderen nach. All das passierte so schnell, dass keine Zeit blieb, um die Eispickel in die Wände der Spalte zu schlagen. Die

Spalte wurde immer breiter. Immer mehr Leute stürzten ab, und ihr Gewicht zerrte wiederum weitere mit sich. Viv und Derrick rutschten über die Gletscheroberfläche und versuchten verzweifelt, nicht auch noch in den Abgrund gezogen zu werden. Sie waren die Letzten. Im allerletzten Moment schnitt Viv ... oder vielleicht war es auch Derrick ... das Seil durch. Die Bergsteiger, die an ihm hingen, stürzten tausend Meter in die Tiefe. Keiner von ihnen überlebte. Als der Fall untersucht wurde, hat niemand den beiden einen Vorwurf gemacht. Hätten Viv und Derrick denn zulassen sollen, dass sie auch mit in den Abgrund gezogen wurden und zusammen mit allen anderen starben, statt alles Menschenmögliche zu tun, um ihr Leben zu retten? Wenn es ans Überleben geht, müssen manchmal schwierige Entscheidungen getroffen werden – und das in kürzester Zeit. Es hat nichts mit Heldentum zu tun. Stimmt das etwa nicht, Viv?«

»Doch.« Viv starrte Ray an. »Es hat nichts mit Heldentum zu tun.«

Ray nahm die Dose mit den Birnen in die Hand.

»Lass die Finger davon«, sagte Viv. »Wir steinigen dich, wenn wir müssen, aber du isst nichts von dem, was in dieser Dose ist.«

Ray ignorierte sie. Er drehte die Dose hin und her und untersuchte sie. Als er den Boden musterte, schien etwas seine Aufmerksamkeit zu erregen. Er holte augenblicklich seinen GPS-Empfänger heraus und programmierte Nummern ein. Er musterte Viv verächtlich und ließ die Dose fallen. Dann hob er die leere Pfirsichdose auf und sah sich ihren Boden an. Auch diesmal gab er Zahlen in sein GPS-Gerät ein; dann entfernte er sich die mit Wüstenbeifuß bewachsene Straße entlang.

Amanda rannte zu den Dosen hinüber. Sie drehte sie um

und sah eine Zahlenreihe mit dem Kürzel LT auf einer, Zahlen und die Buchstaben LG auf der anderen. »Neue Längen- und Breitenangaben.«

Viv starrte hinter Ray her, der schnell die Straße entlangging.

»Hilf mir«, sagte Amanda. »Ich habe noch nicht ganz raus, wie man mit diesem Empfänger umgeht. Du musst diese Zahlen für mich eingeben.«

Viv zuckte nicht einmal mit der Wimper; sie beobachtete Ray, der auf seinen Empfänger hinuntersah und sich dann nach links wandte, um die Reste einer weiteren Straße entlangzugehen. Als sie schließlich doch zwinkern musste, begannen ihr Tränen übers Gesicht zu strömen.

»Du musst mir helfen«, beharrte Amanda. »Ich muss diese Dose aufschlagen, aber ich kann es nicht machen, bevor du nicht die Zahlen eingegeben hast. Sonst zerstöre ich sie am Ende noch.«

Viv drehte sich zu Derrick um und streichelte seinen Arm. »Es tut mir leid, Baby.«

»Hilf mir!«, sagte Amanda. »Willst du es ihm nicht heimzahlen?«

Mit einem letzten hasserfüllten Blick auf Ray kam Viv auf die Beine und stolperte auf Amanda zu. Rache war nicht das schlechteste Motiv, um sie in Bewegung zu bringen, entschied Amanda, aber sie selbst wollte nicht nur Ray zur Rechenschaft ziehen. *Der Gamemaster*, dachte sie.

»Okay, sie sind einprogrammiert.« Viv sah zu Rays kleiner werdender Gestalt hinüber.

Amanda schob die Birnendose in den Gummihandschuh. Sie hob zwei Steine auf und schlug zu. Einmal. Zweimal. Fester. Der Deckel brach nach innen auf.

»Du zuerst«, sagte sie zu Viv.

»Kein Hunger.«
»Dann wirst du nicht die Kraft haben, um es ihm heimzuzahlen.«
Vivs Augen sahen entzündet aus. Sie nickte entschlossen, nahm die Dose und trank. »Ich hab zwei Schlucke genommen.«
»Okay.« Amanda hob die Dose an den Mund und schmeckte den warmen, süßen Birnensaft.
Sie reichten die Dose hin und her, bis die Flüssigkeit verschwunden war. Danach steckte Amanda den Behälter wieder in den Handschuh und verwendete die Steine dazu, ihn ganz zu öffnen.
Vier Birnen. Jede von ihnen nahm zwei.
»Kau langsam.« Viv hörte sich matt an.
Amanda verstand. Wenn sie zu schnell aß, würde ihr schlecht werden.
Viv drehte sich wieder zu ihrem toten Ehemann um.
Der Wind blies jetzt stärker. Die Sturmwolken verdeckten die Berge im Westen; ihr Schatten hatte das Tal erreicht.

3

Sagen Sie mir jetzt vielleicht, was los ist?«, wollte Balenger wissen. Er und Ortega standen vor Professor Grahams Fakultätsgebäude. Gegenüber waren die Bäume des Washington Square zu sehen.
»Was los ist?«
»Als Sie in das Büro gekommen sind, hätten wir fast Streit gekriegt. In der Bibliothek haben Sie davon geredet, dass Sie bei diesem Fall noch einer anderen Sache nachgehen. Sie

wollten nicht ins Detail gehen, aber Ihr Tonfall hat keinen Zweifel daran gelassen, dass ich nicht gerade zu Ihren Lieblingen gehöre. Was zum Teufel ist eigentlich los?«

»Sie meinen abgesehen von der Art und Weise, wie Sie sich aufführen – als leiteten Sie die Ermittlungen? Heute Morgen habe ich erwähnt, dass mein Partner und ich gestern ein paar Erkundigungen eingezogen haben. Vielleicht haben Sie sich schon gefragt, warum Sie ihn noch nicht zu sehen gekriegt haben.«

»Ich bin davon ausgegangen, dass er freihat.«

»Er hat Ihren Hintergrund überprüft.«

Balenger war überrascht.

»Sie haben erzählt, dass Ihnen so was schon mal passiert ist. Ihre Frau wurde entführt. Derselbe Mann hat noch eine andere Frau entführt, die ihr ähnlich sah.«

»Amanda. Worauf wollen Sie hinaus? Psychopathen sind oft auf Frauen eines bestimmten Typs fixiert. Die Opfer erinnern den Täter an seine Frau oder seine Mutter oder irgendeine andere Frau, die ihn so traumatisiert hat, dass er sich seither an ihr rächen will.«

»Und woher haben Sie dieses Fachwissen?«

»Wenn Ihr Partner meinen Hintergrund überprüft hat, dann kennen Sie die Antwort. Als ich bei der Polizei gearbeitet habe, war ich auf Sexualverbrechen spezialisiert.«

»Sind Sie jemals bei einem Psychiater gewesen?«

Balenger spürte, wie ihm das Blut ins Gesicht stieg. »Ich gehe mal davon aus, Ihr Partner hat Ihnen erzählt, was mir im Irak passiert ist.« Ein Auto fuhr vorbei. Balenger wartete, bis der Motorenlärm sich wieder entfernte, und nutzte die Zeit, sich zur Ruhe zu zwingen. »Im ersten Golfkrieg – Desert Storm – war ich bei den Rangers.«

»1991. Stimmt«, sagte Ortega.

»Ich hatte Kopfschmerzen. Muskelkrämpfe. Fieber.«
»Golfkriegssyndrom. Stimmt.«
»Manche Leute haben gesagt, es wären Symptome einer Krankheit, die von den Sandflöhen verbreitet wurde. Andere haben gesagt, es käme von dem angereicherten Uran, das wir in den Artilleriegeschossen verwenden. Die Ärzte in der Army haben es mit verschiedenen Behandlungsmethoden versucht. Als die nichts gebracht haben, haben sie mir vorgeschlagen, ich sollte mit einem Militärpsychologen reden, um rauszukriegen, ob die Krankheit psychosomatisch war, so eine Art posttraumatisches Belastungssyndrom.«
»Das war der *erste* Psychiater«, sagte Ortega.
Beinahe wäre Balenger einfach gegangen, aber er rief sich ins Gedächtnis, dass es nur auf Amanda ankam. Ich werde alles tun, um sie zurückzubekommen, dachte er. »Nach dem Krieg war ich bei der Polizei von Asbury Park.«
»Wo Sie psychologische Seminare zu Sexualverbrechen belegt haben.«
Balenger kämpfte darum, seine Stimme ruhigzuhalten. »Dann ist meine Frau verschwunden, und als die Behörden sie nach einem Jahr noch nicht hatten finden können, habe ich meinen Job gekündigt, um selbst nach ihr zu suchen. Irgendwann habe ich schnell eine Menge Geld gebraucht – so dringend, dass ich bei einer privaten Sicherheitsfirma angeheuert habe, die im zweiten Irakkrieg tätig war. Zwanzigtausend Dollar im Monat. Ich brauchte nichts weiter zu tun, als ein paar Monate lang Konvois zu begleiten, dann hätte ich genug Geld gehabt, um weiter nach meiner Frau zu suchen. Das hätten Sie mich auch gleich fragen können.«
»Erzählen Sie mir von Ihrem zweiten Aufenthalt im Irak.«
Balenger spürte, wie die alte Panik die Kontrolle über ihn zurückgewann. »Sie *wissen* doch, was passiert ist. Kurz

nachdem ich dort angekommen war, ist der Konvoi, den ich begleitet habe, angegriffen worden. Bei der Explosion wurde ich bewusstlos. Als ich aufgewacht bin, war ich Gefangener bei einem Haufen Irakis mit Kapuzen, von denen einer mir gedroht hat, er würde mir den Kopf abschlagen, wenn ich nicht in eine Videokamera blicken und die Vereinigten Staaten schlechtmachen würde. Nachdem eine Einheit der Rangers das Gebäude angegriffen hat, in dem ich festgehalten wurde, habe ich fliehen können, aber selbst nachdem ich es sicher zurück in die Staaten geschafft hatte, habe ich mich nicht mehr sicher *gefühlt*. Ich hatte Alpträume. Ich habe es nicht ertragen, in geschlossenen Räumen zu sein. Ich hatte Schweißausbrüche.«

»Posttraumatisches Belastungssyndrom«, sagte Ortega.

»Stimmt«, sagte Balenger, wobei er Ortegas Ausdrucksweise parodierte. »Also bin ich, wie Sie ja wissen, zu einem anderen Psychiater gegangen.«

»Der eine ungewöhnliche Therapie angewandt hat.«

»Er hat mir geraten, alles Menschenmögliche zu tun, um mich von der Gegenwart zu distanzieren. Geschichte zu studieren. Romane zu lesen, die in der Vergangenheit spielen. Zu versuchen, mich auf jede denkbare Art in eine Zeit vor hundert Jahren oder noch früher zu versetzen. Es war ein bisschen, als versuchte ich, mit einer Zeitmaschine in die Vergangenheit zu gehen.«

»Was passierte, nachdem Sie in das Paragon Hotel gegangen waren, Ihre tote Frau gefunden hatten und Amanda gerettet haben?«

Balenger traute seiner Stimme nicht.

»Sie haben die Fäuste geballt«, sagte Ortega. »Haben Sie vor, mich zu schlagen?«

»Ich bin in einem Krankenhaus aufgewacht, wo mich ein

Psychiater gefragt hat, warum ich Amanda mit dem Namen meiner toten Frau anrede.«

»Psychiater Nummer drei. Übrigens, haben Sie das inzwischen auf die Reihe gekriegt? Das mit den Namen?«

Balenger war zu wütend, um zu antworten.

»Sie und Amanda. In der Nacht, im Dunklen – haben Sie da manchmal das Gefühl, Sie sehen einen Geist?«

Balenger spürte eine glühende Wut aufsteigen. »Hören Sie auf.«

»Sie haben gesagt, Psychopathen sind oft auf Frauen fixiert, die einander gleichen. Die Opfer erinnern den Täter an seine Frau oder seine Mutter oder wen auch immer.«

»Ich bilde mir nicht ein, ich lebte mit meiner toten Frau zusammen! Ich bilde mir nicht ein, ich *schliefe* mit meiner toten Frau!«

Ortega antwortete nicht.

»Sie glauben, ich bin für Amandas Verschwinden verantwortlich?«

»Es ist eine Theorie«, sagte Ortega. »Vielleicht sind Sie ausgerastet, als Ihnen klar wurde, was Ihr häusliches Arrangement möglicherweise bedeuten könnte. Vielleicht sind Sie so angewidert von sich selbst, dass Sie etwas getan haben, das Ihnen nachträglich leid tat. Sie waren Polizist. Sie konnten sich denken, wie die Ermittlungen verlaufen würden.«

»Seien Sie vorsichtig«, warnte Balenger.

»Ich habe Ihnen ja gesagt, es ist eine Theorie. Wir müssen alle Möglichkeiten erwägen. Sie haben das ganze Ablenkungsmanöver organisiert. Sie haben dieses Haus an der 19th Street gemietet. Sie haben eine Frau angeheuert, die dafür gesorgt hat, dass die Schauspieler dort auftauchten. Sie sind selbst hingegangen mit einer Frau, die Sie dafür bezahlt haben, dass sie Amanda verkörpert. Die Schauspieler sind abmachungsgemäß während des Vortrags verschwunden. Nachdem alle weg waren, haben Sie sich bei der Frau bedankt, die Ihre Amanda gespielt hatte. Sie war wohl ein bisschen verwundert, aber Sie hatten sie gut bezahlt, und sie hat sich gedacht ›noch so ein Spinner‹ und ist nach Hause gegangen. Und zu dem Zeitpunkt waren alle Leute überzeugt, sie hätten die wirkliche Amanda gesehen und jemand hätte sie entführt.«

»Wenn das funktionieren sollte, müsste ich auch für den Brand in dem Theater verantwortlich sein. Aber wir waren die ganze Zeit zusammen, Sie und ich.«

»Außer während der Zeit, die Sie im Foyer gewartet haben, während ich mich im Theater umgesehen habe. Da hätten Sie das Feuer legen können. Ich hätte es nicht gemerkt.«

»Wir sind beinahe ums Leben gekommen. Warum sollte ich mich selbst in Gefahr bringen?«

»Um mir gegenüber glaubhaft zu machen, dass die Bedrohung da ist. Außerdem, wenn die Theorie stimmt, waren Sie nie in Gefahr.«

»Wie meinen Sie das?« Balengers Unterarm fühlte sich an, als wäre ein Abszess im Begriff zu platzen.

»Sie hätten mitkommen und mit den Brandermittlern reden sollen, denen Sie so sorgfältig aus dem Weg gegangen sind. Die Unterhaltung war höchst aufschlussreich. Es sieht so aus, als hätte die Frau, die diese Schauspieler angeheuert hat, um eine Führung durch das Theater gebeten. Sie war sehr interessiert, als sie von dem Tiefkeller erfahren hat. Sie hat darum gebeten, dass man sie da hinunterführt, damit sie sich umsehen konnte. Vor ein paar Wochen hat eine Frau, auf die die Beschreibung passt, außerdem die Läden an der Straße abgeklappert. Darunter war auch das Antiquitätengeschäft. Während sie angeblich darüber nachgedacht hat, ob sie etwas kaufen soll, erwähnte sie, dass sie von den trocken gelegten Wasserläufen unter Greenwich Village und von den Kanälen gehört hatte, in denen das Wasser früher geflossen ist. Und wie sich diese Dinge so ergeben – der Ladenbesitzer hat sich mit Vergnügen auf die Unterhaltung eingelassen, denn der historische Aspekt hilft ihm dabei, Antiquitäten zu verkaufen. Er besitzt das einzige andere Gebäude in der ganzen Gegend außer dem Theater, das so einen Tiefkeller hat.«

»Sie glauben, ich hätte den Brand gelegt in der Hoffnung, kriechend durch einen Gang zu entkommen, von dem ich nicht mal wusste, ob er noch offen ist? Das ist doch total verrückt!«

»Ist es verrückter als Ihre Behauptung, Sie hätten diese Frau heute Nachmittag in der Bibliothek gesehen? Eine Frau, die dann auf unerklärliche Weise verschwunden ist, die nicht den geringsten Grund hatte, sich Ihnen zu zeigen, und die außer Ihnen niemand gesehen hat?«

»Warum sollte ich lügen?«

»Damit ich nach wie vor glaube, dass diese Bedrohung wirklich besteht. Um mich auf eine falsche Fährte zu locken. Sie haben jede Gelegenheit genutzt, die Kontrolle über die Ermittlungen an sich zu reißen.«

Balenger starrte an Ortega vorbei zum Ende der Straße hin, wo eine Frau in dunklen Hosen und einer weißen Bluse ihm zuwinkte. »Sie irren sich«, sagte er zu dem Ermittler.

»Es ist auch nicht verrückter als Ihre Theorie, dass jemand Amanda entführt hat, um Sie dazu zu zwingen, dass Sie irgendein krankes Spiel mitspielen.«

»Sie irren sich, und ich kann es beweisen.«

»Glauben Sie mir, ein kleiner Beweis für *irgendwas* wäre schön.«

»Die Frau, die sich mir in der Bibliothek gezeigt hat, die Frau, die diese Schauspieler angeheuert und sich mir bei dem Vortrag als Karen Bailey vorgestellt hat?«
»Ja, was ist mit ihr?«
»Sie steht da hinten auf der Straße und winkt uns zu.«

4

Als Ortega herumfuhr, hatte Balenger sich bereits in Bewegung gesetzt. Einen Augenblick lang rührte Karen Bailey sich nicht von der Stelle. Dann verschwand sie rasch hinter der Ecke auf der rechten Seite.
Balenger rannte. Es war beinahe halb sechs. Die Seminare waren für heute zu Ende; die Studenten waren in ihre Wohnheime oder ihre Unterkünfte anderswo in der Stadt zurückgekehrt. Wenige Fußgänger gerieten ihm in die Quere. Er erreichte die Ecke und sah, wie Karen Baileys weiße Bluse hinter der nächsten Ecke verschwand.
Er wich einem Auto aus und bog um die Ecke, eben noch rechtzeitig, um sie in ein Gebäude rennen zu sehen, das nach einem Wohnhaus aussah. Sie trug geschnürte Schuhe mit flachen Sohlen, fast wie Männerschuhe, mit denen sie sich schnell bewegen konnte.
»Halt!«, brüllte er.
Er hörte Ortegas schnellen Atem hinter sich. Dann war Ortega neben ihm, und sie stürmten auf das Gebäude zu.
»Und, glauben Sie mir jetzt?«
Ein Drahtzaun versperrte den Gehweg. Eine Mulde enthielt Putztrümmer und Bretter.
Balengers Brust arbeitete, als er den Zaun erreichte. Es war

niemand in der Nähe. Er musterte ein Tor, das abgeschlossen zu sein schien. Dann sah er, dass das Vorhängeschloss offen hing. Wütend stieß er das Tor auf.

Ortega packte ihn an der Schulter. »Um Gottes willen, warten Sie, bis ich Verstärkung geholt habe. Wir wissen nicht, was da drin ist.«

»*Sie* warten.« Balenger stürmte über Trümmer hinweg auf die mit Schutt bedeckten Stufen zu. Sie führten zu einer Sperrholzplatte hinauf, die als provisorische Tür vor dem Eingang des Gebäudes lehnte.

»Sie sind kein Polizeibeamter!«, brüllte Ortega. »Sie haben keine Berechtigung!«

»Was bedeutet, ich habe keinen Job, um den ich mir Sorgen machen muss!«, schrie Balenger über die Schulter zurück. »Ich kann machen, was ich will!«

Er spähte vorsichtig durch die Lücke hinter der Sperrholzplatte und schob sich dann ins Innere. Das Gebäude roch nach Staub, Schimmel und altem Putz. Als seine Augen sich an das trübe Licht gewöhnt hatten, sah er freigelegte Dielenbretter und Wände, die bis auf die Träger abgeschlagen waren. Ein Gang führte an türlosen Öffnungen vorbei, von denen er annahm, dass weitere Räume dahinter lagen. Die Treppe auf der rechten Seite hatte kein Geländer. Von der Decke hingen Streifen alter Farbe.

Schon wieder ein aufgelassenes altes Gebäude, dachte Balenger. Schatten. Zusammenrückende Wände. Schrumpfende Räume. Schweiß brach ihm aus den Poren, und es lag nicht an der körperlichen Anstrengung. Mit jeder Faser seines Wesens wollte er sich umdrehen und flüchten.

Amanda, dachte er. Schritte hallten im Stockwerk über ihm. Er stieg die Treppe hinauf, stieg mit langen Schritten über die Lücken zwischen Stufen hinweg. Ein Geräusch hinter ihm ließ ihn innehalten. Er drehte sich um und sah, wie Ortega das Gebäude betrat.

»Die Verstärkung ist unterwegs«, sagte Ortega.

»Und Sie sind sicher, dass das nicht wieder ein von mir arrangiertes Ablenkungsmanöver ist?«

»Das Einzige, worüber ich mir sicher bin, ist, dass ich mit dieser Frau reden will.«

Ortega holte ihn ein. Bretter knarrten, als sie höherstiegen. Allmählich kam der erste Stock in Sicht: weitere Farbstreifen, die von der Decke hingen, weitere nackte Wände und freigelegte Träger, noch eine Treppe ohne Geländer. Oben angekommen, lauschten sie auf Schritte, aber alles, was Balenger hörte, war das gedämpfte Geräusch des Verkehrs in der Ferne. »Das hier scheint die einzige Treppe zu sein. Sie kommt hier nicht raus«, sagte Ortega.

»Nicht? Vielleicht gibt es eine Verbindung zum Nachbargebäude.«

Ein Geräusch weiter links veranlasste Balenger, sich umzudrehen. Er stieg über ein Loch hinweg und schob sich einen dämmerigen Gang entlang. Staub und kleine Trümmer knirschten unter seinen Schuhen. Sie warfen einen Blick in jede Türöffnung, an der sie vorbeikamen, und sahen weitere leere Räume.

In dem grauen Licht untersuchte Ortega eine unregelmäßige Kante auf jeder Seite des Gangs. »Sieht so aus, als wäre hier eine Wand gewesen, und die Bauarbeiter hätten sie herausgebrochen. Es ist wirklich ein langer Gang für ein einzelnes Gebäude.«

»Aber nicht für zwei«, sagte Balenger. »Das hier sind zwei Häuser, die zu einem umgebaut werden.«

Sie kamen zu einem Gang, der nach rechts weiter in das Haus hineinführte.

»Vielleicht sogar drei Häuser«, sagte Ortega. »Vielleicht will die Universität ein einziges großes Seminargebäude draus machen.«
Ein knarrendes Geräusch ließ sie innehalten. Es kam von weiter hinten. Ein Brett lag auf zwei Sägeböcken. Weitere Bretter lehnten in Stößen an der Wand; Kisten standen dazwischen. Eine Plane auf dem Boden war mit Holzresten und Sägemehl bedeckt. Ein Seil baumelte aus dem oberen Stockwerk herunter.
»Da liegt was auf dem Sägebock«, sagte Ortega.
Der kleine rechteckige Gegenstand war silbern und schwarz und hatte Tasten und ein Display.
»Ein Handy«, sagte Ortega. »Einer von den Bauarbeitern muss es liegengelassen haben.«
»Sieht anders aus als die normalen Telefone.«
Ortega trat näher heran. »Das ist ein BlackBerry.«
Obwohl Balenger nie einen verwendet hatte, wusste er, dass ein BlackBerry internetfähig war und auch E-Mails versenden konnte. »Sind die nicht sehr teuer?«
»Mehrere hundert Dollar«, sagte Ortega.
»Würde ein Bauarbeiter, der sich eins hat leisten können, dann so unvorsichtig sein, es liegenzulassen?«
Sie blieben neben dem Sägebock stehen. Balenger streckte die Hand nach dem BlackBerry aus.
»Lieber nicht«, warnte Ortega. »Wenn Sie recht haben und hier wirklich jemand Spielchen spielt, könnte das Ding auch eine Bombe sein.«
»Oder vielleicht ist es auch wie bei der Computerspielhülle, und es führt mich zur nächsten Station.« Balenger nahm den BlackBerry in die Hand.
»Eines Tages werden Sie lernen, auf mich zu hören«, sagte Ortega.

Der BlackBerry war etwas schwerer und dicker als ein Handy. Das Display war größer, und es gab deutlich mehr Tasten, die nicht nur Zahlen, sondern auch das Alphabet abdeckten.

»Ich höre Stimmen«, sagte Ortega. »Hört sich an, als kämen sie vom Eingang. Das dürfte die Verstärkung sein.« Er zog sein Handy aus der Tasche. »Ich sage ihnen, wo wir sind.«

Eine plötzliche Bewegung erregte Balengers Aufmerksamkeit. Auf der anderen Seite der Baustelle erschien eine weiße Bluse im Gang. Sie hatten Karen Bailey aus ihrem Versteck aufgescheucht, und sie flüchtete.

Balenger schob den BlackBerry in eine Tasche und machte sich an die Verfolgung. Er stürmte über die ausgebreitete Plane hinweg, und plötzlich sackte sie in ein Loch im Fußboden, das unter ihr verborgen gewesen war. Seine Knie verschwanden. Seine Hüften. Er packte das Seil, das aus dem oberen Stockwerk herunterhing. Die Plane sackte weiter ab. Seine Brust war auf Bodenhöhe. Das Seil in seinen Händen straffte sich; es hielt ihn.

Ortega stürzte heran und packte seine Hand.

»Vorsicht«, warnte Balenger. »Unter der Plane ist schwer zu sehen, wo der Rand von dem Loch ist.«

Ortega hielt Balengers Hand fest und beugte sich so weit vor, dass er das Seil packen musste, um das Gleichgewicht zu halten.

Plötzlich wurde das Seil locker; was es auch immer sein mochte, an dem es befestigt war, der Gegenstand gab nach. Ortega verlor das Gleichgewicht. Plötzlich war Balenger wieder schwerelos. Er stöhnte, als Ortega auf ihm landete und beide Männer mitsamt der Plane durch das Loch stürzten. Das Seil stürzte ebenfalls und mit dem Seil noch etwas anderes, etwas, das Balenger nur aus dem Augenwinkel sah – eine Schubkarre, an der das Seil ein Stockwerk höher befestigt gewesen war.

»Nein«, brüllte Balenger, als er zusammen mit Ortega abstürzte.

Die Plane schabte am Rand des Lochs entlang. Als Balenger ein Stockwerk tiefer landete, verschlug der Aufprall ihm den Atem – ebenso wie der Stoß, als Ortega gegen ihn prallte. Er hörte ein Krachen, blickte auf und sah, wie die abstürzende Schubkarre auf dem Rand des Loches auftraf. Sie durchschlug ein paar Bretter und stürzte weiter.

»Aufpassen!«

Es blieb keine Zeit zum Reagieren. Die Schubkarre traf Ortega in den Rücken. Etwas knackte in seinem Inneren. Blut sprudelte ihm aus dem Mund. Sein Gesicht wurde schlaff. Seine Augen wurden blicklos. Balenger mühte sich darum, die Schubkarre von ihm herunterzustoßen, etwas zu tun, um ihn wiederzubeleben, aber die Stille des Todes war unverkennbar.

Er trauerte, aber er gab es auf, einen Puls finden zu wollen. In der Ferne hörte er verstörte Stimmen – Leute, die auf den Schauplatz des Lärms zurannten. Das Verstärkungsteam, dachte er; er versuchte immer noch über den Schock des Geschehenen hinwegzukommen. Sie werden mich mitnehmen und befragen wollen. Es wird Stunden dauern, das alles zu erklären. Die Schritte kamen näher.

Er kämpfte sich auf die Beine. Er spürte das Gewicht des BlackBerrys in der Tasche, als er einen Gang entlangtaumelte, um eine Ecke bog, gerade noch rechtzeitig, bevor die Stimmen hinter ihm waren. Er schlich einen weiteren Gang entlang und dann noch einen; er kam sich vor, als sei er in einem Labyrinth gefangen. Er kam an weiteren Sägeböcken, Kisten und Brettern vorbei. Er erreichte eine Fensteröffnung, in der noch kein Glas war. Atemlos kletterte er über das Fensterbrett hinweg, hing einen Moment lang an den Händen und ließ sich fallen.

Seine Rippen schmerzten. Die Beine taten ihm weh. Im linken Unterarm spürte er einen beißenden Schmerz. Ein paar Schritte weit humpelte er. Dann gelang es ihm, zu einem gleichmäßigeren Gang zu finden. Er ging an dem Maschendrahtzaun entlang bis zum Ende der Baustelle. Die Sonne stand jetzt tiefer. Es waren wenige Autos unterwegs. Die paar Studenten, denen er begegnete, warfen ihm kaum einen Blick zu.

Sirenen heulten in der Ferne. Als Balenger ein weiteres Tor in dem Zaun erreichte, stellte er fest, dass es abgeschlossen war. Während das Sirenengeräusch näher kam, entdeckte er eine Plane, kletterte auf eine Mulde und legte die Plane über den Stacheldraht an der Oberkante des Maschendrahtzauns. Die Sirenen verstummten in der Straße hinter der nächsten Ecke. Er schlängelte sich über den Zaun, machte die Plane von dem Stacheldraht los, warf sie in die Mulde und kletterte hinunter auf die Straße.

Er kämpfte gegen das Bedürfnis zu rennen an. Ruhig wirken, sagte er sich. Weitergehen.

Studenten kamen aus einem Coffeeshop. Ein junger Mann mit Rucksack fragte seinen Freund: »Was ist, sollen wir hingehen und nachsehen, was da los ist?«

»Ich halte mich von Krisengebieten fern.«

Weiser Grundsatz, dachte Balenger.

Weitere Studenten kamen aus dem Coffeeshop. In der Hoffnung, sie würden ihm eine Deckung liefern, bog Balenger um die Ecke. Er sah sein Spiegelbild in einer Fensterscheibe und tat sein Möglichstes, um sein Haar glattzustreichen und sich den Dreck von der Jacke zu klopfen.

Als er weitere Sirenen aufheulen hörte, wurde ihm klar, dass er nicht mehr lang einfach weitergehen konnte. Sobald sich herumgesprochen hatte, dass ein Polizeibeamter ums Leben gekommen war, würde die ganze Gegend mehrere Straßenblocks weit abgeriegelt werden. Sämtliche Restaurants und Bars in diesem Viertel waren Studentenkneipen; er würde dort nur auffallen.

Er versuchte eine Tür zu öffnen, die zu einem Bürogebäude zu führen schien. Sie war abgeschlossen. Ich muss von der Straße runter, sagte er sich.

Er konnte Karen Bailey nicht aus seinen Gedanken verbannen.

Als sie aus ihrem Versteck hervorgestürzt war, hatte er zuerst gedacht, sie hätten sie aufgescheucht. Aber jetzt war ihm klar, dass sie ihn dazu hatte verleiten wollen, sie zu verfolgen und dabei auf die Plane zu treten.

Wieder eine Falle. Nein, wieder ein *Hindernis,* verbesserte er sich selbst.

Die Worte auf der Hülle des *Scavenger*-Spiels nagten an ihm. Ein Hindernisrennen und eine Schatzsuche. Ich habe das Hindernis überwunden, und was habe ich gekriegt?, dachte er. Einen BlackBerry.

Aber woher hatte Karen Bailey gewusst, wo sie ihn finden würde?

Schlagartig fiel ihm die Antwort auf diese Frage ein. Und jetzt wusste er auch, wo er sich verstecken konnte.

5

Der Gang erschien ihm länger als beim letzten Mal. Auch diesmal hörte Balenger Schüsse, als er das Büro schließlich erreicht hatte. Er holte tief Atem und klopfte. Keine Antwort. Er öffnete die Tür.

Professor Graham saß an ihrem Computer und bediente grimmig den Controller. Die dunklen Ringe unter ihren Augen wirkten auffälliger als zuvor.

»Ich dachte, Sie hätten den Controller ruiniert«, sagte Balenger.

»Ich habe immer Ersatz da.« Die ältere Frau drückte mit rasender Geschwindigkeit auf ein paar Tasten und warf dann einen finsteren Blick auf den Bildschirm. »Verdammt, sie haben mich schon wieder umgebracht.«

Balenger hörte Sirenen draußen auf der Straße.

»Was ist Ihnen denn begegnet?« Professor Graham musterte ihn. »Ihre Hosen.«

Balenger sah nach unten und bemerkte ein paar Flecken, die er übersehen hatte. Er wischte sie fort. »Ich bin an ein paar Hindernisse geraten.«

»Und der Polizeibeamte, der mit Ihnen hier war?«

Balenger tat sein Möglichstes, damit sein Tonfall neutral blieb. »Dieselben Hindernisse.«

»Besteht ein Zusammenhang zwischen diesen Hindernissen und dem Lärm da draußen?«

Balenger nickte. »Und mit allem, worüber wir geredet haben. Ich bin froh, dass Sie noch hier sind.« Er erwähnte nicht eigens, dass er, hätte er sie nicht mehr in ihrem Büro angetroffen, alles daran gesetzt hätte, um herauszufinden, wo sie wohnte.

»Ich bin noch geblieben, weil die Wirkung meiner Pillen nachgelassen hat.«
»Pillen?«
»Und die, die ich vor einer Weile geschluckt habe, schlagen noch nicht an.« Die Linien rings um ihre Augen schienen tiefer zu werden. »Ich werde Sie nicht mit den Details langweilen.«
Jetzt verstand Balenger, warum sie scheinbar vor seinen Augen gealtert war, als er zuvor mit ihr gesprochen hatte. Er hatte richtig gelegen, als er eine Krankheit vermutet hatte. »Es tut mir leid.«
Sie zuckte fatalistisch die Achseln. »Der Student, der mir vor Jahren beigebracht hat, dass Computerspiele die Zeit verlängern, hat mich auch begreifen lassen, dass die Realität da drin« – sie wies auf den Bildschirm – »anregender ist als die Realität hier draußen. Warum sind Sie zurückgekommen? Ich will nicht unhöflich sein, aber ich würde das Spiel gern neu beginnen.«
»Mir ist ein Gedanke gekommen.« Balenger betete darum, dass er mit seiner Vermutung richtig lag. »Wenn mir wirklich Hinweise zugespielt werden, muss derjenige, der Amanda entführt hat, gewusst haben, dass ich irgendwann hierherkommen und mit Ihnen über die Grabkammer reden würde. Sie sind die Expertin auf diesem Gebiet. Und ich habe mir ins Gedächtnis gerufen, dass Sie außerdem Expertin für Computerspiele sind.«
»Enthusiastin. Mein Student ist der eigentliche Experte für Computerspiele.« Professor Grahams Gesicht verzerrte sich und entspannte sich dann wieder, als die Schmerzattacke abklang.
Balenger verbarg seine Verzweiflung. »Hält er Verbindung zu Ihnen?«

»E-Mails. Anrufe. Er war sehr betrübt, als ich ihm von meinen gesundheitlichen Problemen erzählt habe. Deshalb hat er mir diesen neuen Computer geschickt. Spieletechnisch ist das Gerät auf dem allerneuesten Stand. Dieser große Bildschirm ist der beste, den ich je hatte.«

»Das war sehr großzügig.«

»Er kann es sich leisten. Deshalb habe ich das Geschenk auch nicht abgelehnt.«

»Wie heißt er?« Balenger sorgte dafür, dass es beiläufig klang.

»Jonathan Creed. Ich sehe schon, Sie kennen den Namen.«

»Nein.«

»Aber Sie haben darauf reagiert.«

»Nur weil es ein ungewöhnlicher Name ist.«

»Sogar Leute, die selbst nicht spielen, erkennen ihn manchmal.«

»Warum?« Balenger hatte Schwierigkeiten, seine Spannung zu verbergen.

»Es gibt einige wenige Menschen, die in der Welt des Computerspiels unangefochtene Legenden sind – Leute, die Spiele von solcher Brillanz geschaffen haben, dass sie die Messlatte mit ihnen fast unerreichbar hoch gelegt haben. Sonst sind sie Marketinggenies. CliffyB ist einer von ihnen. Sein Spiel heißt *Unreal Tournament*.«

»*Unreal?* Das ist ein sehr bezeichnender Name, wenn ich richtig verstanden habe, was Sie vorhin über die Macht der Spiele gesagt haben, uns in eine andere Wirklichkeit zu versetzen.«

»Dann wäre da noch Shigeru Miyamoto, der *Super Mario Bros.* geschaffen hat. Er war der Erste, der dem Helden des Spiels Charakter und Motivation gab. Mario muss seinen Weg durch ein unterirdisches Labyrinth finden und Gegner besiegen, um ein entführtes Mädchen zu befreien.«

»Ein entführtes Mädchen?«
»Ich kann mir vorstellen, weshalb die Parallele Sie interessiert.«
»Erzählen Sie mir mehr über diese Spieleentwickler.«
»John Romero und John Carmack haben die Egoshooter-Spiele entwickelt, so wie das, was ich vorhin gespielt habe – *Doom*. Als kompletten Kontrast hat Will Wright die sogenannten God Games erfunden.«
»God Games?«
»Gottspiele, so nennt man sie. *SimCity* zum Beispiel. Das ist die Computerversion einer Stadt. Mit allen Problemen einer wirklichen Stadt. Umweltverschmutzung. Verfallende Infrastruktur. Slums. Armut. Arbeitslosigkeit. Ziel des Spiels ist es, Veränderungen an der Stadt vorzunehmen, um die Situation zu verbessern. Aber dem Spieler wird schnell klar, dass er manchmal mit den besten Absichten Änderungen vornimmt, die fürchterliche Folgen nach sich ziehen. Deshalb nennt man es ein Gottspiel. Die Egoshooter-Spiele werden aus dem eingeschränkten Blickwinkel hinter dem Lauf einer Waffe hervor wahrgenommen, aber der Spieler eines Gottspiels hat den vollständigen Überblick des Allwissenden – und die vollkommene Kontrolle.«
»Aber im Gegensatz zu Gott weiß der Spieler nicht vorher, wie alles ausgehen wird, oder?«, fragte Balenger. »Im Gegensatz zu Gott kann der Spieler Fehler machen.«
»Wer sagt denn, dass Gott keine Fehler machen kann?« Professor Grahams Gesicht verspannte sich. »Ich weiß nicht, warum diese Pillen nicht wirken.«
Balenger wiederholte ihre Worte: »Der vollständige Überblick des Allwissenden.« Er sah zu den oberen Ecken des Raums hinüber.
»Was machen Sie da eigentlich?«

»Über Gott nachdenken.« Balenger war kalt, als er die Bücherregale musterte.
»Wonach suchen Sie?«
Balengers Puls raste. »Wann hat Jonathan Creed Ihnen diesen Computer geschickt?«
»Vor zwei Wochen. Warum?«
Balenger beugte sich weit nach vorn und strich mit den Händen über den Monitor. Plötzlich hatte er das Gefühl, dass etwas mit seinem Gleichgewichtssinn nicht stimmte – als hätte er die andere Wirklichkeit betreten, über die sie gesprochen hatten. »Ich weiß, Sie möchten eigentlich weiter *Doom* spielen. Aber darf ich Sie stattdessen irgendwo zu einem Kaffee einladen?«
»Sie haben vollkommen recht. Ich möchte *wirklich* gern weiterspielen.«
»Ich glaube, wir könnten uns ungezwungener unterhalten, wenn wir woanders wären.«
Professor Graham sah ihn verständnislos an.
»Der Bildschirm ist verwanzt.«
»Was?«
»Sehen Sie sich die Löcher vorn und hinten in den Ecken an! Miniaturkameras. Wahrscheinlich auch Mikrofone. Wir liefern ihm sein privates Fernsehprogramm! Machen wir, dass wir hier rauskommen.«

Level 6

Avatar

I

Die Wolken wurden dicker und begannen das Tal zu verdunkeln.
»Wir haben nicht viel Zeit. Tu, was ich sage.« Viv drehte sich im Kreis, um die Ruinen zu mustern. Ihr Blick blieb an der Leiche ihres Mannes und seinem zerschlagenen, blutigen Gesicht hängen. Dann nahm sie sich wieder zusammen. »Da.« Sie zeigte zu einem eingestürzten Gebäude hinüber, dessen Wände und Dach zu einem zackigen Gewirr zusammengefallen waren; die Form erinnerte an eine Pyramide.
Amanda rannte mit ihr dorthin.
»Hilf mir, die Bretter aus der Mitte rauszuziehen«, sagte Viv. »Wir müssen einen Hohlraum schaffen.«
Amanda zerrte an den Brettern; Splitter stachen ihr in die Finger.
»Leg die Bretter oben drauf. Lass sie überlappen, so dass sie die Lücken schließen. Wir versuchen ein Dach hinzukriegen.«
Ein kalter Windstoß traf Amanda. Sie sah schaudernd über die Schulter, zu den finsteren Wolken hinüber, die sich über das Tal schoben.
»Schnell.« Viv schichtete mehr Bretter übereinander.
Amanda arbeitete schneller. In den Trümmern hatte sich eine Höhlung geöffnet. Der Wind blies ihr fast die Kappe vom Kopf, als sie zerrte und stapelte.
Viv ächzte vor Anstrengung, während sie die Höhlung erweiterte. »Weißt du, was Unterkühlung ist?«
»Ein Abfallen der Körpertemperatur.«

»In den Bergen kann sich das Wetter sehr schnell verändern. Merkst du, wie kalt dieser Wind ist?« Viv verkeilte noch ein paar weitere Bretter miteinander. »Wenn wir nass werden und durchfrieren, haben wir noch drei Stunden, bevor die Körpertemperatur so weit abgesunken ist, dass wir sterben. Es läuft darauf hinaus, dass wir uns zu Tode zittern.«

Amanda sah wieder über die Schulter, aber diesmal sah sie sich nicht nach dem Sturm um, sondern nach Ray. Sie entdeckte ihn auf einer freien Fläche zwischen den Ruinen; sein grüner Overall hob sich deutlich gegen den dunklen Himmel ab. Er starrte auf etwas hinunter, das ihn zu verstören schien, aber sie konnte nicht erkennen, was es war.

Viv drehte sich zu einem Trümmerhaufen um. »Die Tür da. Hilf mir damit.«

Die Tür lag unter Dachtrümmern und sah nicht sehr stabil aus – drei Bretter, die mit Querhölzern verbunden waren. Als sie sie freiräumten und hochhoben, rechnete Amanda damit, dass sie auseinanderfallen würde. Der Wind riss sie ihnen beinahe aus den Händen. Während sie sich mit ihr abkämpfte, sah Amanda zu der offenen Fläche hin, wo Ray jetzt stand und den nahenden Sturm anstarrte. Er schien von dem, was er gefunden hatte, so in Anspruch genommen zu sein, dass er das Wetter erst jetzt zur Kenntnis nahm.

Sie erreichten ihren Unterstand. Amanda sah Ray auf die Ruinen zurennen. Der treibende Staub verbarg ihn fast. Regentropfen begannen auf dem Boden aufzuschlagen. Holztrümmer flogen an ihr vorbei.

Amanda stellte die Tür aufrecht hin. Der aufschlagende Regen wurde stärker. Sie spürte, wie einzelne Tropfen sie trafen, als sie und Viv sich in den Unterstand zwängten. Er roch nach Staub und Schimmel. Sie griffen nach draußen und zerrten die Tür auf sich zu, ließen sie gegen den Ein-

gang kippen. Sie ließen auf jeder Seite eine Öffnung, durch die sie die Kanten festhalten konnten.
Der Wind pfiff in den Lücken. Kalter Regen traf auf Amandas Finger.
»Nicht loslassen!« Vivs geschriene Worte klangen in dem engen Raum noch lauter. Und doch konnte Amanda sie im Heulen des Windes kaum verstehen. »Ganz gleich, was passiert, lass nicht los!«
Eine Hand packte die Tür und zog.
»Lasst mich rein!«, schrie Ray.
»Kein Platz!«, brüllte Viv.
»Ihr müsst mich reinlassen!«
»Geh zur Hölle!«
Eine weitere Hand erschien an der Tür. Ray zerrte so wütend, dass an der oberen Kante eine Lücke erschien. Sein Gesicht sah zu ihnen herein: zerfurcht, stoppelbärtig, die Augen wuterfüllt. Regen prasselte auf ihn herunter. Staub und Holztrümmer flogen an ihm vorbei. Seine Augen verengten sich; es sah aus, als hätte er vor, Amanda und Viv ins Freie zu zerren und ihren Platz einzunehmen.
Er schien mit sich selbst zu kämpfen. Unerwartet ließ er die Tür los. Der Wind wurde stärker; Ray verschwand fast im Staub, als er davonstürzte.
Amanda packte fester zu, eine Sekunde, bevor der Wind die Tür die Straße entlanggewirbelt hätte. Sie und Viv zerrten sie wieder vor den Eingang ihres Unterstands. Regen schlug gegen die Kante und hämmerte auf Amandas Finger herunter.
»Glaubt ihr an die Macht des Gemeinschaftsgebets?«, fragte die Stimme.
»Halt den Mund!«, brüllte Viv.
»Nehmen wir an, eine Frau ist schwerkrank, und ihre Ge-

meinde betet darum, dass sie gesund wird. Hunderte von Gläubigen, die gemeinsam beten. Was, wenn der Pfarrer der Kirche sich mit Gemeinden im ganzen Land in Verbindung setzt und diese Gemeinden zur gleichen Zeit ebenfalls beten? Hunderttausende gleichzeitiger Gebete. Glaubt ihr, dass diese Gebete Wirkung zeigen?«

Der Regen hämmerte so laut auf das Dach des Unterstands, dass die Stimme des Gamemasters nur gedämpft durch Amandas Kopfhörer drang. Ihre Finger umklammerten die Türkante.

»Manche Untersuchungen legen nahe, dass die psychologische Wirkung, wenn die kranke Person von diesen Gebeten weiß, so stark ist, dass eine Heilung erfolgen kann. Und jetzt stellt euch die Kraft eines Massive-Multiplayer-Online-Rollenspiels vor.«

»Eines massiven *was*? Du redest kompletten Blödsinn! Halt den Mund!«, flehte Viv, während sie die Türkante umklammerte.

»Eins der bekanntesten und beliebtesten Online-Rollenspiele dieses Typs heißt *Anarchy Online*. Der Spieler bezahlt einen monatlichen Beitrag und erhält dafür das Recht, die Identität einer Spielerfigur in einer alternativen Wirklichkeit anzunehmen – dem Planeten Rubi-Ka. Er ist bevölkert von exotischen Wesen und bietet eine spektakuläre Umgebung mit einer humanoiden Kultur.«

Der Regen wurde eiskalt. Als Amanda feststellte, dass sie die Finger nicht mehr bewegen konnte, nahm sie die rechte Hand von der Tür und blies darauf in einem Versuch, sie zu wärmen.

»Nein!«, sagte Viv. »Nicht loslassen!«

»Amanda«, sagte die Stimme. »Weißt du, was ein Avatar ist?«

»Lass mich in Frieden!« Amanda wechselte die Hand und blies auf die Finger der Linken, während sie mit der Rechten die Tür festhielt.
»Jemand mit einem Master-Abschluss in Literatur weiß doch sicherlich, was ein Avatar ist.«
Auch diesmal warf Viv ihr wieder einen ärgerlichen Blick zu.
»Ein Avatar ist ein Gott in körperlicher Gestalt«, sagte Amanda.
»Deine Ausbildung war jedenfalls nicht verschwendet. In Online-Rollenspielen, auch dem Typ mit sehr vielen Teilnehmern, nennt man den Stellvertreter des Spielers in der virtuellen Welt seinen Avatar. Eine alternative Identität. Manchmal möchte der Spieler eine andere Identität annehmen, weil er mit seiner Identität im sogenannten wirklichen Leben nicht zufrieden ist. Vielleicht hat er Übergewicht und Pickel, er ist dreißig Jahre alt, lebt aber immer noch bei seiner Mutter und verdient einen Hungerlohn in einem Schnellrestaurant. Aber wenn er in die Rolle seines Avatars auf dem Planeten Rubi-Ka schlüpft, weiß keiner der anderen Spieler, wie er wirklich aussieht und wie wenig er im Leben erreicht hat. Auch auf Rubi-Ka braucht er noch einen Job, um sich eine Wohnung leisten und Kleidung kaufen und essen zu können. Aber dort kommt es nur auf seine Intelligenz an. Dort hat er die Chance, ganz von vorn anzufangen – nichts hält ihn zurück. Er kann seine Intelligenz dazu einsetzen, die Lebensumstände seines Avatars zu verbessern. Tatsächlich ist es erstaunlich, in welchem Maß die Versager in *diesem* Leben es auf Rubi-Ka zu etwas bringen, und es ist interessant, dass die Hälfte der männlichen Spieler beschließt, das Geschlecht zu wechseln und dort Frauen darzustellen.«

Amanda blies auf ihre tauben Finger und spürte, wie die Empfindungsfähigkeit in sie zurückkehrte. Jetzt war ihr klar, was Unterkühlung war und dass man daran sterben konnte.

»*Anarchy Online* gehört einer Firma namens Funcom, deren Computerbasis in Oslo steht«, sagte die Stimme. »Sie brauchen gigantische Computer, weil zu jedem Zeitpunkt an die zwei Millionen Spieler mitspielen. Weltweit. In jedem denkbaren Land. Millionen Menschen, die gleichzeitig Identitäten in einer alternativen Wirklichkeit annehmen, das Spiel Tag und Nacht spielen, weil ihr Leben hier sie nicht befriedigt. *Das* ist ein Massive-Multiplayer-Online-Rollenspiel. Wenn Studien ergeben haben, dass es mit der psychologischen Kraft des Gemeinschaftsgebets etwas auf sich hat, wie viel stärker muss dann die Kraft eines massenhaft gespielten Online-Rollenspiels sein? Was ist reizvoller – die Pickel im Gesicht, das Zimmer zu Hause bei Mama, die einsame Selbstbefriedigung, weil kein Mädchen mit ihm ausgehen will? Oder das Leben in der alternativen Wirklichkeit, als weiblicher Avatar in einer virtuellen Welt, in der jeder die gleichen Rechte hat?«

Der Wind heulte. Ein paar Wassertropfen sickerten durch das Dach und landeten auf der Hüfte von Amandas Overall.

»Auf Rubi-Ka«, sagte der Gamemaster, »häufen die Avatars Besitztümer an, so wie wir es auch in unserer Wirklichkeit tun. Wertvolle Schmuckstücke, teure Gerätschaften oder exklusive Wohnsitze. Den Spielern sind diese Gegenstände wichtig. Wenn es den Avatars selbst nicht gelingt, solche Besitztümer auf Rubi-Ka zu erwerben, kann der Spieler sie manchmal bei eBay kaufen. Theoretisch handelt es sich um imaginäre Gegenstände, aber sie nehmen eine eigene Wirklichkeit an. Über eBay kann man sogar Avatars kaufen und verkaufen, sich neue Identitäten zulegen, wenn die alten einem nicht mehr zusagen. Die Wirklichkeiten gehen ineinander über.«

Amanda stellte schaudernd fest, dass ein weiterer Wassertropfen an der Decke hing. »Es sickert durch.«

»Solange es nicht genug ist, um uns durchzuweichen«, sagte Viv.

Amanda sagte zu dem Gamemaster: »Ich hätte da eine Neuigkeit. *Dies* ist die Wirklichkeit.«

»Das sagst *du*. Vielleicht wäre dies ein guter Zeitpunkt, um euch etwas über Reverend Owen Pentecost zu erzählen.«

»Wen?«

»Das Genie, das die Grabkammer weltlichen Begehrens geschaffen hat. Ihr habt ein weiteres Hindernis überwunden. Ihr verdient mehr Information. Ray, kannst du mich hören?«

Keine Antwort.

»Ray?«

»Ich höre dich.« Die Stimme klang bitter.

»Wie geht es dir so da draußen?«

»Wunderbar.«

»Nicht zu kalt?«

»Ich hab schon Schlimmeres erlebt.«

Rays Ärger war selbst über Amandas Kopfhörer noch unverkennbar.

»Na, solange du es bequem hast«, sagte der Gamemaster. »Reverend Owen Pentecost also. Das war nicht sein wirklicher Name, und er war auch nicht wirklich Pastor. Sein Vater allerdings war einer gewesen, und nachdem Pentecost aus der medizinischen Fakultät von Harvard ausgeschlossen worden war, nahm er die Identität eines Pfarrers an und verließ Boston. Er ging immer weiter nach Westen, um dort das Wort des Herrn zu predigen. Im April 1899 traf er in Avalon ein. Es herrschte eine entsetzliche Dürre, aber Pentecost wusste ja, dass sie nicht unbegrenzt anhalten würde, also ermutigte er die Bewohner, zu beten und im Beten nicht nachzulassen. Als der Regen ausblieb, sagte er ihnen, es läge daran, dass sie ihre Sünden nicht wirklich bereuten. Sie mussten inbrünstiger beten. Als der Regen im Juni dann endlich kam, konnten sie ihm gar nicht genug danken für seine Hilfe bei der Beendigung der Dürre. Aber das war die einzige gute Nachricht. Der erste Hinweis auf das, was ihnen bevorstand, traf einen Ladenbesitzer namens Peter Bethune, der von einem Blitz erschlagen wurde, als er von seinem Wagen zu seinem Laden rannte.«

Etwas polterte gegen die Tür.

Amanda zuckte zusammen. Zuerst glaubte sie, es sei Ray, der wieder ins Innere zu kommen versuchte. Aber das Geräusch wurde von schnellen gutturalen Atemzügen begleitet. Sie hörte viele Pfoten durch Pfützen platschen, und plötzlich fiel ihr der Schäferhund wieder ein, der das Kaninchen gejagt hatte. Aber jetzt war es nicht nur einer.

Eine Schnauze erschien rechts von der Tür.

»Wenn sie sie umwerfen …«, warnte Viv.

Amanda hörte ein Knurren. »Wir können die Tür nicht mit den Händen festhalten. Sie werden uns die Finger abbeißen.«

Jetzt erschien eine Schnauze auf der linken Seite; die Zähne waren entblößt.

»Sie drücken gegen die Tür und halten sie damit fest. Aber wenn sie erst anfangen zu ziehen …«

»Die Gürtel«, sagte Viv. »Wir haken die Gürtel an der Tür fest.«

Amanda zerrte an ihrem Gürtel. »Meiner ist im Rücken angenäht.«
»Reiß ihn ab.«
»Nein. Ich glaube, wir sollten die Overalls lieber nicht beschädigen. Die Schnürsenkel.« Amanda nahm eine Hand von der Tür und krümmte sich, um an ihre Stiefel zu kommen. Mit kalten, ungeschickten Fingern zerrte sie den Schnürsenkel durch eine Öse, dann durch eine weitere.
Das Knurren wurde heftiger. Unter dem nächsten Stoß schwankte die Tür.
»Einen habe ich losgemacht«, sagte Amanda.
»Ich auch.« Viv knotete die Enden zusammen, so dass ein Kreis entstand.
Eine Schnauze schob sich durch die Lücke vor der Tür. Amanda schlug mit einer Latte danach. »Mach, dass du wegkommst!«
Der Hund fuhr zurück.
Viv warf den Schnürsenkel über die Latte, die die Tür zusammenhielt. Als der Hund sich von der Überraschung erholt hatte und sich gegen die Tür warf, zog Viv an der Schnur und hielt die Bretter an Ort und Stelle.
Amanda hörte ihre eigenen schweren Atemzüge. Ich höre mich an wie einer von diesen Kötern, dachte sie. Sie knotete die Enden ihres Schnürsenkels zusammen, griff vorsichtig an der Kante der Tür vorbei und legte die Schlinge um die Querlatte. Sie zog die Finger gerade noch rechtzeitig zurück, um nicht gebissen zu werden.
Klauen kratzten über die Tür. Schnauzen versuchten sie wegzustemmen. Der Schnürsenkel schnitt Amanda in die Handflächen. Sie betete darum, dass er nicht reißen würde. Dann begann sie zu fürchten, dass die Tür selbst nicht halten würde.

»Im Moment sind wir hier sicher«, versuchte Viv sie zu beruhigen.
»Yeah, wir haben sie da, wo wir sie haben wollen.« Amanda lachte tonlos, kurz vor der Hysterie. »Sie fressen uns nicht.«
»Gott helfe mir«, sagte Viv, »was ich nicht für etwas Essbares geben würde.«
Amanda hörte auf zu lachen und wurde schlagartig sachlich.
»Es ist da draußen.«
»Was?«
»Wenn's sein muss, bringe ich eins von den Viechern um und lasse Ray mit seinem Feuerzeug Feuer machen, damit ich es braten kann.«
Viv starrte sie an.
»Was ist los?«
»Darauf wäre ich nicht gekommen«, sagte Viv.
Das Knurren verstummte. Pfoten platschten durch Pfützen. Die Hunde zogen sich zurück.
»Wo gehen sie hin?« Amanda lauschte angestrengt.
»Vielleicht versuchen sie's jetzt bei Ray. Ray? Hörst du mich?«, fragte Viv in ihr Mikrofon.
Keine Antwort.
»Ray, alles in Ordnung?« Viv klang ärgerlich. »Sieh zu, dass dir nichts passiert. Wir brauchen dein gottverdammtes Feuerzeug.«
Das einzige Geräusch war das Prasseln des Regens. Plötzlich brachen die Hunde in ein wildes Gekläff aus. Sie schienen miteinander zu kämpfen, unbedingt ihren Anteil an irgendeiner Beute haben zu wollen, und sie bellten wie wahnsinnig.
»Ray?«
Die Hunde verstummten, einer nach dem anderen.
Mit einem Gefühl der Übelkeit lockerte Amanda ihren Griff

um den Schnürsenkel. Ihre Handflächen brannten noch mehrere Minuten lang. Sie spähte vorsichtig durch die Lücke unter der Tür, aber alles, was sie sah, war der Regen.
»Dann ertrank ein Kind bei einer plötzlichen Flut«, sagte der Gamemaster, »und ein Farmer fiel von einem Heuboden auf eine Forke und wurde aufgespießt, und eine Familie starb an ...«

2

Versteckte Kameras?« Professor Graham kam nicht über den Gedanken hinweg. »Jonathan hat mich bespitzelt?«
»Uns.« Balenger saß ihr in einem Coffeeshop am Lower Broadway gegenüber, ein paar Häuserblocks von der Universität entfernt. »Der Dreckskerl wollte verfolgen, wie ich in diesem Spiel vorankomme.«
»Spiel?«
»Wenn er Kameras in Ihrem Büro installiert hat, ist es nur folgerichtig, anzunehmen, dass er auch anderswo Kameras gehabt hat. Im Theater. Vor der Bibliothek. An Ihrem Fakultätsgebäude. In dem Haus, das da gerade renoviert wird.«
»Aber das hätte doch jemand bemerkt.«
»Nicht nach dem elften September. Wer eine Uniform mit einem SECURITY-Schild trägt, ist vor Fragen sicher. Wir haben uns an die Überwachungskameras gewöhnt. Sie sind über Ampeln angebracht, über Gebäudeeingängen, in Läden und Hotelfoyers – so ziemlich überall. Und dabei sind die Handys mit Kamera noch nicht mitgerechnet – viele davon haben eine Videofunktion. Es ist inzwischen fast unmöglich, irgendeine Straße in der Innenstadt entlangzuge-

hen, ohne dass man dabei fotografiert würde. Wenn er es sorgfältig geplant hat, kann er alles nachverfolgt haben, was ich getan habe.«

Eine Kellnerin brachte Tee, Kaffee und dazu ein Schinkensandwich für Balenger. Professor Graham hatte keinen Hunger, und die Verzweiflung hatte Balenger jeden Appetit genommen, aber er sagte sich, dass er Amanda wenig nützen würde, wenn er nicht bei Kräften blieb. »Erzählen Sie mir, wie Sie Jonathan Creed kennengelernt haben.«

»Er ist eines Nachmittags aufgetaucht – stand im Gang vor der offenen Tür meines Seminarraums. Er hat so bemitleidenswert ausgesehen, ich wollte ihm einfach nur helfen.«

»Bemitleidenswert?« Balenger wusste, dass Mitleid etwas war, das Jonathan Creed von ihm nicht bekommen würde.

»Klein, dünn, ein bisschen verschroben. Leise Stimme. Dünnes, blondes Haar. Er hat mich an Fotos des jungen Truman Capote erinnert. Er war, wie ich irgendwann herausgefunden habe, fünfunddreißig, aber er hat ausgesehen wie ein Junge. ›Würdest du dich gern dazusetzen?‹, habe ich gefragt, und er hat genickt, ist reingekommen und hat sich einen Platz ganz hinten gesucht. Was ihn an meinem Seminar interessiert hatte, war der Name: Die Grabkammer weltlichen Begehrens.«

Balenger schauderte, als er die Bezeichnung wieder hörte.

»Irgendwann habe ich dann erfahren, dass er über der Entwicklung eines neuen Spiels einen Nervenzusammenbruch erlitten hatte. Allem Anschein nach war er ein halbes Jahr lang nicht ansprechbar gewesen – sein Geist war gefangen in etwas, das er den *üblen Ort* nannte. Er hat nie erklärt, was genau das war, nur, dass es unbeschreiblich war. Er hat erzählt, dass er, als er sich erholt hatte, entschlossen gewesen war, die Wahrheit überall außer in Spielen zu finden.«

»Das hat er so gesagt?«
»Von jemandem mit einem IQ von hundertneunzig hörte sich das ganz natürlich an. Er hat mir erzählt, er wolle sich die Bildung aneignen, die zu erlangen er nie die Geduld oder die Zeit gehabt hatte.« Sie unterbrach sich und wartete darauf, dass die nächste Schmerzattacke vorbeiging.
Balenger sah nach unten, um ihr einen unbeobachteten Moment zu geben.
Sie holte Atem und sprach weiter. »Jonathan ging zunächst an die philosophische Fakultät, da er dort die Wahrheit am ehesten zu finden glaubte. Er hat Heraklit, Parmenides, Sokrates, Plato und Aristoteles studiert. Kennen Sie sich aus in der Philosophie?«
»Ich weiß fast gar nichts.«
»Manche Philosophen vertreten die Ansicht, dass die Gebäude und Bäume und der Himmel rings um uns so gegenstandslos sind wie Schatten in einer Höhle. Andere meinen, die Wirklichkeit ist so solide wie ein Stein, den ein Mensch im hellen Sonnenlicht mit dem Fuß anstößt. Jonathan war der Ansicht, die ganze Diskussion sei überflüssig. Für ihn war offensichtlich, dass diejenigen recht haben, die die ganze Welt für einen Traum halten. Für ihn war die Welt der Einbildungskraft viel lebendiger als die sogenannte äußere Wirklichkeit – etwas, das jeder Spieleentwickler und jeder Spieler kennt.
Als Nächstes versuchte er es mit der Literatur, aber er hatte das Gefühl, dass die meisten Literaturdozenten sich als Angehörige der philosophischen oder politischen Fakultäten betrachteten. Nirgends hat er etwas über die hypnotische Macht gehört, mit der Geschichten ihn in eine Wirklichkeit entführten, die lebendiger war als die angeblich so feste Wirklichkeit rings um ihn.

Dann versuchte er es mit Geschichte. Verstehen Sie mich richtig, er hat sich nirgends eingeschrieben. Er ist einfach nur durch die Gänge gegangen und vor den Hörsälen stehengeblieben, in denen von etwas geredet wurde, das ihn interessierte. Er hat mir erzählt, dass er auf diese Art Vorlesungen über den Mord an Julius Cäsar und die normannische Eroberung Englands und die Ermordung der Prinzen im Londoner Tower und den Hundertjährigen Krieg und die fast eine Million Toten des Sezessionskriegs gehört hatte. Er betrachtete nichts von alldem als Wahrheit. Jeder Augenzeugenbericht von einem Ereignis war voreingenommen, die darauf basierenden Berichte waren es noch mehr. Das alles waren nur Geschichten, wie er zu mir sagte. Schatten. Es gab keine Möglichkeit, zu beweisen, dass es tatsächlich passiert war. Aber die Handlung war faszinierend, und sie lenkte ihn von seinen Alpträumen ab.
Er war willens, noch mehr Gänge abzuklappern und Geschichten über das Attentat auf Erzherzog Ferdinand und den Einsatz von Chlorgas im Ersten Weltkrieg und die Todeslager des Zweiten Weltkriegs zu hören, als er irgendwann vor meinem Hörsaal stehenblieb und mich über die Grabkammer weltlichen Begehrens reden hörte. In diesem Augenblick änderte sich sein Leben, hat er mir erzählt. Er hat mir nie erklärt, wieso, aber in den nächsten drei Monaten hat er in meinen Seminaren gesessen und mich in den Bürozeiten besucht. Wir haben uns zum Frühstück getroffen oder sind am Nachmittag auf dem Washington Square spazieren gegangen.«
Ihr Gesicht wirkte grauer als zuvor; die Emotionen zwangen sie, eine Pause zu machen.
»Mein Mann war kurz zuvor gestorben. Ich habe keine Kinder. Er war wie ein Sohn für mich. Jonathan hat mir beige-

bracht, dass die Phantasiewelt eines Spiels realer sein konnte als der Kummer, dem ich zu entfliehen versuchte. Dann kam der erste Schock mit meinem Krebs, und Jonathan zeigte mir, dass Spiele die Zeit nicht vergeudeten, sondern eher verlängerten. Die Geschwindigkeit der zahllosen Entscheidungen, die getroffen werden müssen, teilt jede Sekunde in Fragmente auf und füllt sie bis an die Grenze des Möglichen. Am Ende ist er wieder zu den Spielen zurückgekommen. Er tat den nächsten Schritt in seiner Evolution, wie er es nannte, und entschied, dass in den Spielen die Bedeutung lag, die die Philosophen nicht hatten erkennen können. In ihnen lag die Wahrheit.« Professor Graham holte tief Luft und griff in ihre Handtasche, um ein Pillenröhrchen herauszuholen. Sie schluckte zwei Pillen mit etwas Tee und sah dann wieder Balenger an. »Er und seine Schwester ...«

Balenger setzte sich aufrechter hin. »Moment mal. Er hat eine Schwester?«

»Sie ist größer als er und dunkel – Jonathan selbst ist blond.«

Balenger fragte rasch: »Trägt sie die Haare in einem Knoten? Eher herbes Gesicht? Kein Make-up?«

»Ich bin ihr nur ein paarmal begegnet, aber ja, sie gibt sich große Mühe, unscheinbar auszusehen. Kennen Sie sie?«

Die Erinnerung an ihre Begegnung erfüllte Balenger mit Wut. »Sie hat mir erzählt, sie hieße Karen Bailey.«

»Ihr Vorname ist wirklich Karen. Sie und Jonathan sehen ganz unterschiedlich aus, weil sie nicht denselben Vater haben. Ihre Mutter war ziemlich freizügig. Der Mann, bei dem sie aufgewachsen sind, war nicht ihr Vater, aber er hat eine Weile mit der Mutter zusammengelebt, und als sie ihn verlassen hat, hat sie die Kinder auch verlassen. Er behielt die Kinder als Köder in der Hoffnung, sie würde ihretwegen

zurückkommen und er könnte sie zum Bleiben überreden.«
Professor Graham wappnete sich sichtlich, bevor sie weitersprach. »Der Stiefvater war ein Trinker. Ein gewalttätiger Trinker. Jonathan hat mir erzählt, dass er den Mann niemals aus den Augen gelassen hat, weil er nie wissen konnte, wann der nächste Wutanfall kommen würde. Der Stiefvater war außerdem auf eine unnatürliche Art an Karen interessiert, die ihrer Mutter so ähnlich sah, dass es gefährlich war, sie mit ihm allein zu lassen. Deshalb gibt sie sich so viel Mühe, unattraktiv auszusehen, obwohl ich das Gefühl habe, sie könnte durchaus attraktiv sein. Sie ist wild entschlossen, männlicher Aufmerksamkeit aus dem Weg zu gehen.
Karen wurde zu einer Ersatzmutter für Jonathan, während er sie seinerseits schützte, indem er die Wut des Stiefvaters auf sich zog und ihn damit von Karen ablenkte. Sie versteckten sich, wann immer es möglich war. Aus reiner Boshaftigkeit schloss er sie ein, wenn er sie irgendwo gefunden hatte – in einem Abstellraum oder dem Keller zum Beispiel. Jonathan hat mir erzählt, dass er und seine Schwester einmal drei Tage in einem Verschlag zugebracht haben, den sein Stiefvater zugenagelt hatte. Keine Nahrung, kein Wasser, keine Toilette. In der Dunkelheit erfand Jonathan Fantasy-Spiele, etwas in der Art von *Dungeons and Dragons*. Er und Karen flüchteten in die Alternativwelt, die er geschaffen hatte.«
Balengers Unterarm schmerzte stärker. Noch während er gespannt zuhörte, konnte er nicht aufhören, ihn zu reiben.
»Das einzig Gute, das der Stiefvater jemals tat, war, den Kindern ein Videospielgerät zu kaufen. Das war Ende der siebziger Jahre; die Geräte damals schloss man an den Fernseher an. Jonathan war noch ein Kind, aber er hat das Gerät auseinandergenommen, herausgefunden, wie es funktio-

nierte, und es verbessert. Irgendwann ist der Stiefvater an einem Leberschaden gestorben, und die Kinder kamen zu Pflegeeltern, aber sie sind nie länger als ein halbes Jahr bei einer Familie geblieben. Karen und Jonathan hatten etwas an sich, das ihren Pflegeeltern unheimlich war. Es lief darauf hinaus, dass die Kinder nur zueinander und zu den Spielen, die Jonathan erfand, einen Zugang hatten.
Als 1985 Nintendo herauskam, war er einer der Programmierer – er arbeitete in den Computerräumen der zahlreichen Highschools, die er und Karen besuchten. Er hatte seinen Spaß an dem Gedanken, dass die Typen, die ihm in der Schule das Leben zur Hölle machten, hinterher wahrscheinlich nach Hause gingen und die von ihm entwickelten Spiele spielten, ohne eine Ahnung zu haben, wer ihr Schöpfer war. Viele der bedeutendsten Fortschritte in der Spieltechnologie gehen auf ihn zurück. So konnte man sich in den frühen Computerspielen zum Beispiel nur nach rechts, links, oben und unten bewegen. Jonathan war der Erste, der die Bewegung weiter ins Bild hinein und wieder zurück hinzufügte. Er war auch der Erste, der Hintergründe übereinanderlegte. Beide Techniken trugen zu der Illusion der Dreidimensionalität bei.«
Die Schmerzen ließen sie innehalten.
»Ich weiß, dass Ihnen dies sehr schwerfallen muss«, sagte Balenger.
»Aber ich will Ihnen helfen. Sie müssen das mit *Infinity* verstehen.«
»Was?«
»In den früheren Spielen gab es immer nur eine begrenzte Anzahl von Variationen, die ein Spieler durchspielen konnte. Die Handlung spielte sich innerhalb eines vorhersagbaren, geschlossenen Systems ab. Aber Jonathan hat ein

Spiel namens *Infinity* geschaffen, in dem zwei Raumschiffe einander durchs Universum jagen. Er erzählte mir, er hätte es als Reaktion auf die drei Tage entwickelt, die er und Karen in diesem Verschlag verbracht haben. Das Spiel erweckt den Eindruck, dass die beiden Raumschiffe sich unbegrenzt in jede denkbare Richtung weiterbewegen können und dabei ständig neue Wunder entdecken. Er hat im Scherz zu mir gesagt, er wünschte sich, dass ein Spieler um einen Kometen herumjagt und erwartet, Gott zu treffen.«

»Infinity.« Balenger wurde bei dem bloßen Gedanken schwindlig. »Hört sich an, als könnte der Spieler in dem Spiel verschwinden.«

»Und genau das ist Jonathan passiert.« Professor Graham schloss einen Moment die Augen. »Spieleschöpfer sind besessen. Es ist für sie gar nicht ungewöhnlich, bis zu vier Tage und Nächte lang am Stück zu arbeiten, ohne zu schlafen. Sie leben von Doritos und Jolt-Cola. Wenn Jonathan etwas Abwechslung wollte, hat er starken Kaffee getrunken, den er mit Coca Cola gesüßt hatte, hat er mir erzählt.«

»Aber so lange nicht zu schlafen kann einen Menschen psychotisch werden lassen«, sagte Balenger.

»Wenn er in diesen viertägigen Visionen steckte, hat seine Schwester über ihn gewacht. Das nämlich waren es – Visionen. Jonathan schrieb Computercodes wie andere Leute Texte. Die Patente und Tantiemen haben ihm insgesamt über hundert Millionen Dollar eingebracht. Aber an dem Geld hat ihm nie gelegen. Wichtig waren die Spiele. In dieser Branche steht man ständig unter Druck, die Entwürfe weiterzuentwickeln zur nächsten Stufe – und dann zur übernächsten. Jonathan war entschlossen, das ultimative Spiel zu entwickeln, etwas, das kein anderer Spieleschöpfer jemals übertreffen konnte. Während Karen ihn bemutterte, ließ er sich auf neue Visionen ein, in denen er noch länger ohne Schlaf ausgekommen ist. Fünf Tage. Sechs. Bis dann endlich der Zusammenbruch kam, vor dem Karen sich schon immer gefürchtet hatte.«

Balenger konnte das Brennen und das geschwollene Gefühl in seinem Arm nicht mehr ertragen. Er schob den Jacken- und den Hemdsärmel zurück. Der Anblick des rotentzündeten Abszesses erschreckte ihn.

Professor Graham sah alarmiert darauf hinunter. »Sie sollten in ein Krankenhaus gehen. Das sieht nach einer Blutvergiftung aus.«

»Es fühlt sich an, als wäre da etwas ...«

»Als wäre da was?«

Unter der Haut, dachte er entsetzt. »Warten Sie einen Moment.« Er schob sich an den Tischen vorbei zu der Tür mit der Aufschrift TOILETTE – HERREN. Im Waschraum sah er Turnschuhe unter der geschlossenen Tür einer der Kabinen. Am Waschbecken angelangt, zog er das Jackett aus und hängte es sich über die rechte Schulter. Er rollte den linken Hemdsärmel auf bis ganz nach oben, holte tief Atem und begann die Schwellung zusammenzudrücken.

Der brennende Schmerz entlockte ihm ein Stöhnen. Gelbe Flüssigkeit drang hervor. Er drückte weiter. Jetzt war aus der gelben Flüssigkeit ein Rinnsal geworden, das sich allmählich rot färbte. *Gut*, dachte Balenger. Ich muss das Ding zum Bluten bringen. Ich muss rauskriegen, was da drin vor sich hin eitert.

Er biss sich auf die Lippen vor Schmerz. Etwas Schwarzes erschien. Klein. Dünn. Viereckig. Metallisch. Er quetschte, bis der Gegenstand an die Oberfläche gekommen war. Er nahm ihn mit der Kuppe des Zeigefingers und hielt ihn hoch ins Licht der Deckenbeleuchtung.

Himmeldonnerwetter, dachte er. Er verstand nichts von Elektronik, aber er konnte sich nur einen einzigen Grund vorstellen, warum man ihm den Gegenstand unter die Haut geschoben hatte. Um seine Bewegungen nachverfolgen zu können.

Er war wütend, als er das Ding in ein Taschentuch wickelte und in die Jackentasche schob. Er machte sich daran, das Loch in seinem Arm mit Seife auszuwaschen. Er spülte die Seife ab. Er seifte den Arm wieder ein. Er hatte das Gefühl, er würde sich nie wieder sauber fühlen.

3

Professor Graham saß mit gesenktem Kopf da, als Balenger an den Tisch zurückkehrte. Als sie aufsah, war ihr Gesichtsausdruck müde. »Ihr Arm?«, erkundigte sie sich.

Balenger nahm den BlackBerry aus der Tasche und versuchte, seine Stimme ruhig zu halten. »Ich hab ihn gewaschen, aber davon sieht die Entzündung nur noch schlimmer aus. Sie haben recht. Sobald wir hier fertig sind, gehe ich in ein Krankenhaus.«

Er musterte das Gerät. Es war silberfarben mit dunkelgrauem Deckel. Das Display war größer als bei einem gewöhnlichen Handy. Neben den vielen Buchstaben- und Zahlentasten hatte es eine Taste ganz oben und ein Rad und eine weitere Taste auf der rechten Seite. Er war sich sicher, dass es mit einer Abhörvorrichtung ausgestattet war. Und außerdem vielleicht auch noch mit einem Gerät zur Personenortung, dachte er, als Backup für das Ding, das mir das Arschloch in den Arm implantiert hat.

»Wie schalte ich das Teil ein?«
Er versuchte es mit der Taste ganz oben. Das Display leuchtete sofort auf. Die Deckenbeleuchtung des Coffeeshops machte es schwierig, die Symbole auf dem Schirm zu erkennen, aber er stellte fest, dass das Bild klarer wurde, wenn er das Gerät in einem Winkel von den Lampen weg hielt. In der rechten oberen Ecke blinkte ein roter Pfeil. Ein paar Sekunden später begann ein grünes Licht zu blinken.
»Sieht so aus, als könnte ich Anrufe empfangen.«
Der BlackBerry klingelte.
Balenger verspannte sich. Auf zwei Tasten waren Telefonhörer, einer rot, der andere grün. Bei Grün geht's los, dachte Balenger und drückte auf die Taste.
»Wo ist Amanda?«, fragte er ins Telefon.
»Weißt du, was ein Avatar ist?«, fragte eine Männerstimme zurück. Sie klang sonor wie die eines Nachrichtensprechers.
Die Wut drohte Balenger zu überwältigen. Nach all den Hindernissen sprach er endlich mit dem Mann, der Amanda entführt hatte und für all die Furcht und den Kummer verantwortlich war. Er dachte an Ortega und das Blut, das dem Toten aus dem Mund geronnen war. Er wollte Beleidigungen brüllen, Eide schwören, dass er sich auf die grausamste denkbare Art rächen würde. Aber seine militärische und polizeiliche Ausbildung warnte ihn – er konnte alles verlieren, wenn es ihm nicht gelang, die Kontrolle zu behalten.
»Ein Avatar?«, fragte er bitter ins Telefon. »Ich fürchte, nein.«
»Amanda weiß, was das ist.«
Balenger blieb ruhig. »Ist sie verletzt?«
Die Stimme zögerte so lange, dass Balenger zu fürchten begann, die Verbindung sei abgebrochen. »Nein.«

»Wo ist sie?«
»Das musst du herausfinden.«
»Um das Spiel zu gewinnen? Wirst du sie dann freilassen?«
»Du musst mehr tun, als Amanda zu finden, um das Spiel zu gewinnen.«
Von dem Hämmern seines Herzens wurde ihm fast übel. Balenger ging auf, dass Professor Graham die Stimme möglicherweise identifizieren und ihm bestätigen konnte, dass er mit Jonathan Creed sprach. Er hielt das Telefon zwischen sie beide.
»Du hast einen Avatar erwähnt«, sagte Balenger. »Sag mir, was das ist.«
»Ein Gott in körperlicher Gestalt.«
Professor Graham lauschte.
»Du bist mein Avatar«, fuhr die Stimme fort.
»Bedeutet das, dass du Gott bist?«
»Ich bin der Gamemaster.«
Balenger spürte Schmerz in seinem Kopf pochen.
»Scavengerthegame-dot-com«, sagte der Gamemaster.
»Was ist damit?«
»Du bist dir klar darüber, dass ein BlackBerry auf das Internet zugreifen kann? Verwende das Rad an der Seite zum Scrollen – bis zu einem Icon in Form einer Erdkugel. Dann drückst du auf das Rad und hast eine Verbindung zum Internet. Dein BlackBerry ist UMTS-fähig. Eigentlich müsstest du schnell auf die Website kommen.«
»Internet? Website? Wovon redest du? Was werde ich da sehen?«
Das Gerät verstummte; die Verbindung war weg. Balenger drückte auf das rote Symbol, um das Gespräch auch an seinem Ende zu beenden.
»Das war nicht Jonathan«, sagte Professor Graham.

»Das muss er gewesen sein. Alles weist darauf hin ...«

»Ich habe Ihnen doch erzählt, Jonathan hat eine dünne, schwächliche Stimme. Diese Stimme klang so, als gehörte sie zu einem Nachrichtensprecher.«

Balenger konnte nicht glauben, dass er sich geirrt haben sollte. »Vielleicht ist sie künstlich verzerrt. Mit Filtern und Verstärkern kann man eine Menge erreichen.«

Balenger führte die Anweisungen aus, die er erhalten hatte, um auf das Internet zuzugreifen. Es kostete ihn mehrere frustrierende Minuten, um sich mit den Tasten vertraut zu machen. Der BlackBerry verwendete ein Stundenglas-Symbol, um ihm mitzuteilen, dass er die eingegebene Information verarbeitete. Das Symbol erinnerte ihn an das halb mit Blut gefüllte Stundenglas auf der CD-Hülle, in der das Spiel *Scavenger* gesteckt hatte.

Und jetzt erschien die Spielehülle auf dem Display. Unvermittelt machte das Stundenglas einer Reihe von Standbildern Platz, die Amanda bei der Verfolgung einer weiteren Frau zeigten. Balenger hatte das Gefühl, dass seine Adern anschwollen. Er hatte noch niemals gebannter auf etwas gestarrt.

Amanda trug einen blauen Overall und eine Baseballkappe. Die andere Frau trug Grau. Sie waren im Freien; im Hintergrund waren Berge zu erkennen. Amandas Mund war offen, als schreie sie.

Ein roter Fleck füllte das Display. Balenger brauchte einen Moment, bis ihm aufging, dass das Bild eine Explosion zeigte. Klumpen hingen in der Luft. Körperteile. Eine Hand. Ein Schädelfragment. Blut. Es war noch surrealer, weil es keinen Ton dazu gab.

Sein Magen schien sich mit Eis gefüllt zu haben. Mein Gott, ist das ein Foto, auf dem Amanda von einer Explosion getötet wird?, dachte er. Das nächste Bild zeigte ihm, wie sie fassungslos die Explosion anstarrte. Die Erleichterung ging wie eine Woge durch ihn hindurch, obwohl das Entsetzen in ihrem Gesicht jetzt zu seinem Entsetzen wurde.

Was sehe ich da eigentlich?, dachte er.

Das Display wurde dunkel. Eine Sekunde später erschienen die Worte DIE SITE WURDE AUS DEM NETZ GENOMMEN.

Balengers Finger schmerzten, so heftig umklammerte er den BlackBerry.

»Was ist?«, fragte Professor Graham. »Was haben Sie gesehen?«

»Die Hölle.«

Der BlackBerry klingelte.

Balenger drückte auf die grüne Taste. Mehr denn je wünschte er sich, seiner Wut Ausdruck verleihen zu können. Stattdessen zwang er sich zum Schweigen.

»Du hast es einer Technologie namens Surveillance LIVE zu verdanken, dass du diese Webcam-Aufnahmen sehen kannst. Sie wurden vor einigen Stunden gemacht«, sagte die Stimme.

Balenger konnte kaum atmen. »Stunden? Dann kann ich nicht wissen, ob Amanda noch am Leben ist.«

»Das ist sie.«

»Angenommen, du sagst nicht die Wahrheit.«

»Dann wäre das Spiel fehlerhaft. Die Regeln sind unumstößlich. Eine davon lautet, dass ich nicht lüge. Und hier wäre noch eine Regel. Sie ist sehr wichtig. Von jetzt an keine Polizei mehr, verstehst du?«

Eine Sekunde lang brachte Balenger kein Wort heraus. »Ja.«

»Kein FBI, keine Gesetzeshüter, keine Freunde bei der Army, nichts dergleichen. Am Anfang war es nur natürlich, dass du zur Polizei gegangen bist. Jetzt nicht mehr. Wir haben innerhalb des Spiels einen neuen Level erreicht. Jetzt bist du allein. Hast du mich verstanden? Sag's.«

Die Worte kamen nur mühsam. »Ich habe dich verstanden.«

»Du bist mein Avatar. Über dich nehme ich am Geschehen teil. Ich spende dir Beifall. Ich will, dass du gewinnst.«

»Blödsinn.«

»Doch, wirklich. Ich möchte, dass du die entführte Jungfrau rettest und dich durchkämpfst bis zum höchsten Level, wo du das Geheimnis aufdecken wirst.«

»Die Grabkammer weltlichen Begehrens?«

»Und alles, für das sie steht. Ich übertreibe nicht, wenn ich dir sage, dass es der Sinn des Lebens ist. Wenn du die Jungfrau rettest und die Grabkammer findest, bist du würdig, das Geheimnis zu erfahren. Ich kenne dieses Geheimnis schon, aber ich will seine Entdeckung noch einmal erleben. Über dich.«

»Ich dachte, das Spiel wäre vorbei. Ich dachte, es dauert vierzig Stunden und ist heute Nachmittag um fünf zu Ende gegangen.«

»Nein. Für dich hat *Scavenger* heute Morgen um zehn begonnen. Du hast jetzt weniger als einunddreißig Stunden, um es abzuschließen.«

»Scavenger.« Das Wort brachte eine tödliche Kälte mit sich. »Und was passiert, wenn ich es nicht schaffe, innerhalb der verbleibenden Zeit Amanda zu retten und das Geheimnis aufzudecken?«

Die Verbindung war tot.

4

Draußen vor dem Coffeeshop verdeckten Gebäude die sinkende Sonne. Der Himmel hatte einen Orangeton angenommen, aber der untere Broadway lag schon so weit im Schatten, dass die Autos mit Licht fuhren.

Balenger steckte den BlackBerry in die Hosentasche und klopfte mit den Fingern dagegen, damit der Gamemaster nicht hören konnte, was er Professor Graham fragte. »Wie finde ich das Tal, von dem Sie gesprochen haben? Wo liegt Avalon? Wo soll diese Grabkammer weltlichen Begehrens angeblich sein? Sie haben Wyoming und die Wind-River-Bergkette erwähnt.«

Professor Graham wirkte erschöpft. »Avalon gibt es nicht mehr. Es eine Geisterstadt zu nennen wäre schon zu viel der Ehre. Cottonwood existiert auch nicht mehr. Sogar mit Unterstützung der Wyoming Historical Society habe ich einen Monat gebraucht, um das Tal zu identifizieren, in dem Reverend Owen Pentecost aufgetaucht ist.«

»Wo ist es?«

»Der nächste größere Ort ist Lander. Das Tal liegt achtzig Kilometer nördlich davon am östlichen Rand der Berge.«

Balenger klopfte weiterhin an seine Tasche und den BlackBerry darin. »Wie kriege ich raus, ob ich den richtigen Ort gefunden habe?«

»Es ist in der ganzen Gegend das einzige Tal mit einem See. Jeder Laden mit Wander- und Jagdbedarf in Lander verkauft Karten von der Gegend; Sie dürften eigentlich keine Probleme haben, es zu finden.«

»Sind Sie dort gewesen?«

»Vor sieben Jahren. Den ganzen Juli habe ich mit der Suche

nach der Grabkammer verbracht. Manchmal habe ich mich gefragt, ob die überhaupt nur in Donald Reichs Fieberphantasien existiert hat. Jonathan hat auch versucht, sie zu finden.«

»Und?«

»Ich bin sicher, wenn er sie entdeckt hätte, hätte er mir davon erzählt.«

Vielleicht, dachte Balenger.

Er legte ihr sanft die Hand auf die Schulter. »Danke.«

Ihr Achselzucken hatte etwas Resigniertes.

Er küsste sie auf die Wange.

Sie mochte errötet sein; es war schwer zu sagen. »Das hat schon lang niemand mehr getan«, sagte sie.

»Dann bin ich stolz darauf, mir die Freiheit genommen zu haben.« Er winkte ein Taxi heran und gab dem Fahrer zwanzig Dollar. »Passen Sie gut auf meine Freundin auf.«

Er sah zu, wie das Taxi im lebhaften Verkehr des Lower Broadway verschwand. In der Straße reihte sich Geschäft an Geschäft. Er ging zu einem Geldautomaten, schob seine Karte in den Schlitz und gab den höchsten Betrag ein, den er auf einmal abheben konnte – fünfhundert Dollar.

Dann ging er die Straße entlang bis zu einem Telefonladen. In dem Geschäft begann er wieder an die Tasche zu klopfen, damit der Gamemaster die Unterhaltung nicht mitverfolgen konnte. »Haben Sie BlackBerrys?«

»Na klar.« Der Angestellte trug Pferdeschwanz und einen Ohrring. »Hier hinten.«

Das Modell, das Balenger sich aussuchte, glich dem Gerät, das der Gamemaster ihm hatte zukommen lassen.

»Gute Wahl«, sagte der Angestellte. »Das neueste Modell. Kostet dreihundert Dollar, aber wenn Sie die Quittung einschicken, kriegen Sie als Sonderaktion hundert Dollar zurück.«

»Schon okay, solange Sie's mir gleich jetzt aktivieren.«
»Kein Problem.«
Kein Problem? In welchem Universum gilt diese Aussage?, dachte Balenger.
»Ich muss außerdem ein Webcam-Programm namens Surveillance LIVE verwenden können.«
»Das ist ein Download, der kostet extra. Sie machen das über Ihren Computer zu Hause und überspielen es dann auf den BlackBerry.«
»Aber ich verreise, und ich werde dort keinen Computer haben«, sagte Balenger. »Ich zahle Ihnen hundert Dollar in bar, wenn Sie's mir gleich jetzt runterladen.«
»Ganz entschieden kein Problem. Wieso trommeln Sie eigentlich dauernd auf Ihre Hosentasche?«
»Nervöse Angewohnheit.«
Zehn Minuten später überreichte der Angestellte Balenger den BlackBerry. »Alles drauf. Sie werden die Akkus demnächst aufladen müssen. Hier sind Kabel, Hülle und das übrige Zeug, das mitgeliefert wird.«
»Und hier sind Ihre hundert Dollar. Es macht Spaß, mit jemandem zu tun zu haben, der seinen Job beherrscht.« Balenger bezahlte das Gerät mit einem Scheck und verließ den Laden. Erst danach hörte er auf, an seine Hosentasche zu trommeln. Er nahm das Telefon heraus. »Hey, hörst du gerade zu? Notier dir die folgende Telefonnummer.« Er diktierte die Nummer seines neuen BlackBerry.
Dann warf er den BlackBerry des Gamemasters in einen Abfalleimer und versuchte dabei den Geruch nach alten Pommes zu ignorieren. Er zog das Taschentuch mit dem Ortungsimplantat heraus, das er aus seinem Arm entfernt hatte. Er sah einen wohnsitzlosen Mann, der eine Karre mit Tüten und alter Kleidung den Gehweg entlangschob.

»Hier sind zwanzig Dollar«, sagte Balenger. »Kaufen Sie sich was zu essen.«
»Ich brauche Ihr Mitleid nicht.«
»Nehmen Sie sie trotzdem. Sparen Sie sie auf für schlechte Zeiten.« Er schob dem Mann den Zwanzigdollarschein in die Tasche und dazu den Chip. »Schönen Abend.«
»Yeah, die haben mir eine Suite im Sherry-Netherland reserviert.«
Balenger winkte ein Taxi heran und stieg ein. »Teterboro Airport«, sagte er.
»Ich weiß nicht, wo das ist«, sagte der Fahrer unter seinem Turban.
»Ich auch nicht. Irgendwo in New Jersey, wenn Ihnen das hilft.«
Der Fahrer murmelte etwas.
»Ich zahle Ihnen den doppelten Fahrpreis, wenn Sie mich schnell hinbringen.«
Der Fahrer griff nach seinem Funkgerät.

5

Teterboro ist ein sogenannter Entlastungsflugplatz, der den großen kommerziellen Flughäfen der Umgebung zusätzlichen Betrieb erspart, indem er Startbahnen und Hangars für Firmen- und Privatflugzeuge bietet. Das war alles, was Balenger über ihn wusste, aber während der knapp zwanzig Kilometer langen Fahrt von Manhattan aus verwendete er den Internetanschluss seines BlackBerrys, um mehr herauszufinden.
Er ging davon aus, dass es keine kommerziellen Direktflüge

vom JFK, vom La Guardia oder vom Newark Airport aus nach Lander, Wyoming gab. Die Websites mehrerer Fluglinien bestätigten ihm diese Vermutung. Er würde nach Chicago oder Denver fliegen und dann einen Anschlussflug nehmen müssen, aber es gab bis zum Morgen keine freien Plätze mehr in einem dieser Flugzeuge. Außerdem hatte Lander selbst keinen kommerziellen Flugplatz. Der nächstgelegene Flughafen für Linien wie United war in Riverton, etwa eine halbe Autostunde von Lander entfernt. Auf diese Weise würde er Lander frühestens am Nachmittag erreichen – wahrscheinlich sogar deutlich später. Zu viel vergeudete Zeit. Der größte Teil seiner verbleibenden einunddreißig Stunden – halt, Korrektur: dreißig Stunden – würde dann vergangen sein.

Es gab nur eine Möglichkeit. Das Taxi fuhr durch eine Kontrollsperre und setzte Balenger an dem Terminal der Jet Aviation ab, einer der großen Charter- und Lagerfirmen von Teterboro. Der Himmel war schwarz, als er dem Fahrer den versprochenen Aufschlag zahlte und im grellen Lampenlicht auf das schimmernde, fünfstöckige Gebäude zuging. Das hellbeleuchtete Innere sah aus wie die First-Class-Lounge eines kommerziellen Flughafens.

Ein sympathisch aussehender Mann im Anzug kam auf ihn zu. »Mr. Balenger?«

Sie gaben sich die Hand.

»Eric Gray. Ich habe den Flug auf die Kreditkarte gebucht, deren Nummer Sie mir telefonisch durchgegeben haben. Der Jet wird gerade betankt. Nur um Missverständnisse zu vermeiden, die Kosten betragen dreitausend Dollar pro Stunde.«

»Wie abgemacht.« Balenger hatte mit Fragen darüber gerechnet, warum er so schnell einen Flieger brauche und warum er kein Gepäck habe, aber jetzt ging ihm auf, dass Leute, die sich einen solchen Luxus leisten konnten, nicht daran gewöhnt waren, Erklärungen abzugeben.

»Wir haben Ihren Namen mit der Security-Liste abgeglichen.« Eric lächelte. »Sie werden sicher gern hören, dass Sie weder als Terrorist geführt noch wegen irgendwas polizeilich gesucht werden.«

Balenger brachte es fertig, das Lächeln zu erwidern. »Gut zu wissen.«

Sie gingen durch eine Glastür und standen auf einer asphaltierten Fläche, die auf beiden Seiten von Hangars flankiert wurde. Eric zeigte nach rechts. »Das da drüben ist Ihr Jet. Die Lear 60.« Es war eine kleine, schnittige Maschine. »Sie sind fast fertig.«

»Danke.«

Der BlackBerry klingelte. Er hatte schon während der Fahrt zum Flugplatz mehrfach geklingelt, aber Balenger hatte sich geweigert, den Anruf anzunehmen. Jetzt nahm er das Gerät im grellen Licht der Flugplatzbeleuchtung aus dem Etui am Gürtel.

Eric zog sich in das Terminalgebäude zurück, um ihn ungestört sprechen zu lassen.

»Genau wie diese Website, auf die du mich da geschickt hast, habe ich nur eine Minute Zeit für dich«, sagte er bitter ins Telefon.

»Du hast Unmögliches fertiggebracht – an einem Ort zu bleiben und gleichzeitig in Bewegung zu sein«, sagte die Stimme.

»Der frisierte BlackBerry, den du mir da hast zukommen lassen, liegt in einem Mülleimer. Der Ortungschip aus meinem Arm steckt in der Jackentasche eines wohnsitzlosen Mannes, der den Broadway entlanggeht.«

»Aber wie sollst du meinen Avatar geben, wenn ich deine Bewegungen nicht mitverfolgen kann? Ich möchte wissen, wo du bist.«

»Und ich will *das* hier wissen. Warum Amanda? Warum wir beide?«

»Das Paragon Hotel.«

»Wir haben noch nicht genug durchgemacht? Du willst uns noch mehr antun?«

»Ich habe Spieler gebraucht, die des Spiels würdig sind, Leute, die bewiesen haben, dass sie sich aufs Überleben verstehen. Du und Amanda, ihr habt bemerkenswerte Kraft und Findigkeit bewiesen. Der Prototyp von *Scavenger* kann ohne euch nicht gelingen.«

»Prototyp? Um Gottes willen, du willst mir doch nicht erzählen, dass du dir einbildest, du kriegst für dieses Ding eine Lizenz?«

»Im Jahr 1976 gab es in den Spielhallen ein Spiel namens *Death Race*. Der Spieler fuhr zu einem Geisterfriedhof. Strichmännchen erschienen auf der Straße. Sie stellten Geister dar, und Ziel des Spiels war es, Punkte zu sammeln, indem man sie überfuhr, woraufhin ein Kreuz auf dem Schirm erschien. Eine Frau erwischte ihren Sohn dabei, dass er es spielte, und war so entsetzt, dass sie eine Kampagne gegen Gewalt in Computerspielen ins Leben rief. *60 Minutes* und andere Nachrichtensendungen haben zu der Empörung beigetragen. Einzelne Bundesstaaten verabschiedeten Gesetze, die festlegten, wo Spielhallen betrieben werden durften – und alles nur wegen ein paar Strichmännchen, die auf dem Bildschirm zu Kreuzen werden. Und was hat es gebracht? Dass Computerspiele noch populärer wurden.

Im Jahr 1993 kam *Mortal Kombat* heraus. In diesem blutrünstigen Spiel konnte der Spieler in die Kehle eines erlegten Gegners greifen und ihm das Skelett herausreißen. Der Kongress setzte daraufhin durch, dass alle Spiele eine Altersfreigabe bekommen mussten, und versuchte, eine Zensur einzuführen. Nicht, dass es darauf angekommen wäre. Die unzensierte Version von *Mortal Kombat* wurde dreimal so oft verkauft wie die zensierte. Die heutigen Actionspiele sind noch heftiger. Die Spieler können Autos stehlen, Fußgänger überfahren, Polizisten erschießen und Prostituierte zusammenschlagen. Die Army hat zwei sehr lebhafte Nahkampfspiele in Auftrag gegeben, eins zu Rekrutierungs- und eins zu Trainingszwecken.«

»Deine Minute ist um«, sagte Balenger.

»Hast du mal den Film *Network* gesehen? Im Jahr 1976 glaubten die Zuschauer noch, das wäre eine Satire mit einer vollkommen überzogenen Handlung. Peter Finch spielt den Nachrichtenmoderator Howard Beale. Seine Einschaltquoten sind im Keller. In blanker Verzweiflung kündigt er an, er werde während seiner Sendung Selbstmord begehen, und plötzlich will alle Welt ihn sehen. Statt die Nachrichten zu präsentieren, verlegt er sich darauf, zu schimpfen und zu fluchen. Die Einschaltquoten steigen weiter. Heutzutage übernimmt die Unterhaltungsabteilung die Nachrichtensparte, und die Nachrichten werden manipuliert, damit sie dramatischer wirken. Das Programm wird zunehmend von Großmäulern beherrscht, die einander in Talkshows anbrüllen.«

»Schon okay, ich hab's kapiert. Du hast gerade den größten Teil der Nachrichtensendungen im Kabelfernsehen beschrieben.«

»Ob ich glaube, dass ich für *Scavenger* eine Lizenz bekomme? Nicht heute oder morgen. Auch nicht nächstes Jahr oder übernächstes Jahr. Aber ich kann dir garantieren, eines

Tages kriege ich sie. Weil die Grenze zwischen Realität und alternativer Wirklichkeit immer unklarer wird und die Dinge immer extremer werden.«

Im Hintergrund dröhnte ein abhebender Jet.

»Was war das für ein Geräusch?«, fragte die Stimme.

»Das bin ich. Ich komme dich holen.«

Balenger beendete das Gespräch.

6

Als der Learjet von der Startbahn abhob, hatte Balenger das Gefühl, in einem Rennwagen zu sitzen. Das Geräusch der beiden Motoren war gedämpft. Er spähte durch ein Fenster auf der rechten Seite und sah die Lichter der Meadowlands von New Jersey. Weiter entfernt spiegelten sich Lichter im Hudson River. Dahinter lag die strahlende Skyline von Manhattan. Unter anderen Umständen hätte er den Anblick faszinierend gefunden, aber jetzt erinnerte er ihn nur daran, wie weit entfernt Amanda war. Als der Jet nach Westen abdrehte, schloss er das Ladegerät des BlackBerrys an einem Spezialstecker an und lehnte sich in seinem Sitz zurück. Er fühlte sich klein und einsam.

Obwohl er keinen Hunger hatte, zwang er sich, in das Truthahnsandwich zu beißen, das er aus dem Terminalgebäude mitgebracht hatte. Iss, wann immer es dir möglich ist, rief er sich ins Gedächtnis.

Und versuch zu schlafen. Die Kabinenbeleuchtung war gedämpft. Er hatte das Gefühl, seit einer Ewigkeit auf der Flucht zu sein. Er gestattete sich selbst das Eingeständnis, wie erschöpft er war, zog die Schuhe aus und kippte die

Lehne nach hinten. Er warf einen Blick auf die Uhr. 21.14 Uhr. Man hatte ihm gesagt, der Flug nach Lander dauere etwas unter fünf Stunden. Das bedeutete, er würde dort gegen 02.14 Uhr New Yorker Zeit eintreffen – 0.14 Uhr Ortszeit.

Zeit, dachte er. Es rief ihm den Text auf der Rückseite der Spielhülle ins Gedächtnis. *Die Zeit ist der wahre Feind.* Wenn das Spiel um zehn Uhr vormittags begonnen hatte, wie der Gamemaster behauptete – sein Name ist Jonathan Creed!, dachte Balenger. Gebrauch seinen gottverdammten Namen! Aber Balenger konnte nicht anders, als ihn in Gedanken den Gamemaster zu nennen – dann waren jetzt schon über elf Stunden vergangen. Noch neunundzwanzig. Das Endspiel würde übermorgen um zwei Uhr morgens stattfinden.

Nein, dachte Balenger. Mit einem Schlag wurde ihm die fürchterliche Symmetrie des Zeitschemas klar. Er dachte immer noch in New Yorker Zeit. In Wyoming und angesichts der zwei Stunden Zeitunterschied würde das Endspiel morgen um Mitternacht stattfinden.

Er schloss die Augen; er wusste, dass er den Schlaf brauchte. Aber er konnte die fürchterlichen Bilder, die er auf dem Display des BlackBerrys gesehen hatte, nicht aus seinen Gedanken verbannen. Die Frau in dem grauen Overall, die Explosion, der rote Nebel, die fliegenden Körperteile. Amandas entsetztes Gesicht.

Ich bin bald da, dachte er und versuchte mit aller Macht, seine Gedanken auf sie zu lenken. Gib nicht auf. Kämpf weiter. Ich komme. Ich helfe dir.

Ihm war kalt. Er verschränkte die Arme über der Brust. Er konnte nichts tun, außer zu warten, und er konnte nicht aufhören zu zittern.

Level 7

Egoshooter

I

Der Wind erstarb. Amanda merkte, dass er nicht mehr an der Tür zerrte. Der Regen hielt an, fiel aber jetzt senkrecht nach unten und trommelte auf die Latten über ihnen. Sie gab ihrem Körper die Erlaubnis, sich zu entspannen, nur um wieder hochzuschrecken, als Viv murmelte: »Ein Masterabschluss in englischer Literatur? Von der Columbia? Ich hab mir sagen lassen, das ist ein ziemlich elitärer Laden.«

Versuchte Viv Konversation zu machen und sich auf diese Weise von dem abzulenken, was Derrick zugestoßen war?, überlegte Amanda. Oder wollte sie sie provozieren?

Sie erinnerte sich an den wütenden Blick, den Viv ihr zugeworfen hatte, als der Gamemaster ihre Ausbildung erwähnt hatte.

»Ich wäre gern aufs College gegangen, aber ich konnte mir die vorbereitenden Kurse nicht leisten«, sagte Viv.

Amanda fragte sich, ob gleich der nächste Streit ausbrechen würde. War dies Vivs Art, mit ihrem Kummer umzugehen – dass sie auf jeden Menschen losging, der sich gerade in Reichweite befand?

»Zum Teufel, ich weiß nicht mal, warum ich so wütend auf dich geworden bin.« Die unerwartete Bemerkung beruhigte Amanda. »Wahrscheinlich wäre ich ein hoffnungsloser Fall gewesen. Tatsächlich wollte ich einfach nur mit Derrick auf Berge klettern.«

Ein Regentropfen fiel durchs Dach.

»Kalt«, sagte Viv. Sie öffnete müde eine Wasserflasche. »Wir haben eine Menge Energie verbraucht. Achte darauf, dass du trinkst.«

Amanda hob die eine Flasche, die sie hatte, und genoss jeden einzelnen Schluck. »Das war's.«

»Lass den Verschluss offen und stell sie nach draußen. Ein bisschen Regen wird schon reinfallen. Und inzwischen teilen wir uns meine zweite Flasche. Wenn wir das hier überstehen wollen, müssen wir einander helfen.«

Der Gedanke war ermutigend, bis Amanda an Ray denken musste. Dann fiel ihr etwas ein, aber sie zögerte, das Thema anzusprechen. »Es gibt noch eine Wasserquelle.«

»Wo?«

»Es ist nicht einfach, darüber zu reden.«

»Sag's mir.«

»Derrick hat zwei Wasserflaschen.«

»Oh.« Es klang schwach.

»Eine hat er fast ausgetrunken, aber er hat eine volle Flasche in einer Tasche von seinem Overall.«

Viv antwortete nicht.

»Wir brauchen sie«, sagte Amanda.

»Ja.« Viv klang heiser. »Wir brauchen sie.« Ein ersticktes Geräusch drang aus ihrer Kehle. »Und das Hemd, das er unter dem Overall anhat. Und seine Strümpfe. Und seine Schnürsenkel. Alles, was wir verwenden können. Wenn wir noch einen Sturm überstehen müssen …«

Sie verschluckte ein Aufschluchzen.

»Das misslungenste Computerspiel aller Zeiten war die erste Videospielversion von *E. T.*«, sagte der Gamemaster unerwartet.

»Halt doch den Mund!«, schrie Amanda.

»Darin fiel der niedliche kleine Außerirdische in eine Grube. Aufgabe war natürlich, ihn dort wieder herausklettern zu lassen. Aber was die Spieler auch anstellten, sie konnten ihn nicht mehr aus der verdammten Grube holen. Es dauerte nicht lang, und die Spieler fühlten sich verladen. Millionen von Exemplaren wurden zurückgegeben oder blieben gleich in den Regalen liegen. Der ersten Computerversion von *Pac-Man* wurde ein ähnliches Schicksal zuteil. Sie funktionierte so schlecht, dass zwölf Millionen davon ins Lager zurückgingen. Der *E.T.*-Hersteller hatte es schließlich so satt, dass man in der Wüste von New Mexico eine gigantische Grube aushob – eine hübsche Ironie angesichts der Tatsache, dass das Hauptproblem des ersten *E.T.*-Spiels eine Grube gewesen war. Die Firma kippte die ganzen Spiele da hinein, verdichtete sie mit einer Dampfwalze und goss Beton darüber. *Das* hat mal eine Zeitkapsel gegeben. Eines Tages in ferner Zukunft, vielleicht wenn eine nukleare Katastrophe oder ein katastrophaler Klimawechsel den Betondeckel wieder freilegt, wird irgendjemand diese Millionen von Videospielen finden und sich fragen, was an denen so wichtig war, dass sie für die Nachwelt aufbewahrt wurden. *Pac-Man*. Ist euch jemals aufgefallen, dass das Spiel immer mit Pac-Mans Tod endet? Das Smiley-Männchen wird gefressen und löst sich auf. Wenn man genau hinsieht, enden viele Spiele tödlich. Aber die Spieler versuchen es trotzdem immer wieder, tun ihr Möglichstes, um das Unvermeidliche hinauszuzögern. Die Speichertaste erlaubt eine gewisse Unsterblichkeit. Die Spieler suchen sich ihren Weg durch die Hindernisse eines Spiels, bis eine gefährliche Entscheidung von ihnen verlangt wird. Sie speichern das bisher Erreichte ab. Dann tun sie den nächsten Schritt innerhalb des Spiels. Wenn ihr Avatar umkommt, kehren sie zu der gespeicherten Position zurück und versuchen es mit einer anderen Entscheidung – und noch einer anderen. Oder sie bezahlen für

Cheat-Codes, die es ihnen gestatten, das Spiel zu betrügen, Bedrohungen aus dem Weg zu gehen und im Spiel ein weiteres Leben zu erwerben. So oder so, der Avatar ist zu ständigen Wiedergeburten in der Lage. Im Spiel erreichen die Spieler, was ihnen im wirklichen Leben verwehrt bleibt. Unsterblichkeit.«

»Du Arschloch, bildest du dir vielleicht ein, du kannst die Speichertaste drücken oder einen Cheat-Code verwenden, um meinen Mann ins Leben zurückzuholen?«, brüllte Viv.

»Oder Bethany!«, schrie Amanda. »Glaubst du, du kannst sie zurückholen?«

»Ich habe in meinen Spielen niemals Cheat-Codes zugelassen. *Der unsichtbare Dritte*«, sagte die Stimme.

»Was?« Amanda schwirrte der Kopf bei dem plötzlichen Themenwechsel.

»Als ihr euch vorhin über den Mount Rushmore unterhalten habt, wollte ich euch eigentlich von der Hall of Records erzählen.«

Plötzlich ging Amanda auf, dass ihr der Kopf nicht nur deshalb schwamm, weil der Gamemaster abrupt das Thema gewechselt hatte. Sie atmete schwer. Die Luft in ihrem kleinen Unterstand war verbraucht; der Gehalt an Kohlendioxid stieg.

»Das Denkmal am Mount Rushmore wurde in den dreißiger Jahren während der Weltwirtschaftskrise in Angriff genommen«, erklärte der Gamemaster. »Die gemeißelten Gesichter der vier Präsidenten sollten die Unzerstörbarkeit der Vereinigten Staaten zum Ausdruck bringen – zu einer Zeit, in der das Land und die ganze Welt in Trümmer zu gehen schienen.«

Amanda stellte fest, dass auch Viv schwer atmete. »Wir müssen für frische Luft sorgen.«

Sie ließen die Tür ein Stück nach außen kippen. Amanda sog kalte, frische Luft tief in ihre Lungen. Dann prasselte ein Regenschwall ins Innere, und sie deckten den Eingang wieder ab.

»Ein paar von den Leuten, die für das Rushmore-Projekt verantwortlich waren, machten sich solche Sorgen um die Zukunft der Nation, dass sie eine Kammer entwarfen, die sogenannte Hall of Records. Ursprünglich sollte sie unterhalb des Denkmals eingebaut werden und als Aufbewahrungsort für die Unabhängigkeitserklärung und andere bedeutende Dokumente Amerikas dienen. Wenn Unruhen und Aufstände die Nation zerstören sollten, würden diese Schätze wenigstens geschützt sein.«

Amanda ließ den Kopf sinken. Furcht, Kälte und Müdigkeit hatten sie ausgelaugt. Sie konnte die Augen nicht mehr offenhalten.

»Aber als die Wirtschaft sich zu erholen begann und der Aufruhr in der Gesellschaft sich legte, wurde das Vorhaben aufgegeben.«

Im Halbschlaf merkte Amanda kaum noch, dass das gelegentliche Tröpfeln von Wasser durch das Dach nachgelassen hatte. Das Geräusch des Regens wurde schwächer.

»1998 versiegelte eine Gruppe von Historikern dann schließlich die Dokumente über die Geschichte des Denkmals von Mount Rushmore in dem kleinen Teil der Hall of Records, der ein halbes Jahrhundert zuvor fertiggestellt worden war.«

Das Rauschen des Regens war verstummt.

»Wieder eine Zeitkapsel«, flüsterte der Gamemaster.

2

Hunt Field Airport, Lander, Wyoming, zehn Minuten nach Mitternacht.

Als der Learjet auf der Landebahn aufsetzte, starrte Balenger zum Fenster hinaus zu den Lichtern am Boden hinüber; die Landebahn glänzte von dem kurz zuvor gefallenen Regen. Vor dem Abflug von Teterboro Airport hatte er mehrere Telefonate geführt; jetzt betete er darum, dass er die versprochenen Resultate vorfinden würde.

Die Motorengeräusche verklangen; das gedämpfte Pfeifen brach ab. Nachdem die Tür geöffnet worden war, stieg er die Stufen hinunter, sah ein erleuchtetes Fenster vor sich und ging durch die Pfützen zu einer Tür hinüber.

Hinter der Tür traf er einen Mann mit Cowboyhut und Schnurrbart an, der hinter einer Theke saß und sich auf seinem kleinen Bildschirm einen Kriegsfilm ansah. »Sie sind Frank Balenger?«, fragte er.

»Ebender.«

»Ihr Mietwagen steht draußen. Der Typ, der ihn aus der Stadt hergefahren hat, hat gesagt, ich soll Sie dran erinnern, dass er außerhalb der üblichen Geschäftszeiten einen Zuschlag berechnet.«

»Das war auch so abgemacht.«

»Unterschreiben Sie hier, bitte. Und zeigen Sie mir Ihre Kreditkarte und den Führerschein.«

Balenger verließ das Gebäude durch die Vordertür und fand dort einen dunklen, regennassen Jeep Cherokee vor. Wie versprochen lagen Karten auf dem Beifahrersitz.

»Können Sie uns in die Stadt mitnehmen?«, fragte einer der beiden Piloten.

»Das liegt auf dem Weg.«

»Man sollte gar nicht meinen, dass auf so einem kleinen Flugplatz so spät noch was los ist«, sagte der andere Pilot. Balenger hätte die Bemerkung fast überhört, aber ein warnender Instinkt veranlasste ihn zu fragen: »Wie meinen Sie das?«

»Der Typ da drin hat uns erzählt, dass fünf Minuten vor uns eine Gulfstream hier gelandet ist. Nur ein Passagier, genau wie bei Ihnen. Und das Komische ist, der Flug ist auch vom Teterboro gekommen.«

»Was?« Balenger ließ die Karten auf den Sitz fallen und kehrte in das Gebäude zurück. »Hier ist gerade jemand mit einer Gulfstream aus Teterboro angekommen?«, fragte er den Mann mit dem Cowboyhut.

»Erst vor fünf Minuten. Sie ist schon weggefahren.«

»Wie hat sie ausgesehen?«

»Hab nicht weiter darauf geachtet.«

»Anfang vierzig? Die Haare zu einem Knoten zusammengesteckt?«

»Jetzt, wo Sie's sagen ...«

3

In Lander setzte Balenger die beiden Piloten vor dem Wind River Motel in der Hauptstraße ab und fuhr dann weiter. Die Reifen des Jeeps flüsterten auf dem nassen Asphalt, während er sich die niedrigen Gebäude ringsum ansah. Er hielt auf dem Parkplatz einer Bar, zog einen Plan der lokalen Geschäfte zurate und fuhr als Nächstes zu einem Sportartikelgeschäft. Es war nach Mitternacht; die Fenster waren dunkel, der Laden war abgeschlossen. Aber immerhin wusste Balenger jetzt, wo er lag, und würde ihn am nächsten Morgen schnell wiederfinden. Er fuhr zu einem Truck Stop, besorgte sich einen Becher starken Kaffee, kehrte zu seinem Jeep zurück, stellte die automatische Geschwindigkeitskontrolle ein und fuhr nach Norden auf den Highway 287. Er kam an einem Schild vorbei, auf dem vor kreuzenden Elchen gewarnt wurde. Zu seiner Linken war auf den mächtigen geduckten Schatten der Berge Schnee zu erkennen. Nur gelegentlich kamen ihm Scheinwerfer entgegen. Die meisten gehörten zu Pick-ups und Geländewagen; einmal war es ein Polizeiauto.

»Achtzig Kilometer«, hatte Professor Graham gesagt. Als der Zähler des Jeeps fünfundsechzig Kilometer zeigte, begann Balenger nach Straßen Ausschau zu halten, die vom Highway ab und zu den Bergen führten. Er ging vom Gas und musterte die erste Abfahrt. Sie war klein und mit einem Tor versperrt. Die Scheinwerfer des Jeeps zeigten ihm keine Reifenspuren im nassen Boden. Die nächste Abzweigung hatte kein Tor, aber auch hier konnte Balenger keine Spuren sehen. Er fuhr weiter, bis der Zähler auf hundert Kilometer stand. Von den nächsten vier Nebenstraßen wiesen nur zwei Reifenspuren auf. Er sah in die Karte. Keiner der Fahrwege war darauf eingezeichnet. Es war keine topographische Karte; er konnte also nicht sehen, ob einer davon zu einem Bergtal führte. Aber die Straße, die er nach zweiundneunzig Kilometern erreicht hatte, schien auf die Lichter eines Gebäudes zuzuführen; hinter der Straßenmündung nach siebenundsiebzig Kilometern waren nur dunkle Hügel zu erkennen gewesen.

Es war jetzt 01.52 Uhr. Als Balenger wieder in Lander angekommen war, zeigte die Uhr am Armaturenbrett 02.48. Erschöpft suchte er sich ein Motel, legte sich aufs Bett und schlief sogar eine Weile. Der Angestellte an der Rezeption weckte ihn telefonisch um acht Uhr, wie er es versprochen hatte. Balenger duschte und brachte den Rasierer und die Zahnbürste zum Einsatz, die er in der Nacht an dem Truck Stop gekauft hatte. Beinahe hätte er sich diese Zeit nicht genommen, aber ihm war der Filmklassiker *Haie der Großstadt* eingefallen, in dem Paul Newman ein episches Billardspiel mit Jackie Gleason ausficht. Newmans Figur rasiert sich nicht und sieht zunehmend mitgenommen aus; Gleason dagegen wäscht sich Gesicht und Hände, lässt sein Jackett ausbürsten und steckt sich eine frische Blume ans Revers. Gleason gewinnt.

Balenger fuhr zu einem McDonalds und bestellte Orangensaft, Kaffee, Bratkartoffeln mit Corned Beef und zwei Egg McMuffins. Er aß im Auto, während er darauf wartete, dass das Sportgeschäft um neun Uhr öffnete, wie das Schild an der Tür versprach.

Der Laden verkaufte auch Schusswaffen. Balenger ließ die Faustfeuerwaffen links liegen – die Wartezeit betrug drei Tage. Bei den halbautomatischen Waffen blieb er stehen.

»Suchen Sie etwas Bestimmtes?« Der Angestellte war kräftig gebaut und steckte in Jeans, einem Jeanshemd und einem Gürtel mit einer Schnalle, die wie ein Sattel geformt war.

»Haben Sie eine Bushmaster?« Das war die Zivilistenversion der M-16, die Balenger im Irak gehabt hatte.

»Die sind gerade alle weg.«

»Lassen Sie mich mal das Ruger Mini-14 da sehen.«

»Das Ranchgewehr? Kein Problem.«

Der Angestellte zog es aus einem Gewehrständer, in dem noch andere Waffen standen. Er nahm das Magazin heraus und zeigte Balenger, dass es ungeladen war.

Balenger inspizierte die Waffe. Wie der Name bereits verriet, handelte es sich dabei um eine verkleinerte Version des beim Militär verwendeten M-14, des Vorläufermodells des M-16. Aber anders als bei den meisten Sturmgewehren mit ihrem harten und unverkennbar militärischen Aussehen, gaben der blaue Stahl und das verarbeitete Holz dem Mini-14 das Aussehen eines Jagdgewehrs. Tatsächlich hatte sein vergleichsweise harmloses Äußeres dazu geführt, dass es von dem Gesetz ausgenommen worden war, das in den Jahren 1994 bis 2004 den Verkauf halbautomatischer Waffen in den Vereinigten Staaten verboten hatte, obwohl das Mini-14 das gleiche Kaliber verschoss und ebenso viel Feuerkraft hatte wie die für Zivilpersonen zugelassene Version des M16. Während seiner Zeit bei der Polizei hatte Balenger Polizisten gekannt, die ein Mini-14 im Auto hatten; sie hatten sich für dieses Modell entschieden, weil es so kompakt war.

»Gut für die Jagd auf kleine Raubtiere«, sagte der Angestellte.

»Haben Sie Winchester Ballistic Silvertips in 55 Grain?«

»Akkurat auch auf große Entfernung. Gute Fragmentierung. Sie kennen sich aus mit Ihrer Munition. Wie viele Schachteln?«

Balenger wusste, dass eine Schachtel zwanzig Schuss enthielt. »Zehn.«

»Sie müssen eine Menge von dem Viehzeug haben.«

»Neues Gewehr. Muss mich erst einschießen. Ich nehme besser fünfzehn.«

»Das mitgelieferte Magazin fasst nur fünf Schuss«, sagte der Angestellte entschuldigend.

»Haben Sie auch welche für zwanzig?«

»Ein paar.«

»Die nehme ich. Und was ist mit einem Leuchtpunkt-Zielfernrohr?«

»Hier, dieses Bushnell HOLOsight.«

Balenger wusste, dass das batteriebetriebene Zielfernrohr mit einem Reflexvisier arbeitete, das Ziel musste mit einem roten Punkt angepeilt werden. Dieser Punkt wurde jedoch nicht mit einem Laserstrahl projiziert, der die Position des Schützen verraten würde. Stattdessen existierte er nur in dem Gerät selbst. Es war bemerkenswert einfach, ihn mit dem Ziel zur Deckung zu bringen; ein akkurater Schuss war beinahe garantiert. »Installieren Sie mir das Ding? Gut. Ich nehme das Messer da, das Emerson CQC-7. Ich brauche einen Gurt für das Gewehr. Einen Rucksack. Braune Campingstiefel und Kleidung. Ein Erste-Hilfe-Set. Feldflasche. Regenschutz. Handschuhe. Wollsocken. Eine Taschenlampe. Den Hut da mit der breiten Krempe. Sonnenbrille. Sonnenmilch. Eine Schachtel Energieriegel. Und ein Fernglas mit Nachtsichtfunktion.«

»Es ist schön, mal einen Kunden zu haben, der weiß, was er will.«

Balenger gab ihm eine Kreditkarte.

»Unterschreiben Sie hier für die Munition«, sagte der Angestellte.

In Erinnerung an seine Ausbildung bei den Rangers fügte Balenger hinzu: »Und dann brauche ich noch einen Kompass und eine topographische Karte vom östlichen Teil der Wind-River-Bergkette.«

»Welches Gebiet?«

Balenger ging zu einer Karte an der Wand hinüber und zeigte darauf.

Er verstaute seine Einkäufe hinten in dem Jeep und fuhr zu einem Truck Stop am Highway 287, wo er die Feldflasche füllte, einen Kasten Wasser kaufte und dazu eine Packung Kleenex. Letzteres würde als Ersatz für etwas dienen, das er in dem Sportgeschäft vergessen hatte und das genauso wichtig war wie Wasser. Außerdem nahm er eine Rolle Klebeband von einem Regal.

Dann saß er im Jeep und konsultierte die topographische Karte. Das Tal war nicht schwer zu finden. Wie Professor Graham gesagt hatte, war es das einzige Tal in der Umgebung, in dem ein See lag. Die meisten Fahrwege, die er in der Nacht gefunden hatte, waren auf der Karte eingezeichnet, nicht allerdings der, bei dem er die unerklärten Reifenspuren gefunden hatte – obwohl er glaubte, dass es dieser Weg war, der ihn zu dem Tal führen würde, und auch überzeugt war, dass Karen Bailey in dem Auto gesessen hatte, von dem die Spuren stammten. Wahrscheinlich war sie auf dem Weg zu ihrem Bruder.

Aber wenn Balenger diese Straße nahm, würde der Gamemaster – Wieso widerstrebt es mir eigentlich so, ihn Jonathan Creed zu nennen?, dachte Balenger – ihn mit großer Wahrscheinlichkeit bemerken. Bei seinem Kartenstudium fiel Balenger außerdem auf, dass ein Stück weiter im Norden eine Straße in Richtung des Tals führte, aber an den ersten Hügeln endete.

Er machte sich auf den Weg.

Zum ersten Mal seit dem Abflug von Teterboro schaltete er den BlackBerry ein. Er klingelte fast augenblicklich. Er nahm das Gespräch an.

»Du hast einen Fehler im Spiel aufgedeckt«, sagte die tiefe Stimme. »Angesichts der Tatsache, dass ich gerade den Prototyp teste, sollte ich dir wahrscheinlich dankbar sein.«

Auch jetzt wieder hätte Balenger am liebsten gebrüllt vor Wut, aber er brachte es fertig, der Versuchung zu widerstehen. Um sich seine Gefühle nicht anmerken zu lassen, sagte er gar nichts.

»Du kannst nicht mein Avatar sein, wenn ich deine Bewegungen nicht jederzeit nachverfolgen kann«, sagte der Gamemaster.

»Wenn du dich wirklich mit mir identifiziertest, würdest du mir Amanda zurückgeben.«

»Sag mir, wo du bist. Vielleicht fährst du in die falsche Richtung.«

»Das bezweifle ich. Versuch, positiv zu denken. Das Spiel hat gerade einen neuen Level erreicht.«

»Inwiefern?«

»Jetzt bist du selbst ein Spieler und nicht mehr nur ein Beobachter. Versuch, meine Entscheidungen vorauszusehen.«

»Hast du dir jemals *Survivor* angesehen?«

»Das Einzige, was ich mir jemals ansehe, ist der History Channel.«

»Eine Reality-Show. Attraktive Menschen mit unterschiedlichem Hintergrund werden in einer feindseligen Umgebung ausgesetzt – zum Beispiel in einem Dschungel.«

Balenger starrte geradeaus und wartete ungeduldig darauf, dass die Abzweigung in Sicht kam.

»Die Sendung will die Illusion schaffen, dass die Gruppe auf sich alleingestellt und gezwungen ist, auf jede denkbare Art um ihr Überleben zu kämpfen«, fuhr der Gamemaster fort. »Aber jeder intelligente Zuschauer durchschaut die Illusion, weil ihm klar ist, dass die Kameras – die meisten davon sind Handkameras – von Kameraleuten bedient werden müssen und dass Tontechniker an den versteckten Mikrofonen sitzen und dass es hinter den Kulissen Produktionsteams geben muss, die nicht in Gefahr sind, obwohl die Teilnehmer angeblich um ihr Leben kämpfen.«

Ein Polizeiauto kam ihm entgegen. Eine Sekunde lang war Balenger versucht, den Wagen anzuhalten und um Hilfe zu bitten, aber dann fiel ihm wieder das Bild auf dem Display des BlackBerrys ein – die Frau, die in einer Wolke aus rotem Nebel explodiert war. Selbst wenn es den Polizisten auf irgendeine Art gelingen sollte, unbemerkt in das Tal vorzudringen, es schien ihm unmöglich, dass die Vorbereitungen bis Mitternacht abgeschlossen sein würden, und Balenger hegte nicht den geringsten Zweifel, dass Amanda sterben würde, wenn er sie nicht bis Mitternacht retten konnte.

»Was wäre, wenn es in einer Sendung wie *Survivor* zu einem tödlichen Unfall käme?«, fragte der Gamemaster. »Was wäre, wenn beispielsweise allen Vorsichtsmaßnahmen zum Trotz jemand einen Wasserfall hinunterstürzen und dabei umkommen würde? Würden die Produzenten den Unfall aus der Sendung herausschneiden? Würden sie sagen ›Dies ist eine Tragödie, die wir Ihnen nicht zeigen können‹? Oder würden sie sagen ›Wir müssen diesen Unfall ins Programm nehmen, schon zu Ehren des mutigen Teilnehmers, der für diese Sendung sein Leben riskiert hat‹? Die Szene beizubehalten würde beweisen, dass das Unternehmen wirklich gefährlich ist. Danach würden die Zuschauer das Programm in dem Wissen einschalten, dass es jederzeit zu tödlichen Unfällen kommen kann. Die Leute würden keine Folge mehr verpassen wollen.«

Balenger fuhr an der Abzweigung der Straße vorbei, auf der er in der vergangenen Nacht die Reifenabdrücke im Schlamm gesehen hatte.

»Wenn ein solcher Präzedenzfall einmal etabliert wäre«, fuhr die Stimme fort, »würden andere Programme ähnlich riskante Wettbewerbe organisieren. Es ist nicht weiter schwierig, sich die unvermeidliche Entwicklung und die implizierte Botschaft vorzustellen: ›Verpassen Sie die heutige Folge nicht. Vielleicht stirbt jemand.‹«

»Du hast es ja selbst schon gesagt. Die Dinge werden immer extremer.« Balenger gab sich wenig Mühe, seine Abscheu zu verbergen.
Weiter vorn lockte die Abzweigung.
»Ja, aber es wäre nichts weiter als eine Fernsehshow, während dies hier ein Gottspiel in Kombination mit einem Egoshooter-Spiel ist. Über den Spielern steht der Gamemaster, der mit den Teilnehmern sprechen, Hinweise liefern oder zurückhalten und die lebenswichtigen Lektionen und Fertigkeiten verfolgen kann, die die Spieler lernen.«
»Ein Gottspiel«, sagte Balenger bissig. »Aber welcher Gott erlaubt den Teilnehmern nicht, zu gewinnen?«
»Wer hat irgendwas davon gesagt, dass sie nicht gewinnen können? Jedes wirklich überragende Spiel braucht ein Ziel, das seiner würdig ist. Um zu überleben, brauchen die Teilnehmer nichts weiter zu tun, als die Grabkammer weltlichen Begehrens zu finden.«

4

Amanda hob den Kopf von den Brettern. Licht kämpfte sich durch die Ritzen auf beiden Seiten der Tür. Sie und Viv lagen dicht beieinander in dem Versuch, einander warm zu halten. Sie war erschöpft, obwohl sie geschlafen hatte; es kostete sie Anstrengung, ihre schweren Lider zu heben. Sie spähte durch die Lücke auf der rechten Seite der Tür und runzelte die Stirn. Draußen war alles weiß.
Sie gab der Tür einen Stoß. Als das Brett umkippte, kniff Amanda vor dem Widerschein des hellen Himmels die Augen zusammen.

Viv hob den Kopf und zwinkerte. Ihr Gesicht war wie ausgezehrt vor Kummer. Sie brauchte mehrere Sekunden, um zur Kenntnis zu nehmen, was sie sah.
»Es hat geschneit«, sagte Amanda fassungslos. »Im Juni.«
Viv zögerte; sie schien sich von neuem an den Schock über den Mord an Derrick gewöhnen zu müssen. »In den Rockies«, sagte sie schließlich mit tonloser Stimme, »habe ich auch im Juli Schnee gesehen. Wie spät ist es?« Sie hatte Schwierigkeiten, sich auf ihre Armbanduhr zu konzentrieren. »Das ganze Kohlendioxid muss uns richtig betäubt haben. Es ist fast neun.«
Die Furcht war stärker als Vivs Kummer. Entsetzt über die Zeit, die sie verloren hatten, lösten sie und Amanda die Schnürsenkel von der Tür und zogen sie wieder durch die Ösen ihrer Stiefel.
Amanda griff nach der Wasserflasche, die sie im Freien aufgestellt hatte. Schnee verschloss den Flaschenhals. Im Inneren sah sie etwas Flüssigkeit.
»Füll sie mit Schnee«, sagte Viv. Jetzt war noch eine weitere Emotion in ihrer Stimme – Wut – und dazu das Selbstbewusstsein, das ihr das Wissen verlieh, in der Wildnis überleben zu können. »Im Moment kann er uns nicht schaden. Die Schneeflöhe sind noch nicht aufgetaucht.«
Amanda spürte ein Kribbeln auf der Haut. »Schneeflöhe?«
»Sie schlüpfen im Frühjahr aus. Sie sehen aus wie Schmutzflecken im Schnee. Ich habe noch keine gesehen.«
Der Schnee war nicht tief, höchstens zwei oder drei Zentimeter.
Amanda sah ihn sich genauer an, um sicherzustellen, dass keine Flecken da waren. Dann schaufelte sie mit der Hand etwas davon auf und hob es an den Mund.
»Nein«, warnte Viv. »Die Wärme, die dein Körper aufwen-

den muss, um den Schnee in deinem Mund zu schmelzen, verbraucht zu viel Energie.«

Amanda fand es seltsam, dass ihr Durst größer war als ihr Hunger. Vielleicht waren der Fruchtsaft und die Birnen, die sie am Tag zuvor gegessen hatte, nahrhafter gewesen, als sie dachte. Oder vielleicht verabschiedet sich auch gerade mein Verdauungssystem, dachte sie. So eine Art Schutzmechanismus. Ihr war eine Spur schwindlig.

Sie zog die kalte Morgenluft in ihre Lungen – und mit ihr noch etwas anderes.

»Rauch«, sagte Viv.

Sie drehten sich um. In ungefähr fünfzig Meter Entfernung hatte Ray es fertiggebracht, auf der Straße ein Feuer zu entzünden. Die Flammen prasselten. Rauch stieg auf. Er starrte zu ihnen herüber, während er sein Feuerzeug auf- und zuschnappen ließ.

»Ich sehe schon, die Hunde haben dich nicht erledigt«, sagte Viv ärgerlich in ihr Mikrofon.

Ray zeigte zu einer waagerechten Öffnung unter einem Haufen von Brettern hinüber. Sie erinnerte an einen auf der Seite liegenden Sarg. Der Deckel lag davor. »Tut mir leid, dass ich euch enttäuschen muss.«

Viv legte eine Hand über das Mikrofon, damit Ray nicht hören konnte, was sie als Nächstes sagte. Ihr Gesichtsausdruck war besorgt, als sie sich wieder an Amanda wandte. »Ich habe absolut kein Bedürfnis zu pinkeln. Wir kriegen nicht genug Wasser, um unsere Nieren am Laufen zu halten.« Sie trank die Hälfte des Wassers in der verbliebenen Flasche und gab Amanda den Rest. Ihr Motiv war unverkennbar – sie konnten sich nicht rächen, wenn sie nicht am Leben blieben. »Trink den Rest aus. Ich werde versuchen, meine Blase zum Funktionieren zu zwingen.«

»Hier, das da wirst du brauchen können.« Amanda holte das Toilettenpapier aus der Tasche ihres Overalls und teilte es auf.

Viv berührte das Papier, als sei es etwas, das sie noch nie im Leben gesehen hatte, und als könnte sie sich nicht vorstellen, warum Amanda es mit ihr teilen sollte. Ihre Stiefel knirschten im Schnee, während sie sich von Ray entfernten und sich dann trennten; jede suchte sich einen Trümmerhaufen, der sie verbergen würde. Während Amanda den Reißverschluss ihres Overalls öffnete, sagte sie ins Mikrofon: »Gamemaster, wenn du das hier beobachtest, von einem Pornofilm hast du wahrscheinlich mehr.«

»Sex war mir nie sehr wichtig«, antwortete die Stimme. »Ich sehe nicht hin.«

»Okay.«

»Nicht mal Ray sieht in eure Richtung.«

Amanda spähte über die Trümmer hinweg und stellte fest, dass Ray sich tatsächlich in eine andere Richtung gedreht hatte – zu dem Gebiet hin, zu dem die GPS-Koordinaten ihn am Vortag geführt hatten. Sie sah ihn im Profil; er schien die Stirn zu runzeln.

Amanda presste die Unterleibsmuskeln zusammen. Urin tropfte – orangefarben und streng riechend. Nicht gut, dachte sie. Nachdem sie Bretter über das Toilettenpapier gelegt hatte, kehrte sie zu Viv zurück. »Wir müssen Derricks Wasserflasche holen.«

Viv wurde blass, aber sie nickte. »Mach *du* das. Ich kann's nicht.«

Amanda ging die Straße entlang. Das Sonnenlicht wurde wärmer; der Schnee unter ihren Sohlen machte platschende Geräusche. Sie näherte sich Derricks Leiche – sie konnte die Konturen unter dem Schneematsch erkennen.

»Halt«, sagte Ray.
Amanda glaubte, er meinte damit, dass sie Abstand von ihm halten sollte. Aber es interessierte sie nicht im Geringsten, was er wollte. Sie brauchte die Wasserflasche. Sie trat näher.
»Nein!«, brüllte Ray.
Dann blieb sie doch stehen, weil der Umriss des Körpers nicht mehr so aussah wie beim letzten Mal, als sie Derricks Leiche gesehen hatte. Er hatte eine merkwürdige Form. Schmelzender Schnee rutschte von ihm herunter. Wäre Amandas Magen nicht leer gewesen, hätte sie sich übergeben.
Als sie Viv hinter sich näher kommen hörte, fuhr sie herum und versuchte, den Anblick mit ihrem Körper zu verdecken.
»Geh zurück!«
»Was ist los?«
»Sieh nicht hin!«
Aber Viv sah hin. Und was sie sah, ließ ihre Augen weit werden.
Derricks Leiche – nicht nur sein zerschlagenes Gesicht, sondern sein ganzer Körper – war unkenntlich. Seine Eingeweide waren herausgerissen worden. Seine Arme und Beine waren bis auf die Knochen abgekaut. Die Hände fehlten.
Die Hunde, fiel Amanda plötzlich ein. Gestern Abend, als wir gehört haben, wie sie sich streiten – ich habe gedacht, sie hätten Ray gestellt. Jetzt war ihr klar, dass es Derricks Leiche gewesen war, um die sie sich gestritten hatten.
»Hey, wohin will sie jetzt?«, fragte Ray.
Amanda drehte sich um. Viv taumelte von ihnen fort.
»Viv?«
Viv schleppte sich weiter. Ihr Blick war auf den Pass zwischen den Bergen am Ende des Tals gerichtet.
Amanda rannte hinter ihr her.

»Zu viel«, murmelte Viv.
»Halt!« Amanda hielt mit ihr Schritt.
»Es reicht«, murmelte Viv, ohne den Blick von dem Talausgang zu wenden. »Ich ertrage es nicht mehr.«
»Denkt daran, was mit Bethany passiert ist«, sagte die Stimme in Amandas Kopfhörer.
Wie hätte sie es vergessen können? Die donnernde Explosion, der sich ausbreitende rote Nebel und die fliegenden Körperteile hatten sich Amanda ins Gedächtnis gebrannt.
»Niemand verlässt das Spiel«, warnte die Stimme.
Amanda legte einen Arm um Viv. »Du musst stehenbleiben.«
»Es ist zu viel.« Viv hatte den Rand der Geisterstadt erreicht und stapfte durch das von schmelzendem Schnee bedeckte Gras.
»Bring Abstand zwischen dich und sie, Amanda«, sagte die Stimme.
»Viv, dreh dich um. Wir gehen zurück.«
»Kann nicht.«
»Letzte Gelegenheit«, sagte die Stimme.
»Viv, hör auf ihn. *Geh zurück*.«
Hände packten Viv und begannen, sie in die Stadt zurückzuzerren. Sie gehörten Ray. Er hielt sie fest und zwang sie, die Straße entlangzugehen.
»Nimm die Finger weg!«
»Zwing mich dazu.« Ray zerrte sie weiter die Straße entlang. »Versuch, mich zu schlagen. Los, mach schon. Es kommt nicht drauf an. Du kannst mir nichts tun.«
Viv riss einen Arm aus seinem Griff und holte aus; der Schlag traf ihn an der Schulter.
»Ist das schon alles, was du fertigbringst?«, provozierte Ray.
Sie schlug nach seinem Kiefer.

Er wich aus.
Sie begann gegen seine Brust zu hämmern. Er zog sich weiter in die Stadt zurück. Sie schlug wieder zu, traf seinen Mund, seine Nase. Blut spritzte. Bei jedem Schlag tat er einen Schritt rückwärts. Sie erreichten die Mitte des Ortes und näherten sich dem Unterstand, in dem Amanda und Viv die Nacht verbracht hatten. Als Viv das nächste Mal ausholte, griff Ray nach ihrem Arm. Als sie mit dem anderen Arm zuschlug, packte er auch den. Sie krümmte sich und versuchte sich loszureißen. Langsam verließen sie die Kräfte, und sie sank auf die Knie. Ihre Brust hob und senkte sich. Ihr Schluchzen schien aus dem Grund ihrer Seele zu kommen.
»Es tut mir leid«, sagte Ray.
Amanda zog Viv auf die Beine. »Komm mit. Du musst dich hinlegen.« Sie half Viv zu dem Unterstand und schob sie hinein. Der Schnee, den sie in die Flasche gefüllt hatte, war inzwischen geschmolzen. »Hier. Trink das Wasser.«
Als Viv nicht reagierte, setzte Amanda ihr die Flasche an den Mund. Wasser tröpfelte Viv übers Kinn, aber Amanda sah zu ihrer Erleichterung, dass Viv das meiste davon trank.
Wir müssen die Flaschen auffüllen, bevor der Schnee ganz geschmolzen ist, dachte sie. Sie griff mit jeder Hand nach einer Flasche und hielt sie unter die Rinnsale, die von den Brettern tröpfelten. Plötzlich war Ray neben ihr und tat das Gleiche.
Sein verändertes Verhalten beunruhigte sie. Hatte er Gewissensbisse? Versuchte er, es wiedergutzumachen, dass er Derrick umgebracht hatte? Aber Schuldgefühle schienen ihr nicht zu Rays Wesensart zu passen. Die einzige Erklärung, die ihr sinnvoll erschien, war, dass Rays Alphamännchen-Mentalität ihn dazu trieb, sich mit jedem Mann anzulegen,

der ihm begegnete; wenn seine einzigen Gefährten aber Frauen waren, hatte er das Bedürfnis, von ihnen gemocht zu werden. Wenn ich damit recht habe, kann ich mir das vielleicht zunutze machen, dachte sie.

Mit Rays Hilfe füllte sie sieben Flaschen.

»Ich muss mit dir reden«, sagte sie. Viv lag in dem Unterstand und starrte an die Decke; sie machten einen Bogen um Derricks Leiche und gingen in Richtung Feuer. »Ich weiß nicht, wie wir das machen sollen, aber …« Sie hatte Schwierigkeiten, es auszusprechen. »Wir müssen ihn begraben. Wenn diese Hunde zurückkommen …«

»Ich hab genau den richtigen Platz gefunden.« Ray wischte sich Blut vom Mund und wies zu der Stelle außerhalb der Siedlung hinüber, wo sie ihn am Tag zuvor hatte stehen sehen.

»Was ist da drüben?«

»Nimm deinen GPS-Empfänger und sieh selber nach. Vielleicht ist es gar nicht die richtige Stelle. Überprüf doch mal, ob ich einen Fehler gemacht habe.«

»Du kennst dich mit diesen Empfängern besser aus als ich.«

»Sieh trotzdem nach.«

Sie holte das Gerät aus ihrem Overall, schaltete es ein und rief die Koordinaten auf, die auf den Obstdosen gestanden hatten. Ein roter Pfeil zeigte zu der Stelle vor der Stadt hinüber.

»Es scheint den gleichen Ort anzugeben wie bei dir«, sagte Amanda.

Sie und Ray gingen eine der Querstraßen entlang und an weiteren Trümmerhaufen vorbei. Als sie sich der Stelle näherten, sah Amanda auch, was die Trümmer bisher vor ihr verborgen hatten.

»Das sieht ja aus wie …«

»Gräber«, sagte Ray.
Fünfzig Meter von der Stadt entfernt kennzeichnete ein zusammengebrochener Holzzaun die Grenze eines Friedhofs. Dürres Gras und Wüstenbeifuß wuchsen zwischen Holzkreuzen, grauen und zerfurchten Gestellen, von denen einige zerbrochen waren.
In das verrottende Holz der Kreuze waren Namen und Daten geschnitzt. Amanda ging von Grab zu Grab und versuchte die Namen zu entziffern. »Mehr Frauen und Kinder als Männer.«
»Weil damals viele Frauen bei der Geburt gestorben sind«, sagte Ray. »Und viele Kinder an Krankheiten, die man heutzutage mühelos behandeln kann.«
Amanda hörte ein klapperndes Geräusch und fuhr herum. Hinter ihnen hatte Viv damit begonnen, Bretter aus den Trümmern zu zerren und über Derricks Leiche aufzuschichten.
»Sie ist tough«, sagte Ray.
»Deswegen hat der Dreckskerl uns ausgesucht«, sagte Amanda. »Als du den Ort hier gestern entdeckt hast, ist dir irgendwas aufgefallen. Was war es?«
»Die Reihe von Kreuzen da drüben.«
Amanda las die in das Holz geschnitzten Worte. »Peter Bethune. Verstorben am 20. Juni 1899.« Sie ging die Reihe ab. »Margaret Logan. 21. Juni 1899. Edward Baker. 30. Juni 1899. Alle im Juni.«
»Jennifer Morse. 4. Juli 1899«, sagte Ray. »Arnold Ryan. 12. Juli 1899. Es sind siebzehn in einer Reihe. Und jeder von ihnen ist in der Zeit von Juni bis Oktober 1899 gestorben.«
»Siebzehn? Gott im Himmel«, sagte Amanda.
»Danach muss der Boden gefroren gewesen sein. Vielleicht hat es in diesem Jahr sogar noch mehr Todesfälle gegeben,

aber der Boden war so hart, dass die Bewohner keine Gräber mehr ausheben konnten.«

»Ein Ort von dieser Größe. So viele Todesfälle so kurz hintereinander. Die Leute müssen vollkommen schockiert gewesen sein.«

»Das waren sie auch«, sagte die Stimme in Amandas Kopfhörer.

Sie fuhr zusammen.

»Ray hat ganz richtig geraten«, fuhr der Gamemaster fort. »Es hat tatsächlich vor dem Ende des Jahres noch weitere Todesfälle gegeben. Acht. Wenn in jenen Jahren Leute gestorben sind, nachdem der Boden schon gefroren war, legte man die Leichen in ihre Särge und bewahrte sie in irgendeiner Scheune auf. Im Frühjahr des Jahres 1900 traf ein Suchtrupp aus einer über hundertfünfzig Kilometer entfernten Stadt namens Cottonwood hier ein. Die Leute fanden die Särge mit den Leichen darin. Aber das war das einzige Anzeichen menschlicher Aktivität. Irgendwann im Lauf des Winters, vielleicht in der Neujahrsnacht, sind die Bewohner von Avalon verschwunden.«

»Verschwunden?«, fragte Ray.

»Es wurden danach noch mehrere Suchaktionen durchgeführt, aber auch sie haben nichts ergeben. Die Bewohner der Stadt blieben von der Erdoberfläche verschwunden. Auch die Grabkammer weltlichen Begehrens haben die Suchtrupps nicht gefunden. Ein paar religiöse Fundamentalisten stellten die These auf, dass die Menschen von Avalon am Vorabend des neuen Jahrhunderts in den Himmel aufgenommen wurden.«

»Aber das ist doch verrückt«, sagte Amanda.

»Nicht, wenn man es im Zusammenhang sieht. Seht euch die Häufung von Todesfällen an, die im Juni einsetzte. Peter

Bethune kam um, weil er von einem Blitz getroffen wurde, als er von seinem Wagen zu seinem Laden rannte. Die Bewohner waren fassungslos. Aber nach der langen Dürre war der Regen ihnen so willkommen, dass sie in ihren Empfindungen gespalten waren. Sie betrachteten den Vorfall beinahe wie einen Preis, den sie hatten zahlen müssen. So hat sich jedenfalls Reverend Owen Pentecost geäußert. Aber dann ist Margaret Logan im Alter von zwölf Jahren in einer plötzlichen Flutwelle ertrunken. Sie hatte am Ufer eines angeschwollenen Bachs gespielt. Der Boden ist weggebrochen, und sie wurde vom Wasser mitgerissen. Dann sind Edward Baker, seine Frau und seine beiden Söhne ums Leben gekommen, als ihr Haus in Brand geriet. Ein Farmer wurde von seinem Pferd zu Tode getrampelt. Ein weiteres Kind ist ertrunken, diesmal im See. Eine Frau wurde von einer Klapperschlange gebissen. Eine Familie hat aus Versehen giftige Pilze gegessen. Die Serie von Unglücksfällen nahm kein Ende. Der Schatten des Todes hing über dem Tal.«

Amanda sah die Reihe von Gräbern entlang; das Leid, das sie verkörperten, war unvorstellbar.

»Reverend Pentecost erklärte den Bewohnern von Avalon, dass Gott diejenigen segnete, die ihm dienten, und diejenigen bestrafte, die es nicht taten. Es gab da etwas in den Herzen und Seelen der Bewohner, das Gott veranlasst habe, sich von ihnen abzuwenden. Sie müssten in sich gehen und ihr Gewissen prüfen. Sie müssten die Befleckung durch die geheimen Sünden reinwaschen, was es auch immer gewesen war, das ihnen Gottes Missfallen eingebracht habe. Mit jedem neuen Todesfall beteten die Bewohner inbrünstiger und länger.«

»Der Druck muss fast unerträglich gewesen sein«, sagte Amanda.

Ray spähte zum Himmel hinauf, in die Richtung, in die sie alle instinktiv sahen, wenn sie sich an den Gamemaster wandten. »Und die Leute sind einfach davon ausgegangen, dass Gott verantwortlich ist? Ist ihnen nie der Gedanke gekommen, dass es auch eine andere Erklärung geben könnte?«

»Was für eine zum Beispiel?«, fragte der Gamemaster. »Unaufhörliches Pech ist auch keine bessere Erklärung als Gottes Missbilligung.«

»Zum Beispiel, dass dieser Reverend Pentecost selbst irgendetwas damit zu tun haben könnte. Die Stadt hat sich verändert, als er ankam.«

»Du willst damit sagen, Reverend Pentecost hätte diese Leute umbringen können?«

»Wie schwer kann es gewesen sein, jemanden vom Heuboden zu stoßen oder essbare Pilze mit Giftpilzen zu vertauschen? Pentecost hätte nichts weiter zu tun brauchen, als nach günstigen Gelegenheiten Ausschau zu halten.«

»Nach den Ereignissen von gestern wissen wir jedenfalls, dass *du* es mühelos getan haben könntest«, bemerkte die Stimme.

»Derrick hat mich angegriffen! Ich habe mich nur verteidigt!«

»Selbstverständlich. Warum heben wir uns diese Unterhaltung nicht für ein anderes Mal auf? Im Augenblick solltet ihr euch auf die Hinweise konzentrieren. Reverend Pentecost hat die Bewohner irgendwann aufgefordert, sich von aller Eitelkeit und Habgier zu befreien, jeden Gegenstand zu nehmen, der ihnen teuer war, und ihn in etwas zu deponieren, das er die Grabkammer weltlichen Begehrens nannte. Er teilte ihnen mit, die Grabkammer würde der Zukunft als Beispiel dienen.«

»Beispiel?«, wiederholte Amanda.

»Pentecost war auf das bevorstehende neue Jahrhundert fixiert; seine Schlussfolgerung war, dass die anhaltende Reihe von Todesfällen ein Anzeichen der kommenden Apokalypse war. ›Alles ist eitel‹, sagte er zu seinen Zuhörern. ›Wenn das neue Jahrhundert beginnt, werden materielle Dinge keine Bedeutung mehr haben.‹ Aber diejenigen, die außerhalb des Tals lebten, würden die Wahrheit vielleicht nicht erkennen können. Wenn die Grabkammer irgendwann gefunden und geöffnet würde – vielleicht in hundert Jahren, wenn die nächste Apokalypse bevorstand –, dann würde sie den Zurückgebliebenen den Weg zum Heil zeigen können.«
»Eine Zeitkapsel«, stellte Amanda plötzlich fest. »Wieder so eine verdammte Zeitkapsel. Das war der Grund, warum du Frank und mich während des Zeitkapselvortrags betäubt hast.« Die Erinnerung war wie ein Schock. Bei dem Gedanken an Balenger musste sie gegen den Kummer ankämpfen, der sie zu lähmen drohte. Ich werde das hier überstehen, dachte sie. Ich finde einen Weg hier heraus, und dann zahle ich ihm alles heim, was er Frank angetan hat.
In plötzlicher Raserei riss sie ein Brett aus dem eingebrochenen Zaun und rammte es in den Schlamm. »Der logischste Ort, um eine Grabkammer zu bauen, ist ein Friedhof. Wahrscheinlich stehen wir drauf. Die Stadtbewohner haben sie hier vergraben.«
»Geht umsichtig mit der Zeit um«, sagte die Stimme.
Amanda verwendete das Brett als Schaufel; nasse Erde flog. »Hilf mir!«, sagte sie zu Ray. Wieder stieß sie das Brett in den Schlamm, aber diesmal brach es ab. »Verdammt noch mal, hilf mir!«
»Es sind noch fünfzehn Stunden übrig«, sagte die Stimme.
Als Ray nach einem Brett aus dem eingebrochenen Zaun griff, fiel sein Blick auf ein Kreuz am Ende der Reihe.

»Warum hilfst du mir nicht?«, schrie Amanda.
»Das Kreuz da. Die Zahlen darauf sind anders.«
Es dauerte einen Moment, bis Amanda auf seinen verwirrten Tonfall reagierte. Dann ließ sie das zerbrochene Brett fallen und ging mit ihm zu dem Kreuz hinüber.
»Der Monat ist nicht ausgeschrieben.« Ray zeigte auf die Inschrift. »Stattdessen sind da bloß Zahlen.«
»Aber die Zahlen können auch nicht für Tag, Monat und Jahr stehen«, sagte Amanda.
»Nein. Zwei Zahlengruppen. LT vor der einen, LG vor der anderen. Das sind Koordinaten.« Ray gab sie in seinen GPS-Empfänger ein.
»Sie werden uns zum See führen«, sagte eine unerwartete Stimme in Amandas Kopfhörer. Sie gehörte Viv; Amanda drehte sich überrascht nach ihr um. Viv war damit fertig geworden, Bretter über Derricks Leiche aufzuhäufen, und starrte über die Ruinen hinweg zu ihnen hinüber. »Ganz gleich, was diese Grabkammer ist, sie können sie nicht vergraben haben – aus dem gleichen Grund, aus dem sie auch die Särge nicht bestatten konnten. Der Boden war gefroren. Was gibt es sonst noch für Möglichkeiten? Die Grabkammer ist im Wasser.«
»Aber der See muss doch auch gefroren gewesen sein«, sagte Ray.
»Das ist es ja gerade.« Plötzlich verstand Amanda. »Die Leute können aufs Eis hinausgegangen sein bis in die Mitte des Sees und dort ein Loch ins Eis geschlagen haben. Dann haben sie vielleicht diese Grabkammer, wie die auch immer aussieht, durch das Loch geworfen.«
»Das Ding muss riesig gewesen sein, wenn es alles enthalten hat, was ihnen teuer war. Ein ganz schön großes Loch«, sagte Ray.

»Vielleicht war die Grabkammer so groß, dass außer ihr noch mehr in dem Loch verschwunden ist.« Viv marschierte an den Trümmern vorbei auf sie zu. »Vielleicht ist das Eis eingebrochen. Vielleicht ist die ganze Stadt im Wasser gelandet.«

»Aber im Frühjahr muss der Suchtrupp doch im See nachgesehen haben, nur für den Fall, dass sie alle ertrunken waren«, widersprach Ray.

»Wie hätte der Suchtrupp den See absuchen sollen?« Viv kam näher. »In der Mitte sieht er tief aus. Es ist ja nicht so, als ob sie Taucher oder viel Gerät gehabt hätten.«

»Aber im Frühjahr wären die Leichen an die Wasseroberfläche gestiegen«, beharrte Ray. Gleich darauf hielt er inne. »Außer …«

»Außer was?«, fragte Amanda.

»Vielleicht war es kein Unfall.« Er sah verstört aus. »Könnte es auch ein Massenselbstmord gewesen sein? Wenn die Körper beschwert waren, dann sind sie nicht an die Oberfläche gekommen, nachdem das Eis geschmolzen war. Sie hätten nie gefunden werden können, außer, wenn man den See trockengelegt hätte.«

Es kam ihnen vor, als sei die Brise erstorben. Das Tal wurde still.

»Der See.« Ray sah stirnrunzelnd auf die Nadel seines GPS-Geräts hinunter und starrte dann in die Richtung, in die sie wies. »Die Koordinaten scheinen jedenfalls dahin zu zeigen.«

»Ja, der See.« Amanda spürte Erregung in sich aufsteigen. »Das ist der Grund, weshalb die Schlangen drin sind. Um uns davon abzuhalten, dort zu suchen.« Sie sah Ray an. »Du hast gesagt ›außer, wenn man den See trockengelegt hätte‹. Ich wüsste nur nicht, wie man das hätte machen sollen.«

»Es ist möglich, wenn man sich einmal darüber klar geworden ist, dass es kein See ist«, sagte Viv, die jetzt bei ihnen angekommen war.
»Was willst du damit sagen?«, wollte Ray wissen.
»Wenn das hier vorbei ist, lasse ich dich bezahlen für das, was du meinem Mann angetan hast. Ich schwöre dir, ich zahle es dir heim.«
Ray erwiderte ihren Blick. »Du kannst es versuchen.«
»Aber ich werde hier nicht sterben, weil ich mich von dir ablenken lasse. Im Moment kommt es nur darauf an, zu gewinnen.«
»Klar. Später also«, sagte Ray. »Wir müssen lebend hier rauskommen. Dann kannst du versuchen, es mir heimzuzahlen.«
Amanda spürte die Aggressivität zwischen ihnen. Sie unterbrach das Gespräch. »Viv, was meinst du damit, dass es kein See ist?«
»Ist dir die Form aufgefallen?«
»Es ist Wasser drin. Das ist *mir* aufgefallen«, sagte Ray. »Und er ist rechteckig.«
»Nein. Er ist keilförmig. Die Spitze zeigt auf die Berge im Westen; aus dieser Richtung kommt der Bach. Das breite Ende wird von einer Geröllhalde begrenzt. Die Form ist symmetrisch. Zu symmetrisch. Das ist kein See. Das ist ein Staubecken.«
Ray brauchte nur einen Moment zum Überlegen. »Herrgott.« Er begann zu rennen.

5

Die Sonne brannte auf den Schlamm herunter. Als Balenger den Jeep den schmalen Fahrweg entlanglenkte, hörte er die trockene Kruste prasseln. Auf beiden Seiten wuchsen struppiges Gras und Wüstenbeifuß. Weiter geradeaus erhoben sich erste Hügel vor den schneebedeckten Bergen. Die Straße zeigte keine Anzeichen dafür, dass sie vor kurzem befahren worden war. Er sah keine Gebäude. Er gestattete sich zu hoffen.

Die Straße führte durch einen Wasserlauf. Dank des hochgebauten Jeeps konnte er hindurchfahren; der Vierradantrieb fand Halt auf dem glitschigen Ufer. Die Unebenheiten des Fahrwegs schüttelten ihn durch und machten es unmöglich, schneller als dreißig Stundenkilometer zu fahren. Zeit, dachte er immer wieder. Nahe den Hügeln stieß er auf Rinder, die bei einer Windmühle aus einem Wassertrog tranken.

Die Straße endete hier. Er fuhr an der Windmühle vorbei und steuerte zwischen Gestrüpp hindurch, immer auf der Suche nach möglichst offenem Gelände. Felsen und Löcher im Boden zwangen ihn zu einem Zickzackkurs. Das Gelände begann anzusteigen. Er wich weiteren Felsen und Büschen von Wüstenbeifuß aus. Der Hang wurde steiler. Als er den Kamm erreichte, sah er sich einem steilen Abhang auf der anderen Seite gegenüber, und so fuhr er den mit Espen bestandenen Kamm entlang. Dann stieß er auf einen weiteren Hang, zu steil und felsig, als dass er weiter hätte fahren können. Er lenkte den Jeep rückwärts zwischen die Bäume und hielt an, als das Auto völlig verborgen war.

Er zog sich um – die braunen Stiefel und die Jagdkleidung,

die mit der Umgebung verschmolzen. Die Sonne brannte, und so rieb er sich mit Sonnencreme ein, setzte Sonnenbrille und Hut auf und trank aus einer der Wasserflaschen, die er beim Truck Stop gekauft hatte. Nachdem er das Emerson-Messer in einer der Taschen festgeklemmt hatte, lud er die Magazine und schob eins davon in das Mini-14. Er knöpfte den Kompass und das Kleenex-Päckchen in die Brusttasche, hakte die Feldflasche am Gürtel fest und packte die übrige Ausrüstung in den Rucksack. Dabei kam die Erinnerung zurück, wie er sein Zeug zusammengepackt hatte, bevor er in den Irak gegangen war – ein treffender Vergleich, dachte er; auch diesmal war er im Begriff, in ein Kriegsgebiet zu reisen.

Als er sich den Rucksack umhängte, schätzte er das Gewicht auf etwa vierzig Pfund. Ich hab schon Schlimmeres mit mir herumgeschleppt, dachte er. Er zog den Verschluss des Mini-14 nach hinten, um es durchzuladen, sicherte es und hängte sich das Gewehr über die Schulter. Was fehlt jetzt noch?, dachte er. Irgendwas vergisst man immer.

Der BlackBerry, fiel ihm ein. Er nahm ihn aus der Tasche und stellte ihn auf Vibrationsalarm, damit das Klingeln ihn nicht verraten konnte. Dann begann er den Hang hinaufzusteigen. Er war erleichtert darüber, dass er nichts von dem Nervenflattern, den schwitzenden Handflächen und den Atembeschwerden des posttraumatischen Belastungssyndroms verspürte, unter dem er so lange gelitten hatte. Nach Amandas Verschwinden hatte er damit gerechnet, dass die Schwäche zurückkehren würde, um ihn erneut zu quälen. Stattdessen war er so erfüllt von der Entschlossenheit, sie zu retten, dass für widersprüchliche Gefühle kein Platz mehr blieb.

Er stieg weiter, an Espen vorbei, aber selbst in deren Schatten stand ihm der Schweiß auf der Stirn und ließ das Hemd an seiner Haut kleben. Endlich hatte er einen Kamm erreicht und fand einen felsigen Vorsprung, der unter den Espen nach vorn ragte. Er nahm Rucksack und Gewehr von der Schulter, ließ sich auf den Stein sinken, tat sein Möglichstes, um unsichtbar zu bleiben, und musterte das Tal weiter unten. Ein See warf das Morgenlicht zurück, das die kleinen Wellen zum Glitzern brachte. Er war an einem Ende breiter als am anderen und erinnerte an ein langgezogenes Dreieck.

Er nahm das Fernglas aus dem Rucksack. Er verwendete den Hut als Sonnenschutz, damit das Licht nicht von den Linsen reflektiert wurde, und richtete das Glas auf das Wasser. Eine mit Geröll bedeckte Böschung erinnerte ihn an einen Damm. Schlagartig wurde ihm klar, dass er ein Staubecken und keinen natürlichen See vor sich hatte. Eine Bewegung erregte seine Aufmerksamkeit. Er richtete das Fernglas aus und entdeckte winzige Gestalten auf der Geröllhalde; mit plötzlicher Erregung fragte er sich, ob eine davon Amanda war. Sie machten irgendetwas an der Böschung. Bei genauerem Hinsehen stellte er fest, dass sie Steine zur Seite warfen. Es ergab keinen Sinn. Was versuchten sie zu erreichen – wollten sie den Damm durchbrechen? Warum?

Er setzte den Hut wieder auf und schob das Fernglas in den Rucksack. Er kroch zurück zwischen die Bäume; dort hängte er sich den Rucksack um und schlang sich den Gurt des Gewehrs über die Schulter. Zu seiner Linken fiel der Kamm ab, bis er auf den schmalen Eingang des Tals stieß. Das war die offensichtliche Route, die, von der der Gamemaster erwarten würde, dass er sie nahm. Andererseits konnte er sich nicht sicher sein, dass der Gamemaster sich an das Offensichtliche halten würde. Er erinnerte sich daran, dass er sich im Irak seiner Sache niemals sicher gewesen war. Jede Straße konnte einen Hinterhalt verbergen. Jeder Gegenstand am Straßenrand konnte eine Bombe sein.

Hier ist es genauso, dachte er. Nichts ist so, wie es scheint.

Er vergewisserte sich, dass seine Stiefel festen Halt fanden, und machte sich auf den Weg den holprigen Hang hinunter ins Tal, wobei er die Felsen und Bäume unablässig nach Fallen absuchte.

6

Amanda warf einen weiteren Stein in der Größe eines Fußballs zur Seite. Sie ignorierte ihre zerschundenen Hände und packte den nächsten. Es kam ihr vor, als habe sie seit einer Ewigkeit nichts anderes getan. Sie, Ray und Viv standen fünf Meter unterhalb der Oberkante des Damms. Der Sturm von gestern Abend hatte den Stausee gefüllt. Wasser schwappte über die Kante und strömte zwischen den Steinen herab. Der feine Wasserstaub trieb ihr kalt ins Gesicht. Um sehen zu können, was auf dem Boden des Beckens war, mussten sie den Damm durchstechen und das Wasser ablassen.

»Vorsicht!«, schrie Viv über das Donnern des Wassers hinweg. »Denkt daran, nach Schlangen Ausschau zu halten!«

Amanda brauchte die Ermahnung nicht. Zweimal hatte sie eine Wassermokassinschlange an sich vorbeigleiten sehen; die Strömung trieb sie über die Kante hinweg und die Halde hinunter.

»Der Brocken hier ist zu schwer!«, schrie Ray. »Helft mir, den loszukriegen!«

Amanda stolperte zu ihm hinüber und packte den Brocken. Das Blut an ihren Händen machte ihre Finger glitschig, aber sie griff zu, so fest sie konnte, und zerrte. Der Stein löste sich; sie und Ray verloren das Gleichgewicht, als der Brocken die Halde hinunterrumpelte. Sie stürzte und schlug auf dem rechten Arm auf.

»Alles okay?«, fragte Ray.

Amanda ignorierte den Schmerz und griff nach dem nächsten Stein.

»Ich kann jetzt endlich Erde sehen«, meldete Viv. »Vier Steinschichten, bevor ich drangekommen bin.«

Amanda musterte den Damm. »Noch eine Menge zu tun.« Sie bückte sich, zerrte und warf. Ihre Brust hob und senkte sich. »Das dauert zu lang. Wir müssen unter die Wasseroberfläche. Wenn wir dort die Erde freilegen, wird die Strömung sie wegwaschen und die übrigen Steine unterspülen.«

»Die Schlangen«, warnte Viv.

»Keine Alternative.«

Das Sprühwasser wusch Amanda den Schmutz aus dem Gesicht, als sie die Hände ins Wasser tauchte und an einem Stein zu zerren begann. Die starke Strömung half ihr dabei, ihn aus seiner Verankerung zu lösen. Sie riss mit einem Ruck an einem weiteren Stein, und auch er wurde von der Strömung abgetrieben. Sie griff wieder ins Wasser und riss die Hände zurück. Etwas, das aussah wie ein Stück Tau, jagte an ihr vorbei.

Einen Moment lang konnte sie sich nicht bewegen. Sie starrte ins Wasser und hatte das Gefühl, die Schlange sei in ihrem Inneren und krümmte sich dort. Als sie die nötige Entschlossenheit aufbrachte, nach dem nächsten Stein zu greifen, zerrte die Strömung an ihren Händen. Sie musste sich einen festeren Halt verschaffen, um nicht das Gleichge-

wicht zu verlieren. Dann löste sich der Stein, und das donnernde Wasser riss ihn mit sich.
Ray folgte ihrem Beispiel, aber Viv hielt sich an die Steine weiter unten – ihre Schlangenphobie war zu stark.
Der Wasserfall spülte Erde unter einem Stein heraus. Sie breitete sich in der Strömung aus.
»Ja!«, brüllte Ray.
Amanda brachte die Kraft auf, noch härter zu arbeiten. Das eiskalte Wasser lähmte ihre Finger. Sie löste einen weiteren Stein. Einen Moment später schoss wieder eine Schlange vorbei.
Ray brüllte: »Da löst sich mehr Erde!«
Eine große Erdfahne breitete sich in der Strömung aus.
»Wenn wir das Loch tiefer und weiter machen können …«
Ray zerrte.
Amanda half ihm – riss einen weiteren Stein heraus. Und noch einen. Die Erdfahne wurde breiter. Ein Stein bewegte sich von allein. Das Wasser wurde erdfarben; die nächsten Steine begannen sich zu lösen.
»Zurück!«, schrie Amanda.
Der alte Damm war seit hundert Jahren nicht gewartet worden. Plötzlich war Amanda aufgegangen, dass sie eine Kettenreaktion unter ihren Füßen ausgelöst hatten. Ein halbes Dutzend Steinbrocken setzte sich in Bewegung. Unter ihnen wurde die Erde fortgespült; weitere Steine lösten sich, was wiederum mehr Erde freisetzte. Die Kraft der Strömung war immens angewachsen. Die Kante des Damms senkte sich; ein Kanal hatte sich geöffnet, und noch mehr Wasser donnerte die Böschung hinunter, das noch mehr Erde mit sich riss. Als die Steine unter Amandas Füßen nachzugeben drohten, drehte sie sich zum Ufer und versuchte, auf der unebenen Fläche voranzukommen. Aber die

Böschung bewegte sich, als sei etwas darunter zum Leben erwacht, und sie kämpfte darum, das Gleichgewicht nicht zu verlieren, als sie sich zum Ufer hinüberarbeitete. Ray war vor ihr, Viv weiter hinten.

Sie hörte Viv schreien. Als sie herumfuhr, sah sie sie schwankend auf einem zusammenbrechenden Steinhaufen stehen. Amanda stürzte auf sie zu, packte ihre linke Hand, spürte den Ruck, als Vivs Gewicht zum Tragen kam, und geriet zusammen mit ihr ins Schwanken.

Rays Arm packte sie um die Taille und versuchte sie beide auf sicheres Gelände zu ziehen. Die Böschung drohte auseinanderzubrechen; das Wasser zerrte an Vivs Stiefeln. Viv drehte sich, und der Winkel ihrer Hand zwang Amandas Finger auseinander. Als Amanda rückwärts taumelte, stürzte Viv und verschwand in der Strömung.

»Nein!«, jammerte Amanda.

Die Kante des Damms brach ein, und eine Wasserwand stürzte auf den Fuß der Böschung zu. Inmitten des Brechers konnte Amanda Vivs braunen Overall erkennen. Ein brodelnder Teich verschluckte sie.

»Wir müssen sie da rausholen!«

Amanda stürzte zum Ufer hin und hinunter zum Fuß des Damms. Sie hörte Rays hämmernde Schritte hinter sich und sah, wie Viv sich an die Oberfläche kämpfte, Atem holte und wieder nach unten gezogen wurde.

»Ihre Stiefel!«, schrie Ray. »Sie wird nicht schwimmen können!«

Aber Viv versuchte es. Sie kam wieder an die Wasseroberfläche, streckte die Arme aus und suchte im Wasser nach Halt. Die Flutwelle trug sie weiter.

Amanda und Ray rannten am Ufer entlang und versuchten, mit der Welle Schritt zu halten.

»Kämpf nicht gegen die Strömung an!«, schrie Amanda. »Lass dich tragen! Wenn sie langsamer wird, kriegen wir dich!«

Sie wich Felsbrocken und Büscheln von Wüstenbeifuß aus und versuchte verzweifelt, in Vivs Nähe zu bleiben. Sie musste einen Bogen schlagen, verlor den braunen Overall aus den Augen und stöhnte; dann sah sie ihn wieder und rannte weiter. Viv war es gelungen, den Kopf über Wasser zu halten, und sie atmete hektisch.

Die Flut schwappte über die Ufer, die Minuten zuvor noch ein Bachbett begrenzt hatten. Das Wasser machte zwei Geräusche, ein Rumpeln und darüber ein Zischen. Es riss Trümmer mit sich. Es zerrte Viv nach unten. Ihr brauner Overall war in dem von der Erde getrübten Wasser jetzt schwer zu erkennen.

Als die Flut sich über das ebene Grasland ausbreitete, stürmte Amanda ins Wasser, nur um festzustellen, dass die Strömung sie fast von den Beinen riss. Ray zerrte sie wieder auf festen Boden.

»Viv!«, schrie Amanda.

Die Wasserfläche breitete sich weiter aus. Amanda sah, wie Viv darum kämpfte, den Kopf über der Wasseroberfläche zu halten, als die Strömung sie weiterriss. Sie stieß an etwas – einen Felsblock, wie Amanda feststellte – und klammerte sich an ihm fest.

»Ja!«, schrie Amanda. »Nicht loslassen!«

Als die Flut sich weiter ausbreitete, wurde sie langsamer. Sie sank auf einen Fuß Höhe ab. Fünfzehn Zentimeter. Viv ließ den Felsen los und sackte hinter ihm zusammen.

»Halt den Kopf über Wasser!«, schrie Amanda. Sie rannte in die Flut hinein. So flach das Wasser jetzt war, die Strömung war immer noch stark. Sie und Ray mussten sich aneinander festhalten, um nicht umgerissen zu werden. Dann fiel der Wasserstand bis auf zehn Zentimeter, und Amanda rannte auf Viv zu. Als sie stromaufwärts blickte, sah sie ein großes Loch in der Staumauer und dahinter Leere; nur ein Rinnsal kam noch die Böschung herunter. Sie rannte schneller und erreichte den Felsblock.

Viv lag auf dem Rücken, das Gesicht über der Wasseroberfläche. Amanda wollte nach ihr greifen, aber Ray zog ihre Hand zurück.

»Lass mich los! Wir müssen ihr helfen!«

»Können wir nicht! Sie ist tot.«

»Ach was! Ich habe gesehen, wie ihre Brust sich bewegt! Nimm deine gottverdammten Hände …« Die Worte blieben Amanda in der Kehle stecken. Eine Schlange kroch aus Vivs Overall hervor; der schwarze Körper glitt über ihre Schulter. Der Schwanz einer weiteren ragte aus Vivs linkem Hosenbein hervor. Die Bewegungen der Schlange ließen es so aussehen, als bewegte sich das Bein. Eine dritte Schlange steckte auf halber Strecke in ihrem rechten Ärmel.

»Die Strömung«, sagte Ray. »Sie hat ihr die Stiefel heruntergerissen und die Schlangen in ihre Kleidung gespült.«

Überall krümmten sich Schlangen; sie waren sichtbar geworden, weil das Wasser nur noch ein paar Zentimeter hoch war.

»Wir müssen weg von hier«, sagte Ray, während er Amanda fortzog.

»Aber … Viv … Vielleicht können wir ihr noch helfen.«

»Nein. Sieh dir ihre Augen an.«

Trotz des grellen Sonnenlichts zwinkerten die Augen nicht.

»Machen wir, dass wir wegkommen. Diese Schlangen sind ziemlich gereizt«, sagte Ray.

Eine zischte sie an.

Er zog sie am Arm, und diesmal ging Amanda mit ihm. Wie gelähmt vor Kummer sah sie immer wieder zurück, bis der Felsblock Vivs Leiche verbarg.
Sie erreichten trockenes Gelände. Die Schlangen blieben auf dem feuchten Boden zurück. Amanda dachte an Vivs hervorquellende Augen und schauderte.
»Als Viv gesehen hat, wie die Hunde Derricks Leiche zugerichtet hatten – weißt du noch, was sie da gesagt hat?«, fragte Amanda.
»Sie hat gesagt, sie erträgt es einfach nicht mehr.«
»Genau das.« Vollkommen überwältigt sank Amanda zu Boden. »Ich ertrage es nicht mehr.«

7

Balenger suchte sich einen Weg den Abhang hinunter. Seine Stiefel rutschten auf den nassen, toten Blättern ab, aber er packte einen Baumstamm, gewann das Gleichgewicht zurück und stieg weiter abwärts. Er sah vereinzelte Schneeflecken, die die Sonne noch nicht erreicht hatte, und stellte fest, dass der Sturm der letzten Nacht hier nicht nur Regen gebracht hatte.
Zu seiner Rechten wuchsen die Hügel zu Bergen an. Etwa anderthalb Kilometer weit nach links liefen sie zum Eingang des Tals hin aus. Im Wissen darum, wie sehr der Gamemaster Überwachungsanlagen liebte, ging er davon aus, dass sein Eindringen in das Tal bemerkt worden war. Aber angesichts von vier Hirschen, die vor ihm durch die Bäume flüchteten, wurde ihm klar, dass Alarmanlagen hier unpraktisch gewesen wären. Anlagen, die durch Drucksensoren

oder Infrarotstrahlen ausgelöst wurden, würden ständig auf Tiere reagieren. Unter den gegebenen Umständen waren Videokameras verlässlicher, und die dichtstehenden Espen ließen es unwahrscheinlich erscheinen, dass der Gamemaster gerade hier welche versteckt hatte. Ihre Wirksamkeit wäre sehr begrenzt. Es war sinnvoller, Kameras auf offenes Gelände zu richten, wo man mit wenigen Geräten viel erreichen konnte.

Balenger hielt sich beim Abstieg nach rechts; er versuchte, mehr Abstand zwischen sich und den Eingang des Tals zu bringen. Am Fuß des Hanges blieb er in der Deckung der Bäume stehen und holte Kompass und Karte heraus. Eine zwischen den Wipfeln sichtbare Hügelkuppe lieferte ihm den Anhaltspunkt, den er brauchte, um sich auf der Karte zurechtzufinden. Er ging davon aus, dass er sich nach weiteren anderthalb Kilometern auf einer Nord-Süd-Geraden mit dem Stausee befinden würde.

Er zwang sich dazu, Wasser zu trinken, biss ein Stück von einem Energieriegel ab und ging weiter zwischen den Bäumen hindurch am Rand des Tals entlang. Er musterte ständig das Gelände vor ihm und rief sich ins Gedächtnis, dass er wieder denken musste, wie er es im Irak getan hatte, und ständig nach Anzeichen für einen Hinterhalt oder eine Bombe Ausschau halten musste. Er war zu dem Schluss gekommen, dass versteckte Sprengladungen, die über Stolperdrähte oder Druckzünder ausgelöst wurden, in diesem Gelände nicht praktikabel waren. Sie würden ständig durch Tiere gezündet werden. Es war wahrscheinlicher, dass die Ladungen ferngezündet waren und bei freier Sicht auf das Ziel ausgelöst wurden. Genau wie die Minen an den Straßen im Irak. Obwohl er nach wie vor davon überzeugt war, dass Kameras ins Freie gerichtet sein würden und nicht in den unübersichtlichen Wald, mied er die offensichtlichen Wege zwischen den Bäumen hindurch – etwa Wildwechsel und Lichtungen.

Ein Rumpeln ließ ihn innehalten. Es hörte sich an wie fernes Donnern. Das Geräusch hielt eine Weile an und verklang dann. Eine Explosion?, dachte er. Nein, dazu hatte es zu lang gedauert. Vielleicht war es den Leuten auf der Geröllhalde gelungen, den Damm zu durchstechen. Obwohl er keine Ahnung hatte, warum sie sich so viel Mühe gegeben hatten, dies zu tun, hoffte er immer noch, dass Amanda unter ihnen gewesen war. Aus Sorge um sie wäre er am liebsten gerannt, aber er hielt sich zurück – er würde ihr nicht helfen können, wenn er unvorsichtig wurde.

Als der Kompass und die Karte ihm mitteilten, dass er auf gleicher Höhe mit dem Stausee angekommen war, bog er nach links ab und schob sich vorsichtig durch die Bäume. Der Wald wurde lichter und gab den Blick auf das weite Tal und die umliegenden Berge frei. Die verrinnende Zeit machte ihm zu schaffen. Es war schon fast ein Uhr mittags. Noch elf Stunden bis zum Endspiel um Mitternacht. Er hielt die Waffe im Anschlag und spähte zwischen den Bäumen ins Freie. Auf keiner Seite konnte er etwas Verdächtiges erkennen.

Vorsichtig trat er ins Freie hinaus. Nach der Deckung unter den Bäumen hatte die offene Weite etwas Beunruhigendes.

Der BlackBerry vibrierte. Er nahm ihn aus der Tasche seines Tarnanzugs und drückte die grüne Taste.

»Willkommen bei *Scavenger*«, sagte die Stimme.

Balenger betrachtete die weite Fläche vor ihm. Wüstenbeifuß, ein paar Kiefern, gelegentlich ein Felsblock. Trotz des Regens, der in der Nacht gefallen war, sah der Boden ausgetrocknet aus.

»Nachdem ich von der Grabkammer weltlichen Begehrens erfahren hatte, habe ich dieses Tal gekauft«, sagte der Gamemaster.

»Muss nett sein, wenn man sich alles leisten kann, was man haben will.« Balenger wandte sich nach links und musterte die Reihe von Bäumen hinter ihm, wobei er sich auf die obersten Äste konzentrierte.

»Ich bin in diesem Tal herumgestreift, bis ich es kannte wie einen alten Freund.«

»Du hast Freunde?« Balenger drehte sich als Nächstes nach rechts und musterte die oberen Äste der Bäume in dieser Richtung.

»Ich habe einen Metalldetektor verwendet, um den Friedhof abzusuchen – für den Fall, dass die Grabkammer dort versteckt war. Aber das einzige Metall, das der Detektor gefunden hat, gehörte zu dem Schmuck, mit dem einige der Bewohner bestattet worden waren.«

»Hast du sie ausgegraben, um das rauszufinden?«

»Ich habe den Detektor verwendet, um die ganze Stadt abzusuchen – eine mühselige Aufgabe. Wie wohl zu erwarten war, hat das Gerät auf alle möglichen Metallreste reagiert, von Nägeln über Türangeln zu rostigen Messern und Gabeln. Aber keine Reaktion, die kräftig genug gewesen wäre, um die Annahme zu rechtfertigen, dass die Grabkammer unter Avalon liegt.«

»Du bist davon ausgegangen, dass diese Grabkammer sehr groß ist?« Balenger musterte immer noch die Baumreihe, das Telefon ans Ohr gedrückt. »Vielleicht ist sie winzig – gerade groß genug für eine Bibel und ein paar von Hand geschriebene Gebete.«

»Nein«, sagte der Gamemaster. »Sie ist riesig. Ich habe ein Flugzeug gemietet und es mit einer Infrarotkamera ausrüsten lassen, die Sorte, die Wärmeunterschiede in der Landschaft aufnimmt. Erde zum Beispiel absorbiert Wärme; Stein dagegen reflektiert sie. Erde über Stein ergibt auf den Aufnahmen eine andere Farbe als tiefgründige Erde oder Erde, in der Metall liegt. Wärmepunkte scheinen auf diesen Fotos fast zu leuchten.«

Balenger fand das, wonach er gesucht hatte, und nickte. Ein kleiner Sieg.

»Die Kamera hat Tausende von Fotos gemacht. Sie hat die Wärmesignatur von jedem Teil des Tals dokumentiert. Das Fotografieren allein hat Tage gedauert. Das Auswerten der Ergebnisse Wochen. Ein paar Aufnahmen, die sich von den anderen unterschieden, haben mir Hoffnung gegeben, aber als ich an den entsprechenden Stellen graben ließ, habe ich nichts gefunden.«

»Dann ist die Grabkammer vielleicht auch eine Legende. Vielleicht hat es sie nie gegeben. Wenn sie nicht auffindbar ist, hat dein Spiel noch einen Fehler. Brich's ab.«

»Oh, die Grabkammer existiert durchaus. Ich habe mir die Originaldokumente wieder vorgenommen und irgendwann begriffen, dass die Hinweise die ganze Zeit da gewesen waren. Ich hatte einfach nur nicht richtig hingesehen.«

»Du hast die Grabkammer gefunden?«

»Allerdings.«

»Und sie ist hier in diesem Tal?«

»Aber ja.«

»Wo?«

»Das wäre zu einfach. Es ist deine Aufgabe, sie zu finden. Wenn du sie findest, hast du gewonnen.«

»Und Amanda ist frei.«

»Immer vorausgesetzt, sie übersteht die restlichen Hindernisse.«

»Dann habe ich keine Zeit zum Schwatzen.«

Balenger brach das Gespräch ab und steckte den BlackBerry in die Tasche. Er holte das Kleenex-Päckchen aus seiner Brusttasche und nahm ein Tuch heraus. Er riss es in zwei Teile, rollte die Teile zusammen und stopfte sie sich in die Ohren. Dann hob er das Mini-14, spähte durch die Zielvorrichtung und richtete den roten Punkt auf etwas aus, das er in den obersten Zweigen einer Espe entdeckt hatte: eine Videokamera.

Er hatte seit anderthalb Jahren kein Gewehr mehr abgefeuert – nicht, seit er im Irak gewesen war. Das Schießen war eine Fertigkeit, die man auch wieder verlernen konnte. Präzision war eine Frage ständiger Übung. Er hoffte, dass das Reflexvisier dies kompensieren würde, und feuerte.

Selbst mit dem in die Ohren gestopften Kleenex war das Geräusch ohrenbetäubend. Das Gewehr ruckte; eine leere Patrone fiel ins Gras. Er sah zu der Kamera in den Ästen hinüber, gut fünfzehn Meter entfernt, sieben Meter hoch im Baum. Ein dunkles Loch in der Rinde unterhalb der Kamera teilte ihm mit, dass er die Waffe beim Abziehen nicht ruhig gehalten hatte.

Er zielte wieder. Dieses Mal zog er langsamer ab. *Krach.* Der Rückstoß ging durch ihn hindurch. Trümmer der Kamera flogen durch die Luft. Der Rest baumelte an einem Draht.

Er ging die Baumreihe entlang und bemerkte eine weitere Kamera in den Espenzweigen, etwa fünfzig Meter von der ersten entfernt. Wahrscheinlich war das ganze Tal von ihnen umgeben. Und zu jeder Kamera gehörte ein Bildschirm. Balenger wusste, dass es dem Gamemaster vollkommen unmöglich war, alle Monitore gleichzeitig zu beobachten. Wahrscheinlich gab es einen Bewegungssensor, der einzelne

Bildschirme aktivierte, wenn eine menschliche Gestalt im Blickfeld der Kamera erschien.
Na ja, hier wäre noch einer, mit dem er seine Zeit nicht mehr verschwenden muss, dachte Balenger. Er hob die Waffe, richtete den roten Punkt aus, drückte den Abzug und schoss die Kamera in Stücke. Der BlackBerry in seiner Tasche begann zu vibrieren. Er ignorierte es.
Er ging weiter und musterte dabei die weite Fläche ringsum. Der endlose Himmel erinnerte ihn an den Irak. Amanda, dachte er. Amanda, wiederholte er immer wieder. Amanda, brüllte er in Gedanken. Das Mantra gab ihm Kraft.
Er sah eine weitere Kamera; diesmal war sie zwischen Felsen versteckt. Er schoss sie in Trümmer.
Wieder vibrierte der BlackBerry in seiner Tasche. Aber er hatte etwas Wichtigeres gefunden, das seine Aufmerksamkeit in Anspruch nahm – eine Rinne, die ihn am Weitergehen hinderte. Sie war breit und tief. Wasser von den Regenfällen des Vortags floss am Boden entlang. Sie schien ihm ein natürliches Bachbett zu sein, aber Balenger nahm nur zur Kenntnis, dass er sie nicht umgehen konnte. Alles hier konnte eine Falle sein.

Level 8

Der Tresor des Jüngsten Tages

I

Amanda blieb zusammengekauert auf dem Boden liegen und starrte zu dem Felsblock hinüber, hinter dem Vivs Leiche lag.

»Gehen wir«, sagte Ray.

»Ich hab's ernst gemeint. Ich ertrage es nicht mehr.«

»Niemand verlässt das Spiel«, warnte die Stimme in ihrem Kopfhörer.

»Wer hat irgendwas von verlassen gesagt?« Amandas Stimme klang dumpf vor Müdigkeit. »Ich spiele einfach nicht mehr mit.«

»Wir haben keine Zeit für so was«, sagte Ray. »Wir müssen nachsehen, was in dem Staubecken ist.«

Amanda sah in die Richtung des Sees, hinüber zu der Lücke im Damm und der Leere dahinter. »Es kommt nicht drauf an.«

»Ich kann nicht warten.« Ray machte sich auf den Weg zum See.

»Tatenlosigkeit ist auch eine Form des Spielens«, sagte der Gamemaster zu Amanda. »Es ist die Entscheidung, nicht zu gewinnen. Was würde Frank sagen?«

»Frank?« Amanda sah auf. Der Name wirkte wie ein belebender Funke. »Halt ihn aus dieser Geschichte raus! Verdammt noch mal, was hast du mit ihm gemacht? Was für eine kranke Art hast du dir ausgesucht, um ihn umzubringen?«

»Ihn aus der Sache heraushalten? Das will ich gar nicht. Genaugenommen *kann* ich es auch gar nicht.«

»Wovon redest du?«
»Frank will mitspielen.«
Die Worte ergaben keinen Sinn. *Frank will mitspielen?*
Ein Schuss ließ sie aufschrecken. Der Widerhall sprang im Tal hin und her, aber soweit Amanda es beurteilen konnte, war das Geräusch ursprünglich von der anderen Seite des überfluteten Bereichs und von den Hügeln im Norden gekommen. Ein zweiter Schuss folgte. Ja, von Norden.
Mitspielen?
Amanda stand mit einiger Mühe auf. Sie hörte einen weiteren Schuss. Frank? Bist du das? Kommst du mitspielen? Warum die Schüsse? Sie wartete und lauschte angestrengt, aber es kam kein vierter Schuss.
Frank?
Sie sah zu Ray hinüber. In der Nähe des durchstochenen Damms hatte auch er sich umgedreht und starrte jetzt über das spärliche Rinnsal hinweg zu den Hügeln im Norden hinüber. Als es wieder still wurde, verspannten sich seine hageren Gesichtszüge. Im grellen Sonnenlicht kletterte er weiter die Böschung zu dem leeren Staubecken hinauf.
Amanda folgte ihm. Ihre Beine schmerzten von all der Zeit, die sie gebückt an den Felsen herumgezerrt hatte, aber wenn der Gamemaster nicht gelogen hatte, musste sie alles tun, um Frank zu helfen.
Sie erreichte den Fuß der Böschung und stieg sie in einer Zickzacklinie hinauf, um ihre Kräfte zu schonen, wie Viv es ihr gezeigt hatte. Viv. Das Entsetzen über ihren Tod traf sie jetzt noch schwerer. Weitermachen, sagte sich Amanda. Tu das, was Viv gewollt hat. Zahl es ihnen heim.
Kurz vor der Kante der Böschung stieß sie auf die Wasserflaschen, die sie, Ray und Viv mit schmelzendem Schnee gefüllt hatten. Die hektische Mühe, mit der sie den Damm

durchstochen hatten, hatte sie so durstig gemacht, dass sie den größten Teil des Wassers getrunken hatten. In einer Flasche waren noch ein paar Schlucke übrig. Amanda schüttete sie sich in den Mund – das Wasser war in der Sonne unangenehm warm geworden – und kletterte weiter.
Sie traf Ray dabei an, wie er das schlammige Becken musterte. Trotz der Gewalt, mit der das Wasser abgeströmt war, waren noch ein paar Gegenstände im Schlamm zurückgeblieben. Verrottete Baumstämme. Die Überreste eines offenen Pferdekarrens. Das Skelett eines Rindes. Etwas, das vielleicht einmal ein Ruderboot gewesen war.
Das Becken war etwa hundert Meter lang und am schmalen Ende zehn Meter breit; an dem Damm, auf dem sie stand, betrug die Breite vierzig Meter. Fische krümmten sich in den Pfützen. Ein paar Schlangen folgten den schwach strömenden Wasserrinnen im Schlamm.
»Ich sehe keine menschlichen Knochen«, sagte Ray.
»Vielleicht sind sie im Schlamm begraben.
»Das Rinderskelett da ist es aber nicht. Es gibt keinen Anhaltspunkt dafür, dass die Bewohner hier verschwunden sind. Ich sehe auch nichts, das nach einem Behälter aussähe – wenn es das ist, was wir suchen.«
»Etwa zwölf Meter tief. Das ist eine Menge Platz. Was es auch ist, nach dem wir suchen, es könnte überall sein.«
Amanda sah über die Schlammfläche hinweg zu den Hügeln im Norden hin und fragte sich wieder, warum die Schüsse gefallen waren. Frank, kommst du hierher?, dachte sie in verzweifelter Hoffnung. Dann wurde ihr klar, dass es ein Fehler war, in diese Richtung zu sehen. Sie wollte nicht, dass der Gamemaster zu viel an Frank dachte. Sie wollte, dass er sich darauf konzentrierte, wie sie und Ray das Spiel spielten.

Ray zog seinen GPS-Empfänger aus der Tasche und rief die Koordinaten auf, die sie auf dem Friedhof entdeckt hatten. Der rote Pfeil zeigte über das Becken hinweg. »Wir müssen triangulieren. Geh am Ufer entlang. Achte darauf, wohin der Pfeil auf deinem Gerät zeigt.«

Amanda ging zehn Meter weit und blieb dann stehen, um auf ihren Empfänger zu sehen. Der Pfeil wies über die Hörner des Rinderskeletts hinweg auf etwas, das ein paar Zentimeter aus dem Schlamm ragte.

»Was ist das?«, fragte Ray.

»Ich bin mir nicht sicher. Es sieht aus wie Metall«, antwortete Amanda. »Die Kante von irgendwas.«

Der Gegenstand, was es auch sein mochte, schien etwas über einen Meter lang und etwas weniger als einen Meter breit zu sein.

»Weltliche Eitelkeiten«, sagte Ray. »Das ist es doch, was die Grabkammer enthalten soll. Aber das da sieht mir nicht aus, als ob viel reinpasste.«

»Es erinnert mich an irgendwas, aber ich weiß nicht mehr, wo ich es gesehen habe.« Die Erinnerung nagte. Amanda tat einen Schritt auf den abschüssigen Hang des Beckens. Der Boden gab nach, aber er trug sie. Nach einem halben Dutzend Schritten wurde er schlammig, aber der Untergrund war noch fest. Noch ein halbes Dutzend Schritte, und der Schlamm quoll über ihre Stiefelspitzen.

»Ich weiß nicht, ob ich noch viel weiter gehen kann.«

Der Gegenstand war immer noch zehn Meter entfernt. Sie wartete ab, bis eine Schlange sich in Sicherheit gebracht hatte, und tat einen weiteren Schritt den Abhang hinunter. Ihr rechter Stiefel versank im Schlamm.

Sie ging weiter. Sie verfolgte keuchend, wie ihr Stiefel vollständig im Untergrund verschwand, bis der Schlamm sich um ihren Knöchel schloss. Dann sank er weiter, und sie verlor das Gleichgewicht. In plötzlicher Panik verlagerte sie das Gewicht auf den anderen Fuß, um sich abzustützen, aber der Schlamm war wie ein Maul, das an ihrem rechten Bein saugte und drohte, sie nach vorn fallen zu lassen. Er reichte ihr jetzt fast bis zum Knie. Sie drehte sich um und landete auf dem linken Ellenbogen. Schlamm flog. Eine Schlange zischte. Sie versuchte, seitwärts zu kriechen, aber ihre Hände und Ellenbogen versanken im Schlamm, sie hatte nicht die Kraft, sie wieder herauszuziehen. Die Masse ihres Körpers verhinderte, dass sie ganz untersank, aber sie war gefangen.

Hilflos sah sie zu Ray hinüber, der vom Rand des Beckens herübersah. Sein hageres, stoppelbärtiges Gesicht zeigte keinerlei Emotion, und sie ahnte, dass seine früheren Versuche sie und Viv von dem zusammenbrechenden Damm herunterzuziehen, für heute das Äußerste an Heldentum gewesen waren, was sie erwarten konnte.

Der Winkel, in dem ihr gefangenes Bein abgeknickt war, schmerzte so sehr, dass Amanda sich Sorgen machte, sie könnte sich das Knie verrenken oder eine Sehne zerren. Ihre Lungen fühlten sich leer an. Sie verlagerte ihr Gewicht auf eine Schulter und nutzte den Halt für einen Versuch, ihre rechte Hand aus dem Schlamm zu ziehen. Der Schlamm wehrte sich wie ein lebendes Wesen. Sie zerrte nachdrücklicher und spürte den Adrenalinstoß, als sie die Hand freibekam. Sie holte mehrmals tief Atem und stellte fest, dass sie genau auf das Rinderskelett starrte. Jetzt wusste sie auch, warum das Tier nicht aus dem Becken hatte entkommen können. Der Schädel zeigte in ihre Richtung. Sie streckte den rechten Arm aus, bis ihre Schulter schmerzte. Ihre Finger streiften ein Horn. Sie griff weiter aus und zuckte zusammen bei dem Schmerz in ihrem Handgelenk und Ellenbogen, aber es gelang ihr, das Horn zu packen. Sie brauchte etwas Festes, an dem sie sich aus dem Schlamm ziehen konnte, aber der Schädel löste sich vom Rest des Skeletts, und sie fiel zurück.

Sie stöhnte. Verzweifelt zog sie den Schädel näher zu sich heran. Beim Anblick der Hörner kam ihr eine Idee. Sie drehte den Schädel um und atmete ruckartig aus, während sie die Hörner in den Schlamm rammte. Sie kamen hart auf etwas Festem auf. Sie stemmte die rechte Hand gegen den Schädel, fand den Halt, den sie brauchte, und stieß sich ab. Der Schlamm machte ein schmatzendes Geräusch, als sie die linke Hand freibekam. Sie packte auch mit dieser den Schädel, stemmte sich hoch und setzte sich schlammbedeckt auf.

Der Druck auf ihr rechtes Knie war jetzt weniger schmerzhaft. Sie schaufelte mit den Händen den Schlamm rings um ihr rechtes Bein fort und schleuderte eine Handvoll nach der anderen zur Seite. Ein Teil floss zurück in das Loch, das sie auszuheben versuchte, aber sie grub weiter. Noch ein Ruck, und ihr Bein war frei. Sie wusste, wenn sie jetzt aufzustehen versuchte, würde sie wieder im Schlamm versinken. Sie drehte sich um, packte den halb im Schlamm begrabenen Schädel und zog sich auf dem Bauch über den Matsch. Sie zog den Schädel heraus und rammte ihn näher zum Rand des Beckens hin wieder in den Schlamm. Sie zog ihren Körper weiter aufwärts, fand Untergrund, der weich, aber solide war, und brachte es fertig, auf die Beine zu kommen.

Ray sah ihr dabei zu. »Hätte keinen Zweck gehabt, wenn wir beide da drin festgesteckt hätten«, sagte er.

»Klar.«

»Wenn ich geglaubt hätte, dass ich helfen kann, hätte ich's

getan. Aber ich bin schwerer. Meine Stiefel wären noch weiter eingesunken als deine.«
»Natürlich.«
»Ich will nur, dass du's verstehst.«
»Glaub mir, das tu ich auch.«
»Nicht, dass es drauf ankommt«, sagte Ray. »Wir sind sowieso so gut wie tot. Es gibt keine Möglichkeit, an das Ding da unten im Dreck ranzukommen, was es auch ist, und irgendwas über diese Grabkammer rauszufinden.«
»Stimmt nicht.« Amanda hoffte, dass ihre nächste Feststellung in Kombination mit dem Überlebenskampf im Schlamm den Gamemaster von Frank ablenken würde. »Ich weiß, wie wir da runterkommen.«

2

Balenger starrte in die Rinne hinunter. Auf ihrem Grund floss Wasser. Sie war etwa zwei Meter tief und vielleicht drei Meter breit – zu breit, als dass er hätte hinüberspringen können.
Er sah nach rechts und links und stellte fest, dass die Rinne sich bis zu den Enden des Tals erstreckte. Es würde zu lang dauern, wenn er versuchte, einen Weg um sie herum zu finden. Aber sein Instinkt warnte ihn davor, in sie hinunterzusteigen.
Vielleicht ist sie genau das, wonach sie aussieht, versuchte er sich zu beruhigen.
Aber er konnte das Risiko nicht eingehen. Er musste davon ausgehen, dass dies eine Falle war. Ob Sprengladungen in der Rinne versteckt waren? Wenn ja, konnten sie nicht durch

Druckzünder ausgelöst werden. Tiere, die zum Trinken an den Wasserlauf kamen, hätten sie zur Explosion gebracht. Die einzige Alternative war, dass der Gamemaster die Ladungen auf elektronischem Weg zündete, wenn seine Kameras ihm zeigten, dass Balenger in der Rinne war.

Noch ein guter Grund, die Kameras zu zerstören, dachte Balenger.

Zeit, dachte er. Er war gezwungen, eine Entscheidung zu treffen, und so sagte er sich, dass es eine Unmenge Sprengstoff erfordert hätte, Minen auf der ganzen Länge des Bachbetts zu verstecken. Das Zeug war nicht so einfach zu beschaffen. Die Wahrscheinlichkeit war groß, dass irgendeine Behörde auf die Lieferungen aufmerksam geworden wäre. Ob der Gamemaster bereit gewesen wäre, ein solches Risiko einzugehen?

Wenn es also kein Sprengstoff ist, was ist dann da unten?, dachte Balenger. Was ist genauso gefährlich, lässt sich aber leicht in einer Rinne verstecken?

Etwas an dem Ausdruck *auf elektronischem Weg zünden* nagte an ihm. Als ihm ein erster Verdacht kam, sah er sich nach dem Wald um, der jetzt etwa achthundert Meter hinter ihm lag. Er fragte sich, ob es möglich war, einen toten Baum bis zu der Rinne zu zerren und ihn als Brücke zu verwenden, kam aber zu dem Schluss, dass es ihn zu sehr ermüden und zu lang dauern würde, selbst wenn es technisch möglich war. Mitternacht rückte bedrohlich näher.

Er bemerkte Steine auf dem Boden, hob einen auf und warf ihn in die Rinne. Er wiederholte dies immer wieder und baute so einen Steg über das Wasser. Er musste schnell arbeiten, denn die Steine bildeten zugleich eine Art Damm, und das Wasser stieg an und floss über die Steine hinweg. Er konnte nicht zulassen, dass seine Stiefel das Wasser berührten, denn er war zunehmend überzeugt davon, dass im Wasser ein Elektrokabel verborgen war. In der Regel würde es nicht unter Strom stehen – so konnte der Gamemaster vermeiden, jedes Tier zu töten, das zum Trinken ans Wasser kam. Aber sobald die Kameras ihm mitteilten, dass Balenger das Tal betreten hatte, könnte er den Strom eingeschaltet haben.

Balenger arbeitete schnell, warf mehr Steine ins Wasser. Aber das Wasser stieg und floss über die Barriere hinweg. So kam er nicht weiter.

Amanda, dachte er.

Er bemerkte einen viel größeren Steinblock und begann ihn vorwärts zu stoßen. Er war an die Höhenluft nicht gewöhnt und stöhnte vor Anstrengung. Beeil dich!, dachte er. Er gab dem Block einen letzten Stoß und sah zu, wie er in die Rinne stürzte und noch ein Stück rollte, bis er in dem flachen Wasser unterhalb des Damms liegen blieb, den Balenger unabsichtlich gebaut hatte.

Aber dabei war Wasser über die Oberseite des Steins gespritzt. Wenn Balenger mit dem Elektrokabel recht hatte, war es gefährlich, auf den nassen Stein zu treten. Er musste warten, bis die Fläche trocken war. Er stellte fest, dass die grelle Sonne das Ufer nach dem Regen der letzten Nacht schon wieder getrocknet hatte, und ließ sich vorsichtig die steile Böschung hinunter, wobei er darauf achtete, sich mit seinem ganzen Gewicht dagegenzudrücken, um nicht den Halt zu verlieren und im Wasser zu landen. Die Oberseite des Felsens begann bereits zu trocknen. Das Wasser roch trügerisch angenehm.

Um die frustrierende Wartezeit zu überbrücken, untersuchte er die Wände der Rinne, und die Anspannung kehrte sofort zurück, als er einen in das Ufer eingebauten Kasten

bemerkte. Er war etwa fünfzehn Meter entfernt und sorgfältig so angebracht, dass er von oben nicht zu sehen war. In dem Kasten war eine Videokamera. Zweifellos gab es noch weitere davon, die in Abständen in der Rinne angebracht waren.
Balenger steckte sich das Papiertuch wieder in die Ohren. Er hob das Gewehr, legte den roten Punkt über das Ziel und jagte die Kamera hoch. In seiner Hosentasche vibrierte der BlackBerry. Er machte sich nicht die Mühe, das Gespräch anzunehmen.
Der Felsblock war jetzt trocken. Balenger hängte sich das Gewehr über die Schulter, machte einen langen Schritt und setzte den rechten Stiefel auf dem Stein auf. Er keuchte, als er den Stromstoß spürte. Selbst ohne Wasser, das als Leiter hätte dienen können, war die Elektrizität noch durch den Stein hindurch spürbar. Es reichte nicht aus, um ihn umzubringen, aber es war so schmerzhaft, dass er fast das Gleichgewicht verloren hätte und ins Wasser gefallen wäre, wo er mit Sicherheit umgekommen wäre. Er zog den linken Fuß mit einem Ruck vom Ufer, streckte ihn zur anderen Seite aus und sprang über den Wasserlauf. Als er sich von dem Steinblock abstieß, bewegte sich der Felsen unter ihm und hätte ihn fast in den Bach geschleudert, aber er warf die Arme nach vorn, wobei das Gewicht des Rucksacks ihm zusätzlich half, und landete auf dem Uferstreifen. Fast wäre er zurück ins Wasser gerollt. Er spürte einen Krampf in der Brust, als er die Finger in die Erde grub und sich festhielt.
Vorsichtig richtete er sich auf, griff nach der Kante der Uferwand und zog sich hoch, die Knie in die Erde gestemmt. Als er den Kopf über die Kante hob, schnappten Zähne zu; Speichel sprühte. Er keuchte, ließ los und rutschte wieder an der Wand hinunter.

Ein Hund. Der im nächsten Moment lossprang.
Balenger wälzte sich auf die Seite, spürte den Luftzug, als der Hund an seinem linken Knie aufkam und weiter nach unten rollte. Das Tier landete am Bach, vermied aber das Wasser, knurrte und ging zum Angriff über. Balenger lag noch auf dem Rücken, und der Rucksack zog ihn nach unten; er trat zu und traf das Tier an der Schnauze. Er hatte keine Zeit, das Gewehr von der Schulter zu nehmen. Selbst wenn es ihm gelungen wäre, der Hund war zu nahe, als dass er hätte zielen können. Er trat noch einmal zu und packte dabei das Messer, das er in der rechten Hosentasche festgeklemmt hatte, ließ die Klinge aufschnappen und richtete sich weit genug auf, um ausholen zu können.
Ein weiteres Knurren kam von weiter hinten. Ein zweiter Hund streckte den Kopf über die Uferkante und schnappte nach ihm. Im gleichen Augenblick machte der erste Hund einen Satz über Balengers Stiefel hinweg; die Zähne zielten auf seinen Unterleib. Balenger stach zu und erwischte die Schnauze oberhalb des Mauls. Blut spritzte; der Hund fuhr zurück, trat ins Wasser und jaulte, als sein Körper sich unter dem Elektroschock zu krümmen begann. Er sprang aus dem Wasser, aber die Nerven waren bereits so beschädigt, dass ihm die nötige Kraft fehlte. Er schlug wieder im Wasser auf und begann im Todeskampf zu zucken. Aus dem Jaulen wurden hektische Grunzer, die dann verstummten, und der Hund lag still.
Auch der zweite Hund verstummte, als sei er verblüfft über das, was geschehen war. Balenger drehte sich um und erwischte den Hund mit einem Aufwärtshieb unter dem Kiefer. Mit einem Kläffen fuhr das Tier zurück und verschwand hinter der Uferkante.
Balenger kam auf die Füße und rannte nach links am Bach-

ufer entlang, in die entgegengesetzte Richtung. Als er einen scharfen Schmerz im Bein spürte, sah er nach unten und bemerkte Blut. Das verdammte Vieh hat mich gebissen!, dachte er. Mein Gott, hat der die Tollwut?

Er erreichte eine Stelle, die aussah, als könnte er leicht aus der Rinne herausklettern, riss aber die Hände zurück, als Zähne nach ihnen schnappten. Zwei Hunde erschienen in seinem Blickfeld; Schaum troff ihnen von den Kiefern. Einer hatte eine Schnittwunde unter dem Kiefer. Der andere war größer, hatte die Ausmaße eines Deutschen Schäferhundes.

Balenger ließ das Messer fallen, nahm das Gewehr von der Schulter und riskierte einen schnellen Blick, um zu überprüfen, dass der Lauf nicht mit Erde verstopft war. Beide Hunde wichen zurück. Er zielte, um bereit zu sein, wenn sie sich wieder zeigten. Selbst mit dem Kleenex in den Ohren hörte er das Knurren von der Kante der Rinne.

Er schob sich nach links am Wasser entlang, starrte zur Kante hinauf und hoffte dabei, er könnte die Hunde hinter sich lassen. Ein Knurren teilte ihm mit, dass sie mit ihm Schritt hielten.

Vielleicht kann ich sie verscheuchen, dachte er. Er feuerte in der Hoffnung, dass das Geräusch sie vertreiben würde.

Einen Moment lang herrschte Stille.

Dann setzte das Knurren wieder ein.

Die Hunde waren groß, aber dürr. Balenger vermutete, dass sie vor Hunger rasend waren. Er nahm den Rucksack von den Schultern. Das Gewehr in einer Hand, öffnete er die Klappe und zog zwei Energieriegel heraus. Er schleuderte sie nach links über die Uferkante. Als er Bewegung hörte, rannte er nach rechts, hob das Messer auf und klemmte es wieder in der Tasche fest. Er lief an dem toten Hund im Wasser vorbei und weiter.

An einer weniger steilen Stelle kletterte er die Böschung hinauf, spähte über die Kante, sah keine Bedrohung und kletterte aus der Rinne. Die Hunde waren in einiger Entfernung, knurrten sich an und stritten um die Energieriegel. Das größere Tier packte einen Riegel, verschlang ihn mitsamt der Verpackung und ging auf den anderen Hund los, bevor der den verbliebenen Riegel erreicht hatte.
Der BlackBerry vibrierte in Balengers Tasche. Er ignorierte es und ging in Richtung Staubecken.

3

Leg mehr drauf!«, sagte Amanda. Sie stand inmitten der Ruinen und streckte die Arme aus; Ray legte ein Brett nach dem anderen darauf.
»Zu viele!«, sagte er.
»Gib mir mehr!« Die Muskelanspannung ließ sie zusammenzucken. »Okay, das reicht!«
Amanda ging zu dem leeren Becken hinüber. Sie hörte einen weiteren Schuss. Auch dieser kam aus dem Norden, aber er klang näher.
Frank?, dachte sie. Bist das wirklich du? Auf was schießt du da? Sofort begann sie zu fürchten, dass es Frank sein könnte, auf den geschossen wurde. So darfst du nicht denken!, sagte sie sich selbst. Frank kommt! Daran muss ich einfach glauben!
Das Gewicht der Bretter ließ ihre Arme schmerzen, als sie weitertaumelte und schließlich das Becken erreichte. Dort ließ sie sie krachend fallen. Ihr Mund fühlte sich trocken an, als hätte sie ihn mit Watte ausgetupft.

Ray schleppte sich zu ihr hin und ließ seine eigene Last fallen. Er sah auf die Uhr. »Zwanzig vor zwei.«
»Wie schnell die Zeit vergeht, wenn man sich amüsiert«, sagte Amanda.
Sie griff nach zwei Brettern und legte sie nebeneinander auf die schlammige Uferböschung.
»Oder wie langsam«, sagte der Gamemaster in ihrem Kopfhörer. »In Computerspielen ist die Zeit relativ. Es kommt immer nur darauf an, wie sie aufgeteilt wird.«
»Geh zum Teufel«, sagte Amanda. Sie und Ray beeilten sich, weitere Bretter auf den Schlamm zu legen.
»Viele Spiele haben Zeitzähler, aber in den Spielen, in denen es um die Entwicklung virtueller Zivilisationen geht, zeigen die Zähler Monate und Jahre anstelle von Sekunden und Minuten. Tatsächlich kann es vorkommen, dass ein Monat nur eine Minute dauert. Andererseits geben manche Spiele zwar vor, die konventionelle Zeit zu messen; in Wirklichkeit kann eine Minute auf ihrem Timer aber durchaus zwei Minuten in der sogenannten wirklichen Zeit dauern. Der Spieler hört mit dem Spiel auf und stellt fest, dass zweimal so viel konventionelle Zeit vergangen ist, wie das Spiel angegeben hat. Die Wirkung kann verstörend sein.«
Amanda baute weiter an ihrem Brettersteg und versuchte, die Stimme zu ignorieren.
»Dann kann es passieren, wie ihr selbst schon festgestellt habt, dass die subjektive Zeit eines Spiels sich von den Angaben der Uhr unterscheidet. Eine Freundin von mir, die gerade an Krebs stirbt, hat die Entdeckung gemacht, dass das hohe Tempo der vielen gleichzeitigen Entscheidungen, die manche Spiele erfordern, jedem Augenblick eine große Fülle verleiht und den Eindruck erweckt, dass die Zeit langsam vergeht. Für manche Spieler können die vierzig Stun-

den, die das durchschnittliche Spiel dauert, das Äquivalent eines ganzen Lebens bedeuten.«

Ein weiterer Schuss hallte über das leere Staubecken hinweg. Amanda starrte zu den Bergen im Norden hinüber.

»Du kannst dich drauf verlassen – *Frank* kommt es vor wie ein ganzes Leben«, sagte der Gamemaster.

»Glaub ihm nicht. Er manipuliert dich bloß«, sagte Ray. »Wahrscheinlich sind es Jäger, die da schießen. Wenn wir Glück haben, finden sie uns vielleicht.«

Aber was könnten sie schon tun, um uns zu helfen?, dachte Amanda. Wir sind lebende Bomben. Und überhaupt – was könnte Frank tun, um uns zu helfen?

»Ich lüge nie«, sagte der Gamemaster. »Wenn ich euch sage, diese Schüsse sind ein Zeichen dafür, dass Frank kommt, dann könnt ihr mir glauben.«

»Du lügst nie? Kann ich nicht beurteilen.« Ray starrte wütend zum Himmel hinauf. »Aber eins ist sicher, du hast nie die ganze Wahrheit gesagt.«

Denk nicht so!, ermahnte Amanda sich selbst. Frank kommt. Er muss kommen. Versuch einfach weiter, den Gamemaster abzulenken. Sie legte das letzte Brett in den Schlamm und rannte zurück, um weitere zu holen.

4

Balenger erreichte eine einzelnstehende Kiefer, den einzigen höher gelegenen Punkt weit und breit, und wie er erwartet hatte, entdeckte er eine am Stamm befestigte Videokamera. Er hob das Gewehr, zielte und schoss sie in Trümmer.

Licht aus, dachte er.
Er schob ein neues Magazin in die Waffe und lud das halbleere nach. Dabei sah er ständig nach rechts, wo die beiden Hunde ihn aus einer Entfernung von etwa dreißig Metern beobachteten. Er setzte sich wieder in Bewegung. Sie taten es ihm nach. Er blieb stehen. Die Tiere ebenfalls.
Der Schmerz in seinem Knie veranlasste ihn, nach unten zu sehen. Das tarnfarbene Hosenbein war blutbefleckt. Die Zähne des Hundes hatten den Stoff durchbohrt. Er sah die Bissstelle und machte sich Sorgen über den Speichel, den er am Maul des Hundes gesehen hatte.
Wie lang ist die Frist, in der man sich noch gegen Tollwut impfen lassen kann?, dachte er.
Er setzte den Rucksack ab und lehnte das Gewehr dagegen, wobei er darauf achtete, dass keine Erde in den Lauf geriet. In der heißer werdenden Sonne holte er das Erste-Hilfe-Set und das Klebeband heraus. Er sah zu den Hunden hinüber. Sie beobachteten ihn aufmerksam.
Erschieß sie, dachte er.
Aber obwohl sein Rucksack schwer war von der Munition, musste er sparsam damit umgehen. Es war besser, die Kameras zu zertrümmern – oder den Gamemaster umzubringen, dachte er – als zwei Hunde zu erschießen, die er vielleicht nicht zu erschießen brauchte. Irgendwann würde er möglicherweise alles dafür geben, diese beiden Kugeln wiederzubekommen.
Sehen wir mal, wie schlau die sind.
Er hob die Waffe und zielte auf den größeren Hund, den, der aussah wie ein Deutscher Schäferhund.
Er raste davon, und sein Gefährte folgte ihm. Er verfolgte den größeren Hund mit der Waffe und war versucht zu schießen, aber es wäre nicht einfach, ein Ziel zu treffen, das

immer kleiner wurde und sich in der Ferne verlor, und so setzte er die Waffe wieder ab.
Er schraubte den Verschluss einer Wasserflasche ab, trank von der unangenehm warmen Flüssigkeit und goss etwas davon über sein Knie, um Blut und Dreck abzuwaschen. Die Stellen, wo die Zähne eingedrungen waren, waren rot umrandet; wahrscheinlich waren sie bereits entzündet. Er öffnete das Erste-Hilfe-Set, nahm eine Tüte mit einem antiseptischen Tuch heraus und riss die Kante ab. Das Tuch darin roch nach Alkohol. Er rieb es über die Einstichstellen und zuckte vor Schmerz zusammen. Er öffnete eine Tube mit antibiotischer Salbe, schmierte sie über die Löcher und bedeckte sie mit Mull. Dann schnitt er mit seinem Messer Streifen von dem Klebeband ab und klebte die Mullabdeckung an seinem Knie fest. Er hoffte, dieser Druckverband werde die Blutung stillen. Klebeband. Er erinnerte sich daran, wie einer der Sicherheitsleute es genannt hatte, mit denen er im Irak zusammengearbeitet hatte: der beste Freund des Scharfschützen.
Er sah über die Grasfläche hin und suchte nach weiteren Kameras.
Als der BlackBerry wieder vibrierte, zog er sich die Kleenex-Pfropfen aus den Ohren und drückte auf die grüne Taste.
»Hör auf, die Kameras zu zerstören«, sagte die Stimme.
»Ich dachte, der springende Punkt bei all dem ist, dass ich einfallsreich sein soll.«
»Von der Zerstörungswut abgesehen machst du alles so, wie ich es wahrscheinlich auch machen würde.«
»Warum kommst du dann nicht runter und spielst dein verdammtes Spiel selbst?«
Keine Antwort.

»Komm schon!«, brüllte Balenger in den BlackBerry. »Sei ein Held!«
»Irgendjemand muss ja schließlich der Gamemaster sein.«
»Warum?«
Auch diesmal antwortete die Stimme nicht.
»Sieh's doch mal andersrum«, sagte Balenger. »Wir haben über den Fehler im Spiel geredet – die Tatsache, dass du meine Bewegungen nicht verfolgen konntest. Wie sieht es mit dem Fehler im Universum aus?«
»Das Spiel und das Universum. Es ist beides das Gleiche. Von welchem Fehler redest du?«
»Gott fühlte sich einsam und schuf andere Wesen, grandiose Wesen, die Engel, und so kam das Böse in die Welt, denn einige dieser Engel verrieten ihn. Danach war Gott wieder einsam, aber er glaubte seine Lektion gelernt zu haben und schuf geringere Wesen – Menschen –, die so unbedeutend waren, dass sie unmöglich den Hochmut aufbringen konnten, ihn verraten zu wollen. Und trotzdem haben sie ihn verraten. Ist das dein Problem?«
»Dass die Leute mich verraten?«
»Dass du einsam bist? Dass du jemanden willst, der mit dir spielt?«
In der Ferne schrie ein Falke. Im Telefon dagegen wurde es still.
»Wir würden mit Vergnügen mit dir spielen«, teilte Balenger dem Gamemaster mit, »solange du uns nicht umbringst.«
»Manchmal«, sagte die Stimme.
»Ja?«
»Verwirrst du mich.«
Balenger verspürte eine Woge der Hoffnung.
»Wie kann ich zu euch hinuntersteigen und mit euch spielen? Ihr seid nicht real.«

Die Verbindung brach ab.
»Die Kugeln in diesem Mini-14 sind real«, murmelte Balenger. Er schob den BlackBerry in die Tasche, sah sich nach weiteren Kameras um, die er zerstören konnte, und ging weiter.

5

Mit blutenden Händen hob Amanda die eine Seite der Tür an, während Ray die andere nahm, und trug sie von dem Unterstand fort, den sie und Viv am Abend zuvor gebaut hatten. Sie erinnerte sich daran, wie Viv das Wasser mit ihr geteilt und gesagt hatte, dass sie zusammenarbeiten mussten, wenn sie überleben wollten.
Jetzt war Viv tot.
Sie war immer noch wie gelähmt vor Schock. Ihre Knie fühlten sich weich an, die Stiefel schwer. Der Hunger machte sie schwerfällig, aber sie würde sich nicht gestatten, der Schwäche nachzugeben. Es war noch nicht lang her, seit sie einen weiteren Schuss gehört hatte, noch näher diesmal; und wenn Frank kam, wie der Gamemaster gesagt hatte, dann würde er keine Versagerin antreffen. Sie würde alles tun, was sie tun konnte, um ihm zu helfen. Sie würde arbeiten, bis sie umfiel.
Genau das wäre beinahe passiert. Ihr Stiefel traf auf einen Stein. Sie wäre mitsamt der Tür fast gestürzt, aber sie fing sich wieder und schleppte sich weiter, bis sie den Steg erreicht hatten, den sie und Ray im Schlamm gebaut hatten.
»Das müsste jetzt eigentlich reichen«, sagte Ray.
Er bewegte sich rückwärts die Böschung hinunter, während

er sein Ende der Tür trug. Amanda folgte ihm mit kurzen Schritten, die ihr erlaubten, auf den abschüssigen Brettern aufrecht zu bleiben.

Als sie unten angekommen waren, ließen sie die Tür auf den Steg hinuntergleiten und stellten sie auf die Kante, damit Ray noch Platz hatte, um sich an ihr vorbeizuschieben und den Steg hinaufzusteigen bis zu Amanda. Die Bretter unter ihnen schwankten im Schlamm. Der verrottete Geruch ringsum war übelkeiterregend. Sie kippten die Tür so, dass sie auf der Unterkante stand, und beförderten sie dann bis ans Ende des Bretterstegs, wo sie sie flach auf den Schlamm fallen ließen. Dreck spritzte. Ein paar Meter entfernt zischte eine Schlange.

Die Tür war neben dem geheimnisvollen Gegenstand gelandet, von dem nur eine Kante sichtbar war.

Die Bretter schwankten wieder. Amanda und Ray streckten die Arme aus, um das Gleichgewicht zu halten.

»Zu viel Gewicht.« Amanda ging in die Hocke, um den Schwerpunkt nach unten zu verlagern. »Wir dürfen nicht so nah beieinanderstehen.« Sie trat auf die Tür, die sich ein Stück weit senkte, aber hielt. »Ich bin leichter. Ich sollte das machen.«

Ray zog sich auf die Bretter weiter oben zurück.

Allmählich hörte die Unterlage auf zu schwanken.

Amanda drehte sich zu dem im Schlamm verborgenen Gegenstand um. Knapp einen Meter breit und etwas über einen Meter lang. Auch im Inneren war Schlamm. »Ich habe immer noch keine Ahnung, was das für ein Ding ist.«

Sie ging auf die Knie und spähte vorsichtig hinein, um sicherzustellen, dass keine Schlange darin war. »Was soll ich jetzt machen? Den Dreck rausschöpfen und nachsehen, ob irgendwas darunter begraben ist?«

Sie nahm einen der Gummihandschuhe aus der Tasche, zog ihn über die rechte Hand, zögerte und versenkte die behandschuhte Hand dann im Schlamm. Sie spürte nichts und ging tiefer. Der Druck des Schlamms reichte jetzt fast bis zum Ellenbogen, bis zum Ende der Handschuhstulpe.
»Hast du was gefunden?«, fragte Ray.
»Eine Menge Dreck.« Sie fürchtete hineinzufallen, als sie sich noch weiter vorbeugte. »Moment, warte mal.« Ihre Finger berührten etwas Hartes. Rund. Kanten. Sie schloss die behandschuhten Finger darum.
»Vorsicht«, sagte Ray. »Wir wissen nicht, ob das nicht wieder so eine Art Falle ist. Vielleicht ist etwas Scharfes drin.«
»Nein, es fühlt sich an wie ein …«
Sie spannte die Muskeln an und zog den Gegenstand heraus. Der Sog zerrte ihr fast den Handschuh von der Hand.
»Ein Stein«, sagte sie, als sie auf den Gegenstand in ihrer Hand hinuntersah. »Einfach bloß ein Stein.« Aber sie wusste inzwischen, dass scheinbar bedeutungslose Gegenstände im Lauf des Spiels plötzlich eine Bedeutung gewinnen konnten, und so warf sie ihn ans Ufer. »Und ich habe da unten noch eine Menge andere Steine fühlen können.«
»Vielleicht ist irgendwas unter ihnen versteckt«, gab Ray zu bedenken.
»Aber ich wüsste nicht, wie ich unter die Steine kommen sollte, um das rauszufinden.«
Ray sah auf die Uhr. »Zwanzig nach zwei. Keine zehn Stunden mehr. Wir haben schon wieder Zeit verschwendet.« Er sah stirnrunzelnd auf etwas unterhalb von ihr hinunter. »Auf der Kante vor dir. Wo der Schlamm trocknet. Sieht das aus, als wäre irgendwas in das Metall unten drunter geritzt?«
Amanda sah auf die Stelle, auf die er zeigte. Sie kratzte an

dem trocknenden Schlamm. »Zahlen.« Obwohl sie sich Mühe gab, triumphierend zu klingen, hatte ihre Stimme den gleichen Klang wie der abplatzende Dreck. »Zwei Zahlensätze. LT vor dem einen. LG vor dem anderen.«
»Koordinaten«, sagte Ray.
Amanda wischte auf beiden Seiten Schlamm fort. »Hier auch. Ich wette, auf der gegenüberliegenden Kante stehen sie auch – um sicherzustellen, dass wir sie sehen, ganz gleich, von welcher Seite wir es versuchen.«
»Lies sie mir vor!« Ray programmierte sie in seinen GPS-Empfänger ein. Er sah auf den Pfeil des Displays. »Zeigt nach Westen. Aber das genaue Ziel kann ich nicht sehen. Die Böschung von dem Damm ist im Weg.«
Amanda kam schwankend den Brettersteg herauf. »Sehen wir nach.«

6

Balengers Verdacht hatte sich bestätigt – das Rumpeln, das er gehört hatte, war das Geräusch gewesen, mit dem der durchstochene Damm brach. Als er das schlammige Becken erreichte und auf die Wüstenei hinuntersah, begriff er zunächst nicht, warum der Schlamm sich zu bewegen schien, bis er feststellte, dass es hier Schlangen gab. Angewidert wandte er den Blick ab und sah zum tiefsten Teil des Beckens hin, und dabei entdeckte er zu seiner Überraschung zwei menschliche Gestalten am gegenüberliegenden Ufer. Sie standen auf einem improvisierten Steg, der zu einem rechteckigen, im Schlamm begrabenen Metallgegenstand hinunterführte.

Eine der beiden war ein hagerer stoppelbärtiger Mann in einem schmutzigen grünen Overall. Die andere war kleiner und trug einen blauen Overall und eine schlammbeschmierte Kappe. Diese Gestalt wandte ihm den Rücken zu, aber Balenger sah augenblicklich und mit einer Welle der Erregung, wer sie war.

Überglücklich öffnete er den Mund, um »Amanda!« zu brüllen. Aber die Empfindungen, die durch ihn hindurchjagten, drückten ihm die Kehle zusammen. Bei ihrem Anblick wurde ihm schwindlig.

Auf der Böschung gegenüber bemerkte der Mann Balenger und sagte hastig etwas zu Amanda. Sie fuhr herum. Ihr Gesicht war so schlammig wie ihr Overall, aber er hätte sie überall erkannt. Balengers Herz hämmerte so heftig, dass er glaubte, es werde brechen.

Amanda brauchte einen Moment – als wagte sie nicht daran zu glauben, dass die Person, die sie sah, wirklich war. Dann richtete sie sich gerader auf, und trotz ihrer schmutzigen Wangen war ihr Lächeln strahlend.

Balengers Stimme tat inzwischen wieder ihren Dienst; er brachte es fertig, die wichtigste Frage zu stellen: »Bist du verletzt?«

»Eine Menge Kratzer, aber ich bin noch am Leben!« Sie zeigte herüber. »Dein Bein blutet!«

»Hundebiss!«

»Was?«

»Ich hab die Blutung unter Kontrolle. Deine Hände!«

»Ich hab ein bisschen Haut verloren. Und ein paar Nägel abgebrochen. Meine Hände waren sowieso noch nie sehr vorzeigbar!«

Balenger schwoll die Brust vor Liebe zu ihr.

Der Mann brüllte: »Hast du was zu essen?«

»Ja. Wasser auch!«
»Gott sei Dank!« Der Mann stieg den Brettersteg hinauf. Balenger sah zu, wie Amanda ihm folgte. Als sie sich einen Weg das Ufer hinauf suchte, sah sie sich immer wieder nach ihm um, entschlossen, ihn so wenig wie möglich aus den Augen zu lassen.
Und Balenger selbst wandte den Blick nicht von ihr, während er auf das flache Ende des Staubeckens zurannte.
»Ich dachte, du bist tot!«, schrie Amanda zu ihm herüber, während sie sich auf der anderen Seite in die gleiche Richtung bewegte.
»Ich habe gedacht, *du* bist tot!«, brüllte Balenger zurück.
»Was ist mit dir passiert?«
»Keine Zeit!«, schrie Balenger. »Ich erzähl's dir, wenn wir die Gelegenheit haben!«
Als sie einander näher kamen, sah Balenger, dass sowohl Amanda als auch ihr Gefährte Kopfhörer mit Mikrofonen trugen. Sie erreichten das schmale Ende des Beckens, wo eine alte Brücke über den Bach führte, der den Stausee speiste. Amanda begann, auf die Brücke zuzurennen.
»Halt!«, rief Balenger; sein Instinkt warnte ihn. »Bleibt von der Brücke weg! Das könnte eine Falle sein!«
Amanda und ihr Begleiter blieben zögernd stehen.
»Essen!«, brüllte der Mann. »Wir sind am Verhungern hier!«
Balenger nahm seinen Rucksack ab, zog zwei Energieriegel heraus und schleuderte sie über die Brücke. Er war schockiert, als er sah, mit welcher Verzweiflung Amanda und ihr Gefährte sich auf sie stürzten. Sie rissen das Papier ab und kauten hastig. Es erinnerte ihn an die beiden Hunde, die ihn angegriffen hatten, und daran, wie die Energieriegel sie zur Raserei getrieben hatten. Er warf zwei Wasserflaschen in das Gras auf der anderen Seite des Baches.

Amanda und der Mann griffen nach ihnen und schraubten die Verschlüsse ab.
»Langsam!«, schrie Balenger.
»Wissen wir!« Die Augen des Mannes glitzerten gefährlich, als hasse er es, wenn man ihm sagte, was er tun sollte.
»Zum letzten Mal haben wir gestern Nachmittag gegessen«, erklärte Amanda. »Ein paar Stücke Obst aus der Dose.«
Er wusste, dass Kameras ihn beobachteten, und so versuchte Balenger sich nicht anmerken zu lassen, wie wütend er war. Jonathan, dachte er, wobei er ausnahmsweise den Namen des Gamemasters verwendete, dafür wirst du bezahlen.
Er spähte unter die Brücke. Der Schatten war tief. Er holte die Taschenlampe aus dem Rucksack, ging dicht neben der Brücke auf die Knie und zielte mit dem Lichtstrahl darunter. An einem Vorsprung war ein dunkler, viereckiger Gegenstand befestigt, an dem ein kleinerer Gegenstand hing.
»Eine Bombe«, sagte Balenger.
Amanda und ihr Gefährte hielten im Kauen inne und traten zurück.
»Dieses Arschloch«, sagte der Mann. »Ich hätt's wissen müssen.«
»Ihr seid beide total ausgehungert«, sagte Balenger. »Die Riegel müssten helfen.« Er ging zum Wasser hinunter und kam zu dem Schluss, dass der Bach selbst nicht unter Strom stehen konnte, wenn die Schlangen in ihm überlebten. Er watete durch eine flache Stelle und kletterte auf der anderen Seite die Böschung hinauf.
Amanda rannte mit ausgestreckten Armen auf ihn zu. Balenger konnte es kaum abwarten, sie zu umarmen. Aber sie überraschte ihn damit, dass sie plötzlich stehen blieb. »Nein. Bleib weg.«
»Was ist los?«, fragte er.

»Er hat Sprengstoff an uns versteckt.«
»Was?«
»Wir wissen nicht, ob er in den Stiefeln, den Kopfhörern oder den GPS-Geräten ist.« Sie holte den Empfänger aus der Tasche und zeigte ihn ihm.
Jetzt verstand Balenger, was er auf dem Bildschirm seines BlackBerrys gesehen hatte – die explodierende Frau.
»Das Mikrofon im Kopfhörer ist gleichzeitig eine Videokamera«, erklärte der Mann.
»Yeah«, antwortete Balenger bissig, »der Gamemaster mag Kameras.«
Der Mann ließ die Wasserflasche sinken. »Du weißt Bescheid über den?«
Balenger nickte. »Ich glaube nicht, dass er uns hochjagen wird, nachdem er uns schließlich doch noch zusammengeführt hat.«
Er ging zu Amanda hin, berührte ihre schlammige Wange und lächelte. »Ich kann dir gar nicht sagen, wie sehr ich dich vermisst habe.«
Als sie sich küssten, nahm der Kuss kein Ende. Er wollte nicht, dass er ein Ende nahm. Obwohl Mitternacht drohend näher rückte, wollte er sie bis in alle Ewigkeit festhalten. Aber sie brach den Kuss ab und drückte schaudernd die Wange an ihn.
Er machte sich nicht die Mühe, den Schlamm abzuwischen, den sie auf seinem Gesicht hinterlassen hatte. »Wir schaffen das. Wir kommen hier raus.«
Ihr Blick wurde abwesend, als lauschte sie einer fernen Stimme. »Der Gamemaster sagt, ich soll dir sagen, dass du Derricks Kopfhörer aufsetzen sollst. Er will mit dir reden.«
»Derrick?« Balenger runzelte die Stirn. »Wie viele Leute sind noch hier?«

»Am Anfang waren wir zu fünft.« Einen Moment lang brachte Amanda die Worte nicht heraus. »Drei sind tot.«
»Drei?« Balenger war fassungslos. »Wo ist dieser Kopfhörer?«
»Ich bin mir nicht sicher«, sagte Amanda. »Er muss wohl da hinten liegen, wo …« Sie sah ihren Gefährten an, der den Blick abwandte. »Er muss dort drüben sein.« Sie zeigte nach hinten, zu den Resten der Siedlung hinüber.
»Zeig's mir.«
Im Gehen sagte der Mann. »Ich bin Ray Morgan.«
»Frank Balenger.«
Sie schüttelten einander die Hand.
»Yeah, der Gamemaster hat von dir geredet«, sagte Ray.
»Ich bin sicher, er hat nur Schmeichelhaftes über mich zu sagen.«
»Ich nehme nicht an, dass du Zigaretten dabei hast?«
»Tut mir leid.«
»Passt.« Rays Stimme hatte einen scharfen Unterton. »Ich hab den Riegel langsam gegessen, wie du gesagt hast. Hast du noch mehr?«
Balenger öffnete den Rucksack und holte zwei weitere Riegel und zwei Flaschen Wasser heraus.
Dieses Mal wirkten Amanda und Ray nicht so verzweifelt, als sie die Verpackung aufrissen.
»Ich habe schon gedacht, wir haben vor Hunger und Durst so viel Kraft verloren, dass wir das Spiel nicht mehr gewinnen können«, sagte Ray.
»Scavenger.«
»Darüber weißt du auch Bescheid?«, fragte Amanda überrascht.
»Der Gamemaster und ich haben ein paar gute Gespräche geführt«, sagte Balenger.

»Als ich dich gesehen habe, habe ich gedacht, ich kriege Halluzinationen.« Ray zeigte mit einer Handbewegung auf Balengers braunen Tarnanzug. »Du siehst aus, als wärst du aus dem Irak eingeflogen.«

Etwas an Rays Art veranlasste Balenger zu der Frage: »Warst du dort?«

»Flieger bei den Marines.«

»Ich war Ranger im ersten Irakkrieg. Freut mich, dich kennenzulernen, Marine, obwohl ich mir bei Gott wünschte, die Begleitumstände wären besser.«

»Ganz meinerseits.«

Amanda drückte eine Hand auf ihren Kopfhörer. Ihre Stimme klang verwirrt, als sie sich wieder an Balenger wandte. »Der Gamemaster will wissen, ob du jemals vom Tresor des Jüngsten Tages gehört hast.«

»Nein, aber ich bin mir ganz sicher, er wird mir alles Nötige erzählen.«

Sie erreichten die Siedlungsruinen. Balenger bemerkte einen Bretterhaufen in der Mitte der von Unkraut überwucherten Straße. Der Geruch teilte ihm mit, dass etwas Totes darunterlag.

Als er Amanda ansah und auf eine Erklärung wartete, warf sie ihm einen warnenden Blick zu. Ray schien sich unbehaglich zu fühlen. Balenger brachte das Thema nicht zur Sprache.

»Wo ist der Kopfhörer?«, fragte er.

Amanda horchte auf etwas. »Der Gamemaster sagt …« Sie streckte die Hand aus. »Dort.«

Balenger ging zu den Resten eines Gebäudes hinüber und fand den Hörer zwischen weiteren Brettern. Er hob ihn auf und untersuchte ihn. Spritzer von getrocknetem Blut bedeckten ihn. Er erinnerte sich an Amandas warnenden Blick und fragte nicht nach. Der Bügel war stabil, aber dünn. Die Ohrhörer und die Kombination aus Mikrofon und Kamera waren kompakt. Er öffnete ein kleines Batteriefach auf der linken Seite des Bügels.

»Ich wüsste nicht, wo hier ein Zünder untergebracht sein könnte«, sagte er. »Und in dem Bügel oder den Ohrhörern ist kein Platz für Plastiksprengstoff. Vielleicht in dem Kamera-Mikrofon-Ding. Aber ich glaube, ein wahrscheinlicherer Ort für den Sprengstoff wären eure Stiefel oder die GPS-Empfänger.« Er sah auf Amandas schlammige Stiefel hinunter. »Sind die nass geworden?«

»Durchweicht.«

»Dann müsste der Zünder sehr wasserfest sein, um nicht aufzugeben. Ich kann mich irren, aber ich vermute, die GPS-Geräte sind die Bomben.«

Amanda lauschte in ihren Kopfhörer. »Der Gamemaster sagt, du sollst den Hörer aufsetzen.«

Balenger nahm den Hut ab. In der brennenden Sonne rückte er den Hörer zurecht und setzte den Hut wieder auf. »Was ist also mit diesem Tresor des Jüngsten Tages?«, fragte er den Gamemaster, während er sich zugleich in den Trümmern nach einer Kamera umsah.

»Angeblich leidest du doch unter einem posttraumatischen Belastungssyndrom«, sagte die Stimme.

»Tu ich auch. Ich habe einen Fanclub von Psychiatern, die dir das bestätigen könnten.«

»Aber du lässt keine Schwäche erkennen.«

»Ich bin ziemlich zielorientiert. Gib mir etwas zu tun, und ich konzentriere mich so sehr drauf, dass ich vergesse, was für ein Wrack ich bin.« Balenger suchte weiter die Ruinen ab. »Und glaub mir einfach, ich bin ein Wrack. Ohne Licht kann ich nicht schlafen. Geschlossene Türen ertrage ich nicht. Ich habe Alpträume von einem Typ, der mir den Kopf abschlagen will. Ich zittere ohne Grund. Ich wache schreiend auf. Die Bettwäsche ist schweißgetränkt. Wenn das hier vorbei ist, wenn wir gewonnen haben, dann kann ich dir garantieren, dass ich total zusammenklappe.«

»Du bist dir sicher, dass ihr gewinnt?«

»Jeder, der ein Spiel spielt und nicht vorhat, zu gewinnen, hat schon verloren. Ich habe eine Frage an dich. Woher hast du gewusst, wo der Kopfhörer liegt?«

Balenger sah, was er gesucht hatte, nahm die Ohrhörer aus den Ohren und ersetzte sie durch einen Kleenex-Pfropfen. Er hob die Waffe.

»Was machst du da?«, fragte Ray alarmiert. Er und Amanda traten rasch zur Seite.

Die Kamera war in einem wirren Haufen von Holztrümmern versteckt. Balenger legte den roten Lichtpunkt über das Ziel und drückte ab. *Krach*. Er fing den Rückstoß ab und nahm wie nebenbei die leere Hülse wahr, die zur Seite flog. Inmitten des Geruchs nach verbranntem Pulver ließ er die Waffe sinken und musterte zufrieden die irreparablen Schäden, die die Kugel der Kamera zugefügt hatte.

Er nahm die Kleenex-Pfropfen aus den Ohren. »Wieder so ein Spanner, um den wir uns keine Gedanken mehr zu machen brauchen.«

»Jetzt hör mir sehr genau zu«, sagte der Gamemaster. »Das war das letzte Mal, dass du einen wesentlichen Bestandteil des Spiels zerstörst.«

»Ach?«

»Wenn du es noch mal tust, zünde ich den Sprengstoff in Miss Everts GPS-Gerät.«

Ich hatte recht, dachte Balenger. Da stecken die Bomben also. »Auf die Gefahr hin, das Spiel zu beenden?«

»Ohne Kameras gibt es kein Spiel. Glaubst du mir, dass ich es tun werde?«

Balenger sah sich nach Amanda um. Sie wirkte verängstigt. »Ja.«

»Dann lass die Kameras in Frieden und spiel das verdammte Spiel.«

»Okay, spielen wir also das verdammte Spiel.«

Die Anspannung in Amandas Körper ebbte ab.

»Sonst noch irgendwelche Einschränkungen?«, fragte Balenger. »Du behauptest, du wolltest, dass wir einfallsreich sind, aber wenn wir's sind, beschwerst du dich. Wenn wir keine Chance haben, sag's uns gleich, das erspart uns eine Menge Mühe.«

»*Scavenger* ist zu gewinnen. Ich erfinde keine unfairen Spiele.«

»Okay«, sagte Balenger. »Ich bin ein bisschen spät auf diesem Level angekommen. Kann jemand mich auf den letzten Stand bringen?«

»Wir haben Koordinaten auf diesem Ding gefunden, das da hinten im Dreck begraben ist«, sagte Ray. Er hob sein GPS-Gerät, das er jetzt mit großem Misstrauen handhabte. »Der Pfeil zeigt da rüber. Nach Westen.«

»Auf diese Berge zu«, sagte Balenger.

»Oder zu etwas, was es auch ist, zwischen uns und den Bergen«, sagte Amanda. »Und außerdem habe ich in diesem Ding im Schlamm Steine gefunden.«

»Steine?«

»Ich hab einen davon ans Ufer geworfen.«

Balenger berührte ihre Schulter auf eine, wie er hoffte, beruhigende Art. »Zeig mir, wo er liegt.«

7

Sie gingen an dem Bretterhaufen vorbei, von dem der Geruch des Todes in die Nachmittagssonne stieg. Amanda starrte Ray an. Balenger verzichtete auch dieses Mal auf jeden Kommentar.

»Der Tresor des Jüngsten Tages«, sagte er in sein Mikrofon.

»Du hast mir immer noch nicht erzählt, was das ist.«

»Die ultimative Zeitkapsel«, antwortete der Gamemaster. »Es ist eine Kammer in einem Berg auf einer Insel im Nordpolarmeer. Die Insel heißt Spitzbergen und gehört zu Norwegen.«

Sie erreichten den Rand des Trümmerfelds von Avalon – aus dem König Artus niemals auferstehen würde, dachte Balenger, als ihm die alte Geschichte wieder einfiel.

»Was macht ihn zu der ultimativen Zeitkapsel?« Vor sich sah Balenger die Kante des zerstörten Stausees.

»Die Tatsache, dass er buchstäblich eine Form von Zeit enthält. Die Kammer ist riesig, halb so groß wie ein Fußballfeld.«

»Eine Form von Zeit? Was ist drin, eine Atomuhr? Was es auch ist, es muss gigantisch sein.«

»Im Gegenteil. Um genau zu sein, die meisten der Gegenstände sind sehr klein.«

Balenger blieb am Rand des geleerten Beckens stehen. »Klein?«

»Aber Millionen von ihnen.«

Balenger sah auf die Metallkante des im Schlamm verborgenen Gegenstands hinunter. »Und was macht sie zu einer Form von Zeit?«

»Es sind Samen.«

»Das verstehe ich nicht.« Balenger spürte eine innere Unruhe aufsteigen.
»Für jeden Typ essbarer Pflanze auf der Erde«, sagte der Gamemaster. »Dieses Saatgut verkörpert zehntausend Jahre experimentellen Ackerbaus. Als der Mensch damit begann, Felder zu bebauen, war es eine Vorgehensweise aus Versuch und Irrtum. Man nahm wilde Pflanzen und versuchte sie zu domestizieren. Viele der Körner und Wildgemüse waren klein und lieferten nicht annähernd den Nährwert, den wir heute für selbstverständlich halten. Mais zum Beispiel war ein wildes Gras, dessen Ähren wenige Zentimeter lang waren und nur ein paar Reihen von Samen hatten. Mehrere Jahrtausende sorgfältiger Zucht haben zu den großen Pflanzen geführt, die wir heute kennen.«
»Und warum hat man diese Samen in eine Kammer auf einer Insel im Nordpolarmeer gelegt?«
»Weil eine Reihe von Wissenschaftlern und Staaten sich Gedanken wegen der Überlebensfähigkeit des Menschen machen«, antwortete der Gamemaster. »Es ist nicht nur die globale Erwärmung, die ihnen Sorgen bereitet. Ein Atomkrieg stellt eine wachsende Gefahr dar. Oder man stelle sich vor, ein Virus machte alle ungeschützten Samen unfruchtbar. Oder was wäre, wenn ein Asteroid auf die Erde trifft? Es hat Beinahezusammenstöße gegeben, über die wir nie informiert wurden. Heutzutage ist das, was wir zu fürchten haben, allerdings weniger die Natur als wir selbst. Wenn Gruppen von Menschen eine globale Katastrophe überleben sollten, kann der Tresor des Jüngsten Tages ihnen die Samen liefern, die sie brauchen, um Nahrung anzubauen.«
»Als Erstes müssten die Leute aber wissen, wo der ist«, sagte Balenger. »Dieser Tresor gehört ja nun nicht gerade zum Allgemeinwissen.«

»Sein Standort muss zu seinem eigenen Schutz geheim gehalten werden. Sperren und vakuumverschlossene Türen sorgen dafür, dass der Inhalt nicht gestohlen wird.«

»Dann käme ich also nicht ins Innere, selbst wenn ich wüsste, wo das Ding ist.«

»Die Verantwortlichen wissen, wo es ist und wie man die Türen öffnen kann.«

»Angenommen, sie kommen selbst bei der Katastrophe um, die sie fürchten.«

»Wir sollten alle hoffen, dass das nicht der Fall sein wird. Ohne den Tresor des Jüngsten Tages würde eine globale Katastrophe die Menschheit zwingen, zehntausend Jahre zurückzukehren zu den Anfängen der Landwirtschaft und den Prozess der selektiven Zucht ganz von vorn zu beginnen. Deshalb handelt es sich um eine Zeitkapsel. Bewahrt im Kälteschlaf der Arktis, schickt sie zehntausend Jahre in eine ungewisse Zukunft.«

»Kälteschlaf?« Balenger runzelte die Stirn. »Wenn die Erderwärmung eine Tatsache ist, könnte das Eis dort schmelzen, die Temperaturen in der Kammer würden steigen, und die Samen könnten nicht mehr bewahrt werden.«

»Wenn die Erderwärmung eine Tatsache ist? Nichts ist Tatsache.«

»Dieses Spiel ist eine Tatsache. Die Bisswunde in meinem Knie ist eine Tatsache. Amandas aufgeschürfte Hände sind eine Tatsache.«

Balenger sah zu ihr hinüber. »Wo ist dieser Stein, den du aus dem Ding da im Becken geholt hast? Wo hast du ihn hingeworfen?«

»Da drüben.« Amanda hob ihn auf. Der Stein war mit getrocknetem Schlamm überzogen und hatte die Größe einer Faust; die Oberfläche war uneben.

Balenger spürte das Gewicht. Er kehrte zum Bach zurück und spülte den Stein ab. Er war grau.
»Hier ist noch eine andere Farbe«, sagte Amanda.
»Weltliches Begehren. Weltliche Eitelkeit.« Balengers Stimme war leise.
»Mein Gott, ist das ...« Ray nahm ihm den Stein aus der Hand und drehte ihn um. »Gold! Heiliger ... Der hat eine Goldader, die ganz durchgeht!«
Das Gelb des Goldes war bleich und schmutzig. Aber es übte eine geradezu urtümliche Faszination aus. Balengers Blick blieb daran hängen. Dann sah er über das Tal hinweg in die Richtung, in die Rays GPS-Gerät sie gewiesen hatte, zu den Hügeln im Westen hin.
»Die Mine«, sagte Ray.
Amanda zeigte auf den im Schlamm begrabenen Gegenstand. »Ich glaube, jetzt weiß ich, was das Ding da ist. Es ist eine Lore.«
»Mit Erz drin«, fügte Balenger hinzu.
Ray murmelte: »Die Hall of Records.«
»Was?« Der plötzliche Themenwechsel verwirrte Balenger.
»Der Gamemaster hat uns einen Hinweis gegeben, aber wir haben ihn nicht erkannt. Mount Rushmore. Die Kammer dort. Die Hall of Records.«
»Ich kapier's immer noch nicht.«
Amanda erklärte: »Der Gamemaster hat uns erzählt, als sie angefangen haben, die Präsidentenköpfe aus dem Mount Rushmore zu hauen, war die Weltwirtschaftskrise auf dem Höhepunkt. Die Schöpfer des Denkmals waren so besorgt, die sozialen Unruhen könnten das Land zerstören, dass sie unter dem Denkmal eine Kammer eingebaut haben. Sie hatten sich überlegt, dass man unersetzliche Dokumente wie etwa die Unabhängigkeitserklärung dort sicher aufbewah-

ren könnte. Aber die Weltwirtschaftskrise ging zu Ende, die Gefahr des gesellschaftlichen Chaos verschwand, und die einzigen Dokumente, die letzten Endes dort untergebracht wurden, beschreiben nur den Werdegang des Denkmals selbst.«

»Unter dem Berg.« Rays Stimme wurde lauter. »Himmeldonnerwetter, er hat uns die Antwort geliefert, und wir haben's nicht gemerkt. Die Grabkammer ist in einem von diesen Bergen! In der Mine!« Ray sah hektisch auf die Uhr. »Es ist schon halb vier.« Er sah auf den Pfeil des GPS-Empfängers, watete durch den Bach und rannte durch das struppige Gras auf die Berge zu.

Balenger wartete, bis er außer Hörweite war. Dann nahm er die Kappe ab, wischte sich über die Stirn und entfernte den Kopfhörer. Er nahm auch Amanda den Hörer ab und begann mit ihnen an sein Bein zu klopfen, damit Ray die Unterhaltung nicht hören konnte.

»Was war es, das du mir nicht erzählen wolltest?«

»Der Bretterhaufen dort«, sagte Amanda.

»Was ist mit ihm?«

»Es liegt eine Leiche drunter.«

»Ich hab's gerochen.«

»Ich habe einen Mann namens Derrick erwähnt. Ray hat ihn mit einem Stein erschlagen.«

»Mit einem Stein ...?« Balenger blieb das letzte Wort in der Kehle stecken.

Der BlackBerry vibrierte in seiner Tasche. Seine Empfindungen wirbelten, als er das Gespräch annahm.

»Setzt die Kopfhörer wieder auf, oder ich löse die Zündung aus«, sagte die Stimme.

Balenger richtete die Antwort in den Himmel hinauf. »Jonathan, hat dir dieser Teil des Spiels Spaß gemacht?«

»Nenn mich nicht ›Jonathan‹. Ich bin der Gamemaster.«
Amanda war fassungslos, dass Balenger den Namen des Gamemasters kannte.
»Hat es dir Spaß gemacht, zuzusehen, wie jemand zu Tode geprügelt wird?«, fragte Balenger.
»Nichts in diesem Spiel ist geplant. Niemand hätte vorhersagen können, dass dieser Vorfall sich ereignen würde.«
Balenger drückte sich das Telefon ans Ohr. »Aber hat es Spaß gemacht zuzusehen, wie es passiert ist?«
Das Schweigen zog sich in die Länge.
»Ja«, sagte der Gamemaster. »Es hat Spaß gemacht. Setzt die Kopfhörer auf.«
»Ich stehe so dicht neben Amanda, dass du uns beide umbringen wirst, wenn du den Zünder bedienst. Ich bin der, dem du Beifall spendest, weißt du noch? Ich bin dein Avatar. Es wäre so, als brächtest du dich selbst um.«
»Mich selbst umbringen? Bist du jetzt der Analytiker? Weil du bei diesen ganzen Psychiatern warst, glaubst du jetzt, du hättest selbst die entsprechende Qualifikationen?«
»Du hast eine interessante Vorstellung vom menschlichen Charakter. Ich frage mich, ob *du* jemals bei einem Analytiker warst.«
»Zum letzten Mal. Setzt die Kopfhörer auf.« Die Stimme klang scharf vor Ärger.
Balenger hörte auf, sich mit den Mikrofonen ans Hosenbein zu schlagen, und gab Amanda ihren Hörer zurück; dann setzte er seinen eigenen auf.
Rays Stimme meldete sich augenblicklich. »Was habt ihr da zu besprechen, das ich nicht hören soll?« Er stand in hundert Meter Entfernung im Gras und starrte zu ihnen herüber.
»Wir haben ein paar der Details in diesem Spiel erörtert«, sagte Balenger.

»Zum Beispiel?«
»Es war privat, um genau zu sein. Die Sorte Mann-Frau-Zeug, die dir sowieso peinlich gewesen wäre.«
»Quatsch. Sie hat dir erzählt, was unter diesem Bretterhaufen ist.«
»Hey, wir stecken alle zusammen hier drin. Hat keinen Zweck, Geheimnisse zu haben«, sagte Balenger.
Ray antwortete nicht. Selbst auf die Entfernung war sein Ärger unverkennbar. Er drehte sich um und ging weiter nach Westen, in die Richtung, die der Pfeil auf seinem GPS-Empfänger angab.

8

Während sie Ray folgten, aß Amanda einen weiteren Energieriegel. Sie erzählte Balenger, was geschehen war, seit sie in dem Schlafzimmer aufgewacht war. Als er ihr danach beschrieb, was passiert war, seit er in den Ruinen des Paragon Hotel aufgewacht war, klang Balenger nicht minder besorgt. Immer wieder sah er dabei nach rechts, wo die beiden Hunde, die inzwischen zurückgekehrt waren, im Abstand von etwa fünfzig Metern mit ihnen Schritt hielten. Er hob die Waffe. Sie rannten davon.
Weiter vorn sah Ray auf etwas im Gras hinunter. Was er dort auch immer gefunden hatte, es veranlasste ihn, schneller zu gehen. Als Balenger die Stelle erreichte, trat er in die tiefen Furchen eines alten Fahrwegs.
»Zu der Mine hin«, sagte Amanda.
Sie gingen den Weg entlang, weil sie sahen, dass die Furchen auf die Berge zuführten. Beinahe konnte Balenger das Rum-

peln der Räder und das Klopfen der Hufe von den unzähligen Fuhrwerken hören, die hierhergekommen und wieder weggefahren waren, Vorräte zum Bergwerk gebracht und Gold mitgenommen hatten. Die Straße schien auf einen Hügel in der Mitte zuzuführen. Nachdem sie eine Stunde gegangen waren, ragte ein Gipfel vor ihnen auf. Die Hunde kamen zurück, blieben aber in sicherer Entfernung.

Ray blieb stehen und wartete auf sie. Er holte sein Feuerzeug aus der Tasche seines Overalls und ließ es auf- und zuklicken. »Warum fallt ihr zurück? Tut dein Knie weh?«

»Nichts, womit ich nicht klarkäme.«

»Wenn es dir Ärger macht, muss ich das wissen. Ich kann keine Zeit damit verschwenden, dass ich auf euch warte.«

»Geht schon.«

»Ich meine, wenn du nicht Schritt halten kannst, sollte ich vielleicht das Gewehr nehmen, damit du es nicht zu schleppen brauchst.«

»Das Gewehr ist nicht schwer.«

»Ich könnte noch etwas Wasser brauchen.«

Balenger gab ihm eine Flasche. »Jetzt sind noch fünf übrig.«

»Nicht genug.«

»Bis Mitternacht kommen wir aus damit. Das Wichtigste ist, dass wir eine positive Einstellung behalten.«

»Ich hab genug über die positive Einstellung gehört, als ich noch bei den Marines war.« Ray öffnete und schloss sein Feuerzeug. »Amanda hat dir einen falschen Eindruck vermittelt.«

»Einen falschen Eindruck?«

»Was da passiert ist, war Selbstverteidigung.«

»Kann ich nicht beurteilen, ich hab's nicht gesehen.«

»Er ist mit einem Stein auf mich losgegangen.«

Balenger stellte fest, dass Ray es vermied, den Toten beim Namen zu nennen. »Ein Mann muss sich verteidigen dürfen.«

»So ist es.« Ray steckte das Feuerzeug weg.

Sie folgten dem Fahrweg auf die Berge zu. Balenger bekam eine Vorahnung. Er fragte sich, warum die Siedlung nicht näher bei ihren wichtigsten Kunden gebaut worden war.

Amanda hob die Hand. »Ich glaube, ich kann das Bergwerk sehen.«

Die Hänge auf beiden Seiten waren mit Gras bewachsen, aber der Hügel vor ihnen war kahl. Nur Steinbrocken bedeckten das ansteigende Gelände. Balenger sah etwas am Fuß des Hangs, das aussah wie Eisenbahnschienen; sie kamen zwischen den Steinen hervor und setzten die Linie der Straße fort. Ruinen kamen in Sicht, ein Durcheinander von Brettern; hier waren mehrere große Gebäude zusammengebrochen. Ein leichter Wind wirbelte Staub auf.

»Kein Gras. Nicht mal Unkraut«, sagte Balenger.

»Das Gold hat hier eine Wüstenei geschaffen.« Nach ihrem langen Schweigen fuhren sie beim Klang der Stimme zusammen. »Das Erz wurde mit Hämmern, Bohrern und Sprengstoff gefördert. Erschöpfte Männer haben es in Loren geladen und sie die Schienen entlanggeschoben. Wenn sie hinaus ins Sonnenlicht kamen, mussten sie die Bremsen einsetzen, damit die Loren nicht den Hang hinunterschossen. In dem Gebäude, dessen Reste ihr da links sehen könnt, wurde das Erz in einer dampfbetriebenen Mühle zerkleinert. Das Endprodukt wurde mit einem flüssigen Gift gemischt, einer Natriumcyanidlösung, die das Gold von dem gemahlenen Stein trennte. Aber das Cyanid ist nicht der einzige Grund für die Einöde ringsum. Auch Schwefelsäure wurde verwendet, um Gold und Stein zu trennen.«

»Ist das der Grund dafür, dass die Siedlung so weit vom Bergwerk entfernt ist?«, fragte Balenger.
»Die Dämpfe von den Säuren waren noch meilenweit zu riechen«, sagte der Gamemaster. »Viele Bergleute sind an Lungenkrankheiten gestorben.«
Die Sonne verschwand hinter den Bergen. Der Schatten brachte Kühle.
»Wo ist der Eingang?«, fragte Amanda. »Er muss ja auf der gleichen Linie liegen wie die Schienen.«
Sie gingen zu der Stelle, wo die Furchen anzusteigen begannen. Ein Erdrutsch hatte den oberen Teil der Rinnen unter sich begraben.
Balenger stieg den Hang hinauf, flankiert von Amanda und Ray; Steine lösten sich unter seinen Stiefeln. Er blieb stehen, als er eine ebene Stelle erreichte und sich einer blanken Felsmauer gegenübersah.
»Hier war wahrscheinlich der Eingang«, sagte Ray. »Genau da, wo wir stehen.«
»Der Tunnel muss zusammengebrochen sein«, sagte Balenger. Ein plötzlicher Verdacht ließ ihn hinzufügen: »Oder er wurde für dieses Spiel versperrt.«
Amanda sah auf ihre zerschrammten Finger hinunter. »Unmöglich, das von Hand frei zu räumen.«
Der Schatten, in dem sie standen, wurde länger, ihnen wurde kühl.
Balenger dachte über die Möglichkeiten nach. »Der Gamemaster würde uns nicht vor ein Hindernis stellen, wenn es keine Möglichkeit gäbe, es aus dem Weg zu räumen.«
»Mit Sprengstoff ginge es«, sagte Amanda.
»Aber wo zum Teufel sollen wir den herkriegen?« Ray machte eine gereizte Handbewegung. »Wenn Mr. Positive Einstellung hier wirklich so schlau wäre, hätte er die Spreng-

ladung von unter der Brücke mitgebracht. Aber jetzt ist es zu spät, sie noch zu holen.«

»Und hättest du riskieren wollen, sie zu tragen?«, fragte Balenger. Ray wich seinem Blick aus. »Außerdem haben wir keinen Zünder und wissen auch die Frequenz nicht, mit der man ihn auslöst.«

Amanda musterte ihn aufmerksam. »Man kann Sprengstoff nur mit einem Zünder auslösen?«

»Nitroglyzerin ist so instabil, dass es schon hochgeht, wenn man es fallen lässt. Sprengstoffe, die man halbwegs ungefährlich transportieren will, brauchen ein bisschen Anregung.«

»Und einen Zünder kann man nur über Funk auslösen?«

»Oder über eine Druckplatte oder über eine Zündschnur, die mit einer Sprengkapsel verbunden ist – es gibt unterschiedliche Möglichkeiten, aber der Gamemaster scheint Funksignale vorzuziehen. Worauf willst du raus?«

»Was wäre mit einem Aufschlag?«

»Aufschlag?«

»Einer Kugel. Würde *das* einen Zünder auslösen?«

»Ja.« Ray hörte sich an, als redete er mit einem Kind. »Eine Kugel würde einen Zünder auslösen. Im Irak sind Bomben manchmal erst hochgegangen, als man sie ausgrub und dabei irgendwas dagegenschlug. Aber das ändert nichts daran, dass der Sprengstoff und der Zünder meilenweit hinter uns da in der Siedlung sind.«

»An die habe ich auch nicht gedacht«, sagte Amanda.

»Wovon um alles in der Welt redest du dann eigentlich?«

Amanda zeigte ihnen ihr GPS-Gerät.

Sie starrten es an.

»Das lässt er uns niemals probieren«, sagte Ray.

»Wenn wir es nicht probieren, sitzen wir um Mitternacht noch an diesem Hang, und das hier ist höchstwahrschein-

lich das, was der Gamemaster verwenden wird, um uns umzubringen«, gab Amanda zurück.
Sie bewegten sich nicht. Sie hatten den Eindruck, nicht einmal zu atmen.
Balenger fragte Ray: »Fällt dir eine andere Möglichkeit ein?«
»Nein.«
»Gamemaster, willst du wirklich, dass wir einfallsreich sind?«
Keine Antwort.
Balenger stellte das Gewehr ab und begann Steine fortzuräumen.
»Aber wir haben doch keine Zeit, uns einen Eingang zu graben!«, sagte Ray.
»Ich mache ein Loch für das GPS-Gerät. Je tiefer das Loch, desto mehr Kraft hat die Explosion.«
Sofort begannen Amanda und Ray zu helfen.
»Der Winkel sollte so sein, dass das Loch schräg nach oben geht«, sagte Balenger. »Ich muss das Gerät von weiter unten am Hang sehen können.«
Amanda und Ray gruben ein gut fünfzig Zentimeter tiefes Loch. Balenger stellte fest, dass Amandas Hände wieder zu bluten begannen. Er sah auch, dass sie vor Nervosität zitterte, als sie ihren GPS-Empfänger in das Loch schob.
Balenger sah wieder in den Himmel hinauf. »Gamemaster, wenn du mit dem hier ein Problem hast, sag's uns jetzt.«
Die Stimme schwieg.
»Das könnte der letzte Moment sein, in dem wir am Leben und bei Bewusstsein sind«, sagte Ray.
»Ich ziehe meine positive Einstellung vor.« Zum Himmel hinauf sagte Balenger: »Es ist furchtbar einsam, wenn man Gott ist und niemanden hat, mit dem man reden kann. Dir macht es Spaß, mit uns zu reden. Warum die Unterhaltung beenden, wenn das Spiel noch mehr hergibt?«

Die Stimme schwieg immer noch.

Balenger griff nach seiner Waffe. »Machen wir's also.«

Steine rollten, als sie sich an den Abstieg machten. Um Deckung zu finden, gingen sie zu dem größten der Trümmerhaufen hinüber.

Balenger wartete, bis Amanda und Ray sich flach auf den Bauch gelegt hatten. »Leg die Hände über die Ohren«, sagte er zu ihr. »Und mach den Mund auf, das mildert den Druck.« Er schob sich die Kleenex-Pfropfen in die Ohren, ging auf das unverletzte Knie und zielte. Der Kolben lag solide an der Schulter an. Aber der graue Empfänger war vor dem Hintergrund des Steins kaum zu sehen. Der Schatten der Berge machte es nicht besser.

»Probleme?«, fragte Ray.

»Gehe nur auf Nummer sicher.«

»Lass es mich versuchen.«

Balenger drückte ab.

Das Donnern der Explosion brachte ihn zum Taumeln; die Druckwelle warf ihn nach hinten. Er stürzte und landete auf der rechten Seite, wobei er die Waffe vom Boden fernhielt. Schutt ging rings um ihn nieder. Er spürte den Aufprall eines Steins, der neben seinem Kopf landete. Trotz der Papiertücher dröhnten ihm die Ohren. Staub trieb über ihn hinweg; der bittere Geruch von Sprengstoff lag darin.

Das Rumpeln des Widerhalls klang ab. Er sah zu Amanda hinüber und stellte erleichtert fest, dass sie nicht verletzt war. Sie ging in die Hocke hoch und sah zu dem Abhang hinüber. Ray stand auf. Balenger tat es ihm nach und musterte den Hang. Zufrieden sah er eine riesige Öffnung. Er nahm das Kleenex aus den Ohren und kam aus der Deckung heraus.

Amanda rannte auf den Hang zu. »Ich sehe eine Tür!«

Sie kletterten über das Geröll hinauf und erreichten die Öffnung. Weiter hinten war eine Barriere aus altem grauem Holz zu erkennen, zerschrammt von fliegenden Steinen.
Balenger sah Angeln, einen Griff. »Ja, eine Tür.«
Die Wucht der Explosion hatte sie halb aus den Angeln gerissen. Sie stiegen über die Trümmer hinweg und schoben, bis die Tür nach innen fiel. Der Staub zwang sie zum Husten.
Amanda und Ray beugten sich vor.
»Ich kann nicht viel sehen«, sagte Ray. »Machen wir die Öffnung größer.« Er schob ein paar Bretter aus dem Weg.
Das Tageslicht reichte etwa sechs Meter tief in den Tunnel hinein. In der Mitte verliefen Schienen. Pfosten hielten die Deckenbalken an Ort und Stelle.
»Sieht ganz stabil aus«, sagte Amanda.
Balenger zielte mit der Taschenlampe tiefer in den Tunnel hinein. Aber weiter hinten stieß er auf Dunkelheit. *Geschlossene Räume,* dachte er schaudernd.
Ray zögerte. »Meinst du, es ist ungefährlich, da reinzugehen?«
»Haben wir eine Wahl?«, fragte Amanda.
Balenger studierte die Wände und sah eine kleine Videokamera, die an einem Deckenbalken befestigt war. »Wir sind jedenfalls richtig hier. Der Tunnel wird überwacht.«
»Ich sehe keinen Behälter – nichts, das eine Zeitkapsel sein könnte«, sagte Ray.
Balenger gab Amanda die Taschenlampe. »Bleib dicht hinter mir und leuchte nach vorn. Ich gehe voran.«
Er nahm das Magazin aus der Waffe, zog eine Schachtel Munition aus dem Rucksack und lud nach.

Level 9

Die Grabkammer weltlichen Begehrens

I

Die Temperatur sank. Die Luft roch abgestanden. Balengers Stiefel machten schabende Geräusche auf dem Felsboden, als er sich vorwärts durch die Schatten schob.
»Als ich ein Junge war«, sagte Ray, »hab ich mal mit ein paar Freunden eine Höhle erkundet.«
Es klang so, als versuchte er sich auf andere Gedanken zu bringen.
»Habt ihr irgendwas Interessantes gefunden?«, fragte Amanda.
»Ich bin stecken geblieben.«
»Was?«
»Meine Freunde haben die Fahrräder genommen und Hilfe geholt. Ich war zehn Stunden da drin eingesperrt, bevor ein Rettungsteam mich ausgegraben hat.«
»Ich bin mir nicht sicher, dass mir das dabei hilft, meine positive Einstellung zu behalten«, sagte Balenger.
»Hey, ich bin wieder rausgekommen, oder etwa nicht? Viel positiver wird's nicht mehr. Beschwer dich nicht. Halt. Moment. Leuchte mit der Taschenlampe mal nach links. Da. Auf dem Boden.«
Amanda zielte mit der Taschenlampe in diese Richtung und sah zwei staubige, runde Gegenstände.
Ray rannte hin und hob einen davon auf. »Laternen!« Er blies den Staub fort und rieb das gebogene Glas mit dem Ärmel ab. Als er die Laterne schüttelte, schwappte etwas im Inneren.
»Mein Gott, da ist noch Petroleum drin.«

Balenger runzelte die Stirn. »Das Zeug ist nach über hundert Jahren noch nicht verdunstet?«

»Wie hätte es verdunsten sollen? Der Deckel ist dicht«, sagte Ray.

»Über den Docht hätte es verdunsten können.«

Ray nahm den Glaszylinder ab und untersuchte den Docht. »Vielleicht hat der Docht wie ein Stöpsel gewirkt, so dass keine Luft an das Petroleum gekommen ist. Wen interessiert das schon? Viel wichtiger ist, wir können diese Dinger gebrauchen.«

Er holte sein Feuerzeug aus der Tasche.

»Nein«, sagte Balenger.

Ray legte den Daumen an das Rädchen des Feuerzeugs.

»Nicht!« Balenger packte ihn am Arm.

Im grellen Licht der Taschenlampe wurde Rays Blick finster. »Lass los.«

»Steck das Feuerzeug weg.«

»Ich warne dich.« Rays Stimme klang heiser. »Lass mich los.«

Balenger zog die Hand zurück. »Hör einfach zu.«

Ray steckte das Feuerzeug ein.

»Der Gamemaster hatte keine Einwände, als wir das GPS-Gerät verwendet haben, um uns einen Weg hier reinzusprengen. Das sieht ihm nicht ähnlich«, sagte Balenger.

Ray stellte die Laterne ab.

»Sollen wir uns jetzt etwa einbilden, dass wir ihn mit unserem Einfallsreichtum beeindruckt haben? Kann ich mir nicht vorstellen«, fuhr Balenger fort.

Mit einem Wutschrei packte Ray Kolben und Lauf des Gewehrs.

Balenger spürte den Stoß, als Ray ihm das Gewehr gegen die Brust rammte und ihn damit rückwärts gegen die Wand drückte. Balengers Stiefel verfing sich an einem der Gleise. Als er fiel, stürzte Ray ebenfalls, landete auf ihm und presste ihm das Gewehr gegen die Brust. Balengers Hände waren unter der Waffe gefangen. Er versuchte, sie von sich zu stoßen, aber der Druck des Gewehrs machte ihm das Atmen schwer.

»Lass deine dreckigen Finger von mir!«, brüllte Ray.

Balenger kämpfte verzweifelter.

»Sag mir nicht, was ich zu tun habe!« Rays Gesicht war verzerrt vor Wut. Er war überraschend stark, und er drückte Balenger die Luft aus den Lungen wie ein Besessener.

»Hör auf!«, schrie Amanda.

Balenger krümmte sich auf dem Boden des Tunnels, aber er bekam die Hände nicht frei. Er versuchte Ray das Knie in den Unterbauch zu rammen, aber Rays Beine nagelten ihn am Boden fest. Urplötzlich rammte Ray die Stirn gegen Balengers Gesicht.

Balenger spürte ein Knacken und einen rasenden Schmerz. Blut quoll aus seiner Nase. Er begann das Bewusstsein zu verlieren.

»Verdammt noch mal, hör auf!«, schrie Amanda.

Balenger spähte nach oben; er sah doppelt, aber er sah, dass Amanda in seinem Blickfeld erschien und an Ray zu zerren begann.

»Lass ihn in Frieden! Kapierst du nicht, was er dir sagen wollte?«

Wieder rammte Ray die Stirn gegen Balengers Nase.

Balenger stöhnte. Er sah nur noch Grau. Er rang nach Atem.

»Die Laternen sind eine Falle!«, brüllte Amanda. »Der GPS-Empfänger! Warum hat sich der Gamemaster nicht beschwert?«

Rays Augen waren nur noch wütende Schlitze. Er legte sein gesamtes Gewicht auf das Gewehr, das er auf Balengers Brust presste. Amanda zerrte an seinen Schultern.

»Er wollte, dass wir in den Tunnel kommen! Er will, dass wir übermütig werden und keine Vorsichtsmaßnahmen mehr treffen!«

Amanda packte Ray mit einem Arm um den Hals. Er warf den Kopf nach hinten und traf sie ins Gesicht. Sie taumelte zur Seite.

»Die Laternen könnten explodieren!«, schrie sie. »Oder die Flamme könnte das Gas im Tunnel entzünden!«

Balenger war schwindlig; seine Nase füllte sich mit Blut, seine Lungen bekamen keine Luft mehr.

Ein Schatten erschien hinter Ray. Der Grauschleier vor Balengers Augen ließ ihn zunächst an eine Halluzination denken. Der Schatten umklammerte mit beiden Händen einen Stein. Der Schatten schlug mit dem Stein so hart zu, dass Balenger spürte, wie der Aufprall durch ihn hindurch ging. Blut sprühte aus Rays Kopf. Der Schatten schlug wieder zu. Zu dem Knirschen der Knochen gesellte sich ein fließendes Geräusch.

Balenger sah, wie Rays dunkle Augen weit wurden. Sie rollten nach oben.

Der Schatten schlug ein drittes Mal zu, und jetzt war der Klang hohl.

Ray zitterte und keuchte. Es war, als seien die Fäden einer Marionette durchgeschnitten worden. Plötzlich fiel er auf Balenger; das tote Gewicht verstärkte den Druck, der auf seiner Brust lastete.

Balengers Bewusstsein schaltete ab. Blut verstopfte seine geschwollene Nase; er hatte das Gefühl, als drücke ihn etwas tief unter Wasser. Plötzlich verschwand das Gewicht von seiner Brust. Hände schoben Rays Leiche fort und drehten Balenger mit dem Gesicht nach unten. Blut floss aus seiner Nase.

»Atmen!«, schrie Amanda.

Er hustete, und seine Lungen begannen wieder ihren Dienst zu tun. Luft floss durch seine aufgerissene Kehle. Auf dem kalten Boden hörte er das Echo von Amandas schwerem Atem. Er brachte es fertig, sich langsam aufzusetzen. Trübes Licht fiel durch den Tunneleingang und zeigte ihm Amanda, die neben ihm stand, mit dem Rücken an die Wand gelehnt. Sie rutschte an der Wand hinunter, bis sie neben der Taschenlampe auf dem Boden saß. Das grelle Licht ließ ihr Gesicht hager aussehen.

»Ist er …« Sie brachte die Frage nicht zu Ende.

»Ja.«

»Dieses Arschloch«, sagte sie.

»Ja.«

»Mir ist schlecht.«

»Das macht die Gewalt.«

Eine Weile lang war das einzige Geräusch das Echo ihres Atems.

»Er hat mir keine Wahl gelassen.«

»Das ist richtig«, stimmte Balenger zu. »Das musst du dir auch immer wieder sagen. Er hat dir keine Wahl gelassen. Wenn du ihn nicht abgehalten hättest, hätte er mich umgebracht.« Aber er wusste, so viel Mühe er sich auch gab, sie zu überzeugen, es würde keinen Unterschied machen. Jetzt gab es noch etwas, das in ihren Alpträumen auftauchen würde. »Bist du übel verletzt?«

»Meine Backe tut weh, da, wo er mich mit dem Kopf getroffen hat. Und du?«

»Meine Nase ist gebrochen.«

Balenger nahm den Rucksack ab. Sein Rücken schmerzte; die Munitionsschachteln hatten sich ins Fleisch gebohrt, als er auf sie gefallen war. Er goss sich Wasser in die Handfläche und wischte sich damit übers Gesicht in einem Versuch, das Blut abzuwaschen. Dann holte er das Erste-Hilfe-Set heraus und riss eine Tüte mit einem antiseptischen Tuch auf.

»Lass mich das machen.« Amanda kroch zu ihm hinüber und wischte ihm vorsichtig das Gesicht ab.

Balenger versuchte, sich die Schmerzen nicht anmerken zu lassen. »Ich hoffe, du hast nichts gegen zerklüftete Männergesichter.«

»Ich hab mir schon immer einen Mann gewünscht, der aussieht wie ein Boxer.«

Im grellen Licht der Taschenlampe betrachtete Balenger den Bluterguss auf ihrer linken Wange.

Sie hielten einander in den Armen.

»Danke«, flüsterte Balenger.

Er wollte sie nicht loslassen. Aber dann sah er über ihre Schulter hinweg zu Rays Leiche hinüber. »Der Tunnel. Die Grabkammer. Mitternacht.«

Amanda nickte. »Wenn wir nicht rechtzeitig fertig sind, braucht der Gamemaster nichts weiter zu tun, als den Tunnel zu sprengen und uns hier einzusperren. Wir würden nie wieder rauskommen.«

Balenger drehte sich zu der an dem Pfosten befestigten Kamera hin. »Gamemaster, hat es dir Spaß gemacht, Ray sterben zu sehen?«

Er horchte auf eine Antwort; dann wurde ihm klar, dass sein Hut und der Kopfhörer im Verlauf des Kampfes heruntergefallen waren.

Er setzte beides wieder auf und wartete darauf, dass der Gamemaster etwas sagte.

»Vielleicht kommt das Funksignal nicht bis in den Tunnel durch«, sagte Amanda.

»Oh, es kommt durch«, sagte die Stimme unvermittelt. »Macht euch deshalb keine Sorgen.«

Balenger gab Amanda drei Aspirin und nahm selbst drei. Sie schluckten die Tabletten mit Wasser hinunter. Balengers Nase blutete immer noch. Er stopfte sich Watte in die Nasenlöcher und ignorierte den Schmerz.

»Fertig?«, fragte er Amanda.

»Fertig.«

Sie griff nach der Taschenlampe.

Er hängte sich den Rucksack um und hob sein Gewehr auf. Sie gingen weiter den Tunnel entlang.

Plötzlich ging Balenger noch einmal durch die Schatten zurück. Er packte eine der Laternen am Griff und gab sie Amanda.

»Warum das?« Sie musterte sie misstrauisch.

»Bin mir nicht sicher.« Er überwand seinen Widerwillen und tastete in einer Tasche von Rays Overall herum, bis er das Feuerzeug gefunden hatte. »Wir wissen nicht, was wir noch brauchen können.«

Wieder gingen sie den Tunnel entlang; die Taschenlampe zerteilte die Dunkelheit.

»Es wird kälter«, sagte Amanda.

Sie bogen um eine Ecke.

»Mein Lieblingszitat stammt von Kierkegaard. Es wäre eine gute Aufschrift für eine Zeitkapsel«, sagte die Stimme in Balengers Kopfhörer.

Sie näherten sich einer kleinen Kammer.

»Und das Zitat lautet?« Ermutige ihn zum Reden, dachte Balenger. Sorg dafür, dass eine Beziehung zu uns bestehen bleibt.

»Der schmerzlichste Zustand ist, sich an die Zukunft zu erinnern, vor allem an eine Zukunft, die man niemals besitzen kann.«
»Das verstehe ich nicht.«
»Es bezieht sich auf jemanden, der stirbt, und die Frage, wie es ist, sich zukünftige Ereignisse vorzustellen, die er oder sie niemals erleben wird.«
Die Luft wurde noch kälter. Amandas Hand zitterte, als sie die Taschenlampe durch den Raum schwenken ließ. »Sieht so aus, als hätten wir es gefunden«, murmelte sie.

2

Aus den Schatten heraus sah ihnen ein Mann entgegen. Er war groß und dünn und hatte einen Bart, der ihm einige Ähnlichkeit mit Abraham Lincoln verlieh. Das dunkle Haar hing ihm über die Schultern. Er trug einen schwarzen Anzug, dessen Jackett altmodisch geschnitten war; der Saum reichte ihm bis zu den Knien.
Balenger hätte fast gefeuert, aber die Haltung des Mannes wirkte nicht bedrohlich, und Balengers Polizistenausbildung meldete sich zu Wort. Wie hatte sein Ausbilder an der Akademie gesagt? »Du solltest schon einen verdammt guten Grund haben, wenn du auf den Abzug drückst.«
Der Mann stand sehr aufrecht und hielt etwas an die Brust gedrückt.
»Nehmen Sie die Hände hoch! Wer sind Sie?«, brüllte Balenger.
Der Mann reagierte nicht.
»Verdammt noch mal, Hände hoch!«

Das einzige Geräusch war der Widerhall von Balengers Anweisung.
»Er bewegt sich nicht«, sagte Amanda.
Sie gingen vorsichtig weiter; das Licht der Taschenlampe lieferte ihnen die Einzelheiten.
»O mein Gott«, sagte Amanda.
Der Mann hatte keine Augen.
Die Finger, die den Gegenstand an seine Brust drückten, waren Knochen, von runzliger Haut überzogen. Staub bedeckte ihn.
»Tot«, murmelte Amanda.
»Schon eine ganze Weile«, sagte Balenger. »Aber warum ist er nicht verwest?«
»Ich habe mal irgendwo gelesen, dass es in Höhlen kaum Insekten oder Mikroben gibt.« Amandas Stimme klang gedämpft. »Und dieser Tunnel führt tief in den Berg. Das Eis.«
»Was meinst du?«
»Wieder ein Hinweis, den der Gamemaster uns gegeben hat und den wir nicht verstanden haben. Er hat gesagt, dass die Bewohner der Siedlung im Winter Eis aus dem See gebrochen und in dem Bergwerk aufbewahrt haben. Der Tunnel war kalt genug, dass das Eis den Sommer über nicht geschmolzen ist. Die Bewohner haben es dazu verwendet, Nahrungsvorräte vor dem Verderben zu bewahren.«
»Die Kälte hat ihn mumifiziert«, sagte Balenger ehrfürchtig.
»Das Ding, das er sich da an die Brust drückt, sieht aus wie ein Buch. Aber warum bleibt er aufrecht stehen?« Amanda trat näher.
Jetzt wurde ihnen klar, dass die Leiche leicht zurückgelehnt an ein Brett gelehnt war, das unten durch Steine gehalten

wurde. Seile um Knie, Bauch, Brust und Hals hielten die Mumie in ihrer Stellung fest.
»Wer hat diese Seile angebracht?« Balenger schauderte, und es lag nicht nur an der Kälte.
»Die Knoten sind vorn. Vielleicht hat er es selbst gemacht.« Amanda ließ den Lichtstrahl auf- und abschwenken. »Er könnte die Hände freigehalten haben, bis er sich das letzte Seil um die Brust gebunden hatte. Dann hätte er die rechte Hand unter das Seil schieben und so das Buch gegen die Brust drücken können. Aus der Nähe sieht man, wie die Täuschung bewerkstelligt ist, aber vom Eingang aus hat es ausgesehen, als begrüßte er uns.«
»Darf ich euch Reverend Owen Pentecost vorstellen?«, sagte der Gamemaster. Dieses Mal kam die Stimme nicht aus Balengers Kopfhörer, sondern drang aus Lautsprechern in den Wänden. Die Wirkung war verstörend.
»Der Dreckskerl ist verdammt theatralisch«, sagte Balenger.
»Ihr habt ja keine Ahnung«, antwortete der Gamemaster.
»Ich nehme an, das Buch in seiner Hand ist eine Bibel.« Amanda legte den Kopf schräg und versuchte, den Titel auf dem Buchrücken zu lesen.
Als es ihr nicht gelang, stellte sie die Laterne ab, zögerte und streckte einen Finger nach dem Buch aus, um es, wenn auch widerwillig, ein Stück zu verschieben und den Titel lesen zu können.
Balenger griff nach ihrer Hand. »Da könnte eine Bombe versteckt sein.«
Im Strahl der Taschenlampe lieferte der Bluterguss auf Amandas Wange einen scharfen Kontrast zu ihrer plötzlichen Blässe.
»Die Aufständischen im Irak haben das gern gemacht –

Bomben mit Zündern, die auf Druckveränderungen reagieren, unter den Leichen von amerikanischen Soldaten versteckt«, erklärte Balenger. »Sobald die Leichen hochgehoben oder umgedreht wurden, ist der Sprengstoff explodiert.«

Amanda zog die Hand zurück.

»Das ist keine Bibel«, sagte der Gamemaster. »Der Titel lautet *Das Evangelium von der Grabkammer weltlichen Begehrens.*«

»Nicht sonderlich eingängig«, sagte Balenger.

»Pentecost hat es handschriftlich verfasst. Es sagt die Übel des kommenden Jahrhunderts voraus und die Notwendigkeit, die Wahrheit zu verstehen.«

»Was ist also die Wahrheit?«

»Seht selbst.«

Amanda zielte mit der Taschenlampe auf eine Öffnung in der Wand hinter Pentecost. Die Waffe im Anschlag trat Balenger vor, während Amanda ihm mit der Taschenlampe den Weg leuchtete.

Sie traten durch die Öffnung und fanden sich in einem viel größeren Raum wieder.

Amanda keuchte.

Balenger hatte einen bitteren Geschmack im Mund. »Yeah, das ist eine Grabkammer, keine Frage. Weltliches Begehren.«

3

Eine Höhle öffnete sich vor ihren Augen. Stalaktiten und Stalagmiten versperrten teilweise die Sicht auf die Dinge, die Balenger und Amanda anstarrten. Im scharfbegrenzten Strahl der Taschenlampe war es unmöglich, alles auf einmal zu sehen. Amanda musste das Licht von Gegenstand zu Gegenstand, Ort zu Ort, Tableau zu Tableau schwenken lassen.

Von Leiche zu Leiche.

Die Bewohner Avalons warteten auf sie. Sie trugen Kleidung, die vielleicht ihre beste Kirchgangstracht gewesen war, jetzt nach über einem Jahrhundert aber staubig und verblichen war.

Ebenso wie bei Pentecost waren die Gesichter eingesunken, die Wangenknochen traten unter dem vertrockneten Fleisch hervor. Die in der Kälte des Tunnels mumifizierten Gestalten wirkten winzig. Die Kleider hingen an den Körpern wie Grabtücher.

Die Gruppe, die Balenger und Amanda am nächsten war, bestand aus vier Männern, die an einem Tisch saßen und Karten spielten.

»Denk immer dran, wir dürfen nichts anrühren«, warnte Balenger.

Die Männer waren auf den Stühlen festgebunden, aber anders als bei den Seilen, die Pentecost an Ort und Stelle gehalten hatten, waren die Stricke hier gut versteckt. Die Karten waren in den Händen der Leichen festgeklebt. Die angewinkelten Arme waren auf dem Tisch festgenagelt. Ein Haufen Geld lag vor ihnen.

An einem anderen Tisch saßen Männer vor einer Whiskey-

flasche und Gläsern, alles mit Staub überzogen. Seile und Nägel hielten die Leichen in ihrer Stellung.
»Sünden«, murmelte Balenger.
An einem längeren Tisch weiter hinten sah er Männer, Frauen und Kinder vor Tellern sitzen, auf denen einmal Berge von Nahrung gelegen haben mochten. Jetzt waren undefinierbare, vertrocknete Haufen alles, was davon geblieben war. Die Knochen von Schweinerippen und Hühnerschlegeln ragten aus den Mündern.
Auf einem Bett lagen zwei nackte weibliche Mumien unter einem nackten Mann. In einem anderen Bett berührte ein nackter Mann zwei nackte Kinder, einen Jungen und ein Mädchen. Ein wenig entfernt lag ein nackter Mann auf einem Tisch, ein zweiter nackter Mann über ihm. Weiter hinten hatte ein Mann Verkehr mit einem Hund.
»Sieht so aus, als hätte Reverend Pentecost ein Problem mit Sex gehabt«, sagte Amanda.
Eine Frau saß vor einem staubigen Spiegel, eine Haarbürste und Behälter mit vertrockneter Schminke vor sich. Ein Mann lag mit dem Gesicht nach unten auf einem Tisch, ein Loch in der Schläfe, einen Revolver in der Hand. Eine Mumie spielte Geige, während ein Mann und eine Frau engumschlungen tanzten in einer Umarmung, die unmöglich schien, bis Balenger aufging, dass beide an ein zwischen ihnen stehendes Brett genagelt waren, das unten von Steinen gehalten wurde.
Wohin auch immer Amanda das Licht der Taschenlampe lenkte, kamen ähnliche Arrangements in Sicht.
»Musik und Tanz? Pentecost hat eine Menge Dinge als sündig betrachtet«, sagte Balenger. Der Strahl der Taschenlampe fiel auf eine an der Wand befestigte Kamera. Er ging wütend ein paar Schritte auf sie zu und fragte den Gamemaster:

»Von dem Mann mit dem Einschussloch im Kopf mal abgesehen, wie sind diese ganzen Leute umgekommen? Was *war* das hier, ein Massenselbstmord wie damals, als Jim Jones seine Anhänger gezwungen hat, vergiftetes Kool-Aid zu trinken?«

»Flavor-Aid«, verbesserte ihn der Gamemaster. »Das Gift, das Jones verwendet hat, war Zyankali. Seine Kirche hatte er People's Temple, Volkstempel genannt. Über neunhundert seiner Anhänger brachten sich um. Von Jones gedrängt wollten sie es als Protest gegen die ›Bedingungen einer unmenschlichen Welt‹ verstanden wissen. Doch dies war nur einer von mehreren Massenselbstmorden der jüngeren Geschichte. Ende der neunziger Jahre des vorigen Jahrhunderts begingen die Mitglieder der Sonnentemplerbewegung Selbstmord, um der Schlechtigkeit dieser Welt zu entfliehen und Zuflucht an einem himmlischen Ort zu finden, der nach dem Stern Sirius benannt war. Die Heaven's-Gate-Anhänger tranken vergifteten Wodka, um von einem Raumschiff, das sich hinter dem näher kommenden Kometen Hale-Bopp verbarg, ins Paradies gebracht zu werden. Aber mein persönlicher Lieblingskult ist die Bewegung zur Wiedereinsetzung der Zehn Gebote. Ihre Anhänger hatten Visionen von der Jungfrau Maria und glaubten, dass die Welt am 31. Dezember 1999 untergehen werde, also am letzten Abend des alten Jahrtausends. Als die Apokalypse nicht eintrat, haben sie nachgerechnet und sind zu dem Schluss gekommen, dass der wirkliche Termin für das Ende der Welt der 17. März war. Mehr als achthundert Menschen sind in Erwartung des Endes der weltlichen Zeitrechnung gestorben.«

»Ich hatte also recht«, sagte Balenger. »Dies war ein Massenselbstmord.«

»Nein. Nicht mal der Mann mit dem Einschussloch im

Kopf war ein Selbstmörder. Der Schuss ist erst gefallen, als er schon tot war.«

»Was ...«

»Ein Massenmord«, sagte der Gamemaster. »Pentecost hat alle zweihundertsiebzehn Bewohner der Siedlung umgebracht, darunter fünfundachtzig Kinder. Haustiere hat er gleich mit getötet.«

»So viele Leute gegen einen einzelnen Mann.« Balenger konnte kaum sprechen. »Sie hätten ihn doch mit Sicherheit daran hindern können.«

»Sie haben nicht gewusst, was da passierte. Pentecost hat sie überredet, am Silvesterabend des Jahres 1899 mit ihm hierherzukommen, indem er ihnen weismachte, sie würden von hier aus in den Himmel kommen. Sie glaubten so fest daran, dass sie sich durch einen Sturm gekämpft haben, um diesen Ort zu erreichen. Pentecost hat ihnen versichert, dieses Bergwerk wäre der vorbestimmte Schauplatz. Er hat diese Höhle gebraucht. Sie war der einzige Ort, an dem er alle gleichzeitig umbringen konnte.«

»Wie?«, beharrte Amanda. »Gift? Hatte er genug Nahrung oder Wasser, um zweihundertsiebzehn Leute zu vergiften? Und wie hätte er das machen sollen, ohne dass es jemand merkte?«

»Weder mit Nahrung noch mit Wasser.«

»Wenn er sie nicht erschossen hat, wüsste ich nicht, wie er so viele Leute auf einmal hätte umbringen können.«

»Arsen ist ein interessanter Stoff. Wenn man es erhitzt, wird es nicht flüssig, sondern geht gleich in den gasförmigen Zustand über.«

»Pentecost hat sie *vergast?*«

»Es riecht wie Knoblauch. Das Gas kam aus einer versiegelten Kammer mit versteckten Luftkanälen; sie hätten also

nicht verhindern können, dass es das ganze Bergwerk füllte. Nachdem Pentecost das Feuer gelegt hatte, mit dem er das Arsen erhitzte und das Gas erzeugte, ging er hinaus und versperrte den Eingang der Mine. Damals waren die Gebäude am Fuß des Hangs noch intakt. In einem davon wartete er das Ende des Sturms ab. Dann öffnete er den Eingang zur Mine und ließ das Gas über einen Belüftungsschacht entweichen. Später arrangierte er dann seine Szenen. Er wollte, dass die Grabkammer weltlichen Begehrens eine Lektion in die Zukunft sandte. Als er seine Bestimmung erfüllt hatte, bereitete er sein eigenes Arrangement vor, vergiftete sich und ging in den Himmel ein, oder was er dafür hielt. Wie ihr vorhin richtig bemerkt habt, es gibt in Minen und Höhlen nicht sehr viele Insekten und Mikroben. Neben der Kälte ist das ein weiterer Grund, weshalb die Leichen mumifizierten. Aber es gab durchaus ein *paar* Insekten in diesem Bergwerk. Der Grund, weshalb diese wenigen Insekten ihr Werk in diesem Fall nicht tun konnten, ist, dass das in den Körpern enthaltene Arsen sie umgebracht hat.«
Balenger musterte angewidert die Arrangements. »Als ich auf dem Weg hierher war, hast du mir erzählt, die Grabkammer würde mir die Bedeutung des Lebens zeigen. Ich wüsste nicht, was das sein sollte, außer, die Botschaft ist, dass jeder Mensch stirbt.«
»Aber wir nicht«, betonte Amanda. »Jedenfalls nicht heute Abend. Wir haben die Grabkammer vor Mitternacht gefunden. Wir haben gewonnen! Jetzt können wir gehen.«
Der Gamemaster antwortete nicht auf diese Feststellung. Stattdessen wandte er sich an Balenger. »Die Bedeutung des Lebens – das Höllische daran ist, dass die Leute an die Vorstellungen in ihrem eigenen Gehirn glauben. Schlimmer noch, sie handeln nach ihnen. Denk an die großen Massen-

mörder des vergangenen Jahrhunderts. Hitler. Stalin. Pol Pot. Millionen und Abermillionen sind ihretwegen umgekommen. Haben diese Leute sich selbst als wahnsinnig betrachtet? Wohl kaum. Sie haben daran geglaubt, dass die Verwüstungen, die sie anrichteten, das Ergebnis wert wären – die Verwirklichung ihrer Visionen. In der Antike haben die Menschen geglaubt, der Himmel sei eine Kuppel mit Löchern darin, durch die das Himmelslicht hereinscheint. Das war ihre Wirklichkeit. Später glaubten sie, dass die Sonne sich um die Erde dreht, die sie für den Mittelpunkt des Universums hielten, und jetzt galt *das* als die Wirklichkeit. Danach hat Kopernikus behauptet, dass die Erde sich um die Sonne dreht und die Sonne der Mittelpunkt des Universums ist, und nun wurde *das* die Wirklichkeit. Die Wirklichkeit ist etwas, das in unserem Gehirn existiert. Wie sonst könnte man erklären, was in dieser Höhle passiert ist? Reverend Pentecost und Jim Jones und der Orden der Sonnentempler und die Heaven's-Gate-Gruppe und die Bewegung zur Wiedereinsetzung der Zehn Gebote. Ihre Vorstellungen haben ihre Wahrnehmung bestimmt. Ein Raumschiff, das sich hinter dem Hale-Bopp-Kometen versteckt? Ja nun, wenn man es sich vorstellen kann, dann ist es Wirklichkeit. Zweihundertsiebzehn Menschen vergiften, damit sie eine Lehre für die Zukunft darstellen? Für Pentecost war das eine vollkommen einleuchtende Vorstellung. ›Wir schaffen unsere eigene Wirklichkeit‹, hat ein Berater des zweiten Präsidenten Bush einmal gesagt. Die Wahrheit über die Grabkammer weltlichen Begehrens ist, dass alles von Vorstellungen kontrolliert wird und dass alles virtuell ist.«

»Was bedeutet, dass *deine* Vorstellungen auch nicht besser sind als die aller anderen!« Balengers Stimme schwoll wütend an. »Dein Denken ist genauso fehlerhaft wie Pentecosts! Dein Spiel ist es auch! Aber jetzt ist es vorbei! Wir haben gewonnen! Wir gehen!«

Der Gamemaster antwortete nicht.

Balenger bedeutete Amanda, sie solle den Lichtstrahl auf den Ausgang richten. Sie gingen auf die äußere Kammer zu, in der Reverend Pentecost seit über hundert Jahren stand und darauf wartete, die Zukunft zu begrüßen.

Balenger spürte den Aufschlag einer Schockwelle. Seine Muskeln verkrampften sich, als das Rumpeln einer Explosion zu ihnen herüberdrang. Die Wände zitterten. Steine fielen. Er verlor beinahe das Gleichgewicht.

»Nein!«, brüllte er, als die Erschütterungen nachließen. Er und Amanda rannten zum Tunnel hin, aber dichter Staub versperrte ihnen den Weg. Hustend taumelten sie rückwärts.

Amanda fuhr herum und sah sich nach einer Kamera um. »Du Dreckskerl, du hast uns erzählt, du lügst nie! Du hast geschworen, du hättest niemals ein unfaires Spiel geschaffen! Du hast versprochen, wir könnten gehen, wenn wir gewinnen!«

Der Gamemaster schwieg immer noch.

Allmählich legte sich der Staub. Balenger und Amanda gingen vorsichtig weiter und richteten die Taschenlampe in den Tunnel hinein. Sie kamen zu der Stelle, wo sie Rays Leiche zurückgelassen hatten. Jetzt bedeckte eine Barriere aus heruntergestürzten Steinen den Körper.

»Jonathan muss Rays GPS-Empfänger zur Explosion gebracht haben«, sagte Balenger.

»Nenn mich nicht ›Jonathan‹«, wies die Stimme ihn an.

»Warum nicht? Du selbst hältst dich nicht mehr an die Regeln. Warum zum Teufel sollten wir dich noch den Gamemaster nennen?«

»Wer sagt, dass das Spiel vorbei ist?«

Im grellen Licht der Taschenlampe sahen Balenger und Amanda einander an.

»Ich weiß nicht, wie lang die Batterien halten werden. Hast du Ersatzbatterien mitgebracht?«, fragte Amanda.

»Nein.«

Nach einem langen, hoffnungslosen Schweigen sagte Amanda: »Vielleicht können wir Fackeln aus der Kleidung in der Grabkammer machen.« Sie versuchte, optimistisch zu klingen, aber ihre Stimme wurde immer leiser. »Nein, keine gute Idee. Die Flamme könnte irgendwelche brennbaren Gase entzünden.«

Balenger griff nach einem Strohhalm. »Wenn es hier Gase gäbe, hätte die Explosion sie nicht entzündet?«

»Vielleicht. Aber jetzt, wo ich drüber nachdenke, die Flammen von den Fackeln würden den Sauerstoff hier drin verbrauchen. Wir würden schneller ersticken, als wenn wir im Dunkeln warten.«

Ihre Stimme verstummte.

Ein Knurren trat an ihre Stelle. Als Balenger und Amanda herumfuhren, zeigte das Licht der Taschenlampe ihnen die zwei Hunde, die Balenger seit dem Bach gefolgt waren. Sie kamen ihnen jetzt noch größer vor. Das Licht ließ ihre Augen rot erscheinen. Speichel troff von ihren Lefzen. Mein Gott, sie sind uns ins Innere gefolgt, dachte Balenger.

Die Hunde kamen knurrend näher. Balenger hob die Waffe, aber sie reagierten augenblicklich. Bevor er schießen konnte, hatten sie sich umgedreht und waren in die Dunkelheit verschwunden.

»Sie sind mit uns hier drin gefangen. Sie haben sonst nichts zu fressen. Wenn diese Taschenlampe ausgeht …« Amanda brachte den Satz nicht zu Ende.

»Yeah, es wird allmählich schwierig, eine positive Einstellung aufrechtzuerhalten.« Balenger zielte immer noch in die Dunkelheit.

»Die Laterne«, sagte Amanda.

»Was ist mit ihr?«

»Wenn sie eine Bombe ist, könnten wir versuchen, diese Steine aus dem Weg zu sprengen.« Die Taschenlampe in Amandas Hand zitterte.

»Vielleicht. Vielleicht bringt die Explosion auch den Tunnel zum Einsturz.«

»Was ist mit diesem Lüftungsschacht, den der Gamemaster erwähnt hat?«

»Yeah.« In Balenger keimte eine erste Hoffnung auf. Der Staub im Strahl der Taschenlampe schien sich zu bewegen, als reagierte er auf einen schwachen Luftzug.

Sie schoben sich vorwärts. Amanda ließ den Strahl von einer Seite des Tunnels zur anderen schwenken. Balenger horchte auf Geräusche von den Hunden. Sein Mund war trocken. Er und Amanda machten einen weiten Bogen um die Ecke und sahen den Gang entlang. Er war leer.

»Die Hunde müssen in die Grabkammer gelaufen sein«, sagte Amanda.

Das Gewehr im Anschlag, näherte sich Balenger dem Eingang der vorderen Kammer. Amanda hielt die Taschenlampe. Reverend Pentecost begrüßte sie, die Hand auf dem Buch, das er an die Brust gedrückt hielt.

Balenger näherte sich dem Eingang zur Grabkammer. Amanda folgte ihm; Pentecost blieb in der Dunkelheit zurück. Auf einmal sprang aus der Höhle ein verschwommener Fleck auf sie zu. Der Hund unterlief das Gewehr und prallte gegen Balengers Brust. Die Waffe wurde ruckartig nach oben gestoßen, und Balenger drückte auf den Abzug.

Das Geräusch des Schusses und der Rückstoß wurden von dem engen Raum noch verstärkt. Steinsplitter flogen. Das Gewicht des Hundes ließ Balenger rückwärtstaumeln. Sie prallten gegen Pentecost und warfen das Brett um, vor dem er stand. Balenger landete auf der Mumie und hörte trockene Knochen knacken.

Die Klauen des Hundes zerrten an Balengers Overall, während die Zähne nach seiner Kehle schnappten. Balenger ließ das Gewehr los und versuchte, den Hund von sich zu schieben, aber die Klauen packten fester zu. Er versuchte, ihm die Kehle zusammenzudrücken, doch der Hund schnappte nach seinen Händen; Speichel spritzte. Verzweifelt riss Balenger das Messer heraus, das er in der Tasche festgeklemmt hatte. Er drückte mit dem Daumen auf den Knopf, der ihm erlaubte, das Messer einhändig zu öffnen, und rammte es dem Hund in die Flanke, traf aber eine Rippe. Der Hund schnappte weiter nach Balengers Kehle. Mit dem nächsten Stoß stieß Balenger das Messer unter die Rippen und zog es durch. Blut sprühte. Die Klinge musste etwas Lebenswichtiges erwischt haben. Der Hund zitterte und starb.

Balenger schleuderte ihn fort und kam auf die Füße, die Waffe auf den Eingang der Grabkammer gerichtet. Ihm war übel vom hektischen Jagen seines Herzschlags. Er brüllte: »Sieh dich nach dem anderen Hund um!«

Amanda fuhr herum und richtete den Lichtstrahl auf die Umgebung.

Das einzige Geräusch waren Balengers hektische Atemzüge. Er sah hinunter auf Pentecosts Leiche; die Mumie war zu Trümmern zerschmettert worden. Ein fauliger Geruch stieg ihm in die Nase.

»Hat der Hund dich gebissen?«, fragte Amanda.

»Würde mich wundern, wenn nicht.« Die Vorderseite von

Balengers Overall war zerfetzt. Die aufgerissene Haut brannte. Blut bedeckte die Wunden, auch das Blut des Hundes.
»Selbst wenn er dich nicht gebissen hat, der Speichel hat nur so getropft. Du wirst eine Tollwutimpfung brauchen«, sagte Amanda.
»Was voraussetzt, dass wir hier rauskommen. Mir gefällt dein Optimismus.« Balenger stellte fest, dass der von dem Kampf aufgewirbelte Staub von ihnen fortzutreiben begann. »Kommt es dir auch so vor, als käme der Luftzug aus der Grabkammer?«
»Jetzt, wo du's sagst.«
»Der Lüftungsschacht.«
Sie betraten die Kammer.
Der Hund hier drin ist größer als der andere, dachte Balenger. Wenn er angreift, wird er schwerer abzuwehren sein.
Er musste es laut ausgesprochen haben, denn Amanda sagte: »Na ja, wenn er größer ist, ist er auch leichter zu sehen. Das gibt uns einen Vorteil.«
»Yeah, einen großen sogar. Ich weiß nicht, warum ich nicht selbst darauf gekommen bin. Die Chancen stehen gut für uns.« Balenger war verblüfft über ihre Entschlossenheit.
Sie ließ das Licht von einer Seite zur anderen schwenken; die Arrangements warfen groteske Schatten, als sie mit der Lampe nach dem Hund suchte. Balenger hob Staub vom Boden auf und schleuderte ihn hoch, und das Licht zeigte ihnen, dass der leichte Luftzug den Staub an ihnen vorbeitrieb. Sie gingen weiter und versuchten den Ursprung der Luftströmung zu finden. Die ganze Zeit lauschte Balenger auf ein Knurren oder das Geräusch kratzender Klauen. Er und Amanda kamen an einem mumifizierten Mann vorbei, der zurückgelehnt auf seinem Stuhl saß, die Hand auf den Geschlechtsteilen.

Sie erreichten eine Wand und suchten sie ab, bis sie eine Barriere aus Steinen gefunden hatten.
»Sieht aus, als ob hier etwas eingebrochen wäre«, sagte Balenger.
Amanda beleuchtete ein Loch oberhalb des Steinhaufens. »Da kommt der Luftzug her.«
Balenger war unbehaglich zumute, als er der Höhle und dem Hund den Rücken zukehren musste. Er stellte das Gewehr ab und versuchte, den Haufen zu erklettern, um nachzusehen, was auf der anderen Seite war, aber der Winkel war zu steil, und Steine rutschten unter ihm weg. Die plötzliche Bewegung verschlimmerte die Schmerzen von den Kratzwunden auf seiner Brust.
»Meinst du, wir können das hier von Hand wegräumen?«, fragte er.
»Bevor die Batterien in der Taschenlampe am Ende sind?« Amanda schüttelte den Kopf. »Meine Hände sind furchtbar zerschrammt. Ich werde arbeiten, so gut ich kann, aber es wird nicht sehr schnell gehen.«
»Wenn wir eine Plattform aus Steinen bauen, können wir draufklettern und das Loch weiter oben vergrößern.« Vorsichtig, denn er hatte den Hund nicht vergessen, bückte sich Balenger nach dem ersten Stein. Dann hielt er plötzlich inne. »Riechst du das?«
»Was?« Amanda starrte zu der Öffnung oberhalb des Schutthaufens hinauf. »Jetzt rieche ich's auch. Das riecht wie …«
»Knoblauch.« Balenger trat zurück.
»Arsen.« Amandas Stimme schwankte.
Als der Geruch des Gases stärker wurde, begann Balenger zu husten; ihm war übel. Sie rannten durch die Höhle und versuchten dabei, die Arrangements im Auge zu behalten,

um den Hund rechtzeitig zu sehen. Sie erreichten die Kammer, in der Reverend Pentecost jetzt keine Besucher mehr begrüßte.

Amanda blieb stehen, um zu Atem zu kommen.

Balenger prüfte die Luft. »Hier rieche ich keinen Knoblauch.«

»Das wird sich bald ändern.« Amanda zielte mit der Taschenlampe auf einen Fleck jenseits von Pentecosts zerschmetterten Überresten. Sie zeigte ihnen die Lampe, die sie zuvor dort abgestellt hatten. »Wenn das Ding da wirklich eine Bombe ist, können wir es vielleicht dazu verwenden, die Steine wegzusprengen und in die Kammer dahinter zu kommen. Dann können wir die Vorrichtung löschen, mit der er das Arsen erhitzt.«

»Gleiches Problem wie vorher. Die Explosion könnte die Decke zum Einsturz bringen«, sagte Balenger.

»Ich sterbe immer noch lieber auf *die* Art. Wenigstens hätten wir's probiert.«

Balenger starrte sie voller Bewunderung an. Er nahm sich zusammen und verwendete sein Messer dazu, einen Streifen von Pentecosts Jackett zu schneiden.

»Eine Lunte?«, fragte Amanda.

Balenger nickte. Er schraubte den Deckel vom Brennstoffbehälter der Laterne und schob den Stoffstreifen in die Öffnung. »Wir werden das hier mit Steinen abdecken müssen«, sagte er. »Wie lang kannst du den Atem anhalten?«

»So lang, wie ich brauche, um das zu erledigen.«

Balenger gab Amanda die Laterne. Er atmete ein, atmete aus und atmete wieder ein, wobei er die Luft tief in die Lungen zog. Mit angehaltenem Atem stürmte er in die Höhle, das Gewehr im Anschlag für den Fall, dass der Hund angriff. Amanda rannte hinter ihm her. Sie ließen die Arrangements hinter sich und erreichten die Wand aus losen Steinen. Balenger setzte das Gewehr ab und packte einen Stein nach dem anderen, um ein Loch zu schaffen. Seine Brust verlangte nach Atem. Während Amanda ihm leuchtete, räumte er weitere Steine fort. Seine Lungen verkrampften sich und schrien nach Luft, aber er arbeitete weiter. Als das Loch tief genug war, um die Laterne aufzunehmen, stellte er sie hinein und schichtete Steine darüber, wobei er Platz für die Zündschnur ließ. Dann zog er Rays Feuerzeug aus der Tasche und drehte das Rädchen.

Etwas früher hatten er und Amanda sich noch Sorgen gemacht, die Flamme könnte brennbares Gas im Tunnel entzünden, aber jetzt nahm Balenger an, dass die Explosion, die den Eingang zur Mine verschüttet hatte, solche Gase wahrscheinlich in Brand gesetzt hätte, wenn welche da gewesen wären – wobei das »wahrscheinlich« ihn nicht gerade mit Zuversicht erfüllte. Doch sie hatten keine andere Wahl – sie waren gezwungen, das Risiko einzugehen. Als das Feuerzeug aufflammte, zuckte er zusammen und rechnete halb mit einer Explosion. Es kam keine. Er entzündete den Stoffstreifen, packte das Gewehr und rannte mit Amanda zurück zu der angrenzenden Kammer.

Der Schmerz in seinen Lungen zwang ihn dazu, zu atmen, bevor er sie erreicht hatte. Der Geruch nach Knoblauch drehte ihm den Magen um. Er ahnte das Flackern der Flamme in dem Stoff hinter ihm, als er den Vorraum erreichte, hörte Amanda keuchen und zog sie zu sich, als er hinter der Ecke in Deckung ging.

»Leg die Hände über die Ohren!«, erinnerte er sie. »Mach den Mund auf!«

Er hielt wieder die Luft an und versuchte verzweifelt, das Arsen nicht einzuatmen. *Eins, zwei, drei.* Seinem häm-

mernden Herzen zum Trotz schien die Zeit langsam zu vergehen – wie in einem Computerspiel, in dem die vergehende Minute in Wirklichkeit zwei Minuten der konventionellen Zeit entsprach. *Vier, fünf, sechs.*
Ist die Zündschnur ausgegangen?, fragte er sich panisch. Ist die Flamme zwischen den Steinen erstickt? Ich weiß nicht, ob ich den Atem lang genug anhalten kann, um sie wieder anzuzünden.
Vielleicht ist die Laterne auch gar keine Bombe, dachte er dann.
Er war drauf und dran, einen Blick in die Grabkammer hinein zu riskieren, als die Explosion eine Schockwelle in seine Richtung schickte, die sich anfühlte wie ein Faustschlag. Staub und Steine kamen von der Decke. Trotz Balengers Vorsichtsmaßnahmen verursachte das Donnern ein schmerzliches Dröhnen in seinen Ohren. Ein Rumpeln ließ die ganze Kammer erzittern. Sie wird zusammenbrechen, dachte er, während er Amanda dichter an sich zog. Das Rumpeln hielt an; es drohte ihn zu Boden zu schleudern. Er hielt Amanda an sich gedrückt und beugte sich über sie in einem entschlossenen Versuch, sie zu schützen. Langsam ließ das Beben nach. Die Steine hörten auf zu fallen. Als er gezwungenermaßen einatmete, schmeckte er Staub und Knoblauch. Amanda bog um die Ecke und leuchtete mit der Taschenlampe in die Grabkammer.
Dunst füllte die Höhle. Trotzdem konnte Balenger erkennen, dass die Arrangements zerstört waren. Ein Wirrwarr aus Lumpen und Holztrümmern bedeckte den Boden. Die Mumien waren zu verstreuten Knochen geworden. Er und Amanda rannten über sie hinweg und hielten auch dieses Mal wieder die Luft an. Die Taschenlampe zeigte ihnen eine Öffnung hinter den Trümmern. Balenger hatte mit einem

anspruchsvollen technischen Gerät gerechnet, das das Arsen erhitzte, aber es war nichts als ein Holzkohlengrill, der jetzt umgefallen war; Reste glühender Kohlen waren über den Fußboden verstreut. Ein gelber Brocken, von dem Balenger annahm, dass es Arsen war, lag daneben. Er trat ihn aus dem Weg.

Taumelnd von dem Knoblauchgeruch entdeckte er eine Tür, die der Geröllhaufen verborgen hatte. Die Explosion hatte sie aufgesprengt und einen Tunnel freigegeben. Ein Licht schimmerte am Ende. Er griff nach Amandas Arm und torkelte den Gang entlang, verzweifelt bemüht, dem übelkeiterregenden, tödlichen Geruch zu entgehen.

Sie erreichten eine Tür, über der eine Glühbirne brannte. Aber die Tür war nicht aus Holz und grau vor Alter. Sie war aus glänzendem Metall.

Balenger griff nach dem Türknauf, nur um festzustellen, dass es jetzt Amanda war, die *seine* Hand packte.

»Nicht«, sagte sie.

Sie zog einen Gummihandschuh aus ihrem Overall und erklärte: »Da, wo ich gestern aufgewacht bin, haben die Türen unter Strom gestanden.«

Sie zog den Handschuh an und drehte den Knauf, der sich mühelos bewegen ließ. Als sie die Tür aufgestoßen hatte, duckte sie sich zur Seite fort, damit Balenger ungestört zielen konnte.

Was sie sahen, erfüllte sie mit Unglauben.

4

Ein riesiger, leuchtender Raum lag vor ihnen und verströmte ein elektronisches Summen. Die Decke war aus gewölbtem Stein; auf der linken Seite standen lange Reihen von Computerbildschirmen auf mehrstöckigen Metallregalen. Jeder Bildschirm war aktiv; sie zeigten das Tal, das leere Staubecken, den Eingang zum Bergwerk, den Tunnel, die verwüstete Grabkammer und den schimmernden Raum, in dem Balenger und Amanda standen. Als Balenger die Reihen von Bildschirmen entlangging, stieß er auf einen, der den Blickwinkel der Kamera in seinem Kopfhörer wiedergab. Ein weiterer Monitor zeigte den Blickwinkel der Kamera an Amandas Kopfhörer. Er sah ein Bild von sich selbst im Profil, wie er sechs Meter von Amanda entfernt stand und einen Monitor anstarrte, der ihn im Profil zeigte. Von den unterschiedlichen Wahrnehmungsebenen wurde ihm schwindlig.

Aber was ihn noch mehr erschreckte als die zahlreichen Bildschirme und die ungeheuerliche Dimension der Überwachungsanlage, war, dass keins der Bilder auf den unzähligen Monitoren ein konventionelles Aussehen hatte. Das Tal, das Staubecken, der Eingang des Bergwerks, der Tunnel, die Grabkammer, das schimmernde Kontrollzentrum – nichts war in dem sogenannten realistischen Stil dargestellt. Alles glich einem grellfarbigen Zeichentrickfilm.

»Mein Gott, das alles sieht aus wie in einem riesigen Computerspiel«, sagte Amanda.

»Willkommen bei *Scavenger.*« Der Widerhall der tiefen Stimme füllte ihre Kopfhörer.

Balenger drehte sich nach rechts. Dort stand auf vielen Regalbrettern ein kompliziertes Arrangement von technologischem Gerät, das sich über fast fünfzig Meter erstreckte. Darüber erlaubte eine Glaswand einen Blick auf die Bildschirme.

»Ihr habt die letzte Prüfung bestanden«, sagte der Gamemaster. »Ihr habt euch als würdig erwiesen.«

»Würdig wofür, du verlogenes Stück Scheiße?«, brüllte Balenger. Von dort, wo er im Schein der Trickfilmfarben stand, konnte er einen Teil des Raums hinter der Glaswand über sich sehen. In der Nähe der Scheibe stand ein erhöhter Sessel. Seine Armlehnen waren mit zahlreichen Tasten und Hebeln ausgestattet. Der Mann, der darin saß, war klein und dünn mit spärlichem gelbem Haar und einem winzigen, zerfurchten Gesicht; Balenger musste an einen schlagartig gealterten kleinen Jungen denken. Die dicke Videobrille verstärkte noch den Eindruck, dass er ein Kind war.

»Frank!«, schrie Amanda. »Der Bildschirm hier! Sieh mal, wie er uns sieht!«

Balenger drehte sich in die Richtung, in die sie zeigte. Auf einem Bildschirm sah er das Bild, das der Gamemaster über seine Brille empfing. Es war von hoch oben aufgenommen, von der verglasten Kontrollstation aus. Es zeigte Balenger und Amanda, wie sie zu dem Bildschirm hinüberstarrten, auf dem ein Bild davon zu sehen war, wie sie auf den Bildschirm starrten. Wieder wurde Balenger schwindelig. Das unwirkliche Gefühl wurde noch verstärkt dadurch, dass Amanda und er auch auf diesem Bildschirm Trickfiguren waren. Es waren nicht nur die Überwachungskameras, die die Welt als Grafik in einem Computerspiel wiedergaben. Die Brille des Gamemasters verwandelte alles in eine Szene eines Computerspiels. Schlimmer noch, Amandas purpurn angeschwollene Wange und Balengers gebrochene Nase sahen in der Trickfilmdarstellung nebensächlich aus. Das Blut an seiner aufgerissenen Brust und dem mit Klebeband verbundenen Knie wirkte einfach nur farbenprächtig.

»Wir sind keine Trickfiguren!«, brüllte Balenger zu dem Kindmann in dem Kontrollsessel hinter der Glaswand hinauf.

Er hob das Mini-14 und legte den roten Leuchtpunkt über das winzige zerfurchte Gesicht mit der Brille. Als er abdrückte und den Widerhall des Schusses in der Höhle hörte, donnerte die Kugel gegen das Glas, aber nur ein paar Funken flogen. Balenger wusste, dass die meisten kugelsicheren Scheiben zerschossen werden konnten, wenn man fünf Treffer in einen Kreis von zwölf Zentimeter Durchmesser setzte. Wieder und wieder drückte er ab; Hülsen flogen, Kugeln zerbarsten an dem Glas, aber von ein paar kleinen Sprüngen abgesehen hatten die Geschosse keine Wirkung.

Wütend fuhr er herum zu den Bildschirmen, die ihn und Amanda als Trickfiguren zeigten. Er zerschoss die Bildschirme, zerstörte die Computerspielgrafiken, in denen zu sehen war, wie er die Bildschirme zerschoss. Funken sprühten; Plastikfetzen flogen.

Das Gewehrfeuer brach ab. »Amanda, in der Außentasche von meinem Rucksack steckt noch ein Magazin!« Amanda reichte es ihm. Er schob es in die Waffe, ließ den Verschluss nach vorn schnellen, wodurch eine Patrone aus dem Magazin in das Patronenlager geschoben wurde, und schoss fünf weitere Bildschirme in Trümmer.

Monitore sind leicht zu ersetzen, dachte Balenger. Er fuhr herum zu den Regalen voller Computer, um mehr Schaden anzurichten. Als Kugel um Kugel die Geräte in Stücke riss, wurden aus den Funken Flammen und Rauch. In einer Kettenreaktion erlosch das Leuchten vieler Bildschirme.

Er ging zu den Metallstufen hinüber, die zu dem Beobachtungsraum hinauf führten.
»Halt!«, bat eine Stimme.
Aber sie gehörte nicht dem Gamemaster. Es war die Stimme einer Frau. Balenger blieb vor Überraschung stehen. *Karen Bailey.*
Sie erschien am Fuß der Treppe. Immer noch leuchteten Comicfarben von einigen der Bildschirme. Sie kontrastierten mit ihrer farblosen Kleidung, ganz ähnlich wie die, die Balenger bei dem Zeitkapselvortrag an ihr gesehen hatte. Ihr Gesicht wirkte noch unscheinbarer, das Haar noch strenger nach hinten gezogen.
»Ihr habt gewonnen! Jetzt verschwindet von hier! Geht!«, schrie sie.
»Nach allem, was ihr uns angetan habt?«, brüllte Amanda zurück. »Du glaubst, wir drehen uns jetzt einfach um und gehen?«
»Ich flehe euch an, nutzt die Gelegenheit! Geht! Hier entlang!« Karen zeigte hektisch auf eine Eisentür hinter ihr. »Ich führe euch ins Freie!«
»Wieder eine Falle!«
»Nein! Ihr werdet dort einen Geländewagen stehen sehen!« Karen schleuderte Autoschlüssel in die Richtung der Tür. Sie landeten klirrend auf dem Steinboden.
»In dem Wagen ist eine Bombe versteckt, ist es das?«, fragte Balenger.
»Ich beweise euch, dass keine da ist! Ich steige als Erste ein! Ich lasse euch den Motor an!«
»Wenn wir fertig sind, kommen wir vielleicht sogar darauf zurück!«, schrie Amanda. »Im Moment haben wir hier noch was zu erledigen!«
»Geht jetzt! Lasst ihn in Frieden!«

»Ihn in Frieden lassen? Zum Teufel, ich bringe ihn um!« Balenger trat vor.
»Nein!« Karen versperrte ihm den Weg zur Treppe. »Dies ist nicht richtig! Ihr hättet nie gewinnen sollen!«
»Den Eindruck hatten wir auch. Tut uns leid, dass wir euch den Spaß verdorben haben.«
»Ich hätte nicht im Traum gedacht, dass er jemanden hierherkommen lässt.«
»Er hat uns nicht kommen lassen!«, brüllte Amanda. »Wir haben es selbst bis hierher geschafft!«
Die Stimme des Gamemasters hallte durch die Höhle. »Das ist wahr. Ihre Überlebensfähigkeit ist größer, als ich erwartet hatte. Sie haben mich ganz aufrichtig überrascht. Ganz am Anfang habe ich zu Amanda gesagt, dass die Erlösung nicht mehr erfordert als das – mich zu überraschen.«
»Du willst eine Überraschung?«, fragte Balenger. »Warte, bis ich zu dir raufkomme.«
»Wenn du ihn umbringst, hat er gewonnen!« Karen klang verzweifelt.
»Was?«
»Er wird *gewinnen*. Wie kann es dir Befriedigung verschaffen, ihm das zu geben, was er will? Er hat dich genauso in die Irre geführt wie mich.«
»Dich in die Irre geführt?«
»Wenn ich die Wahrheit über dieses Spiel gewusst hätte, hätte ich ihm niemals geholfen! Ich habe den wahren Zweck gerade erst herausgefunden!«
»Die Wahrheit über das Spiel? Dass er Gott ist und wir nur in seinen Gedanken existieren? Das ist nicht die Wahrheit! *Das* hier ist die Wahrheit!« Balenger feuerte drei Schüsse ab. Sie rissen mehrere Konsolen in Fetzen; Funken und Rauch stiegen auf.

Er stürmte auf sie zu.
»Halt!«, schrie Karen, während sie den Zugang zur Treppe versperrte.
»Es ist okay, wenn er Leute umbringt, aber nicht okay, wenn er bestraft wird?«
»Aber nicht *so!* Er ist verrückt! Er sollte in einem Krankenhaus sein!«
»Warum hast du ihn dann nicht schon früher in eins gesteckt? Du hättest das hier verhindern können, aber stattdessen hast du ihm geholfen! Menschen sind dabei ums Leben gekommen! Es ist mir egal, was euer Stiefvater euch beiden angetan hat! Es ist mir egal, ob er euch drei Tage lang in einem Verschlag eingesperrt hat!«
»Davon weißt du?«, fragte Karen fassungslos.
»Und dass eure Mutter euch verlassen und einem saufenden Perverso ausgeliefert hat. Das gibt euch noch lange nicht das Recht …«
»Seine Mutter hat ihn nicht verlassen.«
»Was?«
»*Ich* bin seine Mutter. Ich habe ihn nie verlassen! Ich werde es auch jetzt nicht tun!«, schrie Karen.
Das Ausmaß der Wahnvorstellung hätte Balenger beinahe zu Mitleid bewegt. Aber was er und Amanda durchgemacht hatten, ließ keine Empfindung zu außer Wut.
»Der Verschlag war so klein, dass wir uns nicht ausstrecken konnten«, sagte Karen. »Im Dunkeln haben wir gehört, wie er Nägel eingeschlagen hat – die Klappe zugenagelt. Wir haben die Klappe aufzudrücken versucht, aber sie hat sich nicht gerührt. Wir haben mit den Fäusten dagegengehämmert, aber das hat auch nichts gebracht. Zum Dagegentreten hat der Platz nicht gereicht. Luft kam nur durch die Ritzen rings um die Klappe. Wir haben ihn angefleht, uns hinaus-

zulassen, aber er hat sich geweigert. Drei Tage ohne Wasser und Nahrung. Wir haben in unserem Kot und unserer Pisse gesessen. Von dem Geruch habe ich mich erbrochen. Ich war mir sicher, dass wir sterben würden, aber ich konnte Jonathan nicht wissen lassen, wie viel Angst ich hatte. Er hat angefangen zu hyperventilieren, und ich habe ihn gewarnt, dass nur eben genug Luft ins Innere kam, um langsam und ruhig zu atmen. Ich habe ihm übers Haar gestrichen. Ich habe ihm erzählt, wie sehr ich ihn liebe. Ich habe seine Hand auf meine Brust gelegt, damit er merkte, wie langsam ich geatmet habe. Er hat mir im Dunkeln Geschichten zugeflüstert – von einer erfundenen Welt namens Peregrine, in der Vögel denken und sprechen konnten und magische Kräfte hatten. Wir haben uns in die Gedanken von Falken versetzt und sind zu den Wolken hinaufgeflogen. Wir sind gestiegen und gekreist und im Sturzflug über die Wasserfälle geflogen. Der Verschlag war verschwunden. Später ist mir klargeworden, dass ich im Delirium gewesen sein muss. In dem ersten Spiel, das Jonathan entwickelt hat, ist es um diese Welt gegangen.«

Karens Augen wurden lebendig, als komme sie von einem anderen Ort zurück. »Ich habe mich um ihn gekümmert vom Zeitpunkt seiner Geburt an. Die Frau, die uns verlassen hat, war nicht seine Mutter. Ich bin die einzige Mutter, die er je gekannt hat, der einzige Mensch, den er je geliebt hat. *Er* ist der einzige Mensch, den *ich* je geliebt habe.«

»Geh mir aus dem Weg.«

Karen griff nach etwas, das sich hinter ihr befand. »Ich werde nicht zulassen, dass du ihm etwas antust. Ich lasse nicht zu, dass du meinen Sohn verletzt.«

»Er ist dein *Bruder*.«

»Nein!«, schrie Karen.

»Frank!«, warnte Amanda von hinten.
Karen hob ein Gewehr. Noch in dem schlechten Licht erkannte Balenger die Umrisse eines Sturmgewehrs. Er und Amanda warfen sich auf den Boden, als die Kugeln Steinsplitter aus der Wand neben der Tür rissen, durch die sie gekommen waren. Karen konnte die Waffe nicht kontrollieren. Der Lauf schnellte nach oben und traf die Wand über der Tür. Balenger stand auf, zielte mit Hilfe des Leuchtpunkts und schoss ihr zwei Kugeln in den Kopf. Sie brach zusammen; ihr Gewehr krachte auf den Boden.
Balenger rannte an den rauchenden Computerbänken entlang. Er erreichte die Treppe, stieg über Karens Leiche hinweg und stürmte hinauf. Eine Metalltür stand halb offen; Licht schimmerte dahinter. Er trat die Tür ganz auf und stand in dem Überwachungsraum, wo der winzige Gamemaster in seinem futuristischen Kontrollsessel saß, umgeben von Technologie. Die Brille verbarg den Ausdruck seiner Augen, aber das kindliche und zugleich runzelige Gesicht ließ ihn armselig wirken.
»Was soll man da noch sagen. Das ist ja der Zauberer von Oz!«, sagte Balenger. »Der Typ hinter dem Vorhang.«
»Soll das heißen, du identifizierst dich mit Dorothy?« Nach dem Schaden, den Balenger an den Computerbänken im Erdgeschoss angerichtet hatte, funktionierten die Geräte nicht mehr, die die Stimme des Gamemasters manipuliert hatten. Er hörte sich nicht mehr an wie ein Nachrichtensprecher. Jetzt war die Stimme ein kindliches Quieken. »Es könnte auf sexuelle Verwirrung hinweisen. In Spielen, die in virtuellen Welten ablaufen, entscheidet sich die Hälfte der männlichen Spieler für weibliche Avatars.«
Balenger hob das Mini-14.
»Dorothy war eine Enttäuschung«, sagte die zerbrechliche

Gestalt. »Nach all den unzähligen farbenprächtigen Wundern, die sie in Oz vorgefunden hat, kann sie es nicht abwarten, in ihr trostloses Zuhause in Kansas zurückzukehren. Sie verweigert sich den Möglichkeiten der alternativen Wirklichkeit. Was für eine Gans.«
Balenger dachte an das Blut, das aus Ortegas Mund gequollen war, nachdem die Schubkarre ihn zerschmettert hatte, und zielte. »Ist das der Ort, an den ich dich schicken soll – Oz? Oder wie wäre es mit Sirius – die Typen vom Sonnentempel haben geglaubt, dort gingen sie hin, stimmt's? Oder vielleicht willst du auch eine fliegende Untertasse hinter einem Kometen erreichen?«
»Jeder Ort ist besser als dieser hier. ›Der schmerzlichste Zustand ist, sich an die Zukunft zu erinnern‹«, sagte die dünne Stimme.
Balenger wandelte den Rest des Zitats ab. »Vor allem *deine* Zukunft, die du niemals besitzen wirst. Wer war der Typ, der gesagt hat, Plato hätte sich geirrt mit der Annahme, dass alles eine Illusion ist?«
»Aristoteles.«
»Okay, grüß Aristoteles von mir.« Balenger legte den Finger an den Abzug.
»Es wird absolut nichts bedeuten, solange du nicht weißt, was du gewonnen hast.«
Balenger dachte daran, wie entsetzlich Amanda gelitten hatte und wie nahe er daran gewesen war, sie zu verlieren, und brüllte: »Unser Leben haben wir gewonnen!«
»Nicht nur das«, antwortete der Gamemaster. »Nach all den Hindernissen, die ihr überwunden habt, habt ihr euch als würdig erwiesen.«
»Welcher Sache?«
»Des Rechts, Gott zu töten.«

»Gott zu töten? Wovon redest du überhaupt?«

»*Mich* zu töten.«

Balenger war fassungslos über die Ungeheuerlichkeit der Behauptung.

»Dies ist die einzige Möglichkeit, wie das geschehen kann«, erklärte der Gamemaster. »Mit einer übermenschlichen Anstrengung muss der Spieler die Kontrolle über das Spiel übernehmen, obwohl theoretisch nur sein Schöpfer die Möglichkeit hat, es zu kontrollieren. Die Figur wächst zu einem solchen Helden heran, dass sie Gott besiegt.«

»Du willst, dass ich dich umbringe?«, fragte Balenger angewidert. »Ist es das, was deine Schwester gemeint hat, als sie gesagt hat, sie hätte jetzt endlich den wirklichen Sinn des Spiels verstanden?«

»Ich brauche jemanden, der würdig ist«, wiederholte die zerbrechliche Gestalt. »Der Tresor des Jüngsten Tages.«

»Was ist mit dem?«

»Wenn die konventionelle Realität existiert, dann beweisen die Bedrohungen, die den Tresor des Jüngsten Tages nötig gemacht haben, wie schlecht das Universum konstruiert ist. Die nukleare Katastrophe. Die Erderwärmung. All die anderen möglichen Alpträume. Es wäre besser, wenn der Schöpfer niemals etwas geschaffen hätte. Selbst Gott verzweifelt.«

»Ein Selbstmordspiel«, sagte Balenger entsetzt.

»Jetzt werde ich in der Unendlichkeit kreisen.«

Balenger erinnerte sich, dass Karen Bailey einen ähnlichen Ausdruck verwendet hatte.

»Wie ein Falke?«

Der Kindmann nickte. »Ich habe gehört, wie Karen dir von dem Verschlag erzählt hat.« Er schauderte. »Ist sie tot?«

»Ja.«

Der Gamemaster schwieg einen Moment. Als er wieder sprach, schwankte seine schwächliche Stimme. »Es war unvermeidlich. Als sie erfuhr, wie das vorgesehene Ende des Spiels aussah, hat sie sich geweigert, es zuzulassen. Du musstest sie aufhalten. Aber sie existiert noch in meinen Gedanken. Jetzt kann auch sie in der Unendlichkeit kreisen.« Tränen rannen unter der Brille des Gamemasters hervor. »Sie ist die gesamten sechs Monate im Krankenhaus bei mir geblieben.«
Balenger erinnerte sich an das, was Professor Graham ihm über Jonathan Creeds Zusammenbruch erzählt hatte.
»Ich war so entschlossen, Spiele bis zur äußersten Vollkommenheit weiterzuentwickeln, ich konzentrierte mich so sehr darauf, dass ich länger und länger auf jeden Schlaf verzichtete, vier Tage, fünf Tage, sechs Tage, und am siebten Tag hat mein Geist mich an einen anderen Ort gebracht.« Er zuckte schmerzlich zusammen. »Ein halbes Jahr lang war ich katatonisch. Ich wusste es nicht, aber Karen saß die ganze Zeit neben mir und flüsterte meinen Namen, um mich zurückzuholen. Ich habe ihr nie gesagt, wo ich gewesen war.«
»Professor Graham hat gesagt, du hast es den *üblen Ort* genannt.«
Die winzige Gestalt nickte. »Es war unsäglich. Diese sechs Monate lang war mein Geist in dem Verschlag eingesperrt.«
Balenger merkte plötzlich, dass er den Atem anhielt. Der Alptraum, der sich in diesem Satz andeutete, verschlug ihm die Sprache.
»Ich habe zusammengekauert im Dunkel gesessen, panisch vor Angst, ohne Nahrung und Wasser, halberstickt vom Gestank meines eigenen Kotes. Aber dieses Mal war ich allein. Ich hatte keine Karen, die mir übers Haar strich und mir sagte, dass sie mich liebt. Ich habe mich selbst davon zu

überzeugen versucht, dass der Verschlag nicht wirklich war. Aber wie hätte ich den Unterschied bestimmen können? Mein verkrampfter Körper und die Dunkelheit und der Hunger und Durst kamen mir real vor. Meine Angst war real. Die Scheiße war real. Ich sagte mir, dass ich mich auf alles konzentrieren konnte, was ich wollte, und wenn ich mich hinreichend konzentrierte, würde es Wirklichkeit werden. Also konzentrierte ich mich auf Karen. Ich stellte mir vor, wie sie meinen Namen flüsterte. Bald hörte ich weit entfernt in der Dunkelheit eine schwache Stimme, die ›Jonathan‹ rief. Ich brüllte. Ihre Stimme wurde kräftiger, sie rief meinen Namen, und mein Geist ging zu ihr hin. Ich bin im Krankenhaus aufgewacht, und sie hielt mich in den Armen.«
Wieder rannen Tränen unter der Brille hervor. »Aber natürlich war auch das nicht die Wirklichkeit. Ich habe diesen Verschlag nie mehr verlassen. All dies ist ein weiteres Spiel in meinen Gedanken. Ich habe den Verschlag gleich beim ersten Mal nicht verlassen. Ich bin immer noch ein Junge, eingeschlossen in diesem Verschlag, gefangen in meinen Gedanken in diesem Verschlag. Drück ab.«
Der Schmerz in dem, was Balenger gerade gehört hatte, überwältigte ihn.
»Denk daran, was Amanda meinetwegen durchlitten hat«, sagte der Gamemaster. »Bestraf mich dafür. Bestrafe Gott. ›Ich würde selbst die Sonne schlagen, wenn sie mich beleidigt.‹ Woher stammt das Zitat, Amanda?«
»*Moby Dick*«, antwortete sie. »Ahab jagt den weißen Wal um die ganze Welt. Aber Ahab glaubt, dass alles eine von Gott geschaffene Illusion ist. Im Grunde jagt Ahab Gott selbst.«
»Du enttäuschst mich nicht. Los jetzt«, sagte die zerbrechliche Gestalt zu Balenger. »Du hast meine Erlaubnis. Vernichte deinen Schöpfer. Schlag nach der Sonne.«

Balenger konnte sich nicht rühren.
»Worauf wartest du?«
Balenger wurde bewusst, dass sein Finger wie gelähmt am Abzug lag.
»›Ich selbst bin die Hölle‹. Woher stammt *das*, Amanda?«, fragte der Gamemaster; sein Gesichtsausdruck hinter der Brille war unmöglich zu erkennen.
»*Paradise Lost*. Luzifer beschreibt damit, wie es ist, aus Gottes Gegenwart verbannt zu sein.«
»Nehmen wir an, Gott steckt in seiner eigenen Hölle. Tu's!«, sagte er zu Balenger.
»Um dich noch zu belohnen?«
»Töte mich!«
»Du hast dich während des Spiels mit mir identifiziert. Du hast mir gesagt, ich bin dein Stellvertreter. Dein Avatar. Ich bin du.«
»Hochgewachsen und stark. Gott in menschlicher Gestalt.«
»Wenn ich dich erschieße, dann wäre das, als erschösse ich mich selbst. Das mache ich nicht.«
Der Gamemaster versuchte, sich aufzusetzen, größer zu wirken. »Du widersetzt dich mir?«
»Wenn du Selbstmord begehen willst, solltest du die Courage haben, es selbst zu tun. Andernfalls kann ich auch einen Krankenwagen rufen. Die bringen dich in eine Heilanstalt.«
»Du verrätst mich?«
»Sie stecken dich in eine Gummizelle, eine andere Version von deinem Verschlag, und dann findest du raus, was Hölle *wirklich* bedeutet.«
»Nein«, sagte Amanda zu Balenger. »Er sollte dafür bezahlen. Aber er braucht auch Hilfe.«
»Die einzige Hilfe, die ich brauche, ist das Ding, das du da in den Händen hältst«, sagte der Kindmann zu Balenger.

»Nein.« Balenger ließ die Waffe sinken.
»Wie Luzifer und Adam verweigerst du mir den Gehorsam.« Der Gamemaster musterte Balenger.
Trotz der Brille, die seine Augen verbarg, spürte Balenger den Schmerz dahinter.
»Du hast eine letzte Gelegenheit, deine Entscheidung abzuändern.«
Balenger antwortete nicht.
»In diesem Fall«, sagte die Gestalt schließlich.
Er streckte die Hand nach einem Knopf aus.
»Hey.« Sein Instinkt veranlasste Balenger dazu, einzugreifen. »Was machst du da?«
»… gehen wir *alle* zur Hölle.« Die winzige Gestalt drückte auf den Knopf.
Balenger spürte, wie ein Funken Panik seine Nerven entlangjagte. »Was ist das für ein Knopf?«
»Du hast bewiesen, dass du nicht würdig bist.«
»Was soll das heißen, wir gehen alle zur Hölle? Was hast du gerade gemacht?«
»Die Courage, es selbst zu Ende zu bringen? Gut. Wenn du dein Schicksal nicht annimmst, werde ich das Spiel für dich beenden.«
Mit wachsender Angst starrte Balenger den Knopf an.
»In einer Minute«, sagte der Gamemaster, »endet die Welt auf die gleiche Art, wie sie entstanden ist.«
Fast alle verbliebenen Lichter gingen aus. Die einzige Beleuchtung kam jetzt von einer Konsole vor dem Sessel des Gamemasters – einer digitalen Uhr, deren rote Zahlen von sechzig rückwärts zählten.
»Mit einem Knall«, sagte der Gamemaster.
»Du elender Dreckskerl, du hast vor, den Laden hier hochzujagen?«

»Das Spiel ist fehlgeschlagen. Das Universum ebenfalls«, sagte die dünne Stimme aus der Dunkelheit.
Amanda schaltete die Taschenlampe ein, aber das Licht war schwach; die Batterien waren fast verbraucht. Balenger wühlte in seinem Rucksack herum und holte die Nachtsichtbrille heraus. Er sah eine grün gefärbte Version des Kindmanns in seinem Sessel sitzen und durch die Videobrille auf den Zeitzähler hinunterstarren. In die Unendlichkeit. Das geisterhafte Grün ließ ihn selbst aussehen wie etwas aus einem Computerspiel.
»Fünfzig Sekunden«, sagte der Gamemaster.
Es schien unmöglich, dass erst zehn Sekunden vergangen waren, aber Balenger hatte keine Gelegenheit, darüber nachzudenken. Er drehte sich zu Amandas grünbeleuchteter Gestalt um und schrie: »Nimm meinen Arm!«
Seine Wunden schmerzten höllisch, als er sie die Treppe hinunterführte. Unten stiegen sie über Karen Baileys Leiche hinweg; die Grünfärbung durch die Brille ließ ihr Blut unwirklich wirken. Sie rannten zu der Eisentür hinter ihr hinüber.
»Vierzig Sekunden!«, schrie die dünne Stimme aus dem Kontrollraum.
Wieder kam ihm der Countdown unwirklich vor. Balenger hatte das Gefühl, dass sie länger gebraucht haben mussten als zehn Sekunden, um die Treppe hinunter und zu der Tür zu rennen.
Amanda verwendete den Gummihandschuh, um den Türknauf zu drehen.
Die Tür öffnete sich nicht.
Etwas knurrte hinter Balenger. Er fuhr herum und stellte fest, dass der überlebende Hund durch die Tür am anderen Ende der Höhle hereingekommen war. Aus drei Meter Ent-

fernung funkelten die Augen, jetzt grün eingefärbt, zu ihm herüber.
»Fünfunddreißig Sekunden!«
Unmöglich, dachte Balenger. In so kurzer Zeit konnte nicht so viel passiert sein.
»Gamemaster!«, schrie Amanda. »Gott hält sein Wort!«
Balenger verstand, was sie zu erreichen versuchte. »Ja, beweis uns, dass du ein ehrliches Spiel spielst!«, brüllte er.
»Vierunddreißig Sekunden!«
»Mach die Tür auf!«, beharrte Amanda. »Wir haben die Grabkammer gefunden. Du hast geschworen, das wäre alles, was wir tun müssen, um zu gewinnen. Aber jetzt hast du die Regeln geändert!«
Das Schweigen zog sich in die Länge; die Sekunden vergingen.
»Zeig uns, dass Gott nicht lügt!«
Der Hund knurrte.
Urplötzlich summte die Tür; das Schloss klickte, als der Gamemaster es freigab.
Hektisch drehte Amanda den Knauf. Als sie die Tür öffnete, griff der Hund an. Oder schien anzugreifen. Balenger erriet, dass das panische Tier nur zu entkommen versuchte, und riss Amanda auf den Boden hinunter. Er spürte, wie der Hund über sie hinwegsprang und in die Dunkelheit verschwand. Dann stürzten er und Amanda durch die Tür.
Sie fanden sich in einem weiteren Tunnel wieder. Als sie ihn entlangrannten, war Balenger sich sicher, dass die verbliebene Zeit jetzt vorbei sein musste. Der Tunnel schien bis in alle Ewigkeit weiterzuführen. Im Rennen zählte er in Gedanken zurück – sieben, sechs, fünf, vier – und wartete darauf, dass die Explosion ihn einholte. Drei, zwei, eins. Aber nichts geschah. Sein Nachtsichtgerät zeigte ihm ein helleres Grün

weiter vorn, als die Dunkelheit des Tunnels der Dunkelheit des Tals Platz machte. Er ignorierte den Schmerz in seinem Knie und zwang sich, schneller zu rennen.

Das Geräusch ihrer Schritte hallte nicht mehr. Als sie den Tunnel verließen und ringsum freie Luft spürten, hörte Balenger Amanda neben sich, und plötzlich war er schwerelos. Das Donnern einer Explosion riss ihn von den Füßen. Er kam hart auf und rollte einen Abhang hinunter. Im Gegensatz zu der verödeten Fläche vor dem Bergwerk war der Boden hier mit Gras bedeckt. Der Aufprall verschlug ihm den Atem. Er rollte weiter und kam dann zu einem jähen Halt.

Amanda schlug neben ihm auf und stöhnte. Steine hagelten ins Gras. Einer traf Balenger an der Schulter. Unter Schmerzen kroch er zu Amanda hinüber.

»Bist du verletzt?«, brachte er heraus.

»Überall«, antwortete sie schwach. »Aber ich glaube, ich werd's überleben.«

Er hatte das Gewehr und das Fernglas verloren. Im Licht eines Dreiviertelmonds drehte er sich um und sah Staub und Rauch aus dem Tunneleingang über ihnen quellen.

»Server zusammengebrochen. Game over«, murmelte er.

»Aber ist es das wirklich?« Amandas Stimme klang ängstlich. »Wie sollen wir jemals mit Sicherheit wissen können, ob das Spiel wirklich vorbei ist?«

Balenger hatte keine Antwort. Eine Bewegung erregte seine Aufmerksamkeit – der Hund, der einen mondbeschienenen Hügelkamm entlangrannte.

Amanda fiel neben ihm ins Gras. »Der Gamemaster hat sein Wort gehalten. Er hat uns gehenlassen. Er hat bewiesen, dass er kein Lügner war.«

»Gott hat versucht, Wiedergutmachung zu leisten«, stimmte Balenger zu.

Er zitterte.
Amanda tat es ebenfalls. »Und was passiert jetzt als Nächstes? Meinst du, Karen Bailey hat die Wahrheit gesagt und hier steht ein Auto?«
»Würdest du ihm trauen?«, fragte er.
»Nein. Ein explodierendes Auto ist eine mögliche Methode, ein Computerspiel zu beenden.
»Die Alternative wäre, gefressen zu werden wie Pac-Man.«
Balenger fiel etwas ein. »Oder zu schrumpfen wie die Leute in der Höhle. Eine Wahrheit, die der Gamemaster mir beigebracht hat, ist, dass eine Menge Computerspiele nicht zu gewinnen sind. Der Spieler stirbt immer.«
»Ja, jeder stirbt. Aber nicht heute Nacht«, sagte Amanda. »Heute Nacht haben wir gewonnen. Während des Countdowns in der Höhle ist es mir vorgekommen, als dauerte die Minute länger als sonst.«
Balenger begriff plötzlich, was geschehen sein musste. »Der Countdown wurde in der Zeit des Computerspiels gemessen. Eine Minute in seiner Wirklichkeit entsprach zwei Minuten in unserer.«
Der Gedanke ließ sie verstummen. In der Ferne heulte der Hund.
»Warum hat er uns diese Chance gegeben?«, überlegte Amanda laut.
»Vielleicht hatte er nicht vor, uns eine Chance zu geben«, sagte Balenger. »Vielleicht war die virtuelle Zeit die einzige Zeit, die er kannte.«
»Oder vielleicht kannte er den Unterschied, und der Countdown war der letzte Level des Spiels. ›Die Zeit ist der wahre Feind‹, hat er zu uns gesagt. Am Ende des Hindernisrennens und der Schatzsuche hat er uns etwas Kostbares geschenkt: eine zusätzliche Minute Zeit.«

»Unsere Bonusrunde.« Balenger hatte das Gefühl, dass dies von jetzt an seine Art zu denken sein würde – als wäre er nie entkommen, als stecke er immer noch in dem Spiel.
Amanda versuchte, sich aufzusetzen. »Wir haben eine ganz schöne Strecke Weg vor uns.«
»Wenn wir uns ein bisschen ausgeruht haben.« Balenger hatte die Arme um die Brust gelegt und versuchte, das Zittern unter Kontrolle zu bekommen.
Amanda ließ sich zurückfallen. »Ja, ausruhen ist eine gute Idee«, gab sie zu.
»Es gibt uns Gelegenheit, unsere Zukunft zu planen.«
»Nein«, sagte Amanda. »Nicht die Zukunft.«
»Das verstehe ich nicht.«
»Eine Zeitkapsel ist eine Botschaft an die Zukunft, die wir in der Gegenwart öffnen, um etwas über die Vergangenheit zu erfahren, stimmt's?«, fragte sie.
»Das hat er jedenfalls gesagt.«
»Okay, während des Spiels habe ich begriffen, dass die Zukunft und die Vergangenheit nicht wichtig sind. Es kommt nur darauf an, was *jetzt* ist.«
Balenger fiel Professor Graham ein. »Es gibt da eine ältere Frau, die das Gleiche gelernt hat, indem sie Computerspiele gespielt hat. Ich werde dich ihr vorstellen. Du wirst sie mögen. Sie liegt im Sterben, aber sie sagt, die zahllosen Entscheidungen und Aktionen eines Computerspiels füllen jede Sekunde bis zum Bersten und halten sie in einem niemals endenden Augenblick.«
»Ja«, sagte Amanda, »ich würde sie gern kennenlernen.«
Balenger brachte es fertig, zu lächeln. Er sah hinauf zu den blendenden Sternen. »Sie hatten recht.«
»Wer?«
»Unsere Vorfahren. Der Himmel sieht wirklich aus wie eine

Kuppel, in die Löcher gestochen wurden. Das ist das Himmelslicht, das da durchscheint.«

»Alles existiert in der Vorstellung Gottes«, sagte Amanda.

Balenger berührte ihren Arm. »*Du* bist nicht imaginär.«

»Du auch nicht.« Amanda griff nach seiner Hand. »Gott sei Dank.«

Nachwort

Zeit und Welt genug

Was Ideen für Romane angeht, so horte ich alles und jedes. Die Regale in meinem Büro sind vollgestopft mit Ordnern, die mehrere Jahrzehnte umfassen. Hingekritzelte Zusammenfassungen von Radiosendungen und Fernsehinterviews sind in Bündeln zwischen vergilbten Seiten aus Zeitschriften und Zeitungen abgeheftet. Stöße davon. Jedes Mal, wenn etwas mein Interesse erregt, fragt sich ein Teil meiner Vorstellungskraft nach dem Grund. Meine Theorie lautet folgendermaßen: Wenn ein Thema meine Aufmerksamkeit erregt, erregt es vielleicht auch die Aufmerksamkeit meiner Leser. Im Lauf der Jahre habe ich so viele Ordner gefüllt, dass ich nie die Zeit gefunden habe, sie zu Kategorien zu ordnen, ganz zu schweigen davon, dass ich den Inhalt zu Romanen weiterentwickelt hätte.

Gelegentlich treibt mich die Neugier dazu, sie mir anzusehen. Voll großer Erwartungen lege ich ein paar davon auf den Fußboden, blase den Staub weg und lese sie. Aber fast jedes Mal erzählen die brüchigen Seiten in meinen Händen von Anliegen und Ereignissen, die mir damals wichtig vorkamen, jetzt aber leblos wirken. Die zu erzählenden Themen und Situationen, die sie nahelegen, sprechen meine Einbildungskraft nicht mehr an. Sie sind muffig gewordene Artefakte des Geistes, die mir den zeitlichen Abstand zwischen der Person zeigen, die diese Fragmente in Ordnern abgelegt hat, und dem veränderten Menschen, der sie jetzt liest.

Hin und wieder allerdings kommt es vor, dass ein Thema so hartnäckig in meiner Vorstellung haftenbleibt, dass ich immer wieder darauf zurückkomme und nach Möglichkeiten suche, die Emotionen umzusetzen, die es bei mir auslöst. So war zum Beispiel mein letzter Roman *Creepers* von einem Artikel in der *Los Angeles Times* inspiriert, in dem es um »urban explorers« ging – geschichts- und architekturbegeisterte Leute, die in alte, seit Jahrzehnten versiegelte und verlassene Gebäude eindringen. Die Seite hatte unter einem wachsenden Stoß von Ordnern gelegen, aber in meinen Gedanken war sie immer wieder an die Oberfläche gekommen, und ich konnte nicht anders, als mich zu fragen, warum sie sich so hartnäckig ins Gedächtnis brachte. Der Durchbruch kam, als ich mich plötzlich an einen verlassenen Wohnblock erinnerte, den ich als Kind erkundet hatte. Ich hatte ihn als Zuflucht vor den unaufhörlichen Streitereien zwischen meiner Mutter und meinem Stiefvater genutzt. Die Erinnerung an die Furcht vor Zuhause und das Bedürfnis, in die Vergangenheit zu flüchten, resultierten in dem Wunsch, einen Roman zu schreiben, in dem die »urban explorers« feststellen, dass die Vergangenheit sie nicht mehr tröstet, sondern terrorisiert.

Ein ähnlicher Artikel, der unaufhörlich an meinem Unterbewusstsein herumnagte, veranlasste mich, *Level 9* zu schreiben. Tatsächlich hatte er acht Jahre lang unter einem wachsenden Stoß von Ordnern gelegen und lautlos gebrüllt, bevor ich irgendwann aufgab. Dieses Mal war die Zeitung die *New York Times*. Das Datum war der 8. April 1998, der Schauplatz West New York, New Jersey. Mir gefällt die etwas verstörende Idee, dass eine Stadt namens West New York so weit im Westen liegt, dass sie sich im Nachbarstaat New Jersey befindet. Aber für mich war der Inhalt des Artikels noch deutlich verstörender. »From Time Capsule to Buried Treasure«, verkündete die Überschrift, und weiter unten hieß es: »Irgendwo in West New York könnte ein Stück städtisches Leben aus dem Jahr 1948 verborgen liegen.«

Ich erfuhr, dass anlässlich der Vorbereitungen für die Feier zum hundertjährigen Jubiläum von West New York jemand vorgeschlagen hatte, eine Zeitkapsel zu vergraben. »Phantastische Idee«, hatte alle Welt gesagt. Dann hatte sich ein Pensionär daran erinnert, dass das Gleiche schon beim *fünfzigjährigen* Jubiläum der Stadt geschehen war. Was um alles in der Welt war aus der Kapsel geworden?, fragte man sich daraufhin. Wo war sie vergraben worden? Suchtrupps durchforsteten die Stadt. Man blätterte in verstaubten Verwaltungsakten und besuchte Leute, die alt genug waren, um sich an die Jubiläumsfeier von 1948 zu erinnern. Endlich fand man eine mögliche Antwort in der städtischen Bibliothek, wo in einem vergriffenen Buch eines Lokalhistorikers von einem Kupferkasten mit »Dokumenten und Erinnerungsstücken« die Rede war.

Der Kasten ruhe angeblich unter einer bronzenen Feuerglocke vor dem Rathaus. Aber an diesem Punkt endete die Forschungsarbeit, denn die Glocke ehrte die Feuerwehrleute der Gemeinde, die bei ihrem Einsatz für West New York ums Leben gekommen waren, und niemand wollte etwaige Veränderungen an ihr verantworten. Zudem hing die Glocke an mehreren Tonnen Granit. Sie von der Stelle zu bewegen wäre kostspielig und kompliziert gewesen, und man stelle sich vor, man hätte trotz dieser Entweihung des Denkmals die Zeitkapsel nicht gefunden! Letzten Endes geschah gar nichts.

Das muss frustrierend gewesen sein, denn, wie der Journalist der *New York Times* andeutete, die Stadt hätte die Inspiration durch eine Nachricht aus der glorreichen Zeit von vor fünfzig Jahren gut brauchen können. 1949 war die Gegend noch wohlhabend gewesen, was vor allem an der New York Central Railroad und den Produkten aus den ortsansässigen Stickereifabriken lag, die sie transportierte. Im Jahr 1998 waren sowohl die Bahnlinie als auch die Stickereien verschwunden, und die Straßen waren still und verödet. Im Zusammenhang mit dieser Geschichte über ein verlegtes Stück Vergangenheit fiel mir besonders auf, dass der Autor dieses Artikels nicht namentlich genannt wurde.

Auf unerklärliche Art berührte mich die Sache, und ich fügte den Artikel meiner chaotischen Sammlung hinzu. Ich vergaß ihn, erinnerte mich an ihn und vergaß ihn wieder, aber niemals über längere Zeit. Schließlich, nach acht Jahren, wühlte ich in einem Stoß Ordnern herum, warf wieder einmal einen Blick darauf und beschloss, der Faszination, die der Artikel auf mich ausübte, auf den Grund zu gehen, und plante einen Roman, in dem eine Zeitkapsel eine Rolle spielen würde. Dass die Zeitkapsel hundert Jahre alt sein würde und die Suche nach der Vergangenheit mit modernen Instrumenten vor sich gehen würde, darunter Empfänger für die Signale von Positionssatelliten, internetfähige BlackBerrys und Zielfernrohre mit Reflexvisier, wusste ich zu diesem Zeitpunkt noch nicht. Ich musste erst meine üblichen Recherchen durchführen und alles über das Thema herausfinden.

Der erste Schritt war, das Internet zu konsultieren. Als ich für meinen vorherigen Roman *Creepers* recherchiert hatte, hatte ich bei Google »urban explorers« eingegeben und war verblüfft gewesen, über 200.000 Adressen zu finden. Jetzt tat ich das Gleiche mit dem Begriff »Zeitkapseln«. Stellen Sie sich mein Erstaunen vor, als mir über 18 *Millionen* Kontakte angezeigt wurden. Ganz offensichtlich war dies ein Thema, das noch eine Menge anderer Leute faszinierte, und mit jeder neuen Entdeckung wuchs meine Begeisterung. Ich erfuhr (wie Professor Murdock in *Level 9* erklärt), dass die Vorstellung von dem, was wir Zeitkapseln nennen, uralt ist, dass der Begriff selbst aber erst im Jahr 1939 geprägt wurde. Damals schuf die Westinghouse Corporation einen torpedoförmigen Behälter und füllte ihn mit zeittypischen Gegenständen, von denen die Initiatoren glaubten, dass sie für die Zukunft von Interesse sein würden. Unter dem Klang von Gongs wurde die Kapsel in Flushing Meadows in New York begraben, wo gerade die Weltausstellung stattfand. Sie war dazu bestimmt, fünftausend Jahre später geöffnet zu werden, und sie liegt immer noch dort, sechzehn Meter unter der Erdoberfläche und weitgehend vergessen. Wenn Sie einen GPS-Empfänger des Typs haben, der in diesem Roman verwendet wird, können Sie die Koordinaten des Kapselstandorts eingeben und sich von einem roten Pfeil bis zu ihrer Deckplatte führen lassen. Um die Koordinaten herauszufinden, brauchen Sie allerdings eine Ausgabe des Buches *The Book of the Record of the Time Capsule*. 1939 wurden Exemplare davon an jede große Bibliothek der Welt geschickt, einschließlich der des Dalai Lama. Heutzutage allerdings erfordert es schon eine Schatzsuche, auch nur dieses Buch zu finden.

Ich erfuhr, dass die Westinghouse-Zeitkapsel von der etwas verstörend benannten Krypta der Zivilisation inspiriert gewesen war, mit der man 1936 an der Oglethorpe University begonnen hatte. Beunruhigt über den wachsenden Einfluss der Nazis in Europa, war der Rektor von Oglethorpe zu der

Ansicht gekommen, dass die Zivilisation am Zusammenbrechen war. Um das zu erhalten, was in seiner Macht stand, ließ er ein überdachtes Schwimmbecken trockenlegen und mit Gegenständen füllen, von denen er meinte, dass sie für das Verständnis der Kultur der dreißiger Jahre von Bedeutung waren. Darunter war auch ein Exemplar von *Vom Winde verweht* – ein höchst passender Titel angesichts der Tatsache, dass die Krypta, die planmäßig erst in fast sechstausend Jahren geöffnet werden soll, fast so gründlich vergessen wurde wie die Westinghouse-Kapsel. Es ist dem Studenten Paul Hudson zu verdanken, der 1970 den Keller eines Universitätsgebäudes erkundete, dass sie nicht vollkommen aus der kollektiven Erinnerung verschwand. Nachdem das Licht seiner Taschenlampe auf eine Stahltür gefallen war, begann der Student Fragen zu stellen, die irgendwann dazu führten, dass der Keller der Öffentlichkeit zugänglich gemacht wurde. Eine Buchhandlung wurde dort eingerichtet, und die Besucher können am versiegelten Eingang der Krypta vorbeigehen. Paul Hudson selbst wurde irgendwann Kanzler von Oglethorpe und Vorsitzender der International Time Capsule Society.

Für mich war all das so faszinierend, dass ich nicht mehr aufhören konnte, Freunden davon zu erzählen. An diesem Punkt sagten sie meistens: »Die Krypta der Zivilisation? Eine internationale Zeitkapselgesellschaft? Das hast du doch erfunden!« Aber nichts davon ist erfunden. Auch der Doomsday Vault in der Arktis, der Tresor des Jüngsten Tages, existiert, ebenso wie die Hall of Records unter dem Mount Rushmore und die Millionen Exemplare der glücklosen Computerspielversion von *E.T.*, die in der Wüste von New Mexico unter einer Betonplatte begraben wurden. Die Skurrilitäten nahmen kein Ende. Ich hörte von der Stadt, die

siebzehn Zeitkapseln vergraben und sie alle vergessen hatte
... und von den Studenten, die eine Kapsel vergraben und dann einen kollektiven Blackout erlitten hatten, als hätte das Ereignis nie stattgefunden
... und von dem Komitee, das zu Ehren des hundertjährigen Bestehens seiner Stadt eine Zeitkapsel vergrub, dessen Mitglieder aber alle starben, bevor einer von ihnen Gelegenheit gehabt hatte, zu dokumentieren, wo die Kapsel lag.
Wer hätte gedacht, dass es eine Liste der begehrtesten Zeitkapseln gibt oder dass Tausende von Kapseln verlorengingen, viel mehr, als jemals wiedergefunden wurden? Und selbst wenn sie gefunden werden, geben sie oft nur neue Rätsel auf, denn oft konnten die Behälter den Inhalt nicht vor Feuchtigkeit und Insekten schützen, und die Botschaften an die Zukunft, die wir in der Gegenwart öffnen, um die Vergangenheit zu verstehen, sind nichts als unleserliche Fetzen.
Während ich versuchte, meiner Besessenheit von Zeitkapseln auf den Grund zu gehen, dachte ich auch über den Stolz nach, der die Leute veranlasst, sie zu schaffen, ihren Glauben, ein bestimmter Augenblick sei bedeutsam genug, um für die Zukunft aufbewahrt zu werden. Vor dem Hintergrund des Doomsday Vault, in dem Millionen Samen vor einer globalen Katastrophe geschützt werden sollen, ist der von den Zeitkapseln zum Ausdruck gebrachte Optimismus verblüffend. Aber es geht nicht nur um Stolz und Optimismus. Wie eine der Figuren in *Level 9* sagt, die fast besessene Gründlichkeit, mit der manche Kapseln bestückt werden, legt nahe, dass ihre Schöpfer Angst haben, vergessen zu werden.
»Zeit und Welt genug.« So lautet der Titel des Zeitkapselvortrags, den Professor Murdock in *Level 9* hält. Er ist ein Zitat aus einem Gedicht Andrew Marvells aus dem siebzehnten Jahrhundert, »To His Coy Mistress«. In dem Ge-

dicht werden Empfindungen eines jungen Mannes wiedergegeben, der spürt, wie die Zeit verfliegt, und eine junge Dame zu überreden versucht, mit ihm zusammen das Leben auszukosten, solange sie es noch können. Wenn wir ein paar Zeilen weglassen und andere umstellen, spricht das Gedicht über einen der Gründe, aus denen Zeitkapseln geschaffen werden.

Had we but world enough, and time …
But at my back I always hear
Time's winged chariot hurrying near;
And yonder all before us lie
Deserts of vast eternity.

Vielleicht ist es gar nicht die Zukunft, die uns dazu bewegt, Zeitkapseln zu schaffen. Vielleicht ist es die Zeit selbst, die Geschwindigkeit, mit der sie vergeht, das Wissen um unsere eigene Sterblichkeit. Vor dem Jahr 1939 wurden Zeitkapseln eher als Urnen und Schreine bezeichnet, Begriffe, die an ein Begräbnis denken lassen. Das gleiche Bild weckt die Bezeichnung »Krypta der Zivilisation«. Könnte es sein, dass die in den Zeitkapseln verkörperte Empfindung nicht so sehr Hoffnung, Optimismus oder sogar Angst ist, sondern der Kummer darüber, dass jeder Mensch stirbt? Auch hier wieder fällt mir Marvells Gedicht ein.

The grave's a fine and private place,
But none, I think, do there embrace.

Eine Gemeinschaft begräbt die Dinge, die sie als Bestandteile eines goldenen Augenblicks betrachtet, eine Essenz ihrer Welt. Viele Jahre später gräbt eine andere Gemeinschaft die

Kapsel aus, wenn sie sie finden kann. Die Leute sammeln sich voller Eifer – »Was ist das Geheimnis?«, fragen sie sich. »Welche wichtige Botschaft wollte die Vergangenheit uns senden?« Sie öffnen die Urne oder die Kammer oder, wenn Sie so wollen, die Kapsel, und stellen fest, dass der Inhalt verrottet ist oder dass die Gegenstände so eigenartig sind, dass sie bedeutungslos geworden sind. »Schwer vorzustellen, dass jemand sich mal eingebildet hat, dieses Zeug wäre bedeutsam«, murmelt jemand. Letzten Endes könnte dies die Botschaft jeder Zeitkapsel sein. Aus einer längst toten Vergangenheit heraus warnen sie uns, dass das Hier und Jetzt nicht bleibt, dass die Gegenstände um uns herum nicht so wichtig sind, wie wir glauben, dass es nicht auf die Versprechen der Zukunft ankommt, sondern auf den Wert jedes vergänglichen Augenblicks. Wie der Gamemaster in diesem Roman feststellt: »Die Zeit ist der wahre Feind.«

Ich nehme an, auch meine Stöße von Ordnern sind Zeitkapseln; sie verkörpern die Interessen eines Menschen, der ich nicht mehr bin. Ebenso sind es meine Romane – sie konservieren die Art, wie ich in der Vergangenheit empfunden und gedacht habe. Auch die Romane meiner Lieblingsautoren sind Zeitkapseln, denn sie tragen mich zurück in Dickens' nebelverhangenes London oder Edith Whartons altes New York oder Ernest Hemingways Paris in den zwanziger Jahren. Diese Bücher bringen mich nicht nur in die Vergangenheit, die diese Autoren kannten, sondern auch in meine eigene Vergangenheit und zurück zu der Erfahrung, wie es war, ihre Bücher zum ersten Mal zu lesen.

Während meiner Recherchen für *Level 9* ging ich die Schauplätze in Manhattan ab, um die Details der Umgebung abzuklären. Als ich Washington Square erreichte, war ich mir sicher, mich verlaufen zu haben. Zum letzten Mal war ich

Mitte der achtziger Jahre hier gewesen. Damals war der Torbogen mit Graffiti bedeckt gewesen, und Junkies kauften ihre Drogen in einem Park, der so baumlos war, dass man einen freien Blick auf die Gebäude der umgebenden Straßen hatte. Heute verschwinden diese Gebäude hinter mächtigen, schattigen Bäumen, unter denen Eltern mit ihren Kindern spielen, während in einem abgeteilten Bereich Hunde um ihre Besitzer herumspringen. Das Schimmern des makellosen Bogens beeindruckte mich, und mit einem Mal wurde mir klar, dass zwanzig Jahre vergangen waren, dass ich älter geworden war. Aber statt mich zu deprimieren, schien mir der Augenblick lebendig und erfüllt von Erinnerung. Nichts vergeht, solange wir uns daran erinnern. Jeder von uns ist eine Zeitkapsel.

Quellen

Von der Grabkammer weltlichen Begehrens abgesehen ist jede Zeitkapsel, die in *Level 9* erwähnt wird, real. Der intelligenteste Aufsatz zu diesem Thema ist »Capsule History« von Lester A. Reingold (November 1999). Sie finden ihn unter www.americanheritage.com. Geben Sie den Titel des Aufsatzes in die Suchfunktion ein und klicken Sie den Link an.

Eine weitere wichtige Informationsquelle über Zeitkapseln ist »Tales of Future Past« von David S. Zondy. Klicken Sie auf den entsprechenden Link bei www.davidszondy.com; dort finden Sie Bilder von der Westinghouse-Zeitkapsel und ein Verzeichnis ihres Inhalts. Aber die Site hat noch so viel mehr zu bieten, dass Sie von Ihrer Zeitreise in die vergangene Zukunft förmlich geblendet sein werden.

Wie ich bereits in meinem Nachwort erwähnt habe – die Krypta der Zivilisation ist Realität. Auf www.oglethorpe.edu\about_us\crypt_of_civilization finden Sie Links zu Fotos von der Krypta und ihrem Inhalt. Dort gibt es auch Material über die International Time Capsule Society, die begehrtesten Zeitkapseln der Welt (darunter auch die *M*A*S*H*-Zeitkapsel), Zeitkapsel-Geheimnisse und andere interessante Dinge.

Auch die Geheimkammer unter dem Mount Rushmore ist real. Informationen finden Sie unter »Black Hills Secrets« auf www.rosyinn.com\5100b19.htm. Klicken Sie den Link »more« an, wenn Sie ein Foto sehen wollen.

Informationen über Geocaching und Letterboxing finden Sie unter www.geocaching.com und www.letterboxing.org. Diese Hobbys sind inzwischen so populär geworden, dass manche Ferienorte sie eigens anbieten, neben Reiten und Schwimmen. Die einschlägigen Sites bieten auch Informationen über Verstecke bei Ihnen in der Nähe. (Unter www.geocaching.com\seek\nearest.aspx\\county_id=79 finden Sie Caches in Deutschland, A.d.Ü.) Ich war höchst amüsiert, als ich erfuhr, dass ein solches Versteck nur etwa anderthalb Kilometer von meinem Haus in Santa Fe, New Mexico entfernt war.

In *Level 9* geht es außerdem um virtuelle Realitäten und die Metaphysik des Computerspiels. Besonders hilfreich war Mark J. P. Wolfs Essay über Raum, Zeit und Erzählung in Computerspielen in dem Buch *The Medium of the Video Game.* Auch Steven L. Kent, Rochelle Slovin, Charles Bernstein, Rebecca R. Tews und Ralph H. Baer (der Schöpfer des Heimvideosystems Magnavox Odyssey) haben faszinierende Aufsätze beigetragen. Kent schrieb außerdem *The Ultimate History of Video Games* – der Titel spricht für sich.

Das Buch *Smartbomb* von Heather Chaplin und Aaron Ruby ist eine geradezu revolutionäre Untersuchung der Welt des Computerspiels. Unter anderem findet man hier eine faszinierende Analyse der Gott- und der sogenannten Egoshooter-Spiele. Ich bin meiner Freundin Janet Elder dankbar, dass sie mich auf dieses Buch aufmerksam gemacht hat – und auf Steven Johnsons *Everything Bad Is Good for You*. Johnsons Analyse der Computerspiele hat mich von der Wahrheit des Untertitels überzeugt: *How Today's Popular Culture Is Actually Making Us Smarter*.

Auch wenn der Inhalt vieler Computerspiele sinnlose Gewalttätigkeit ist, die den Spieler möglicherweise gegen Gewalt im wirklichen Leben abstumpfen lassen, hat es wenige Gewalttaten gegeben, bei denen ein Zusammenhang mit Computerspielen nachgewiesen werden konnte. Der am besten dokumentierte Vorfall ereignete sich 1999 an der Columbine Highschool in Colorado, wo zwei Schüler eine Lehrkraft und zwölf Mitschüler erschossen und vierundzwanzig weitere verletzten, bevor sie Selbstmord begingen. Die Schützen waren besessen von dem gewalttätigen Computerspiel *Doom*. Aber sie waren offenbar auch erbarmungslos schikaniert worden, was zu einem Ausbruch unkontrollierter Wut führte. Hat nun das Spiel diese Wut geschürt, oder diente das Spiel als Blitzableiter für sie und verzögerte damit sogar die Gewalttat? Weil die Jungen sich selbst umbrachten, gibt es auf diese Frage keine Antwort, aber die Frage selbst ist nicht so einfach zu beantworten, wie manche Kommentatoren es erscheinen lassen.

In *Level 9* merkt Professor Graham an, dass die Hälfte der Bewohner der Vereinigten Staaten Computerspiele spielen. Zwar sind nicht alle diese Spiele gewalttätig, aber viele, und trotzdem haben wir keine massiven Gewaltausbrüche erlebt, die von solchen Spielen ausgelöst wurden. Statt auf das Thema Gewalt fixiert zu bleiben, sollte man meiner Meinung nach Spiele einmal aus einem anderen Blickwinkel betrachten – unter dem Gesichtspunkt ihrer Form statt ihres Inhalts. Die verschiedenen Schwierigkeitsgrade in Kombination mit den zahllosen Entscheidungen und Bewegungen, die jede Sekunde eines Actionspiels bis zum Bersten füllen, könnten dem Geist des Spielers durchaus mehr Beweglichkeit und seinen Reflexen größere Geschwindigkeit verleihen. Die Konzentration, die das Spiel verlangt, ist in unserer komplexen Gesellschaft geradezu überlebenswichtig. Aber es ist eine sehr spezielle Art der Konzentration, denn man muss sich in so rascher Folge auf die unterschiedlichsten Dinge konzentrieren, dass sie sich fast gleichzeitig zu ereignen scheinen. Die Parallele zum Multitasking ist auffallend. Manche Gesellschaftskritiker tun dies als eine Art intellektuellen »Zappens« ab, das zu oberflächlichem Verstehen und einer geringen Aufmerksamkeitsspanne führe. Aber ich stimme Steven Johnsons Buch *Everything Bad Is Good for You* zu, in dem er schreibt, dass die Spiele unseren Geist trainieren können, sich auf mehrere Aufgaben gleichzeitig zu konzentrieren und sie gut zu erledigen. Kurz gesagt, Computerspiele können uns dabei helfen, eine neue Funktionsweise unseres Gehirns kennenzulernen. Wenn Zeitkapseln uns lehren, dass die Dinge niemals so sind, wie sie einmal waren, zeigen Computerspiele uns, dass wir uns immer weiter verändern, oft in einer Weise, die uns nicht bewusst ist.

Dank

Schriftsteller arbeiten nicht im luftleeren Raum. Ohne die Unterstützung vieler anderer wäre *Level 9* nicht geschrieben worden. Den folgenden Personen bin ich sehr zu Dank verpflichtet:

– Jane Dystel, Miriam Goderich, Michael Bourret und all den Leuten bei Dystel Goderich Literary Management

– Roger Cooper, Chris Nakamura, Peter Costanzo und den übrigen Teammitgliedern bei Vanguard Press und der Perseus Books Group

– Nanci Kalanta von horrorworld.org

– Eric Gray und Mike Volpe von Jet Aviation, Teterboro Airport

– Sarie Morrell. Sie hat den gleichen Familiennamen wie ich, und dafür gibt es einen Grund – sie ist meine Tochter. Aber sie ist zugleich auch meine Freundin und eine der einfallsreichsten Publicity-Managerinnen, die ich kenne.